"十四五"国家重点出版物出版规划项目

中国作家协会重点作品扶持项目

王筠抗美援朝战争长篇小说系列

王 筠

著

阿里郎

北 京 出 版 集 团

北京十月文艺出版社

我们不是生活在战争年月就是与战争年月擦肩而过。战争来来去去，唯爱永恒。

——作者手记

目录

壹

贰

叁

壹

2016年（上） 一枚纪念章

小男孩兀自而立。

花裤头子碎花褂，裸腿赤脚。半新的一双皮凉鞋，颜色正艳。

偌大的院落内堆满了一垛垛打包捆扎的纸箱板、废纸张、编织袋、塑料布、报纸书本、钢筋铁丝、餐碗餐盒、木板木条，以及成袋成袋的啤酒瓶子易拉罐旧床垫破衣物烂鞋底子，和，一切你能想到、想不到的所有的针头线脑、瓶瓶罐罐。在远处，掉皮的墙根下放着五六个装泔水的废旧汽油桶，一群一群的苍蝇、蚊虫、鸟雀上下翻飞翩翩起舞，酸臭气混合着七月的热浪在空气中散布，若隐若现，令人作呕。

"小弟弟，你怎么一个人在垃圾场玩啊？手里拿的什么？看得这么认真？"

李芝儿俯下身子问小男孩。

"哎呀，脏死了……什么东西？给我们看看行吗？"

她的同学，也是闺蜜，边捂着鼻子边挥手。

"出溜"一下，小男孩把一只手背在身后，攥着小拳头。那个动作极快，以至于她们只看到了他藏在身后的胳膊和紧紧攥着的小拳头而没有看见那一个藏的过程——"出溜"的过程。

李芝儿和闺蜜都笑了。李芝儿说：

"什么宝贝啊？还怕姐姐看！"

小男孩昂着头，两个眼睛骨碌碌的。不知道从何而来的两个大姐姐仿佛一瞬间变成了心怀叵测的不速之客。

"让我猜猜啊，"李芝儿也背着手，"屎壳郎！到处都是垃圾，肯定是屎壳郎！"

"呀！"闺蜜也不失时机地加入进来，"屎壳郎啊？你怎么玩它呢？多脏啊！会得病的。得病了要打针的，疼死了啊！"

"骗人！"

小男孩非常坚决。一只手，一只摊开的小手兀然伫立于李芝儿和闺蜜的两双惊奇万分的眼睛里。那个动作同样很快，从身后到身前连一秒钟都没有，一下子就过来了。

一枚颜色黯淡的奖章一样的东西。

圆形的图案上是一位战士的形象，大衣，棉帽，腰间挂着子弹盒，挺枪而立。他的脚下是碎石与泥土堆积的大地，身后一面随风飘扬的旗帜。在这面旗帜的中间雕刻有一个圆圈，圆圈正中是一个镂空的五星，在两边，一道一道的竖线呈放射状拔地而起，像是太阳的光芒升腾。在上方，一方大抵为三角形的布牌牌通过一个小小的圆环与之相连，红底，正中一道黑线贯穿。也可能不是黑线，因为过于黯淡，它只是呈现出这样的一种颜色来，与两边已经黯淡的红底形成了明显对比。

时光以不动声色的耐心淹没了一切。

第一章　1953年

1953年8月

板门店

1

北纬三十八度。

南北朝鲜军事分界线——中立区。

一百二十多个日日夜夜。

皮特·路德尽管会在以后的日子里无数次回想起滞留于板门店的日日夜夜，却无法说清自己为什么会在此坚持了这么久和如何坚持下来。皮特·路德绞尽脑汁，冥思苦想地寻找着其中的答案，想得脑瓜子疼。有朝一日，恍然大悟：

这所有的一切，实际上都是他们美国人自己造成的。按中国人的说法，这叫搬起石头砸自己的脚。

皮特·路德第一次听到这个话的时候觉得很可笑，非常可笑。一个正常人，怎么可能会用石头、一块巨大的石头来砸自己的脚呢？除非脑袋给炮弹震晕了。有朝一日，皮特·路德将会明白，正常人都不会犯傻，但正常人有时候会干傻事而并不知道自己是在干傻事。他们虽然不会直接搬起石头来砸自己，可他们行事的结果有时候就是自己砸自己。中国话怎么说来着？有一个成语，殊途同归。

中国人说话总是弯来绕去。他们明明有那样的意思但从来不直接地表明，而是习惯于用很多抽象、晦涩、难以言表同时又非常形象、生动、智慧万分的方式加以表达。中国人的话听上去滑稽可笑，实际上充满了哲理。原因没有别的。他们有一个很老很老的被叫作孔子的教授。孔子生活在两千多年以前的古代中国。两千多年！OH MY GOD. 你想想美国人那时候在干什么。对了，那时候还没有美国人。

他们所处的这个地方叫松谷里，在军事分界线的这一边；在军事分界线的那一边，是"联合国军"部队设置的移交待交场所，叫东场里。交战的双方分别设置了招待站，均搭有旗帜飞舞的彩门，不过颜色完全不同，中朝这边为红色，而韩国那边则是蓝色。这边也好那边也罢，它们都在北纬三十八度线以南。三八线是一条平直的线，但三八线并非将南北朝鲜直直地等距离分为了两半：北朝鲜有的地方在南，而南朝鲜有的地方在北，有关这一点你在朝鲜半岛的地图上会一目了然。都是战争造成的。战争来来往往往往犬牙交错，交战双方的人跟阵地便也犬牙交错来来往往，战斗不可能在一条直线上发生。皮特·路德知道，包括他们这一小群"尴尬"的人，都是这该死的战争所留下的该死的后遗症。

南北朝鲜有许许多多松谷里、东场里这样的村庄，什么松谷里、东场里、凤溪里、古口里、三所里、龙源里、草洞里等等。"里"，大概就是个村庄的意思，他不知道这样的猜想对不对。自从三年前跟随着不可一世的麦克阿瑟五星上将踏上仁川蜂腰部的朝鲜大地，皮特·路德已经走过了朝鲜的很多地方，经过了许许多多叫"里"的朝鲜村庄。说是村庄，实际上没有几间房子几个人。在南边的李承晚的朝鲜，情况还好些，他们的平房错落有致，山水林田房结合在一起，有一种田园风光，远远地看过去，跟他田纳西州的故乡有些相似；而在北边的金日成的朝鲜，所有的"里"

都是一片废墟，有的只剩下几根木头框子几片残砖碎瓦，有的连木头框子残砖碎瓦也没有，留下的是一堆一堆的灰烬，你需要仔细辨认才看得出那曾经的田园风光来。这当然都是远东空军那帮小子的杰作。他们一天到晚闲得蛋疼，一旦离开跑道就像喝醉的疯子两眼发红摇摇晃晃地从不放过任何一个目标，哪怕是地面上的一只狗。目标不在于有没有价值，对那些疯狂的战斗机轰炸机飞行员而言，攻击一切、燃烧一切、毁灭一切，那种快感，那才叫价值。

一年之中最为炎热的季节还没有过去，皮特·路德差不多每天都是一身臭汗。同伴们也都好不到哪里去，他们一个个汗流浃背，需要不停地喝水，有几个还出现了中暑的症状。树荫下或是车辆和帆布帐篷的阴影里倒是个不错的躲避阳光暴晒的地方，可以借此纳凉休息，闭目养神。但是这样的机会只是片刻，他们需要不停地列队，报告，谈话，询问，打探隐私和问寒问暖，假意或真切关怀，苦口婆心，威胁恫吓，等等等等。要是碰到阴雨的天气会好过些，有专门供他们休息睡觉的帐篷，他们可以躲在帐篷里，掀开帐篷的两边，让朝鲜半岛的风吹走暑热也吹去他们的无奈与烦恼。军用帆布帐篷虽然简洁耐用便于携带，但在晴热的天气里却不适合居留。那是个蒸房和烤箱，是烤面包蒸馒头的场所。对中国人来说，馒头就是他们的面包。远处的山岭上松涛阵阵风凉气爽，但是他们不可能去往那边，他们也不能离开此地。周围是中国人布的岗哨，对面则是"联合国军"的军警和宪兵，每个人都戴着MP的袖标，钢盔上面也印着醒目的、大大的、白色的MP，一个个不苟言笑，拒人千里，如临大敌，与中国人，中国的哨兵，中国的翻译人员，中国的医生、护士、长官和士兵，差不多每一个中国人，形成鲜明的对照。

2

皮特·路德他们总共是二十几个人，更确切地说是二十三个人，二十二个美国人和一个英国人，这是开始时的情况。后来剩下包括他在内的二十一个美国人和一个英国人，他们在中立区待了一百二十多天，一直坚持到最后。

千篇一律的问题，无休无止的询问，这样的状态使得每个人都心生烦躁。他们来自不同的部队，有白人也有黑人，很多过去不认识，有些是后来在碧潼的岁月里才慢慢相识的。他们中间有老兵也有新兵，有年纪大的，也有年纪小的。皮特·路德是属于年纪比较小的，这一年才刚满二十二岁。他们中间的詹姆斯·温纳瑞斯比他大将近十岁。那是个老兵，参加过第二次世界大战，在东南亚的热带雨林与日本人作战，他甚至还蹲过日本人的监狱，经历过著名的"死亡行军"①。皮特·路德看得出来，就算是一贯气定神闲的温纳瑞斯这样的老兵，也渐渐变得烦躁不安。你想想，一大群人不管刮风下雨天阴天晴都成天围着你，嗡嗡嗡嗡，像一群没头的苍蝇，每天都是同样的话、同样的事和同样的动作，你想想，哪个能不烦？

来者形形色色。就算见多识广的詹姆斯·温纳瑞斯有时候也搞不清那些人的身份。有些穿着军服戴着军便帽，有些戴的是钢盔；有些着便服，脚上却穿着陆战队或是空降兵的战斗靴，有些蹬着满是灰尘的皮鞋；有些人脖子上肩膀上挂满了大小不一样式奇特的相机，有些却只在手里捧着笔和速记本。还有几个西装革履人高马大，一个个威严得像是刚刚渡过英吉利海峡的不可一世的巴顿将军。据温纳瑞斯的判断，那些威严的大汉属于美国本土的联邦调查局，是FBI，联邦特工。皮特·路德虽然心头上有点儿敲鼓，脸面上却表现出毫不介意。联邦特工？联邦特工又怎么样？他对年长的温纳瑞斯说，联邦特工，他也不敢公开地将我绑架回我的美国去。

确实，美国各级各层，从板门店军事分界线的现地指挥官到第8集团

① 1941年12月8日，日本发动了对菲律宾的战争，对巴丹半岛展开狂轰滥炸，菲美联军缺乏后援及物资，战线面临崩溃。为避免更大的人员伤亡，1942年4月9日，菲美联军约78000人向日军投降。日军逼迫这些投降的战俘徒步前往120公里以外的奥德内尔战俘营。一路上，日军拒绝向这些战俘提供食物和饮水。高温、饥饿和疾病，加上日军的残杀，在120公里的路途上有超过15000人死亡。

军的少将、中将、上将们，从"联合国军"司令部到美国国内的五角大楼和白宫，从报纸、杂志、广播、电视等众多的新闻媒体到社会各界，他们，一个是完完全全没想到，一个是普遍感觉到脸给无缘无故地打了一巴掌，那可是美国的脸，美国人的脸。羞辱恼怒还在其次，关键的是，他们要急于弄清楚、真真正正弄清楚那二十二个美国的军人，他们到底是出于自愿还是迫于威胁或欺骗才做出的选择，以及这种选择将给美国的国家利益带来怎样的危害。

3

朝鲜战争的停战谈判最早开始于1951年7月，那时候中国人民志愿军和朝鲜人民军与"联合国军"的大规模攻防运动战刚刚告一段落。双方的接触开始是在开城的来凤庄，后来换到更往南一点的板门店，这里是双方兵员与火力的实际接触线，是战斗的前沿。因此这场著名的谈判习惯上被称作板门店谈判。让所有人无法想到的是，这一场停战谈判会谈得那么艰难、那么复杂和那么持久。特别在关于战俘问题的谈判上，一谈就谈了一年半的时间。

皮特·路德还记得刚刚听到停战谈判的消息时他跟同伴们那种欣喜若狂的感觉，那是发自肺腑的高兴。其中有慰藉，也有侥幸和感恩。对他们来说，许多人在这场稀里糊涂的战争中丢掉了性命，而现在，战争就要结束了，他基本上算是完完整整地活了下来。为此他要感恩万能的上帝，感恩上帝的保佑与庇护。皮特·路德梦见他越过浩瀚的太平洋，跨过阿肯色、密西西比河，回到自己的故乡田纳西。他看见母亲站立在绿草如茵的庄园上等待着自己的到来，母亲流着泪却满脸欢笑，母亲和他一样高兴。但是梦醒之后，和平并没有如约而至，为了和平而进行的谈判比所有的日子加起来还要漫长。

在这场被后人称作马拉松谈判的朝鲜战争停战谈判中，若按谈判的内容来说，实际上并不复杂。一共是五项：谈判议程，军事分界线，停火安排，战俘问题和战后召开政治会议。前三项还算顺利，几个月的时间就完成了；到第四项，即战俘问题的谈判时，问题出来了，双方争执不下，争吵激烈，斗争前所未有的尖锐。要赖，使横，斗智，斗勇；休会，复会，谈崩了打，打上几场再谈，谈谈打打，时断时续，在为期两年的停战谈判中，有关战俘问题的谈判就断断续续进行了一年半的时间，从1951年的12月11日一直到1953年的6月8日最终达成一致为止。其中的焦点与核心，是要不要执行《关于战俘待遇之日内瓦公约》（下文简称《日内瓦公约》）的第118条的规定。

实际上，《日内瓦公约》第118条有关战俘待遇的内容十分明确：实际战事停止，战俘应立即予以释放和遣返，不得延误。朝中一方一开始即提出停战协定签字后交战双方应当立即遣返战俘的原则，这个原则既符合全体战俘的切身利益（人人都有返回家园与亲人团聚的迫切愿望），也符合《日内瓦公约》的相关规定。但是身为《日内瓦公约》的签约国，美国所把持的"联合国军"一方却节外生枝，提出了所谓"交换"战俘的要求。互不相让，你来我往，双方的这一诉求最终演变成"自愿遣返"还是"强制遣返"的尖锐而激烈的斗争。

在一场战争的汪洋大海之中，每个人都是一片飘零的枯叶随波逐流，他们主宰不了自己的命运。差不多每一项议案的改变或每一个条文的达成，每一个偶然的历史机会，都可能改变他们的一生。不可预知的等待和无休无止的询问固然令人心烦，但他们今天能够心平气和地坐在8月的热天气中享受还不算太坏的和平的红利，却也是命运的安排，而它们皆源于这两军对垒的不见硝烟的板门店。

在英文里，repatriation与exchange是两个含义截然不同的单词，前者为"遣返"，后者是"交换"。遣返自然具有无可争议的强制性，就是一律、全部、完全、干净的意思；而交换则是等量置换，一一得一，二二得四，半斤八两，公平买卖，不具有强制性，一切都在如同一桩商品交易的过程中履行。这可以看作是美国人"自愿遣返"的理论基础。

美国人之所以提出并毫不退让地坚持"自愿遣返"的交换原则，客观上说是朝鲜人民军和中国人民志愿军的被俘人员远远多于美军及其他"联合国军"的被俘人员。在这场局部战争中，共有十一万一千余名朝鲜人民军和两万余名中国人民志愿军官兵被俘，而"联合国军"只有四千九百余人被俘，其中美军被俘约三千五百人，英军被俘九百四十余人，土耳其部队被俘二百二十余人，另有澳大利亚、法国、荷兰、比利时、希腊、加拿大、哥伦比亚、波多黎各、菲律宾、南非联邦和日本等其他被俘人员三百余人。日本不是"联合国军"的参战国，但有在美军部队服役的两名日本人成了志愿军的俘虏。李承晚的韩国在三年多的战争中共被中朝军队俘虏官兵九千余人，未统计在"联合国军"被俘人员中。

战争是残酷的，每一场战争都会造成大量的参战人员被俘。被俘人员的多少与参战者的文化和宗教信仰有关，与编制体制和战斗力有关，更与战役战斗的具体过程有关。无论他们因为什么原因被俘，他们都是残酷战争的受害者，也是幸存者，在战争结束和平到来的那一刻，理应享受和平阳光的温暖，而不应以交战双方俘虏人员的多少将其排斥在和平的大门之外。实际上，美国人所谓"自愿遣返"的实质是扣留大批中朝被俘人员，以达到其不言自明的目的：削弱敌对一方的兵员为己所用；给社会主义阵营特别是新生的中国抹黑；拖延谈判进程以攫取更多利益。

以后的沧桑岁月里，皮特·路德知道了一句古老的中国成语，始作俑者，其无后乎。意思是带头做坏事和坏事做绝的人都会断子绝孙没有好结果。其与搬起石头砸自己的脚和作茧自缚等另外的中国成语有异曲同工之妙。美国人的如意算盘打得啪啪响，但是美国人做梦都想不到的是，按着自己的愿望决定去留的"自愿遣返"也会发生在美国人自己身上——

按着这一条原则，二十二名美国人和一名英国人决定不再返回自己的国家而是选择去往中华人民共和国生活。

1953年8月
碧潼郡

1

汛期一来这条支流就水涨船高。

茂盛的草木渐渐消退，只剩下一片又一片隐隐的枝梢在水流中婀娜飘舞。唯一连接着陆路的窄窄的小道也沉没在江水以下，小小的半岛就完全成了一个孤岛，任由天高云淡，风清气爽，鸟鸥翱翔。

鸭绿江，一直按着自己的规律流淌。

时间虽在8月暑季，江水却还带着微微的凉意。一群群叫不上名字的小鱼游来荡去，它们在浅浅的水草丛中，在微微涌动的江边洄流里漂游，偶尔轻轻叮咬一两下自己壮实的腿肚子和白白的、肉嘟嘟的脚丫子，让赵玉兰心生惬意。一种久违的、痒痒的悠闲。

面积分散而偌大的营区已经没有了往日的喧嚣与热闹，显得冷清与空旷，因为冷清、空旷，整个营地也因此而变得安静，充满了未曾有过的祥和。云团在鸭绿江的上空悬浮，一团又一团，像刚刚采摘的、新鲜的棉花那么白。干流和支流，以及它们之间的湿地，野鸭子呱呱地游来游去，鸟群欢叫着上下翻飞。再也没有了"油挑子""一撮毛"的恐怖怪啸死亡嘶鸣，没有了房倒屋塌烟火升腾痛苦呻吟凄惨呼喊，远远的炮声完全沉寂下来，哪怕是曾经的敌人也都远走他乡，等待着太平洋另一边家人的拥抱。他们，这边的人和那边的人，他们隔着万里大洋，几乎在同一个瞬间张开双臂，母亲拥抱儿子，妻子拥抱丈夫，大哥哥大姐姐们拥抱着自己九死一生的兄弟。能回家真好。能跟亲人团聚，能呆呆地坐在这鸭绿江支流的江边上看兔走鸟飞，野鸡野鸭子咕咕呱呱，任由叫不出名字的小鱼叮咬着自个的腿肚子脚丫子，让微凉的江水带走暑气蒸腾，这个就是和平。

赵玉兰在这个叫作碧潼的地方已经待了将近三年，一千多个日日夜夜。他们是一些特殊的人，他们的身份特殊，工作性质特殊，他们打交道和面对的对象更特殊。那是些美国鬼子，成群结队的美国鬼子，她从来没有想到过自己这辈子能够见到这么多的美国鬼子。

——不，不仅是见到，还要打交道，天天面对面地打交道，一千多个日日夜夜啊！那可是敌人，或者叫曾经的敌人，他们在大大小小不同的战役战斗中放下武器缴械投降然后集合在这里，接受中国人、中国人民志愿军的看管和教育。当然了，放下武器就不能再叫人家美国鬼子和敌人了，"鬼子"，那可不是一个好词儿。过去日本人侵略中国，中国人管日本人叫日本鬼子，其中充满了中国人民和中华民族无尽的恨，无尽的鄙夷、奚落和嘲讽，那是血海深仇。但是美国鬼子现在放下了武器，他投降了，成了俘虏，战俘，你不能再喊他美国鬼子了，特别是不能够当着他美国鬼子的面儿喊美国鬼子。不过，他们也不喊那些人为俘虏或战俘，这里的人都不这样称呼那些人。开始的时候有管他们叫兄弟、伙计的，也有叫同志的，五花八门。后来觉得不准确，人数是大头的美国人也好，英国人法国人土耳其人加拿大人意大利人等等也好，很难成为你的兄弟、伙计或是同志，所以统一改称"学员"，而他们这些管理"学员"的人自然就成了"教员"。碧潼不仅是一座战俘营，碧潼还是一所学校，美国人英国人法国人加拿大人意大利人土耳其人等等，他们不是因为关押、体罚和接受劳动改造服劳役才待在这里，而是为了学习才待在这里。他们实际上在碧潼这个地方上了几年的学堂。

领导都是这样讲的。

赵玉兰之所以管李承晚的国家叫南朝鲜，是因为她跟她的同伴们不知道有一个韩国或大韩民国，他们只知道有一个南朝鲜。李承晚的部队被称作"伪军"，不是在韩国的本来名称"国军"。"伪军"就是大韩民国的"国军"，这是志愿军部队的专用名词，换成别的部队，还不一定听得懂。赵玉兰很多事情都不知道。有一次，一个美国的黑人俘虏——一个"学员"跟她聊起自己远在太平洋彼岸的美国的家乡，聊起他给白人庄园主做工的孤寡母亲，赵玉兰竟然问人家"太平洋"是个什么东西，是不是坐上去就太平了。她没问那黑人士兵怎么会没有父亲，也不知道庄园主是弄什么的，这些都没问，偏偏就问了太平洋。那美国学员倒是没笑话她。他跟赵玉兰解释，在中国有渤海、黄海、东海、南海，鸭绿江就是流到黄海里的一条河——几十个渤海黄海东海南海合在一起，就是太平洋。

碧潼是朝鲜平安北道碧潼郡的首府所在地，隔着一条宽宽的鸭绿江与中国辽宁省的宽甸县隔河而望。直线距离不过几公里十几公里，但因为没有桥梁也不通渡船，若是对面往来需得沿江绕行百多公里方可抵达。当然这个是指现时的汛期。在冬季，寒冷的西伯利亚风暴会将鸭绿江冻得结结实实的，在冰封的江面上就可以自由通行了，汽车马车都可以跑。在朝鲜，"道"是"郡"上面的一级行政单位，以对比的标准衡量，大抵相当于中国的一个省，而郡则相当于中国的一个县。碧潼是碧潼郡的"县府"所在。但这个"县府"却不可与国内的县城相提并论，只不过是几十处房屋相连的比较大的村落而已，而且这些房子开始的时候还都给美国鬼子飞机炸光了，残垣碎瓦。"学员们"到来以后才陆陆续续地重新建起了一片一片的朝鲜式屋舍，算是供他们生活和学习教育的营地。

现在，几千人，说走一下子走得干干净净。

板门店和平谈判的事儿赵玉兰他们都知道，但是板门店谈判过程的艰难曲折和时谈时打文攻武卫却不是他们能够了解掌握的，他们只是一群普通的管理人员——教员，翻译，医生，护士，卫生员，炊事员，文秘员，打字员，司号员，保管员，维修工，警卫看管部队，运输保障部队，等等，不可能了解上边的事儿。他们只是觉得停战谈判特别漫长，特别叫人寝食不安，牵肠挂肚。尤其是那些美国的"学员"，美国人，一会儿高兴得手舞足蹈，一会儿又失望得痛哭流涕，丝毫不注意自己的影响自己的"学员"身份。

幸福来得太突然，恐怕连一会儿哭一会儿笑的美国人自己都没有想到。更让赵玉兰他们没有想到的是，二十二个美国人和一个英国人，竟然不回他们的美国英国了，他们申请到鸭绿江那边的中华人民共和国去生活，每个人都态度坚决，无可更改。

赵玉兰他们都知道美国是一个非常发达的国家。尽管他们对于美国的了解大多来源于朝鲜战场上的真实感受，而不是那些高深莫测的数字。其实，那些数字，以他们当时的情况而言既无法掌握也兴趣不大，他们相信眼见为实。你看看美国人吃的、穿的、用的，你看看他们的飞机大炮坦克车和海港里成排的大军舰，你再看看他们每个月的津贴费——在他们那边叫薪酬、待遇，不要说志愿军没有，连听都没有听说过。不打仗，没有战争，有多好！但是这二十二个美国人，他们的大大在美国，娘在美国，老婆孩子兄弟姐妹在美国，七大姑八大姨都在美国，但是他们不回去了，好好的日子不要了，大大跟娘、老婆孩子、兄弟姐妹，以及七大姑八大姨通通不要了，要留在中国！甚至于那黑人士兵，就是跟她解释什么叫"太平洋"的那个，也不回美国了。赵玉兰不相信他们真的不回去，他们就是说说而已。赵玉兰不可想象一个人能够把自个儿的大大跟娘丢下不管。不孝敬爹娘老子，不给爹娘老子养老送终，那叫什么人呢？那个美国黑人，他是个二等兵，他说他只有娘没有大大。赵玉兰当时听了哑然而笑。一个人，又不是孙猴子打石头缝里蹦出来的，怎的会没有大大呢？美国人就是能闹笑话。

碧潼郡的管理者一时半会儿拿不准主意。二十二个美国人一个英国人有可能心血来潮，万一一觉睡醒了反悔过来，搞不好闹国际笑话。稳妥的办法是将其连同所有被遣返的战俘一同送往板门店的中立区遣返处，视具体情况而定。如果他们一脚过去了军事分界线自当别论；要是死活不迈出那只脚，到时候再做打算不迟。黑人二等兵跟随着二十几个不愿意遣返的美国人英国人以及大批高高兴兴的十五个国家的"学员"去了开城板门店，开始的时候坐汽车，后来的几批是坐火车。那个黑人二等兵是坐火车走的。临走的时候他还说他会回来，一定会回来。

赵玉兰根本不信他们能回来。

也许是为了表示决心或是出于"教员们"关怀照顾的感激之情以及别的什么方面的原因，那美国二等兵竟然掏出一张贴身珍藏的照片，非要送给赵玉兰不可，同时，要求赵玉兰也送给他一张照片，这样他们就平等了。美国人就是这点不好，什么事情都跟做生意似的。

一个半大的男孩跟他的母亲站立在一起。母亲很年轻，像个姑娘，而男孩一脸的青涩，稚气未脱。当然，两个人的皮肤都带着黑色。

赵玉兰对这张照片并不陌生。在碧潼战俘营，有一年过圣诞节，她曾经见到过黑人二等兵"学员"的这张照片。

君子不夺人之爱。

赵玉兰知晓这句老话和这个老理儿。你想想，怀揣着母子俩的照片越洋过海来到这个朝鲜打仗，那该是怎样的一种牵挂、无奈、温暖跟心酸啊！他应该揣着它，越过太平洋，回到他美国的家里去跟年轻的黑娘团聚——照片揣在贴胸的衣袋里就是把娘跟家揣在心里啊。

至于自己的照片，就更不能随随便便送人了。不要说一个美国人，一个美国黑人，一个被志愿军俘虏的美国黑人，就是自己的亲戚朋友同事战友，也不能随随便便地就给了他或她。大姑娘家家的，将照片随随便便送给人是十分荒唐的，那是属于定情之物的一种，照片送出去了就等于给自己定了终身，该是件多么大的事情啊！美国人还想要她的照片。美国人什么事情都不懂，就会闹笑话。

二寸见方的黑白相纸上，赵玉兰明澈的双眼遥望着远方的鸭绿江。

志愿军的双排扣女装，圆圆的笑脸，乌黑浓密的头发遮盖在单军帽的帽檐下，两根粗粗的大辫子垂于肩旁。天空通透，白云飘荡，远方的鸭绿江波光粼粼，她和她周围的一切满怀生机，充满了拔节、生长的力量。

2

"玉兰，玉兰！"

几声不大不小不轻不重的呼唤将赵玉兰从慵懒的时光里拽回到现实。她回过头来，看到了俘管所的同事，也是他们这个大队的教员，还是她的表哥，朱仕旺。

其实她不用回头，听声音就知道是她表哥。在这个地方，哪怕在整个朝鲜，只有表哥朱仕旺会"玉兰玉兰"地叫唤她。

碧潼战俘管理所的"教员"身兼多职，而且差不多都懂得些英语，教员实际上就是翻译。沿着这条鸭绿江支流的碧潼郡一线，前前后后相连着六个俘管大队，每个俘管大队里都有不少懂英语的教员。现在是1953年了，各方面条件比俘管所刚刚建立的时候好了许多，各方面都有很大的变化。开始的时候哪有什么翻译？别说是翻译，吃的住的用的什么东西也没有。志愿军全军上下、国内国外一齐想办法，调了不少懂英语的教员来，才基本上解决了语言不通和交流方面的问题。朱仕旺就是那时候来到的碧潼。

来到碧潼的时间虽然跟赵玉兰差不多，朱仕旺的身份跟地位却比赵玉兰要高。教员一般是属于干部身份，而赵玉兰只是一个普普通通的医疗队工作人员，不是医生，甚至连护士都谈不上。充其量，就是个帮忙打杂的护工，习惯上称作卫生员。

朱仕旺高高瘦瘦的，微微有点儿驼背，不英俊，也绝不难看。胸前的衣服口袋上面总是插一杆钢笔，说起话来抑扬顿挫咬文嚼字。这也难怪，谁叫人家小时候读过私塾学堂，读过完小，还去省城里读过外国人的教会学校，任什么都比赵玉兰强。赵玉兰，除了跟着村里的姑娘媳妇们上过几天的识字班，斗大的字认不得几个。但是赵玉兰在朱仕旺面前不管什么时候说起话来都亮亮堂堂的，而到了赵玉兰跟前，朱仕旺也往往没有了平日里的抑扬顿挫咬文嚼字，除了衣服口袋上的那杆钢笔不变，什么都变得不像个朱仕旺了。在他们两个人的世界里，赵玉兰的气场明显比朱仕旺大。

"不叫你喊俺玉兰、不叫你喊俺玉兰，你偏喊！"

赵玉兰见到朱仕旺就数落。

朱仕旺笑笑，好像没有任何感觉一样。赵玉兰也就是说说，赵玉兰话里不带任何不满意或是生气的成分，这个朱仕旺听得出来。

"这里风凉。你们会找地方。"

朱仕旺看看赵玉兰，又看看和赵玉兰一起乘凉的俘管所医院的几个女医生女护士女卫生员，脸上依然挂着笑意。

"要不喊俺赵同志，要不喊俺小赵，要不就直接喊俺大号，赵玉兰。一天到晚玉兰玉兰的。"

赵玉兰仍然自话自说。

朱仕旺又笑了笑，说道："打小俺就喊你玉兰，俺不喊你玉兰喊什？"

"这是部队，不是打小，也不是老家。"

"行，玉兰，俺以后不喊你玉兰了，俺喊你赵同志。"

几个女医生女护士女卫生员都哧哧地笑了。她们站起身来，不约而同拍拍屁股上的青草屑儿土星子，光着腿肚子脚丫子，手里的帆布胶底鞋一甩一甩的。

"我们先回去了啊玉兰，你们亲戚，拉拉呱。"

她们一齐冲赵玉兰喊。

赵玉兰说："哎呀，你们等等俺呢，俺跟你们一块儿回去！"

那边的喊着："不用呢玉兰！人朱教员好容易出来一趟，你们亲戚说说家里事，回去给你把饭打好就是了。"过了会儿，她们又回过头来远远地喊着：

"下午改善伙食，吃大包子！你可早点儿回来啊玉兰……"

赵玉兰冲她们的背影摆了摆手，但是并没有再说话。

朱仕旺看看已经走远了的几个女同志，回头对赵玉兰说："怎的人家都喊你玉兰，就俺不能喊你玉兰？"

"俺娘咪！"

赵玉兰不易觉察地、轻轻地叹了口气："人家是人家，你是你！俺可管人家喊表哥？一个男同志，整天玉兰长玉兰短的，也不怕人笑话！"

朱仕旺仍然笑着，不过笑得有点不好意思了。他对赵玉兰说："行，玉兰，你不叫俺喊俺以后不喊了。"

赵玉兰说："这就是了，大旺哥！队伍上有队伍的规矩呢……再者说，你也不能成天给这个给那个说俺是亲戚、亲戚的。革命队伍讲究五湖四海，不搞家长里短的，俺寻思，这个你能比俺明白。"

朱仕旺说：“明白，不喊了就是了……再者说，其实没几个人知道俺跟你是亲戚。”

“哎，你说你大旺哥……”

赵玉兰又轻轻地不易觉察地叹了口气。

确实。在碧潼俘管所，真的没几个人知道他俩的关系和他们的过去。

3

朱仕旺和赵玉兰都生长在山东沂蒙山区的汶河岸边，两家属于姑表舅亲，赵玉兰管朱仕旺的父亲母亲喊大舅大妗子；朱仕旺管赵玉兰的母亲父亲喊大姑和大姑父，他们同喝一条汶河的水。朱仕旺的家在曲里拐弯的汶河上游，一个叫野猪旺的村子；赵玉兰的家在河滩开阔的汶河下游，汶河村。两村相距并不很远，二三十里地的样子。路程虽不远，两家的走动却并不多，只在逢年过节的时候相互之间串串门子。沂蒙山规矩，嫁出去的闺女泼出去的水，没有大的急的事由，一般来讲不轻易回娘家。但也并未因此而生分了两家的亲情。就像汶河里清凌凌的流水一样，你能分清了哪块是上游的哪块是下游的？分不清。

汶河是属于沂蒙山区沂河的支流之一，在赵玉兰老家汶河村这个地方不远，沿着平缓的、水草茂盛的河道，汶河缓缓地注入沂河之中，让一路南去的沂河更宽、更大，水量更充沛。

汶河，沂河，蒙河，它们都是沂蒙山的母亲河啊。

有一年过年，大舅领着大妗子和朱仕旺来汶河村的妹妹家串门子，那时候朱仕旺赵玉兰都还小。朱仕旺七八岁，私塾学堂刚刚读了不长时间，赵玉兰也才学会走路不久。朱仕旺比赵玉兰大六岁。大妗子一进门就将一岁多的赵玉兰抱在了怀里，满心欢喜地说：

“她大舅，你看看这个小闺女哎！灵透灵透的……你看看这眼，你看看这小耳朵，这头发，还有这肉嘟嘟的小嘴儿……可真俊呢！俗话说外甥随舅，可俺看你这个外甥女怎的一星半点儿不随你呢？”

一大家子人嘿儿嗨地笑开了。

大妗子又将年幼的朱仕旺拽过来，把他推到赵玉兰跟前，让一大一小的两个小孩儿脸对脸瞅着，对他们说："大旺子，你看看你这个小妹妹，多灵透，多俊……等长大说给你当媳妇可行不？"

大妗子是打心眼儿里喜欢她这个外甥女。

朱仕旺正津津有味地啃着大姑递给他的花猴子，嘴巴子脸蛋子花里胡哨的，鼻涕也下来了。那时候都还小着，说媳妇不说媳妇的，对两个小孩儿来说无异于对牛弹琴。他们相互瞅了几眼就"移情别恋"了，对此没有丝毫的兴趣。

没想到大舅看着两个年幼的孩子竟然认了真。大舅说："不孬！本来就是一家人，亲上加亲，不孬。"

大妗子倒有些糊涂了。其实她也就是一句玩笑话，虽然喜欢也是真喜欢。

高兴的事儿来得有些突然，以至于赵玉兰的父亲只会嘿嘿地傻笑，除了一连声的"不孬，真不孬"，就再也说不出别的什么。

以大舅哥的身份地位，他一个妹夫能有什么异议？不可能有。

大舅说："中！今个儿大年初六，是个好日子。一元复始，万象更新，咱把两个孩子的亲事定了，到他俩长大成人，就把婚事给办了。"

一家之主，讲究的就是个一言既出驷马难追。何况还是个好主意、好决策。

赵玉兰的母亲却有点儿犹豫不定，说，大哥大嫂的主意是个不孬的主意，亲上加亲，本也无有不妥，就是两个孩子的命相怕是有些不合适。她大哥说，命相？啥命相？你信这个？俺是从来不信。俺跟你嫂子也不合，还不是过得好好的？

一句戏言成了真，这门亲事就算是这样定下来了。这个叫"娃娃亲"，在当时的乡村里实际上并不少见。姑表亲、舅表亲、叔伯表亲等结成秦晋之好的事儿虽不普遍，却也绝非没有。赵玉兰跟朱仕旺不是指腹为婚，是双方长辈打小就给定下的娃娃亲，是父母之命。到两个孩子褪去稚气长成青青涩涩的少年，再见了面都有些不好意思了。嘴巴上她还是管他喊大旺哥，他喊她玉兰妹，但他们心里头清楚，那不是一辈子的哥或妹。总有一天，他们两个要披红挂彩喇叭号子拜天地入洞房成为真正的一家人。

他们之间的这些事情，碧潼俘管所的领导和同志们可没几个人知道。一些人只听说他们是亲戚，但不知道他们是这种关系的亲戚。有了这层关系，加上身处水深火热的朝鲜战场，赵玉兰反而离她表哥更远。

话不投机，亲戚间的家常话没能唠上几句，两个人默默走在回去的路上。赵玉兰光着腿肚子脚丫子，手里拎着帆布胶底鞋；朱仕旺不紧不慢跟在后边，迈着一个读书人才有的八字步。后来他看云观天，出口吟诵道：

"暑往秋来，季节交替，转眼又是一个冬天哪。"

赵玉兰回过头来看了他一眼，没弄清表哥的神经哪块儿出了差错。现在刚刚大暑，还没出伏，就转眼秋啊冬的了。朝鲜的冬天多冷啊！她可不想搁朝鲜再过一个冬天。

赵玉兰说："停战了，俘房都走得空空的，你还想打这儿过一辈子？！"

回到营区以前，一前一后的两个人再无言语。

其实在长大成人以后，赵玉兰比小的时候更少见到朱仕旺。在来到这个朝鲜半岛抗美援朝保家卫国之前，她跟她娘、她大大，甚至于大舅大妗子，他们好几年都没有朱仕旺的任何消息。朱仕旺如同失踪一般音信皆无。她跟表哥是在朝鲜碧潼这个地方重新见的面。重逢虽无传奇却也并不平常。从这个叫碧潼的地方开始，表兄妹俩的旅程充满了曲折。

朱仕旺这时候已经不叫朱仕旺了，叫朱贡献。

1953年9月
叛国者

1

人去屋空，板门店比开始的时候清静了不少。

8月5日至9月6日三十三天的时间里，朝鲜战争交战各方"直接遣返"的战俘们已经基本遣返完毕，只剩下皮特·路德这些"不直接遣返"的人。这期间，中朝向美方遣返了包括美军在内的"联合国军"战俘四千九百一十二名，遣返南朝鲜战俘七千八百四十八名，共一万二千七百六十名。接收志愿军归俘人员五千六百四十人，朝鲜人民军归俘人员七万零一百五十九人，共七万五千七百九十九人。而在此之前的4月20日至5月3日，双方的病伤战俘已先行进行了遣返，中朝遣返对方六百八十四人，接收六千六百七十人。战争，对于交战各方的任何一方而言，都是生命中不能承受之重。

只剩下皮特·路德等二十几个美国人英国人和数百名不愿归去的南朝鲜人了。为数不多，却令人度日如年。

皮特·路德他们现在又有了一些新的名称：变节者，叛徒，疯子，被洗脑的人，共产主义同情者，犹大和上帝的弃儿，等等。皮特·路德真不知道哪一个更适合自己的口味。

实际上，这些麻烦或是后遗症都是美国人自己给自己造成的，这一长串吓人的名称也完全属于自嗨。如果美方一开始就履行《日内瓦公约》第118条和第7条关于战俘问题的遣返规定，本不会出现这样的麻烦。战争已够让人焦头烂额，还要在战争的创伤上撒上几把盐，不是愚蠢是什么呢？当然，那些操弄战争操弄政治的人从来都不认为自己愚蠢，他们觉得自己高高在上，非常了不起，比谁都聪明。美国是《日内瓦公约》的签字国，而中国当时还不是。一个未在公约上签字的国家都能履行或者强烈要求履行公约精神，而签字者却对此视若儿戏。这个世界，并没有什么一成不变的公理。哪怕是公理，也要看是否符合自己的利益。

三十三天结束了，同伴们都已回到南方，不久将登上去日本和珍珠港的运兵船，然后回到美国，与亲人团聚。很多人还会继续在军队服役。三十多天的时间已够心焦，但是皮特·路德他们不知道，他们还要继续在板门店中立区待上九十天。

一夜之间，哨兵换成了戴头巾蓄胡须的印度人，他们有的能说一点儿奇怪口音的"英语"。怎么说呢？英式不像英式，美式不是美式，反正让皮特·路德觉得怪怪的。这些印度哨兵一个个板着面孔，不苟言笑，远不如志愿军哨兵和善。

2

按照停战谈判最后达成的协议，类似于皮特·路德这些"不直接遣返"的战俘，一律交由中立国印度派遣部队看管，定期由双方各向自己一方的被俘人员进行解释。所谓"解释"，就是开展深入细致的思想工作，以争取他们——那些"不直接遣返"的人幡然醒悟，以使其迷途知返，重新回到自己的阵营中去。朝鲜停战协定的附件《中立国遣返委员会的职权范围》对中立国的职权和解释工作作了明确规定。中立国由印度、波兰、捷克斯洛伐克、瑞士和瑞典等五个国家组成，印度为中立国遣返委员会主席国。解释期定为九十天，主席是印度将军蒂迈雅。

双方于板门店军事分界线设定了解释的场所，中朝一方在分界线这边的松谷里，美国和南朝鲜一方在分界线那边的东场里。皮特·路德估计，它们之间的距离并不远，但不能够直接目视，就像在板门店不能看到开城一样。皮特·路德见到过开城，一个保存完好的小城镇，有一些东方风格的漂亮建筑。车过开城一路向南，他们在板门店安顿下来，皮特·路德估计，这段距离差不多有九英里，也就是十五公里或三十华里左右。中国人不用英里这样的长度单位，他们往往说"多少里"，"里"，是中国人的长度单位。这是他在碧潼的时候知道的。皮特·路德脑瓜子灵巧，什么事情一想就能想个八九不离十。

但是皮特·路德不知道开城的历史。开城可称作朝鲜的一座历史文化名城，是当年高丽王朝的都城。南距汉城百余公里，街道上铺着独特的白色的细沙，楼阁墙垣秀丽工整。亭台古塔，假山流水，颇有唐宋遗韵。开城这个地方还盛产人参及以人参为原料酿制的人参酒、人参糖，名闻遐迩。朝鲜停战谈判开始时的地址来凤庄就处开城一隅，庄主曾为开城当地最大的人参种植商。由于其本来就在三八线以南，原属于大韩民国的管辖之地，故在战争期间未曾遭到过轰炸，城和城里的古建筑都完好无损地保存了下来。

九十天的解释本应机会均等，本应公道、平等，但实际过程中，却充满了明争暗斗，诡计阴谋。

美国人给中朝一方的解释设置了种种障碍。

解释前故意拖延时间，说好九点钟开始，到中午也见不着动静，不是找不着人就是集合不起队伍来，皆因其有美蒋特务捣乱破坏、威胁恐吓。美方位于东场里的解释场地一直拖延了半个月才搭建起来。第一次开展解释，中朝一方人员天不亮就早早地起床、吃饭，提前乘车赶到东场里，然而太阳几竿子高了还见不到战俘的人影儿。经中立国遣返委员会主席印度蒂迈雅将军亲自出面督促，也未能立竿见影，直到下午四点钟，战俘们才被带到用于解释的帐篷里。即便这样，混入战俘之中的李承晚和台湾特务还起哄捣乱，鼓动战俘叫嚷闹事，破坏现场秩序，使得解释工作根本不能如期进行。往往一个人没有解释完，夜幕早已降临，这一天的解释只能草草收场，半途而废。

这样的所谓"解释"，中朝一方在九十天的规定时间内也只进行了十次，每次都遭遇重重干扰破坏，解释的效果可想而知。反之，美方于松谷里中朝一方解释场地的工作却要顺利得多，他们可以随时随地前来解释，想开大会就开大会，想个别谈话就个别谈话，中朝一方不设障、不限时，到饭点了还有热汤热饭供应，吃过了喝过了可以继续进行。以至于穿军装的、着便服的、戴墨镜的、挎相机和不挎相机的，各色人等，络绎不绝。中方始终本着开放、透明、自由的原则，给予皮特·路德等美英战俘和南朝鲜战俘非常充分的民主权利，去、留皆由其自行决定。

3

两个穿风衣戴墨镜的大汉将皮特·路德带进一个单独的小帐篷，开始了他多年后依然记忆犹新的谈话。

"我们知道你，士兵。我们对你的一切了如指掌。"

一个站着，一个坐着。坐着的那壮汉开口说道。

皮特·路德笑了笑。皮特·路德说："我很简单，我没有什么隐瞒的，先生。"

"我们知道你，士兵，你是田纳西州孟菲斯人。你有一个母亲给孟菲斯的老板干活儿。"

坐着的那壮汉仍然说。

"我说过了先生，我没有什么可隐瞒的。"

"你今年多大？让我猜猜，二十二岁？"

"我二十二岁先生，跟你猜的一模一样。1931年生于孟菲斯。"

"你看看，我们什么都知道。"

皮特·路德笑了笑，礼貌地回答道："这个不难，先生，档案里都有。"

"你父亲做什么？我们查不到你父亲的任何消息。"

"我可以不回答这个问题吗？"

"为什么？"

"因为每个人都有自己的隐私。"

"嗯，隐私。好吧，我们尊重你的隐私。"

"……"

"你是非洲裔，士兵。"

"关于这一点我要纠正你，先生，我是个美国人，非裔美国人。"

"嗯……我们知道你，了解你的一切。你为什么加入美国陆军？"

"你们不是了解一切吗？"

"我们当然了解。偷盗，那可不是一件多么光彩的事情。"

"我仍然要纠正你，先生，那个不是偷盗，我只是想开开那车，试一试。随便上去遛一圈儿。"

"好吧，"坐着的看看站着的，露出嘲讽的笑意，然后说，"那可是属于别人的私有财产。你要知道，士兵，一辆奥兹莫比尔火箭88，可不是一个随随便便的人随随便便可以触碰的。你认为可以随随便便用别人的私人财产遛一圈儿？你有没有想到过这样有可能不太合适呢？有没有想到过被你随随便便遛一圈儿的主人的感受呢？何况那还是个奥兹莫比尔火箭88！"

"不管你怎么说，先生，我从没有想要占有它，我只是想试试手感……奥兹莫比尔火箭88，确实是一辆好车。关于这一点，我可以向上帝发誓。"

"嗯，好吧，我想我们还是不要把时间浪费在这方面……你为什么加入美国陆军？"

"我想你是知道的，先生。对一个黑人来说，有什么能比军队的职业更让人有保障感？起码可以吃饱饭。"

"你有过宣誓效忠吗？效忠军队，效忠你服务的国家？"

"每个人都要宣誓。"

"这就好。那么说，你有没有觉得，或是发现，你现在的所作所为与你的誓词，它们之间，有什么不妥没有？"

"我没有感觉到什么不妥。我想我并没有违背自己的誓词。"

"你不想返回自己的国家，我们无与伦比的美利坚合众国，而是要去共产党中国，这个叫什么？难道不是一种叛国者才具有的行为吗？！"

"我仍然要纠正你，先生。我是个美国人，我爱美国。选择去中国生活是美利坚合众国赋予每一个美国公民的自由，美国是一个自由民主的国家。难道不是这样的吗？"

"你在狡辩，士兵。狡辩可不好。"

"叛国罪，要接受军事法庭审判！"

站着的那壮汉也终于忍不住地说道。

"我没有叛国，"皮特·路德看看他。站着的跟坐着的都是满脸的威严，他们黑色的墨镜在八九点钟的阳光下闪闪发亮。"我是个美国人，我从没有想到过放弃自己的国籍。"

"好吧，"仍然是坐着的那个，"我们要了解的是，究竟是什么原因促使你做出这样的选择？你是否受到了威胁？或是……你知道的，士兵，他们那种共产主义宣传？"

"没有任何人威胁我。这一点我可以向你保证，也可以向上帝保证。也没有被什么人赤化，一切都是我自己的决定和选择。"

"嗯，士兵，我们知道这里面有很多内情，我们理解你的谨慎。但是，凭你一个人的……我是说，阅历，你好像不太可能做出如此重大的决定来。你们有过商议或者……密谋吗？"

"没有任何密谋。我们都是各自独立做出的决定。"

"那么，究竟是谁指使你前往共产党中国的？"

"我说过了先生，没有谁指使。如果非得让我给你们指出一个来，我想这个人应该是……请问先生，你们是遣返委员会还是美国记者？还是联邦特工？"

两个大汉又相互看了看。站着的那个说："我们是谁不重要，士兵。重要的是我们代表美国！"

"那好，先生，"皮特·路德说，"既然你们代表美国，那我要告诉你们，指使我前往中国的，正是你们这些代表美国的人。"

"你这是何意？"

坐着的朝前倾了倾上身，直直地盯着皮特·路德。

"是你们这些代表美国的人通知我们，我们可以按着自己的意愿随便选择一个想去的国家，可以'自愿遣返'。难道不是吗？本来我跟我的伙伴们根本不知道有这么一个规定。我还纳闷呢，怎么会有这么自由自在的好事情！"

墨镜相对，沉默短暂。印度哨兵挺胸瘪肚，像是故意而为之，有点儿装模作样。他的头巾非常厚实，看上去复杂和沉重，长且浓密的胡须遮盖了大半个面孔，以至于刚刚看得出嘴巴鼻子眼来。皮特·路德想他一定很热，非常热，尽管已是秋季。皮特·路德还注意到他挂着的那武器，一条李·恩菲尔德步枪，比早期中国人手里的家伙，比如三八大盖和莫辛纳甘式，好不了多少。皮特·路德猜他听不懂他们之间的对话。

"那是为中国人和朝鲜人准备的条文。那个东西不适合美国人。"

坐着的往后一仰，面无表情地说。

"但是，先生，国际红十字会的确是这样通知我们的，他们说美国和联合国都是同样的意见，每一个战俘都有自由选择的权利。"

"国际红十字会？"壮汉耸耸肩膀，再次露出嘲讽的笑来，"他们能代表谁？谁也代表不了！"

皮特·路德又尴尬地笑了笑，息事宁人般地说："你要这样说，先生，我也没有办法。"

"军法审判！你会上军事法庭，士兵！"

站着的那个提高了嗓门儿。

"我为什么会上军事法庭？我完全是按着你们这些代表美国的先生的意见在做我自己该做的事情，为什么要审判我？我没有给美国的国家利益造成任何损害。"

"投敌，等于叛国！"

"我不能接受这种说法。在我加入军队的时候，我的誓词告诉我，战争中的变节行为才是投敌。请问我有变节吗？我仍然是一个美国人！而且更准确地说，当我开拔朝鲜的时候，那些人，那些代表美国的人，他们说这只是一个警察行动，我们到场，很快就会回到美国过感恩节和圣诞节。既然不是战争，怎么会有战争中的投敌变节？"

"狡辩没有任何意义！"

那代表美国的坐着的人很不耐烦地打断他的话，转而换作一种非常体贴和理解的口气说道："一个人的生命历程中，差不多人人都会犯点儿错误——包括我自己。但是我的诀窍在于，我能够很快地认识错误并及时改正自己。你瞧，我是个聪明人。"

皮特·路德不知道他要说什么。

"你才二十二岁，孩子，你还有很长很长的路要走。那句话是怎么说的？中国人有没有告诉过你，一失足成千古恨？大概就是这个意思。一个偶然的机会往往会改变一个人的一生。中国人并不笨，他们有时候很有哲理。"

皮特·路德只是低垂着眼睛，脸上挂着浅浅的尴尬的笑容。

"现在改变还来得及！"美国代表更朝前倾着上身，"我们将一如既往，就当什么事情也没有发生过。我向你保证，孩子。"

皮特·路德眯着眼睛看看太阳，太阳已经很高，差不多到了正午。他站起来，拍拍屁股上的土，彬彬有礼地说：

"我没有什么可改变的，先生们。你们还是去别人那里看看有没有改变的可能，再说我要去开饭了……你们不想尝尝中国饭的味道？"

"不要太任性，士兵！"站着的那人似乎按捺不住了，"你要想一想田纳西州，想一想孟菲斯的你的母亲。你的母亲，她会伤心的，非常伤心！"

"谢谢你，先生，"皮特·路德说，"我母亲是个好人，我爱我的母亲。她会理解我。"

坐着的壮汉终于也站起来，指着不远处的吉普车说道："你可以坐上那车跟我们一起回去。没任何人敢拦你。"

"不，先生。谢谢你。"

皮特·路德仍然微笑着说。

1953年10月
碧潼之约

1

赵玉兰总是会把一江之隔的碧潼当成中国。碧潼，距离对岸的宽甸那么近。但是她也知道，碧潼确实不是中国，碧潼是朝鲜。

在来到这个叫作碧潼的地方以前，她与表哥的最后一面，还是民国三十六年（1947）的深秋时节。朱贡献那时候还不叫朱贡献，叫朱仕旺。

他骑着辆笨重的脚踏车，按着记忆来到汶河村，又在一树灯笼的柿子树下找到了大姑家。低矮的石头院墙中，一个半大不小的闺女正围着石磨忙乎着。正是他的表妹，赵玉兰。

身后的三间石头茅草房是赵玉兰出生的地方。

民国十九年（1930）四月五日这一天是庚午年庚辰月的乙酉日，午时三刻左右，赵玉兰呱呱落地。时令正当在阴历三月初七，清明；庚午年在皇历来说属于马年，因此这个刚刚降生的小家伙就是个小马驹。清明之时，大地复苏，万物生长，正当是风清月明的时候；又生在个马年，马到成功，一马当先，车水马龙，万马奔腾，等等，都是好兆头。风水先生"一目清"早早有言，这个属马的小闺女此生非是一般，虽不能大富大贵，却也身康体健，长命百岁。但是"一目清"也有遗憾，小马驹这个出生的时辰不好，午时三刻，北京城午门外砍头杀人的时辰呢，只怕一辈子命运多舛。说得玉兰她娘直懊悔。早知道她就多憋几个时辰，挨过了那凶杀的时辰再生不迟。

玉兰她大舅，也就是朱贡献的大大说，你听算命的胡诌八扯！他要能掐会算，还能自个儿崩瞎了自个儿的眼？

按着公元纪年的阳历，民国十九年该是1930年。

　　朱贡献读过私塾学堂，读了界湖街上的完小，又被他大大送到省城的教会学校去念书，一去就去了几年的时间，其间也只在寒暑假期才得空回到汶河岸边的野猪旺，同表妹赵玉兰见上一面。但在这个不寒不暑的时令，却多少有点儿意外。

　　"辛苦呢，表妹？"

　　赵玉兰抬头看看朱贡献。表哥一身藏蓝色的中山式学生装，像个麻秆立在院门口，好像一阵大风就能把他刮跑。表哥的鼻梁上多了副眼镜，发型很特别，四周围很短，头顶上很长，左胸口的口袋上一溜儿插着三管钢笔，阳光下的笔帽儿闪着亮光。身旁的洋家伙她知道，是叫自行车，骑是没骑过，对此却也并不孤陋寡闻。还有表哥那口气，"辛苦呢"，赵玉兰也觉着怪。汶河两岸，沂蒙之乡，见面打招呼都说"忙活呢"，表哥偏不，"辛苦呢"，意思是一个意思，但那是个城里话。洋车子，洋词儿，洋打扮，赵玉兰不习惯。

　　朱贡献的眼睛里，表妹玉兰已经出落得非同一般。个头儿虽未长高，腰身却显示出一个半大不小女孩儿的隐隐的成熟来，隐隐的，要熟未熟，就像金黄色的柿子——金黄色的柿子已经称得上是七八成熟了，但是还硬，还涩，非得到初冬的冷风一吹，红了，软了，这个才叫真正的熟透了。表妹乌黑的头发，一根长长的大辫子垂在胸前，当她弯下腰来的时候，它就会从身后跑到胸前来。表妹要一边忙活手头的活计，一边时不时地把讨厌的大辫子甩到肩后去。浑身上下的衣裳也都带着干净利落。兰花花的、暗红色的、长长的夹袄，黑色的大裆棉裤，蓝粗布面的紧口鞋。在沂蒙山，并不是所有的人家都有夹袄夹裤穿——深秋初冬或是春天刚刚到来还没有真正到来的时节，光景好一点的人家就会换穿上夹袄夹裤。夹袄夹裤不是真的棉袄棉裤，只在两层粗布间絮进了一层薄薄的棉花，正好应了不冷不热的时令。到真正的冬天降临，还是要换上又厚又臃肿的真正的棉衣。赵玉兰的家境并不允许她如此的奢侈，这身衣裳还是头年春上她大妗子，也就是朱贡献母亲给做下的。那时候穿上有些长，现时也长，不过在朱贡献看来却是刚刚好。

"你这闺女！怎的也不屋里让让你大旺哥？院门口站着你看……来，屋里来，赶紧的！"

玉兰她娘赵朱氏扭着一双小脚，拎着个小方凳走出来，数落着赵玉兰。

赵玉兰头不抬："哎呀，娘！没见俺正忙活呢吗？！"

朱贡献笑笑说："不碍事大姑！俺院里歇着，看俺玉兰妹妹摊煎饼。"

赵朱氏倒笑了："你这孩子！摊煎饼有什好看？你又不是没见过。"

朱贡献说："俺玉兰妹妹摊得好。"

"行，你就坐院子里。今天风小，院里也还暖和。"

朱贡献接过大姑递来的小方凳，坐在院子里。

赵玉兰一边忙活着手里的活计一边会偷偷看上表哥两眼。表哥傻呵呵地、老老实实地坐着，口袋上的三管钢笔很惹眼。

玉兰她娘又从盛面的面瓮里舀出一瓢白面倒进杂合面的糊糊盆里，又是加水，又是搅和，把个瓦盆弄得叮当响。赵玉兰说：

"娘！你看你，大旺哥也不是外人！"

赵朱氏瞪她一眼："你这闺女！外人倒不是外人，可是俺亲侄子？能让俺大侄子光吃杂合面？！"

朱贡献却说："大姑，我喜欢吃杂合面的煎饼，打小就喜欢。"

赵玉兰撇撇嘴。表哥省城里去了几天，口袋上多出来一排钢笔不说，连说话的腔调也变了。刚才把忙活叫"辛苦"，现在俺不是"俺"，是"我"。"我"不就是个"俺"嘛！

但是赵玉兰也就是嘴巴上说说而已，任由她娘将一满瓢白面掺进糊糊盆里。掺进白面的糊糊儿还是个杂合面的糊糊，只不过杂合的质量得到了明显提高。

赵玉兰拍打拍打衣袖和前襟上的面粉，大辫子一甩，顺手捡了张刚摊的煎饼，剥棵大葱一卷，递给朱贡献：

"趁热乎，赶紧的！"

朱贡献边接着煎饼边说："俺不饿呢，俺就喜欢个看。"

赵玉兰一捂嘴："你不说'我'了？'我'不饿呢，'我'就喜欢个看呢！"

朱贡献也笑了，笑得有点不好意思。

赵朱氏旁边嗔道："你这个闺女！跟你表哥说话没大没小的……看哪天过了门子，你大妗子不打死你才怪。"

"俺才不过门呢！"

赵玉兰头一扭扭去屋里不出来了。

只剩下朱贡献、朱贡献他大姑和地头上回来的大姑父嘿儿嘿儿地笑。大姑的笑带着怜爱跟幸灾乐祸；吧嗒着长长的烟袋杆子的大姑父笑得真心实意。就是个朱贡献，大旺子，笑也不是不笑也不是，像是皮笑肉不笑。

他告诉大姑大姑父，他在省城教会学校的学习要结业了，教会学校想让他留校担任教工，这样他就是个省城里的人了，就不回野猪旺了。教会学校的教长，也就是美利坚国来的约翰牧师很器重他。这个洋车子，脚踏车，就是约翰牧师的，是地道的德国货，俗称"红钩子"。听说他回沂蒙山老家，人约翰牧师特意借给他一用，以利通行方便。那时候沂蒙山区非常闭塞，汽车只通到沂州府，也就是临沂城，从临沂过来的这一百多里山路却只能靠步行。朱贡献天资聪颖，在教会学校不仅美利坚话学得好，还学会了骑自行车。有了德国的"红钩子"，他半道上下车，卸下汽车尾巴上的"红钩子"，几十里地的距离，一两个小时就可到家。

他大姑说，呦，这倒是怪不孬，省城，不是随便去的……就是你表妹，玉兰，以后怎治？

大姑父虽没说话，烟袋杆子却也僵在手上，忘了吸。

朱贡献说他都想好了，等到他留校安置妥了，就把玉兰妹妹接过去……大姑大姑父也接过去，都去省城里享福。

"俺才不去！"

黑黑的屋子里冲出来一句变了声的叫喊。

朱贡献笑了笑，有点儿尴尬。他对大姑大姑父解释，美利坚国的教会学校不孬呢，人约翰牧师也不孬，是个好人，大姑大姑父跟玉兰妹妹，当然也有他大大跟他娘，去了一准喜欢。

大姑父问，美利坚国是怎事儿？

朱贡献说，美利坚国就是美国，很富很富的一个国家，见天吃面包喝牛奶，全是白面。

大姑父这才又把烟袋吧嗒上了，对朱贡献说，享福你们年轻人去享，俺这还有地，还有庄稼，还有鸡鸭猪牛。再说了，去省城，俺也过不惯。

2

朱贡献生于民国十三年（1924）阴历二月初二。二月二，龙抬头，又赶上二十四节气里的惊蛰，按说应该是个好日子。万物出乎震，惊蛰之后，大地渐次复苏，虽还乍暖还寒，春天的两个脚却正漫步而来。但时不凑巧，他降生的时候是个半夜，也就是丁卯月甲申日的子时，命理上说叫生不逢时。这一年又是甲子年，中国的农历鼠年，朱贡献因而属鼠，比表妹赵玉兰大六岁。马遇鼠心里堵，一家人都知道两个孩子的命相不合。

那时候算命看相的"一目清"刘瞎子刚刚有些名气，被请来给这个带把儿的孩子破破命相。半瞎子掐指一算，说名字上得有个"旺"，生地谓之曰野猪旺，名儿再带个"旺"，旺旺相旺，仕途恒通，日久天长。因而大号就叫个朱仕旺，乳名大旺子。赵玉兰心目中，大旺子就是她表哥，永远都是。

在村头，他们碰到叫大傻二傻的兄弟俩。大傻吸溜着脏兮兮的鼻涕，嘿嘿地傻笑着说：

"蒸馍馍吧？俺娘怀里有馍馍，又大又暄。"

赵玉兰使劲儿摆着手连连喊着："走开，走！"

村里村外都知道，大傻二傻是属于亲上加亲的结果。他们的大大跟他们的娘是姨表亲的表兄妹，所以生下了大傻二傻兄弟二人，老大不小的了，还什么都不能干。也知不道哪个缺德少筋的八蛋二流子教的，别的没学会，就学了个"蒸馍馍"，逢人就问蒸馍馍，说她娘怀里有馍馍。

汶河的水清凌凌的，几条叫不上名字的小鱼儿在云彩里游来荡去。水里的天空蓝得耀眼，高高的云朵儿在河水中漂浮，好像一伸手就能捞上来几片。

过了前边的这个漫水桥，就是通往野猪旺的山道了，朱贡献让表妹回去。赵玉兰说俺回啊？朱贡献一只手扶着弯弯的车把子一只手摆了摆，很潇洒的模样。

赵玉兰摆弄着胸前的大辫子往回走了几步。然后又突然回头，冲朱贡献说：

"大旺哥，俺问你个事儿。"

"什事？表妹你说。"

朱贡献扶着车子停下来。

赵玉兰说："人家说一个钢笔中学生，两个钢笔大学生，你这别了三管钢笔，怕是学问了不得了吧？"

朱贡献一只手再摆摆，大声地回答道："有志不在年高，钢笔不在多少。学无止境，学无止境。"

"俺是说，俺是说……"赵玉兰的辫子在手里搅啊搅的，"俺是说表哥你这么大学问，一定得在省城里找个般配的嫂子给俺。"

朱贡献，朱仕旺，大旺子，推着笨重的德国造"红钩子"脚踏车气呼呼地走了。老远还回过头来喊着：

"俺不找！俺谁个也不找！"

3

朱贡献此去再无音信，直到重新出现在这个叫作碧潼的地方。

他未能兑现自己的承诺。两家人，包括赵玉兰自己，都不知道那几年她这个表哥究竟经历了些什么。她也曾问过朱贡献，但是朱贡献支支吾吾地不愿意多说。赵玉兰也就不问了。

队伍上的人天南地北，天南地北的人说着难懂的天南地北的方言土语。南方人认为他们的方言"侉"，管山东人叫"山东侉子"。尤其是一些打上海参军的南方人，比如俘管处政治处的那个闵教员，就总觉得北方人土。"山东侉子"，你听听这个称呼，虽不能当成一种歧视，但起码也不全是善意和表扬。

北方人也不客气，把洋气的南方人一律称作"南蛮子"。据表哥朱贡献的解释，蛮乃是蛮夷，蛮荒和不毛之地，只在诸葛亮七擒孟获的《三国演义》里才有出现——况且诸葛亮祖籍还是他们琅琊，也就是后来的临沂。十三岁的时候，少年诸葛亮跟随着叔父举家南迁躬耕于南阳的卧龙岗，才有了其后的三顾茅庐、三国鼎立和七擒"南蛮子"孟获。孟获也算是一方诸侯，连孟获这样的"南蛮子"都给北方人诸葛亮抓住了七次又放生七次，探囊取物一般，南方人，有什好嘘乎的呢？

朱贡献对赵玉兰说，南方人自以为洋气，实际上很小家子气。你看看她们那脸长得，白飒飒的没有一点血色，哪有表妹你长得好看？眼也大，脸也大，面相上一看就有福气……你这个名字也好，玉兰，越听越好听。俺大姑父不认得几个字啊？咋就偏偏给你起了这么好的一个名儿！

俺娘咪！

赵玉兰嗔朱贡献一眼。

表哥你又胡诌八扯！就是个平平常常的名字，啥讲究没有。光俺那汶河村里，就有叫李桂兰、王翠兰、刘红兰、张春兰的，这兰那兰叫得多了。兰，山里面不值几两银子。

朱贡献说，表妹你不知道自己占了俩多好的字眼儿。兰，不只是普普通通的物件儿，尤其与"玉"连在了一起。啥桂兰，翠兰，红兰，春兰，都不及你这个玉兰。怎的呢？李桂兰、王翠兰、刘红兰、张春兰，里边没有个"玉"！玉是啥？玉乃石之美。《说文解字》里说玉有五德。"兰"是啥？兰是"四君子"，俗称梅兰竹菊……

俺娘咪。

赵玉兰又是轻轻的一声。

表哥似乎已经完全沉浸在一片神往之中，脸上带着往日里并不多见的光彩，让她不能再说他什么了。

"哪有你说的那么好……俺土气呢，侉！"

"谁说你土气？谁说你侉？"

"还不是你那个战友闵教员！一天到晚'阿拉阿拉'，从头到脚觉得俺土气。俺一张嘴她就耻笑俺，俺洗个脸刷个牙她也笑话俺。"

"小闵啊？她就那样！毕竟上海大地方来的，参军前又念的教会学校，有点小资情调……不过，小闵人还是不错的，能吃苦，参加革命也是真心。上海，花花世界十里洋场，能从家里跑出来跟着队伍吃糠咽菜行军打仗的，不容易了。"

"小闵？你听听你听听，还小闵！啧啧，你咋不喊俺小赵呢？"

"你是俺表妹啊。"

"啧啧，真想不到……你还这样关心那尖白脸南蛮子。"

"哎——怎的叫'关心'呢？都是战友、同志嘛。再者说，革命队伍上，互相关心互相帮助是应该的……再者说了，人那脸又细又白的，怎的能叫尖白脸呢？挖苦同志的话不要讲，影响团结。"

"就是个尖白脸，尖白脸，克夫。"

"好了好了，俺不说闵教员，不说这个能行吧？"

每次见面都是好好的，每次都不欢而散。

4

朱贡献从怀里把那个笔记本掏出来了。

褐色的羊皮封面，书本一般大小，封面上有两个并肩而立的士兵，持枪、抬头，目视着远方。从其着装上，很容易就能看出这两位分别是中国人民志愿军和朝鲜人民军的战士。封面的下页，还烫着四个金色的大字。四个不认识的朝鲜字。

做工非常精细用料也非常讲究的一个笔记本。

赵玉兰说："表哥，你这么贵重的东西，俺可不敢要！再者说了，俺也不会写笔记，你给俺，浪费了。"

朱贡献说："不一定非要写笔记嘛！你这不得回国了嘛，俺也没什好东西，身里身外，寻思来寻思去，就朝鲜人民军发给俺一个本子一块奖章还算珍贵，就把这个本子给你了。奖章俺自个儿留着，算是个念想儿。"

赵玉兰确定复员了，要先走一步。表哥朱贡献因为要整理"联合国军"的战俘档案，暂时还离不开志愿军部队。不过据他说也快了，一等手头上的工作做完，就回老家沂蒙山跟表妹一起养猪种菜喂小鸡。

赵玉兰说："朝鲜人民军奖给你的东西，可得有多珍贵！俺们见都没见过……还是你自己个儿留着吧。不是俺不要表哥，你搁俺这里，一点儿用没有。真事呢！"

朱贡献说："不单是这个表妹。这上面还有俺给你写的字，你不要，俺再给谁去？"

"啥字儿？你写啥了表哥？"

"其实也没写啥。就是几句话，一首诗。"

"俺娘咪，俺可能看得懂诗……"

"你不懂没啥啊，俺可以给你念。俺念给你听。"

朱贡献把本子打开了。

扉页上有八句短言，钢笔书写的颜体字，一笔一画，非常认真。

"辞沂蒙兮赴边关，生婷婷兮何惧寒……"

"行了行了，表哥。"朱贡献刚刚抑扬顿挫地念了两句就给赵玉兰打断了，"这都是些啥啊？啥'兮''兮'的，啥东西？"

"听不懂啊，表妹？"

朱贡献却很认真。

"听不懂。真听不懂，表哥，俺不哄你。"

朱贡献说："那俺来给你解释解释。这个'辞沂蒙兮赴边关'，意思就是说……"

"俺不听，俺不听！"赵玉兰赶忙打断他，"啥'兮''兮'的大旺哥，热糊涂秃噜嘴了，俺不听。"

"好吧……不听就算了。本子你收下。"

"俺娘咪大旺哥，你又来了你。俺不要就是不要。"

"俺不哄你表妹！这上边写的都是俺心里话……捧着这个本子你就是捧着俺的一颗心。"

"你要这样说，表哥，俺更不敢要这个本子了。"

"怎的呢？"

"俺怕夜里睡不着觉……"

1953年12月
来自大洋彼岸的信

1

随军牧师给皮特·路德捎来一封信。尽管他对此非常诧异，但当得知那是他远在大洋彼岸田纳西州孟菲斯的母亲亲自写给自己的信时，仍然充满了温暖和期待，并对上帝的仆人——牧师，表示了感谢。

表面上看，牧师只是从事布道、弥撒、祷告和接受忏悔一类正常的神职活动，他们并没有什么明显的目的，他们只是将上帝的福音——祝福和安慰带给这一群"迷途的羔羊"，尽管其间充满了悲天悯人。但是，皮特·路德慢慢发现，牧师传递和带来的上帝的旨意也是在劝说他们迷途知返，希望他们能够幡然醒悟，放弃那亵渎上帝的魔鬼主张，重新回到他们大洋彼岸的家乡，回到上帝的身旁。虽然差不多每个人都在牧师的主持下进行了忏悔，但是他们却痴心不改，毫不放弃自己去往中国的初心。牧师们摇着头，将"迷途的羔羊"这个词儿送给每一个人。

皮特·路德说，我的眼睛很清楚，我的头脑也很清楚，而且我可以如实地向上帝保证，我比什么时候都清楚。

牧师说，我的孩子，迷途的羔羊从来不认为自己迷失在风雪路途中，因为暴风雪遮挡了羊的眼睛。

皮特·路德说，仁慈的主啊，万能的上帝，他希望人人享有自由，人人能够平等。上帝是这样说的吧，牧师？

牧师说，上帝无所不知，无时不在，上帝的福音惠及万物，万物皆因上帝的庇护而生长。

皮特·路德说，我想我要去过一种更好的生活，上帝并不会因此而怪罪我。上帝的福音无处不在。

牧师说，我的孩子，在鸭绿江的那一边，不能祷告，也没有布道跟弥撒，更没有我们这些仆人接受你的忏悔，你将在痛苦之中生存。更直接地讲，那边根本就没有上帝。

皮特·路德说，我不这样认为，牧师。以我在碧潼的亲身经历而言，这一切都不是问题。上帝无处不在，这是您说的，您刚刚还这样说。

牧师说，但是，我的孩子，上帝会看着你在鸭绿江那边受苦。上帝虽然仁慈和万能，但是对于违背他旨意的迷途的羔羊，他的福音，穿越不了那些暴风雪。

皮特·路德说，如此说来，牧师，说实话我感到费解，难以理解……上帝既然未卜先知，能看到我在鸭绿江的另一边受苦，那他有没有看到我在田纳西州、在孟菲斯遭受的苦难？

牧师说，上帝拯救万物于水火，而且一直在为此而努力。

皮特·路德说，我在孟菲斯的时候，我吃不饱饭，没有活儿干，一年四季只有一套破旧的工装。感恩节和圣诞节，连一顿像样的晚餐都没有。体面的活计都是给白人准备的，黑人处处遭受歧视。我们没有生活来源，没有社会保障，什么都没有。而且我们要时刻注意自己的安全，说不定什么时候就会遭到种族主义的白人的袭击，被杀死或是虐打、侮辱。请问牧师，我遭受的这些痛苦，上帝有没有看到呢？

牧师说，这个……我的孩子，上帝明察秋毫，他看得到所有的一切。上帝终究会以自己的仁慈拯救你，以使你脱离苦海，在人人平等的新世界享有自由。

皮特·路德说，那是什么时候？

牧师说，很快，我的孩子。只要你虔诚、始终如一地信奉上帝。

皮特·路德说，我觉得上帝不一定看得到我们这些穷人。我觉得他是个近视眼。说真话牧师，我考虑来考虑去，还是觉得应该给上帝买副眼镜，以使他能够看到我们穷人受的这些罪。

"罪过，罪过。仁慈的上帝，请宽恕这可怜的孩子，宽恕这些迷途的羔羊吧！"

牧师连连在胸前画着十字，一边嘴巴上不停地祷告，一边不紧不慢地离开了。等到他再回来的时候，一封信交到了皮特·路德手上。

2

皮特，我亲爱的孩子：

1953年的圣诞节即将来临。在此，请让你可怜的妈妈祝你圣诞快乐！

亲爱的孩子，自从你三年前离开孟菲斯，妈妈一直生活在痛苦的思念中。你加入美国陆军以后，为了美国的利益去往远东朝鲜跟可恶的共产主义者作战，你的母亲无比地挂念你。乌合之众的敌人虽然装备低劣，待遇非常差劲，但是他们穷凶极恶，困兽犹斗，你的母亲一直都在担心你负伤或者阵亡，提心吊胆军队的人来敲门。你知道，我亲爱的孩子，他们随时都可能来敲门。但是现在好了，战争结束了，和平到来了，对于饱受战争苦难的我亲爱的孩子你来说，妈妈跟你一样，有权享受和平的快乐，这是万能的上帝所赐予我们的福音。感谢上帝！

作为母亲的我必定理解你在战争中所遭受的苦难，理解你于共产党中国战俘营同赤色分子打交道不得不求全考虑的策略和无奈，那样一种残酷环境的磨难毕竟影响深远，以至于你会做出令人无法理解的选择。美国是一个伟大的国家，美国人依赖上帝的庇护人人自由，可以充分表达自己的意见。美国人民将会一如既往欢迎你回到母亲的身旁，这个国家会像过去那样爱护你。回来吧，我亲爱的孩子！我们将在圣诞节团聚，妈妈会将一整只又肥又大的香喷喷的火鸡烤好，用一顿圣诞大餐等候你回家。

无论如何，我亲爱的孩子，不要让你可怜的妈妈面对着一张空空的餐厅座椅独享圣诞！

上帝保佑你，我亲爱的孩子！

阿门！

你可怜和孤苦伶仃的母亲　玛莉亚
12.15.1953　于田纳西州，孟菲斯

皮特·路德把这封信翻来覆去地看了多遍，差点儿掉下眼泪来。实事求是地说，信写得很感人。讲究的语法，华丽的辞藻，不能不让一个身处异国他乡的士兵感慨万千，那可是一个母亲对儿子的祝福和期盼。但皮特·路德反复看了几遍以后，还是将这封大洋彼岸的来信还给了牧师。

"这不是我妈妈的信。"

皮特·路德微微地笑着，对牧师说。

牧师很惊奇："怎么可能？他们亲手交给我的！这可是军邮……你看看这个标记，还有这儿，你母亲的签名。"

"我母亲根本不认得字儿，更不可能写上这么一封信。"

皮特·路德一脸的灿烂。

"呃？这个……这个倒是没有想到。"牧师流露出少许的尴尬，"尽管如此，它必定也是你母亲真实意思的表达，因为你妈妈，玛莉亚，完全可以托别人代劳。"

"尽管如此，"皮特·路德照着牧师的口吻说道，"尽管如此，它也不可能是我母亲真实意思的表达。"

"为什么？"

"很简单，因为像我们这样的穷人和处处遭受歧视的黑人，从来不会有一顿丰盛的圣诞大餐等待着我们，而且，我可以肯定地说，我可以对上

帝发誓，从小到大，我们从来都没有吃到过一整只又肥又大的香喷喷的烤火鸡。"

…………

牧师拿着那封信走了。

3

皮特·路德看到克莱伦斯·亚当斯迎面走来。亚当斯说他也收到了来自家乡的信，确实是他妈妈亲笔而写，然而他不会改变自己的主意。

在中立区接待站，为印度等中立国部队看管的不愿遣返的"联合国军"战俘，差不多每个人都收到了家乡亲人的信件，也确实收获了一点点美国军方希望收到的效果。一位美军战俘幡然悔悟，决定放弃到中国大陆居留的要求，返回自己的国家，美国。出于美方"热心人士"的协助，他的日本妻子写出了"一系列凄婉动人的恳请书"，催促其回到她的身边。他日本妻子的英文并不太好，但是在这些"热心人士"的积极帮助下，每一封信都充满了叫人难以割舍的怀旧的柔情。不知道是这些信打动了他还是因为别的什么原因，这位美国大兵决定回家，并在新年这一天提出了遣返要求。1954年元旦，他被交还给美方。

很快，九十天的解释期结束了。

在开城中立区北方一侧遣返接待站的院子里，仍然有包括皮特·路德在内的三百四十七个南方的战俘不愿离去，其中有二十一名美国人、一名英国人和三百二十五名南朝鲜人。1954年1月23日，印度看管部队撤离，然后又过了一个星期，这些人被宣布成为自由人。

皮特·路德如愿以偿。他们满怀激情，奔向中国。

第二章　1950年
　　　　1951年
　　　　1952年

1950年11月
圣诞节攻势

1

皮特·路德和他所在的部队——美国步兵第25师第24团自从踏上陌生的朝鲜半岛后，一共"打"了四次战斗。两次不痛不痒，两次刻骨铭心。前两次战斗是跟北朝鲜的人民军打，后边这两次的对手是中国人中国军队，号称中国人民志愿军。

皮特·路德非常清楚地记得，1950年7月20日，步兵第24团登陆朝鲜半岛后接到第一个战斗任务，扼守南朝鲜的醴泉城。战斗刚刚开始的第一天，士兵们胡乱放了一通枪，然后就头也不回地跑掉了。指挥官给上级报告的理由是，遭遇到人数占绝对优势的北朝鲜军队，城内烟火弥漫，工事房屋尽皆为敌军炮火所毁，如果不当机立断撤退就有全军覆没的危险。美军派出威力搜索队搜索，结果连个北朝鲜士兵的影子也没有发现，所谓的烟火不过是自己炮兵部队的误射而致。这个"战斗"就这样不了了之。随后是7月29日的战斗，尽管不再有误射，但24团第1营一个夜晚就跑得干干净净，阵地上连个人影儿也没剩下，炮兵和火炮都一起扔给了北朝鲜的人民军部队。

接下来是10月底发生在尚州的战斗，还没开打，所有24团的官兵已经惶惶不可终日，因为他们听说中国人来了，中国人突然出现，将麻痹大意的李承晚部队打得稀里哗啦。24团士兵擅离阵地溜向后方的现象每时每刻都在发生。该团第3营从一处高地后撤时，把十五挺点30和点50口径的机枪"留"给了中国人。除此以外，还扔掉了十一门迫击炮，四具火箭发射筒，一百零二支M1式加兰德半自动步枪。该营L连进入阵地的时候共有四名军官和一百零五名士兵，等到几天后的撤退命令下来时，早已人去屋空，散兵坑里仅剩下了十七个人守着阵地。这其中除了一名军官和十七名士兵是因为战斗伤亡正常离开的以外，其余官兵全部开了小差去向不明。所以在这个五十年一遇的朝鲜半岛的严寒到来以前，美步兵第25师其他部队的士兵们就给24团起了个绰号，翻译成中国话，叫"逃窜"，一提"逃窜"，都知道那是步兵24团。

美国黑人步兵第24团历史悠久，其历史可以上溯到1878年对印第安人的战争。为了加快对印第安人战争的胜利，根据美国国会的法令，美国步兵黑人团正式建立。成为正规步兵的美国黑人团也果然不负所望，在镇压印第安人的战争中屡立战功，以勇猛的战斗作风备受赞誉。但是时过境迁，由于其为一支完全由黑人组建的部队，在根深蒂固的种族主义土壤上，黑人步兵第24团从来没有得到过应有的地位和尊重，他们的肤色，他们的动作和语言，他们的臂章，甚至于一颦一笑都被讥笑。尤其到达朝鲜战场以后，他们总是被当作次等人和次等部队对待，因此，除了几个主要的白人指挥官，黑人士兵们也干脆破罐子破摔，枪一响，能跑则跑能溜就溜，先把命保住了再说。人虽是"次等人"，命却是属于自己的命。白人种族主义者不把你的命当回事儿，可你自己得把自己的命当回事儿。所以随着战斗的加大和伤亡的增加，特别是中国人加入到朝鲜战场以后，24团逐渐形成了一条不成文的"战术"：

白天防守，晚上开溜。

在这个特别的冬夜到来之前，皮特·路德和同乡克莱伦斯·亚当斯已经按着这个"战术"进行了若干次的实践和演练。他们虽然被起了绰号，编排了搞笑的舞蹈小调，但直到目前都安然无恙。他们好好的，除了无法忍耐的严寒，漫山遍野冲锋喊叫的中国人，四面八方到处乱飞的枪炮手榴弹，连他们的毫毛也没有碰着。

但是，这一次，"白天防守，晚上开溜"的"规矩"有可能实现不了——中国人堵住了他们"开溜"的各个路口各个方向，斯坦莱上尉也曾试图突围，然而除了增加无谓的伤亡外，任何希望没有，中国人将他们堵得死死的。中国人，中国人，到处都是中国人，漫山遍野的中国人。皮特·路德和克莱伦斯·亚当斯这一次真心地担忧起自己的命运来，真心感觉到什么是凶多吉少。

斯坦莱上尉是C连连长，他们的指挥官。

风寒雪冷，气温低到不能再低，皮特·路德从来没有经受过这样的严寒。他们，一百多个黑人弟兄，应该是C连的全部，人人都裹着兜头大衣蜷缩在一个山坳里，躲避着严寒的侵袭，也躲避着中国人的搜索攻击。好几拨中国人从山坡上搜索过去，他们挺着长枪，不声不响，枪刺在冰冻大地的映衬下闪着寒光。幸运的是，搜索的中国人并没有发现他们，他们就那样挺着长枪从身旁过去了，除了唰啦唰啦、嘎吱嘎吱的脚步声，一点儿动静没有，弄得一百多个黑人弟兄提心吊胆惊恐不安。皮特·路德一方面暗自庆幸，一方面也忧愁无比。他们还有下次的侥幸吗？谁能保证下一次搜索的中国人不发现他们？还能不能看到明天的太阳？

刚刚过去的夜晚的战斗，让皮特·路德及其黑人兄弟们心有余悸。山上山下全部都是嗷嗷喊叫的中国人，他们就像是地底下钻出来的一样突然出现于四面八方。照明弹和坦克灯光的照耀下，一群群一片片戴着棉帽子穿着棉衣棉裤的中国人伴随着呜呜呜响的号音，端着他们的机枪步枪冲锋枪不停地冲击，任凭弹雨和炮火将他们一片片打倒也在所不惜，打倒了一片又冲上来一片，一旦冲击到足够近的距离，就将他们的手榴弹炸药包以及天知道还有些什么其他的叫不上名字的爆炸装置投放在堑壕、阵地、掩体、车辆、屋舍等等所有可能掩藏着美国人的地方，炸得他们人仰马翻，哭爹喊娘，除了转身而逃不可能有任何的作为。谢尔曼坦克虽然令冲击的中国步兵无可奈何，但是在黑夜里，总有车灯照不到的地方，总有许许多多的死角。中国人将他们简陋的爆炸装置塞进谢尔曼的履带，扔到它的发动机上，几声巨响过后，钢铁巨兽也燃起熊熊火焰，坦克兵带着呼呼的火苗子跳出来，哀叫着死去。在中国人无可抵挡的攻势面前，24团的斗志彻底崩溃了，除了漫山遍野四散而去再无其他选择。很多部队的建制都给打乱了，长官找不到士兵，士兵也顾不了他们的长官，能躲则躲，能跑则跑，先把命保住了再说。C连的命运还算不错，他们没有受到中国人的直接冲击，建制相对完整。他们是一个炮队，装备有轻便的伴随火炮。但是负责掩护他们的步兵分队率先崩溃了，将他们完全暴露在敌军的正面攻击之下。要不是他们的连长，斯坦莱上尉当机立断，他们现在恐怕一个人也剩不下。

以皮特·路德对于中国军队战斗动作的观察，他们虽然装备低劣，补给和保障方面非常差劲，但是训练有素，组织指挥十分严密。最为重要的一点是，中国士兵作战勇猛，他们的战斗意志非常顽强，冲锋一往无前，防守死而不退，气势上面压着美国人。美国人打仗是打火力，离开了空、炮、坦这些重武器，离开了强大火力的支撑，一刻也坚持不了。中国人呢？中国人靠的是顽强的意志力。

皮特·路德无法得知对手的这股意志力从何而来，而且，更无法得知，在天亮以后，等待着自己的将会是一个什么样的结局。

2

风雪呼啸，镜筒中一片迷蒙。镜头将遥远拉近到眼前，让模糊的景物依稀可见。透过镜头，剥离飞舞的雪花，一群隐藏在谷地灌木巨石间的战斗人员时而清楚，时而不那么清楚地呈现在眼前。

王团长就这样趴在冰冻的雪地上，双手擎着望远镜。

王团长是个沉默寡言的人。个子不高，话也不多，不胖也不瘦，脸上时常见不到个笑模样。但是从他嘴巴里出来的每一句话都经过了深思熟虑，一句是一句，从来没有废话，从来不曾改变过，也从来没有人敢于改变。

全团上下，都怕他。

王团长和他的部队注意到这股战斗人员已经有段时间，确切地说，从昨天黄昏战斗打响的时候就瞄上这股敌人了——当然是敌人，在突然而至的战斗面前，他们扔掉了车辆火炮，只随身携带着一些轻武器且战且退，隐蔽到谷地的灌木石头丛里，既不拼死抵抗，也不寻求突围，就那样躲藏着，将激烈的战斗置之度外。王团长的部队可不是吃干饭的，他们是谁？四野，39军，第一批入朝作战的主力部队，首战云山美骑一师，让不可一世的美国人第一次见识了中国人民志愿军的战斗风范。骑兵第一师，你听听这个名字，好像是个骑兵部队，有成百上千的马匹。其实不然。美骑一师属于典型的摩托化机械化部队，装备有大量的火炮坦克这样的重武器，人家只是保留着这样的一种称呼而已。骑一师都能打败，这群脱离战斗的漏网之鱼又岂能逃过他们的眼睛？王团长下令与其保持接触，既不立即发起攻击以促其拼死突围，也不留下缝隙以使其主动出击，就这样围着他，包着他，让他欲战不得，欲走不能，一旦时机成熟即给予干净彻底的解决。夜间的几批搜索部队并不是无功而返，而是王团长的欲擒故纵之技。但是他感觉到这群敌人很特别，非常特别。

他们隐蔽得很好，谷地的灌木石头里一片安静，除了飘飞的风雪好像什么东西也没有。可他们逃不过王团长锐利的目光。望远镜里，王团长能够分辨出敌人的躯体、武器、动作甚至于大体人数，却无法看清他们的面孔——他们的面孔仿佛涂抹着黑炭一样的伪装色，黑黑的，难以看出眼睛鼻子嘴巴一类的五官特征。有战士曾经报告，昨天黄昏时分的混战中，发现一些皮肤非常特别的美国鬼子，好像传说中的"黑美"。

上级在敌情通报当中倒是讲到过美国黑人的情况，说他们是被剥削被压迫的一群人，在美国受到种族主义的歧视，生活在美国社会的最底层，说到底是不被当人看。美军中的"黑美"也是同样的情况，并没有因为参加战斗而改善待遇。在军队中，他们不被待见，是次等兵，次等部队。如果这百十个人——以王团长的观察，其人数在一百人开外，不会超过一百五十人，如果能将他们瓦解过来，放下武器缴械投降，既可减少部队伤亡，也有了与美国鬼子"黑人团""黑美"战斗的实际经验，对入朝不久的部队而言意义重大。王团长放下望远镜，对通信员下达命令。一共是三句话：

"骑我的马去师前指。"

"把这里的情况向师首长报告。"

"把会美国话的军部教员叫过来。"

通信员一路小跑着离开了。

3

大约一个小时，军部会美国话的教员歪歪扭扭地骑在一匹骡子上过来了。一旁的通信员牵着缰绳，跑得满头冒汗。

师前指亦即师的前进指挥所，实际上就开设在他这个团的团部，由副师长和师的副参谋长在前指担任指挥。今天早上天没亮，军师两级又过来几个人，其中有个军部政治部的文化教员，会一些美国话。

王团长看看他的坐骑，那匹骡子，依然面无表情。骡子也是浑身冒汗，呼呼地喷着响鼻儿。王团长又看看骡子驮来的军部教员，教员倒是没冒汗。他身上的棉衣单薄，一件土黄色军用棉大衣同样的单薄，难掩高高瘦瘦的个头和稍有些驼背的腰身。鼻梁上架着一副眼镜，由于寒冷，镜片上面蒙着淡淡的薄雾，他得不时地摘下来擦一擦。骡子一路小跑着而来，教员的长脸给寒风吹得煞清，直擤鼻子。最为明显的是，大衣敞开，胸口的口袋上露出两管插着的钢笔。不多见的钢笔。

"你会美国话？"

王团长开门见山。

"会……会一点儿。"

教员还是又擤又搓地弄鼻子。

"阵前喊过话吗？就是瓦解敌军。"

"那个倒是没有。听过，听过喊话。"

"你这样啊——前面这个山坳，里面藏着一百多美国鬼子，有可能是黑美国鬼子，'黑美'。'黑美'，听到过没有？"

"俺在军部的时候听他们说起过，不过没见过。知不道真假。"

"你拿着望远镜，看一看就知道真假了。"

"……没有啊？俺啥也看不到啊？"

"你把眼镜擦擦，擦擦，就看到了。"

"没有。俺啥看不到。"

"一会儿再往前走走你就看到了。"

"怎喊呢？光喊就能喊过来？不用打？"

"打得可以了。现在需要政治攻势。军事打击加政治攻势，这个就是瓦解敌军。"

"对，俺知道。这个俺知道。"

"一会儿你把我军的俘虏政策给他们讲一讲，再针对'黑美'受歧视受剥削压迫的现实，好好开导开导他们，让他们放下武器，举手投降。我们一定宽待俘虏。俘虏政策，你知道吧？"

"俺知道。俺当然知道了。"

"好！教员……你姓啥？"

"俺姓朱，叫朱贡献。"

"好，朱教员，你这个名字好，好好贡献贡献。"

"名字……阿嚏！这个天，真冷人呢。"

"暖和暖和，这边背风……朱教员，你把这堆美国鬼子、'黑美'给瓦解过来，就为抗美援朝保家卫国立了功了，我347团，全团为你请功！"

"功不功的没啥。俺有多大力出多大力。"

"好，朱教员，痛快人！听口音，山东人吧？"

"俺是山东沂蒙山人。"

"沂蒙山好。我祖上也是山东。"

"山东啊团长？你老家也山东的？"

"东北那旮旯，百分之八九十，老根儿都是山东的……咱先不拉这个，咱先看看能不能把这伙美国鬼子瓦解过来。"

"这就开始呗？喊上来？"

"这里不行，距离有点远。一会儿部队往前送送你，再近个几十米，你喊话清楚。另外部队要配合你一下。"

王团长一时间把几天之内才可能说完的话一股脑地都说出来了。王团长从来没有说过这么多的话。

由部队保护着，朱贡献又往前运动了有五六十米的距离。开始是猫着腰，后来是匍匐前进，雪地上爬。

4

"叭"的一声枪响，打破了四野里的安静。

随着一发红色信号弹升起，四周围枪声大作，重机枪的长点射爆豆子一般，谷地的积雪和冻土给打得漫天飞溅。一串一串的弹丸带着骇人的啸叫低低地掠过灌木丛林，秋风扫落叶，树枝树梢子下雨般纷飞。紧接着，左右两边的山坡上同时吹响了冲锋号，震颤、嘹亮和激越的号音掩盖了风雪的呼啸，令人胆寒。

凹地里的敌人并没有还击。

朱贡献躲在石头后边，一边不停地擦着镜片上的薄雾，一边在密集的枪声中探出头来进行了一番窥探——子弹要不从敌人藏身的上头飞过，要不就打在周围的冻地上，并没有直接对着其藏身之处射击。冲锋号也只是干吹，并无部队伴随着号音冲锋下来。

片刻之后，枪声号声同时停了下来。

旁边一个志愿军干部拍拍朱贡献的肩膀子，嘴巴里蹦出一个字来：

"喊！"

朱贡献清了清嗓子，喊开了。

"美军弟兄们……美军官兵们，美军官兵们，我们是中国人民志愿军！你们已经被包围了，你们已经被包围了！赶快缴枪投降，保证你活路，不要再做无谓的抵抗。抵抗下去，只有死路一条！"

…………

"美军官兵们，黑人弟兄们，我们知道你们是黑人，在美国受到剥削压迫，你们是种族主义受害者，白人种族主义者非常歧视你们，把你们拉来朝鲜战场当炮灰，你们到朝鲜来也是迫于无奈。中国人民志愿军不计前嫌，希望你们悬崖勒马，赶快放下武器，投降！"

…………

对面的凹地里，一片沉寂。

隐蔽在后方的王团长侧耳听着前边的喊话，自言自语道："这个朱教员，喊的啥玩意儿？美国鬼子能听懂吗？往前传，不要停，继续喊！"

过了一会儿，朱贡献的喊声又响起来，依然听得不太清楚。再说了，他也听不懂。

"美军黑人弟兄们，美军黑人弟兄们！在美国，你们不被当人看，来到朝鲜，你们同样不被当人看。你们那些个当官的已经早跑了，你们的大部队已经狼狈逃窜了，留下你们来送死。黑人弟兄们，不要再为华尔街老板们卖命了，你们的命在白人种族主义者那里不是命，为种族主义者卖命没有任何价值。赶快投降，不然全部都会死在这里！"

…………

"黑人弟兄们！中国人民志愿军宽待俘虏，只要你们放下武器举手投降，一定保证你们生命安全。战后，你们可以回到家乡，和你们的亲人团聚！记住，黑人的命也是命！"

"喂，喂！中国人……"

"你讲，你讲！"

朱贡献喜出望外，将眼镜片擦了又擦。对面终于有了反应，意料之外，期待之内。

"作为战俘，你将保证我们能够得到《日内瓦公约》的公正待遇吗？"

"啥？你放心，请黑人弟兄们放心，中国人民志愿军的俘虏政策一贯公平公道，我们没有种族主义，白人黑人一律平等！我们不仅保证你们人身安全，还保证你们的生活，让你们有饭吃，有衣服穿。不要再犹豫了，犹豫下去，进攻开始，你们都会死掉的。"

说实话朱贡献现在还不知道什么是《日内瓦公约》，这不怪他。中国军队第一次出国作战，第一次跟外国军队作战，跟十几个国家的"联合国军"作战，一切都是崭新的。再者说，就当时的情况而言，中国还不是《日内瓦公约》的签约国，不单单是朱贡献，很多干部战士都不知道有这么个公约。但这并不妨碍中国军队执行良好的宽待俘虏的政策。本质上而言，中国军队宽待俘虏的政策与《日内瓦公约》的精神不谋而合。

"好吧，让我们考虑考虑……"

对方给出了明确的答案。

有戏！事情可望得到和平解决，藏身山坳的敌人真有可能走出来投降。那可是"黑美"，一百多人的"黑美"！王团长高兴之余没忘记加上一把火，冲前边喊着：

"给他们五分钟。五分钟不出来投降，开炮！"

朱贡献接着喊上了："黑人弟兄们，黑人弟兄们，给你们五分钟时间考虑，记住，你们只有五分钟！五分钟不出来，志愿军开炮攻击。"

"别开炮，别开枪！中国长官，中国的先生们，长官，我们决定投降……"

一个美军士兵从藏身的石头后面慢慢站起来，两个胳膊举在头顶上。

五分钟没到。

5

在斯坦莱上尉看来，将逃跑的罪过完全推卸给他们黑人步兵第24团是不公道的。白人们也在跑，整个的"联合国军"都在撤退。当他试图让大家明白C连已是孤立无援——有可能成了中国人砧板上的肉和圣诞节烤炉里即将烤熟的火鸡，恐慌与绝望之情的蔓延可想而知。

苟且于乱石灌木间的士兵们一个个面如死灰。恰在此时，枪声大作，恐怖的喇叭声犹如教堂的丧钟一样狰狞，生死毫厘，只在一瞬之间。

好在中国人并没有发起冲锋，他们只是猛烈射击和狂吹了一通喇叭。就在大家疑惑不解的时候，一个喊声，中国人的声音喊开了。

毫无疑问，喊声吸引了大家的注意。上尉斯坦莱，克莱伦斯·亚当斯，皮特·路德，大家都在听。

中国人的英语显然不够熟练，也不标准，很多发音带着奇怪的味道，半通不通，令人费解。他们费了点劲，才大致弄清了中国人喊话里的意思。

首先，包围他们的是中国人，中国的"志愿军"，这一点没有任何疑问；其次，如同判断的那样，C连已经完全成为中国人砧板上的肉，什么时候吃则取决于中国人的兴致；最后，他们别无选择，只能向中国人投降，否则会全部死在这里。

斯坦莱心有不甘。

他们是整整的一个连，轻便的火炮虽然已不复存在，但是不少人手里还有轻武器，还有弹药，他们还可以战斗。作为C连的指挥官，他这个一连之长责任重大。尽管美军的战斗条令当中有关于什么条件下可以放弃战斗的规定，但是在任何一个国家的任何一支军队里，投降都不是一件光彩的事情，也历来不是一个褒义的词语，不符合军人誓词的要求。万不得已，实在没有办法的时候才可以选择放弃战斗。他们现在已经到了万不得已实在没有办法的时候了吗？好像是，又好像不全是。两边的制高点都给中国人牢牢控制着，突围不仅伤亡巨大，也无可能。在缺少飞机、大炮和坦克等重武器支援掩护的前提下，去触碰中国人的包围圈无异于自寻死路，中国人会像射一群火鸡那样射他们，直到把他们全部打死在这该死的谷地里。半夜三更的光想着躲藏了，结果躲进这该死的山谷，它虽可以让C连苟且偷安，但也是一处绝地，死路。C连，绝无全身而退的可能。

斯坦莱上尉的心里可说是一片悲凉。

实际上，他不仅仔细观察了周围的地形，也曾想于夜半时分展开突围。但是中国人，狡猾的中国人围而不打，佯装搜索地牵制着他们，让他们走不敢走，打不能打。斯坦莱甚至于感叹，除了缺少飞机大炮坦克这样的重武器，中国人的战斗精神和战略战术是美军完全不具备的，更不是白人长官们所说的乌合之众。中国的步兵训练有素，战斗素质非常高，迎头撞上中国人，真是那些自以为是的美国白人的悲哀。

在中国人的喊话中，斯坦莱回过头来看了看部下的表情。克莱伦斯·亚当斯和皮特·路德都趴在距他不远的地方。克莱伦斯·亚当斯对他说：

"我不想死，长官。"

"我也不想死，长官，"皮特·路德也说，"我只有十九岁，我要回田纳西州的孟菲斯，我的妈妈在等着我。长官。"

士兵们的话语虽然紧张、不安和恐惧，但均表达了大致相同的意思。那就是他们不愿意死在这里。

"我也不想死！"斯坦莱气急败坏地说，"你们，还有我，我们就不该到这该死的朝鲜来！"

皮特·路德打断他："你听，长官，中国人在喊……他叫我们兄弟，黑人兄弟！中国人知道我们是黑人？美国黑人？"

"中国人当然知道。"克莱伦斯·亚当斯说，"白雪白地反衬着你的黑皮肤，这么近的距离，中国人怎么看不见？我敢打赌，我们几个人几支枪中国人都看得清清楚楚。"

"别听中国人宣传！"一个士兵说道，"他们会杀死我们，他们会将战俘全部处决的。就算不杀死，也会赶到苏联的西伯利亚做苦工，你哭爹叫娘，一辈子别想回到田纳西州去。"

皮特·路德还没有想好怎么来回答，克莱伦斯·亚当斯却在旁边责问那个士兵道：

"这些你都是听白人长官说的吧？白人的话你也信？"

对面的中国人仍然在喊。他不仅称呼他们为"黑人兄弟"，还提到美国的种族主义，提到种族主义者对于黑人的歧视，问他们为什么要给白人白白送命。有些话他们听不懂，但是，"种族主义"，"歧视"，这几个关键的词语给他们记住了，听得真真切切。中国人的话如同秋风扫落叶，将C连的士兵们都给扫趴在冻地上，蔫了。

这是他们的软肋。

对面的中国人沉默了片刻，然后果断地给他们下达了命令，他们只有五分钟时间来选择自己的生死存亡。所有士兵的眼睛都看着斯坦莱。

斯坦莱觉得自己陷入一个非常混沌的两难之境，头脑里面一团糟。

"也许，也许我们该和中国人谈谈？"

他问大家，也是问自己，像在自言自语。皮特·路德十分焦急地回答道：

"你应该马上谈长官！中国人说五分钟就开炮。"

"他们已经开过炮了，"斯坦莱看看这个刚满十九岁的年轻人，心神不安地说，"难道你不觉得吗？二等兵？"

"要谈就派这蠢货过去，"还是那个士兵说道，"中国佬会像踩一只蚂蚁踩死他。"

"我愿意去，长官。"皮特·路德却说，"我觉得中国人不会那么干。"

斯坦莱稍一犹豫，皮特·路德就在中国人的喊话声中缩头缩脑地站了起来，同时大声回答道：

"别开炮，别开枪！中国长官，中国的先生们，长官，我们决定投降……"

"你这蠢货！"

那个士兵埋下自己的头，一边将M1式加兰德步枪的枪口冲着前方，一边恨恨地说道。

斯坦莱别无选择，只能让皮特·路德去跟中国人"谈谈"。

6

皮特·路德举着双手，从掩蔽处慢慢走出来，越走离斯坦莱和克莱伦斯·亚当斯他们越远，越走距朱贡献他们越近。

中国人就在一道道塄坎和一块块石头后面，一个个黑洞洞的枪口对着他的胸膛，不紧张是不可能的。皮特·路德能够感觉到兜头大衣的兜头帽子里一片湿冷。他知道那是冷汗，是因为害怕而冒出的冷汗。

"别开枪，中国长官！我没有武器。"

皮特·路德一边颤巍巍地喊叫一边慢慢走着，逐渐接近了中国人喊话的巨石。

朱贡献要在片刻的等待之后才能真正看清楚皮特·路德。更确切地说，他在费了点工夫后才看到了皮特·路德的脸。

随着美国人的逐渐走近，他的声音越来越大，战斗靴踩踏着积雪的咯吱咯吱的声响也越来越真切。但是看过去，美国人的兜头大衣中一片茫然，仿佛空洞无物，什么东西也没有。后来他看到一排牙齿，雪白的牙齿，看到嘴唇，咧开着的厚实的嘴唇。顺着它们的踪迹，然后又看到了眼睛，紧张、不安却依然炯炯有神的、亮晶晶的两只眼睛，以及，整个的轮廓。至此，朱贡献确定这是一张脸，一张完整的脸，正冲着自己微笑。没错，这美国人，"黑美"，他在对他微笑，那笑里满含惶恐却也满含清澈，显示出纯朴、真诚和毫无敌意。

一张实实在在的笑脸。

"你好，兄弟！"

朱贡献从巨石下面站起来，同时向这美国人伸出自己的手。

皮特·路德判断中国人是要跟他握手，这让他非常茫然和尴尬。他的双手还举在头顶上，他是代表C连的斯坦莱长官来向中国人投降的，投降，意味着他们就是俘虏，马上会成为战俘，会被俘虏他们的人主宰。然而，主宰他们生死命运的中国人不仅将自己称作兄弟，甚至还要跟自己来握手，好像他们不是敌对的双方，好像他们真是兄弟和一家人那样——他们只是彼此出了趟远门，现在又重新碰到一起了。

皮特·路德没能放下自己的手来。

"我们投降，长官。斯坦莱上尉，他是我们的连长，我们决定放弃战斗，向中国志愿军先生们，投降。"

皮特·路德举着手说。

朱贡献只好将伸出去的手缩回来，两个手，搓着。天确实很冷，手冻得又疼又肿，冰疙瘩一样。边搓着手，朱贡献边说：

"好，投降好！你们早该投降，早该弃暗投明，加入到革命队伍这边来。"

这几句话，皮特·路德没听懂，就是听懂了也不会明白其中的含义。他能做的，是搞清楚中国人会不会像他们所说的那样切实履行《日内瓦条约》有关战俘问题的规定，使C连得到公正的待遇，一俟战争结束，即让他们返回自己的家园。

朱贡献回答得一点儿都不含糊。

中国人民志愿军是威武之师、仁义之师，是抗美援朝保家卫国，志愿军的敌人是麦克阿瑟的"联合国军"，不是你们黑美兄弟。对，你们放下武器，我们就是兄弟了，我们共同来反对帝国主义的侵略。如果你们，美帝国主义及其帮凶不跑到朝鲜搞侵略，那我们，中国人民志愿军都还在刚刚建立的新中国搞建设，何苦要来到这个冰寒雪冷的朝鲜半岛？但是你们不是帮凶，你们也是被压迫者，受到歧视和欺骗，给白人种族主义者当炮灰。现在好了，你们放下武器，举手投降——你已经投降了，可以把手放下来了。俺让你放下就放下，没关系。好，这样就好。什么叫仁义之师呢？就是有仁有义，我们知道怎么对待放下武器的人。你们是A、B、C，C连？俺知道，就是第1营第3连对不对？你们叫C连。好，C连。你让你们的领导放心，我们对俘虏不打不骂不搜腰包，尊重你们人格。我们志愿军，整个的中国，没有种族主义，白人黑人都是人，都一样对待。日内瓦？日内瓦更没有问题，不仅保证你们的公道，志愿军还会宽待你们，优待你们。什么是宽待、优待？就是优先照顾你们，处处宽待你们。这个，到时候你们就知道了。

"投降，我们马上投降！"

皮特·路德听得费劲，表起态来却十分干脆。在朱贡献进行这一番讲解的过程中，他一直都在露着白牙微笑，看上去非常虔诚，非常朴实。瘦瘦高高的中国人，皮特·路德不知道他的军衔，但感觉到他肯定是志愿军的长官。志愿军长官的话有的听不清，有的听清了却搞不懂其中的含义。不过这不影响他的判断。在这个瘦瘦高高的中国人身上，他似乎找到了一种同样的虔诚，让他信赖。

"长官，中国人可以保证我们安全，放下武器吧！"

皮特·路德冲远处的灌木乱石堆喊着。

身旁的一些战士，志愿军王团长的部下，听不懂过来谈判的年轻"黑美"叫唤啥，都拿眼睛看着朱贡献。军部来的这个朱教员可不一般，只有他懂得美国话。

朱贡献说："投降了，缴枪！"

话音未落，两个战士爬起来就往前跑，手里抓着他们的长枪。但是刚刚跑出去没有几步，喈喈几下，枪声骤起。冻土被弹头打得四处飞溅，刚刚跑出去的两个战士应声倒地。

后边的王团长气坏了。美国鬼子，"黑美"，他妈的在搞假投降啊！狗日的，给我打！

一声断喝过后，子弹刮风般飞向敌人的掩蔽地。在前后左右无数轻重武器的射击中，斯坦莱的C连一片鬼哭狼嚎。

"别打了，别打了！投降，真的投降！"

斯坦莱头也抬不起来地喊。

美国鬼子确实没有还击。机枪又打了几个点射，王团长下令停止射击。

枪声一响，朱贡献和皮特·路德不约而同地趴倒在地。都经历过实际战斗的检验，就地卧倒，于他们而言完全是一种下意识的行动。

王团长猫着腰一路小跑地跑过来。

"怎么回事？！"

他脸色铁青，满眼的凶光，好像随时要杀人。

朱贡献正深深地自责着。由于他的冒失，两名志愿军战士遭敌枪击，一人轻伤，另外的一个已经牺牲了。

周围是一片愤怒的喊叫。战士们请求冲锋，为牺牲的战友报仇。

"怎么回事？"王团长放缓了腔调，"真投降还是假投降？"

朱贡献从冻地上爬起来，皮特·路德也爬起来。

皮特·路德很害怕，非常害怕。事发虽是突然，也与他无关，但是他知道，这是一个致命的失误，这个失误会随时随地要了他的命。

生死只在毫厘间。

"误会。我想是……误会，长官误会……有可能。"

皮特·路德话也说得不清楚了，结结巴巴，嗫嗫嚅嚅的。

"他说什么？"

王团长瞪着军部会美国话的教员。

朱贡献说："他呀，他说误会了，刚才。他们是真投降，不是假投降。"

"这是真投降吗？他妈的人都给我打死了！"

王团长气不打一处来。

"俺看这个人……美国的，黑人兄弟，俺看着他……不像个坏人呢。"

朱贡献也嗫嚅起来。

王团长背着手走来走去的，围着皮特·路德前后左右地看了看，确实没看出什么东西来。皮特·路德早已没有了笑容，但是圆圆的眼睛依然清澈，湿漉漉的，好像要哭或刚刚哭过一样。

"瘪犊子！不是坏人，也不是啥玩意儿好东西！"

王团长做出了自己的结论。

"他不是你兄弟，同志。哪怕放下武器也不是你兄弟。他是美国鬼子，黑人美国鬼子，'黑美'！"

"是，是，团长说得是……可俺觉得吧，他刚才不像是说假话呢。"

朱贡献点头又搓手。

部队仍然群情激愤，战士们都在鼓噪。王团长冲大家摆摆手，然后对朱贡献说：

"你问问他，多少人，多少枪，问清楚。"

朱贡献把话翻给了不是好人也不是坏人的皮特·路德。

皮特·路德立正，敬礼，然后才回答道："我们是美国步兵第24团C连，长官。我们一共一百四十八人，有一些轻武器。我们的指挥官是斯坦莱，斯坦莱上尉。斯坦莱上尉要我代表他与中国先生们谈判放弃战斗的事情。长官。"

"放弃战斗？是不是就是投降？"

"是的，长官。我想是的。"

"投降就说投降好了！"

"是的长官，我们投降。"

皮特·路德毕恭毕敬。他看出来了，这个背着俩手走来走去脸色铁青面无表情的人，才是中国人真正的长官，比瘦高个头的中国人高出不少级别。

皮特·路德的诚恳态度显然影响了王团长的情绪。他低下头想了想，对朱贡献下达命令：

"命令他们集合！枪举在头顶上，一个跟着一个走出来。再不老实，就地消灭！"

皮特·路德十分虔诚地将这番话通知了自己的指挥官。

不大工夫儿，从灌木乱石间走出来一群人，他们一个跟着一个，有武器的将武器举在头上，没武器的举着手。在寒冷的冬夜里冻了一夜，一个个蓬头垢面，憔悴不堪。

在志愿军指定的地方放好枪支弹药，整队集合，斯坦莱向王团长报告：

"中国志愿军长官先生，斯坦莱上尉向你报告：美国步兵第25师第24团C连全体，决定按照美国陆军的战斗规定，放弃战斗，接受《日内瓦公约》的战俘原则。全部一百四十七人，请中国长官训话！长官。完毕。"

黑压压的一片。

队形虽不整齐，却也不显得混乱。全部都是"黑美"，一个白的美国鬼子没有。

皮特·路德也十分知趣地回到自己的队伍里。

王团长问："不是一百四十八人吗？怎么集合了一百四十七个？另外的那个呢？"

斯坦莱回答道："有一个士兵不愿意放弃战斗。长官。我想我应该尊重他个人的选择。"

"是不是刚才打枪的那个？嗯？"

"是的，长官。是的。"

"他人呢？！"

"死了。刚才给你们打死了，长官。"

王团长毫无表情的脸上露出一丝笑意："我就说嘛！与中国人民为敌，与志愿军为敌，与朝鲜人民为敌，早晚死路一条！"

斯坦莱听到朱贡献翻译过来的大致意思以后低下头来。在片刻的沉默之后，才问道：

"请问长官，这个地方叫什么名字？我想我应该记住它的名称。"

"上草洞。北朝鲜的上草洞。"

"我还想知道我们是在向哪一支部队投降。"

"告诉他！中国人民志愿军第39军。"

斯坦莱手指并拢在帽檐上碰了碰，一声不响地回到了队伍里。

看着一百多人的"黑美"队伍给带走，王团长转回脸来看了看朱贡献。他对朱贡献说：

"你立功了同志，立了一大功！我给你请功，马上就给你请功！"

朱贡献还没从刚才的内疚中缓过神来。

"功不功的无所谓，首长。俺就喊了个话，不怎的。再者说了，还牺牲一个同志……都怪俺。"

"哎！你可别小看了你这个喊话，喊过来一个黑美建制连，一个整连——我不敢说空前绝后，空前是肯定的，绝后不敢说。出国作战一个月，一个月两次战役，这是新媳妇上轿，头一回！你朱教员，功莫大焉！"

战史记载：

> 志愿军39军于抗美援朝战争第二次战役期间成建制俘虏美国黑人步兵连的经历确是一个空前绝后的壮举，震动了美军高层和白宫朝野。
>
> 步兵第25师所属第24黑人步兵团被就地遣散，建制就地撤销，人员编入其他部队。自此，美国军队实行了半个多世纪的黑人白人同军不同编的制度成为历史。几个月之后，白人黑人混编的美军部队出现在朝鲜半岛新的战场上。自此，在美国军队，白人与黑人实现了形式上的联合。

王团长的预言可谓有先见之明。

1950年12月
死亡行军

1

一张黑色的胶木唱片。

不要说很多人没见过，恐怕连听也没有听说过。当年在省城里念教会学校，教会学校的约翰牧师有一台摇把子留声机，上面放着同样黑色的圆盘盘，摇把子几圈一摇，声音就出来了。那当然是约翰牧师的宝贝，朱贡献也只是在礼拜或弥撒的时候远远地见到过。现在，王团长把这张缴获不久的胶木唱片送给他了，可得有多珍贵！

将近两百人的两路纵队排出去很长一段距离。既包括被俘的美国黑人步兵第24团C连全体官兵一百四十七人，也包括志愿军39军派出的一个警卫班。一个胡子拉碴的司务长负责带队。

大战当前，各方面人手紧张，调派一个司务长往后方押送俘虏算是个万全之策，司务长，毕竟也是个干部。当然，朱贡献也是负责人之一，他是军部的文化教员，是上级领导机关派来的人。随队而行，既充当翻译，也是到新的单位报到。远在鸭绿江畔的碧潼战俘营正在抽调人手，朱贡献属于被抽调者之一。

一阵嗒嗒的"马"蹄声夹杂着人的吆喝由远而近。两股相互裹挟着的声浪交织在一起，同时奔涌到跟前。

年轻的战士翻身下"马"。战士大口呼吸，他的"马"，那匹骡子也呼哧呼哧地喷着响鼻儿。人和"马"都在喘。

朱贡献经过仔细辨认才看出面前的志愿军战士是347团王团长的通信员，几天前，正是这个通信员牵着这头骡子将他拉去的前沿阵地。

缰绳往朱贡献手里一塞，通信员喘着说："朱教员，这个……'马'，给……给你了。"

朱贡献一时没有反应过来。

通信员说："俺们团长……朱教员瓦解敌军有功劳，俺们团长奖励你的！"

"这个不能行！"朱贡献直摆手，"瓦解敌军是俺的分内之事，再说了又不是俺一个人瓦解的。这个骡子，俺不能用。"

"你看看你朱教员，怎么是个骡子呢？它可是匹好马，打天津卫就跟着俺们团长，跟了好几年了，平常连我都不能骑一下。"

"俺说秃噜嘴了，马……可俺还是不能行，你们团长的宝贝，更不能行了。再者说，你们团长已经奖励过俺了。"

"奖励了？啥？"

"唱片。留声机的唱片。"

通信员不屑一顾："啥玩意儿，不能吃不能喝，还不能骑，哪有马实惠？"

朱贡献说："你不懂，这可是个稀罕东西。这么稀罕的东西都给俺了，俺不能再要你们团长的——马了。"

黑人步兵C连的一些被俘士兵，旁边挺着长枪的警卫班战士，都往这边看。胡子拉碴的司务长倒不客气，过来就把缰绳拉住了，一边拽着骡子往前走，一边嘟嘟囔囔地说：

"你说说你朱教员，给你你就收着呗。驮个粮食驮个装备啥的，不比啥都强？打着灯笼没处找的事儿……走了走了，出发了！"

朱贡献无可奈何，只能跟在了骡子腚后。

王团长的通信员还在后边喊："朱教员那个马是给你骑的，不能驮炮驮装备……别叫他们瞎使唤它！"

天上黑影儿了，人和"马"都很快消失在愈来愈重的暮色中。

2

山路崎岖，走起来磕磕绊绊，行军的速度不快。两路纵队稀稀拉拉，在山间、林间、谷地或是山坡拖出去很长一段距离。警卫班的十几个战士分散在队伍的前后左右，前头有带路的，后边有断后的，中间有来回巡视的，而负责带队的司务长跑前跑后，一会儿下命令要后面的跟上，一会儿又让前头的压压步子等一等，尽量地缩小间距。保持队列的完整不仅方便行军，也是出于安全方面的考虑。警卫班力量单薄，将近一百五十个俘虏拖拖拉拉的，说不定哪会儿看不见就躲进林子躲进山旮旯儿里找不着了。谁能保证俘虏们不逃跑？为了防备万一，司务长和他带领的警卫班个个神情紧张。寒风料峭，司务长胡子拉碴的脸上却常常冒着罕见的热乎气儿。

他们总是太阳落山以后上路，太阳出山以后宿营，夜行晓宿，黑白颠倒。警卫班的战士们倒没有什么，他们已经习惯了这样的节奏。志愿军部队总是在晚上行军作战，夜晚就等于他们的白天。但是黑人C连的官兵们不行了，晚上行军白天宿营，没经历过这样的事儿。他们是黑人不假，可他们也是美国人，编制在美国陆军的正规部队中，行军作战都按着美国军队的节奏推进。朝鲜战争爆发以来，美国军队什么时候有过晚上行军作战的主动计划了？他们的战斗都安排在白天进行，白天，看得清摸得着，有飞机、大炮和坦克这样的重火力支援，这样的条件才能保证战斗效能的最大化。如果说在与中国人发起的两次大规模战役的无数个作战行动中，他们不得不改变一下习惯，那也纯粹是迫于无奈，因为中国军队从不让美国人安生一个夜晚。但是现在不是作战，现在是去中国军队的战俘营，夜行晓宿不仅不合时宜，也实在令他们难以接受。

一片哀叹。每时每刻都有人在抱怨。

皮特·路德也是百思不得其解。好好的大白天不走路，非走夜路，不知道中国人是怎么一回事情。正常人走走也就罢了，他脚指头冻坏了，走起来更遭罪。那个长官，懂点儿英语的中国人，看上去也是同样遭罪。一副近视眼镜，大白天都费劲，何况黑灯瞎火的晚上？晚上也就罢了，还不能照明，不能生火，不能点灯，甚至于也不能抽烟，中国人将士兵们身上烟火之类的东西全部收走了。本来，C连一些长官和军士的身上是有手电筒的，有打火机和火柴，但是中国人一点儿情面不讲，将烟火一类的东西控制得严严实实。士兵们被告知，所有的物品，一等到达目的地就会发放给他们，中国志愿军绝不拿战俘的一根针一根线。皮特·路德不懂得什么是"一根针一根线"。寒风刺骨的夜晚，最为宝贵的是躲进一个避风的屋子里，燃上一堆篝火。针和线根本算不了什么。

从中国人反击"联合国军"圣诞节总攻势到现在，十几天过去了，皮特·路德及其C连昼夜相交地暴露于野外，很多人都冻坏了。零下二三十摄氏度的气温，在开阔的野外待着，是在拿自己的生命开玩笑。皮特·路德的一个脚大概冻坏了，左脚最靠边的两个脚指头又红又肿，走起路来疼得要命。但是他知道自己不能停，一旦停下来，按照白人教官的说法，他就会给中国人当作废物处理掉。

白人教官的话是真是假不得而知，中国人的承诺能否兑现也犹未可知，皮特·路德觉得还是要多加小心，在彻底弄清楚中国人的真实意图之前，他想他还是一声不吭为好，否则上帝都救不了他。所以尽管疼得咬牙，皮特·路德仍然一瘸一拐地坚持着走，尽量不使自己掉队。

后勤保障极差，或者说，根本就没有什么保障。开始还有些罐头跟压缩饼干，后来只有梆梆硬的玉米面饼子和形状怪异的石头一样的食物。那个东西拳头般大小，一头尖尖的，而中间是个空空的心。它们跟石头一般硬，不小心能硌掉自己的牙。队伍中的美国人和中国人，都像是饥饿而游荡的狼群，无法料定在什么地方才会凑巧碰到自己的下一餐。

居无定所。宿营有时候在林子里，有时候是在山洞，有时候是在背风的岩石下面。最好的情况要算朝鲜人的村庄。村庄大都依地势而建，有大有小。虽然遭到了美国远东空军的无差别轰炸，但是总有几间破旧的房子保留下来。有些大一点的村庄还会有北朝鲜人，老人跟女人，年轻人基本上看不到。这时候负责带队的中国长官就会前往交涉，把美国人安排在拥挤的房子里并尽可能弄来吃的东西。那是些煮熟的土豆，数量虽少却散发着诱人的热气。他们狼吞虎咽地连皮带瓤一起吃掉。要是动作慢了，土豆也会很快冻硬，冻成石头一样。

当然，北朝鲜人的目光里充满了仇恨，对待他们像饥饿的狼群看着弱不禁风的羔羊，恨不得一口吃掉他们。在一个北朝鲜村庄，被俘的C连弟兄们甚至受到了老人孩子们的攻击，他们一边诅咒着一边用石头和农具围殴C连的黑人弟兄，好几个人受了伤。要不是带队的中国长官和担任翻译的中国长官努力劝阻，打死几个也说不定。

虽然尽了最大努力，走路的速度还是逐渐慢下来，皮特·路德最终还是掉到了队尾。

戴眼镜的中国长官和他的骡子也在队尾，一前一后，不紧不慢。奇怪的是，他没有骑那个骡子，而是将其当成了一辆运输工具，因为骡子上驮满了杂七杂八的行李以及寥寥无几的宝贵补给品。

皮特·路德终于有机会来提出心中的疑问了。

"为什么我们总是夜晚行军,长官?"

朱贡献看看这一瘸一拐的年轻的美国黑人,回答道:"这是我们的传统。中国军队有这样的传统。"

"白天岂不是更好?白天,什么都看得见。"

朱贡献指了指头顶上的天空:"飞机,你们美国人的飞机。"

皮特·路德偷偷地笑了。

中国人原来担心的是这个。在他看来,因为害怕空袭,中国人将他们的行军和战斗全部安排在夜晚来进行,未免如临大敌草木皆兵了。远东空军不是万能的,也不能从根本上解决战斗。他们牛皮哄哄地飞来飞去,最终还不得靠着一个又一个的步兵团步兵师来跟中国人面对面地战斗?还不得靠着他们这些黑人来卖命?

"飞机并不可怕。"

皮特·路德说。

朱贡献说:"你说得轻巧。你是没挨过炸,挨过炸就知道了。"

"我是说,长官,在白天,要是天气不够好,飞行员不会贸然起飞。我们的长官,斯坦莱上尉,他认为我们完全可以在白天行军。对,这样就会加快速度,我们会走得很快。"

"你们美国人很鬼道的。特别是那些白人,剥削你们的白人。飞机什么时候来,什么时候去,不知道。我们,你们,不能在危险的时候来安排走路。"

皮特·路德又笑了笑。中国长官的英语不太标准,他只能听懂大概的意思。

天黑着,朱贡献看不清皮特·路德的脸也看不清他的笑,但能感觉到这美国人走起路来很费劲,一瘸一拐,勉勉强强跟得上骡子甩来甩去的尾巴。朱贡献说,你可以拉着骡子的尾巴走,来,你拉着……拉住,别松手……这样就好多了吧?是不是好多了?

由这个中国长官帮着,皮特·路德拽住了骡子甩来甩去的尾巴。那个感觉很神奇。他从来没有拽着牲口的尾巴走过路。

皮特·路德连着说了好几个谢谢。

朱贡献认得这美国人。中等个头，圆脸圆脑袋，两个眼睛晶晶亮。朱贡献记得几天前最初接触到的俘虏就是这美国人，他代表黑人步兵C连前来谈判投降，举着俩手，露着白牙，僵硬的笑容凝结在黑黑的皮肤里。

朱贡献说："你的脚，还是腿，负伤了？"

"没有，长官。"皮特·路德咬咬牙，"我想只是一点小小的冻伤。"

"冻伤，这鬼天气……明天，检查检查。检查，明白？"

"没有关系，长官，我想我可以坚持。完全没有问题。"

"你是叫皮特？皮特……路德？"

"是的，长官，我的名字，皮特·路德。我是田纳西州人。田纳西州的孟菲斯。"

"你们美国人很奇怪，名字放在前面，姓氏放在后面。路德，路德是你的姓氏吗？"

"不是长官。皮特·路德，我的名字。皮特，名字；路德，也是名字。"

"那你姓什么？"

"我没有姓长官。我只有名字，没有姓。"

"那不会吧？每个人都有名有姓。比如我，我姓朱，ZHU，朱。我们都是随同父姓。我父亲姓朱，所以我也姓朱。你父亲姓什么？你应该跟父亲一样的姓。"

皮特·路德好一会儿没有说话。黑暗中只有嗒嗒的骡蹄声和杂乱无章的脚步声。

沉默了一段时间之后，皮特·路德才说："我没有父亲，长官。"

"那怎么可能呢？"朱贡献说，"每个人都有父亲都有母亲，有父母亲的生养才会有我们。"

"真的，我真的没有父亲。长官。"

皮特·路德的声音却越来越低，低到几乎听不见了。

朱贡献没再问下去。

他想这美国人，"黑美"，真能闹笑话，竟然说他没有父亲，大大。孙猴子打石头缝里蹦出来，孙猴子才没有大大没有娘。美国人又不是孙猴子……

他喝令骡子停住，从骡子的脊背上取下一卷行李，然后以不容分说的语气，命令皮特·路德坐上去。

骡子是属于马跟驴这两种动物杂交的后代，不像马匹那么娇贵，又比驴子的力气大、耐力好，听话，好养活，好使唤，干活出力是把好手。在朱贡献的沂蒙山老家，夸奖一个壮实卖力的庄稼汉，就会说这个人像头骡子；要是形容一个地主老财盘剥扛活的长工短工，又会说使唤人跟使唤骡子一样。

天空泛白，一抹淡红若隐若现。

在一双双沉重脚板的踩踏下，那抹淡红愈来愈浓，愈来愈重，终于演化成漫天的朝霞，耀眼。

很快，它在皮特·路德的双眸里融化了。

3

供应越来越困难。

一些人病了，一些人有各种各样的冻伤，行进的速度越来越慢。不管是被俘的美国人还是押送他们的志愿军战士，大家的日子都不好过。

司务长、朱贡献、警卫班班长几个人凑在一起开了个小会。决定不能再这样耗下去，这样耗下去，拖也把队伍拖垮了。

一致同意加快速度。

专门找来被俘的C连连长斯坦莱，询问了敌机出动的有关情况。斯坦莱蛮有把握。在能见度不好的白天，比如阴云密布，下雨下雪或者雷暴，飞机不可能出来。当然，现在是冬季，不存在打雷下雨，但是阴天降雪，情况是一样的。

斯坦莱可谓是信誓旦旦。但常言说得好，隔行如隔山。他的悲哀在于，一个步兵连队的指挥官永远都无法看到空军战斗机部队的真实风景。

天空确实阴着。头顶上仿佛罩着巨大的网，说白不白说黑不黑，压得人喘不过气来。一场大雪正在酝酿。

司务长和朱贡献不约而同往天上看。他们又仔细回想了一下将近两个月以来的防空历程，好像就是黑人连长说的这么个情况，阴天下雪浓云密布，确实是没见到过敌机的身影儿。

当机立断，走。趁着雪没下风没来敌机也不来，抓紧走。

剩余的给养重新进行了分配，被俘者跟俘虏他们的人边吃边走。无非就是一些玉米饼子窝窝头，还有少量的冻土豆。都梆硬，石头一样。

不多的给养分下后，骡子背上也完全腾空了地方。朱贡献索性将自己的土黄色铺盖搭在骡背上，这样皮特·路德就会更好受一些。长途跋涉，颠簸不已，若是时间久了，骡子硬光光的脊柱骨会将他屁股和大腿的皮肤磨烂。

骡子和坐在骡子上的皮特·路德引来了众多目光的注视。中国人与美国人的那些目光非常复杂。不过在皮特·路德看来，更多的还是带着赞许。这让他心生温暖。

实际上皮特·路德自己也没有想到过会享受中国人如此这般的礼遇。他的冻伤越来越不妙，因为最边上的两根脚指头每天都在变化，开始是红、肿，现在颜色逐渐变暗，加深；开始的时候还能坚持着一瘸一拐地走，现在拄着棍子也难以迈开脚步了，骡子好像成为了唯一的选择，除此以外别无他法。这很特殊，非常特殊。他不想做众矢之的——无论如何，有更多的人比他更适合来乘坐这个骡子。可皮特·路德也不能不服从中国长官的命令。

懂英语的中国长官一如既往，有时候走在前边，有时候跟在骡子腚后，饥饿似乎让他的腰背更加向佝偻。当他走在骡子前头的时候，他会把缰绳拉在手里，偶尔回过头来看一眼骡子上的美国俘虏兵，一个黑人男孩。寒冷的空气在他眼镜的镜片上结了一层薄薄的霜，皮特·路德看不清他的眼。不过这没有什么。那双眼睛一定满怀温热。

偶尔地，牵着缰绳的中国人还会哼上个从没有听到过的小曲儿，很轻，也很短，只有短短的几句，断断续续，让皮特·路德既不能听得真切也不懂其为何意，但那个未曾听过的曲调倒是非常动听。

他现在开始相信，中国人，跟白人长官们所说的不一样。

大约两个小时以后，队伍已经走出了很远的距离。在白天，哪怕是灰蒙蒙的白天，行军的速度也比夜间快得多。

他们一直向着北方和东北方向前进。经过的群山已经被远远甩在了身后，前方的山还离得很远，身左身右皆为舒缓的丘陵，山坡上长满了低矮的灌木林。现在，他们实际上是行走在一片宽阔和空旷的谷地之上。

跟着部队行军打仗，司务长毕竟见过些世面，这让他边走边抬头看天。身前身后，左边右边，都看，同时一个劲儿催促加快前进。这是个开阔地，不怕一万就怕万一。司务长知道，万一敌机来袭，躲都没地方躲。

但是，再快还能有多快的速度？都经过了长途跋涉，都是饥寒交迫，有心走得快一点无奈一双腿脚不争气，被俘者和俘虏他们的人都实在难以迈开步子了。

司务长也没有办法，只能一边催促着队伍一边叨叨咕咕地自言自语：

"死地，死地，这个该死的地场啊，可千万别来敌机……天老爷罩一罩天老爷，保佑'油挑子'千万别来，'油挑子'一来，咱这一百多口子就麻搭烦了……"

不幸言中。

来的不是"油挑子"，是已经不多见的"一撮毛"。

跟"油挑子"不同，"一撮毛"P-51野马战斗机是个二战时期的螺旋桨飞机，速度相对较慢，老远就能听见其发动机的轰鸣，要是有森林岩石的掩护，一般而言都能躲开它的搜索攻击。但是朱贡献他们这一百多个人现在是行进在一片开阔的谷地之间，无遮无掩，虽然听着发动机的声音越来越近，却也一时无可奈何。松散的队列僵立在原地，朱贡献也好，司务长也好，都愣住了，或者说，都不知道应该怎么办。

拿不定主意的还在于，敌机的轰鸣虽然越来越响越来越大，可由于云层的遮挡，并没有看见敌机的影子，这又让他们心存侥幸。天空灰暗，云底很低，敌机只是路过也说不定。向北转进的过程中，路过的敌机一队队飞越而去也是家常便饭。所有的中国人和美国人都僵立在开阔地上，希望这一次也能化险为夷。

但是他们都想错了。

正当一整列队伍僵立于原地的时候，两架P-51野马战斗机突然从低低的云层之间钻了出来，"一撮毛"，也就是机头上的螺旋桨发动机急速旋转着，自谷地一端直扑而来，巨大的轰鸣声顷刻间响彻了空旷的四野。

晴天霹雳。

朱贡献，司务长，警卫班的战士们，真是大惊失色。然而，那些俘虏，美国人，"黑美"，却仍然傻呵呵地站在原地，凝视着P-51战斗机越来越近。也许是从未有过遭遇空袭的经验教训，也许觉得迎面而来的不过是美国远东空军的战斗机，是他们自己的飞机，这让他们懈怠和麻木，或许还有一丝丝侥幸也说不定。他们是美国人，被俘了也是美国人。美国的战斗机怎么会向美国人开火呢？想一想就是个笑话。所以他们傻呵呵的，甚至还指指点点。克莱伦斯·亚当斯率先嚷道：

"远东空军！"

"是美国，美国的战斗机！"

皮特·路德坐得高看得远。

斯坦莱以手遮眼做出了自己的判断："P-51，野马。"

大惊失色的司务长则用变了声的腔调冲着队伍狂喊："散开！散开！卧倒……"

紧随惊慌失措的司务长，朱贡献也挥动着双手用英语喊叫着："隐蔽！隐蔽！你们这些人，赶紧隐蔽啊！"

担任警戒任务的志愿军战士也跟着喊，有的举起枪来对着迎头而来的敌机叮叮当当开上了火。七零八落的枪声很快淹没在发动机的轰鸣声中。

喊声、枪声都没能将被俘的美国人惊醒。直到一前一后的两架野马战斗机喷射出硝烟和火舌。

司务长、朱贡献以及其他志愿军战士的叫喊在发动机的轰鸣和数挺重机枪的爆啸中显得微不足道羸弱无比，一瞬间湮没无闻。纷飞的弹雨，飞溅的冻土，狂舞而去的冰雪和夹杂着冰雪的残肢断臂，像一个高速摄影的慢镜头，定格，慢进，摇曳，最后移出画面。发动机的轰鸣遮盖了人嘶马啸，重机枪压抑着发动机的轰鸣，血雨腥风骤然而至，一切都定格在寒冷冰川的深处，寒冷，冰封，凝固，一动不动，成为抹不掉的永恒。

秋风扫落叶。

双机编队的两架野马战斗机从头顶上一掠而过，将大片的狼藉留在了身后。

中弹的亡者已然倒毙，伤者在痛苦哀号，余下的俘虏们则一哄而散。有些往前跑，有些往后跑，有些向左，有些朝右，各尽所能，任凭志愿军战士叫喊、鸣枪也不为所动。

在刚刚开始的这一轮扫射中，朱贡献的坐骑、那头骡子受到惊吓，一个蹿高将皮特·路德甩在冻地上，嘶鸣着狂奔而去。骡子的悲剧在于它不是朝向左右而是沿着敌机的攻击航路直直地奔向毫无希望的远方，它以为这样就能摆脱恐怖和惊吓。刚好进入野马战斗机航空机枪的射界，不幸接踵而至。骡子跑出去没有多远即被大口径的重机枪弹直接命中，皮特·路德远远地看着它翻滚了两个跟头，然后再也不动了。

4

司务长的人生也同样定格在这个灰暗的冬天。

张着双臂，大声呼喊，"散开，卧倒，散开，卧倒"……而后，高举的双臂突然静止在空中，静止，不动，眼睛大睁，嘴巴张开，再也发不出任何的声响。在他惊愕、呆滞和粘挂着血滴子的胡子拉碴的下巴上面，在浓云密布的天空底下，"一撮毛"一闪而过。

当朱贡献来到司务长面前的时候，他仍然保持着这样的姿势。

皮特·路德也一瘸一拐地走了过来。来到司务长面前的还有克莱伦斯·亚当斯。

"God, my God."

克莱伦斯·亚当斯画着十字说。

"Oh my God！"

皮特·路德同样画着十字。

他们站立在司务长半跪半坐的遗体前，默默地在胸前画了好几个十字。

克莱伦斯·亚当斯大声地诅咒，谩骂，情绪激动地在雪地上走来走去。他的话，朱贡献有些地方听不懂，但他能感觉到这美国黑人对他们的飞机以及他们美国军队的愤怒。

皮特·路德想把司务长举着的双手放下来，但是那个手臂很硬，并不能轻易地掰动。他没有用力去掰，只是伸出手来，一边画着十字，一边用带有冻伤的黑黑的手掌，轻轻一抹，合上了中国人张开的双眼。

两架野马式战斗机盘旋了一圈又从另一个方向俯冲过来。朱贡献声色俱厉，要大家抓紧卧倒，隐蔽。然而，身边的两个美国人，克莱伦斯·亚当斯似乎已经完全失控，不仅不按着他的命令来做，反而更加用力地诅咒，挥拳，叉腰，对着呼啸而来的战斗机破口大骂。仿佛那不是要人命的死神，而是刚刚叼走了他盘子里食物的秃鹫。皮特·路德则向着灰暗的天空高喊：

"美国人，美国人！"

意思倒很明确，他要告诉P-51战斗机驾驶员，他们是自己人，是美国人。为了更加清楚表明自己的身份，皮特·路德甚至一把摘掉了头上的棉帽子，摇动着帽子呼喊：

"美国人，美国人！"

朱贡献急了，一脚将挥拳叉腰的克莱伦斯·亚当斯踹倒，同时扑向皮特·路德并将他紧紧抱住，两个人一起滚倒在地。紧随其后，野马战斗机的大口径机枪弹像一条钢鞭从身边抽打而去，冻土迸溅，雪雾迷蒙。

两番低空扫射后，野马战斗机的飞行员也似乎缓过劲来。

下面的情况有些诡异，很多目标不是逃散而是摇动着帽子呼喊——尽管听不到喊声，但那个动作足够说明问题。而且当他们低空掠过的时候，那些人，摇动帽子的人，他们的肤色非常特别，白的雪、黑的脸，看上去反差分明。他们不是亚洲人，不是中国人或北朝鲜人，他们是黑人，"联合国军"中的黑人。只有"联合国军"有黑人的存在。至于这些身份诡异的黑人为何出现在北朝鲜的后方倒并不重要，他们也许有任务，也许成为了战俘也说不定。这些都不重要。他们是盟军，盟友，哪怕成为了战俘也是盟友。

经过这样的短暂分析，野马战斗机将俯冲改成了平飞，当它们又一次掠过头顶的时候，不仅增加了高度，并且一高一低地摇晃起两边的机翼来。

在朱贡献的视野内，两架P-51就那样摇晃着翅膀飞入了云层，发动机的声音越来越小，最后消失无踪。

5

确定敌机飞远后，朱贡献命令吹喇叭集合。

空袭造成了极大损失。

志愿军押送部队这边，除了带队的司务长，还有好几个战士倒在了雪地上。美国黑人步兵C连被俘的一百四十七人，三十二人被当场打死，还有十八个人负伤。除此以外全部都在，竟然没在刚才的混乱中跑走一人。

皮特·路德惊奇于朱贡献的那一脚和那个猛烈的抱摔。他不知道这佝偻着脊背的瘦瘦高高的中国人，一瞬间竟能爆发出如此强大的力量。

队伍要出发了，鸭绿江近在眼前。

皮特·路德一瘸一拐地走到朱贡献面前，低下头来，想了想。然后他说：

"谢谢你，长官。真的，我真的非常感谢，长官……"

朱贡献看了看他，一句话没说。

1951年12月
宽待

1

早饭时间。

一个满脸凶相的"联合国军"大块头俘虏噗地吐出一口嚼碎的高粱面渣渣，正吐在迎面而来的赵玉兰的脚下。赵玉兰他们走了一夜的路，又冷又饿，人困马乏，刚刚来到这个叫作碧潼的地方。

俘虏挥动着两只大手，冲他们直嚷嚷。

赵玉兰给吓一跳。

大脸大手大脑袋，坐着比人还高出来半头，她从来没见过这么大的大块头。或更确切地说，从来没见过这么大的大块头俘虏，没见过这么大的大块头竟然也能给志愿军俘虏过来。你想想看，将这样的美国鬼子俘虏过来，那俘虏他的得是些什么人。

大块头嚷嚷的什么，听不懂，看样子是对伙食不满意。因为他一个手抓着咬掉一块的窝窝头一个手抓着块咸菜疙瘩，边嚷边挥来挥去的，生气并且愤怒。

正不知怎么办，走过来三个巡视的志愿军工作人员，其中一个脸很白，另一个干部模样的人，肩膀子上挎着支老掉牙的盒子枪。那个枪很老，部队里都已经见不着了。跟在他俩身后的是个壮壮实实的矮个子志愿军，身上一长一短两样家伙，长的拎在手里，短的斜挎在肩。赵玉兰也都认得。挑着枪刺的那个叫作三八大盖，斜挎胸前的则是二十响的驳壳枪。

白脸的一开口，赵玉兰才听出来那是个志愿军的女同志。她问了大块头俘虏几句话，大块头同样嚷嚷着回答了几句，但气焰小了不少。

赵玉兰面露钦佩。尖白脸的志愿军女同志，会美国话。

几句对答之后，志愿军女同志对挎王八盒子的干部，也对刚刚到来的赵玉兰他们说：

"臭毛病晓得吧？嫌阿拉伙食不好，说阿拉喂牲口，给他们喂牲口食品。臭毛病，小瘪三当俘虏还挑三拣四的。"

一口蛮啦噶叽的南方话。

干部说："闵教员你告诉他，现在战俘营刚刚组建，各方面条件比较差。谁叫他们美国鬼子轰炸厉害？谁叫他们不远万里跑到朝鲜来的？物资上不来，就得忍一忍。喂牲口？我们和他们一样，一样的伙食，我们也是牲口？我到现在连口热水还没喝上……你警告他，要遵守战俘营的规定，不许胡闹。胡闹关禁闭。"

白脸的女同志，现在大家都知道她叫闵教员，随着她对那大块头俘虏叽里咕噜的一通美国话，拎着三八大盖步枪的志愿军故意地挺挺胸，抖了抖手里的长枪。

大块头俘虏耸耸肩膀，没再嚷嚷。旁边一个年纪稍大的战俘听完以后却连连的"OK"，表示他们会遵守规定。他装作很可口的样子，一边大口咀嚼着玉米面的饼子一边劝慰着身旁一个小个子的美国兵，意思是叫他也吃一点高粱饼子窝窝头或者喝上几口快要冷却的热水。中国人的伙食虽然不好，但是可以活命。

小个子美国战俘抱着膀子蜷缩在帆布帐篷里，两眼直直地看着前方，瘦削的脸上没有一点点生气。他既不说话，也不喝水吃东西，就那样毫无声息地蜷缩着，仿佛一具僵尸。

安排好几个战俘之后，干部模样的人才顾上与赵玉兰他们一一握手，代表碧潼俘管处欢迎大家的到来，因为他们缺人手，缺物资，缺吃的住的用的，什么东西都缺，赵玉兰他们来得正好。大家历尽艰辛从前方赶过来，大家辛苦了。先吃饭，同志们一定又困又饿。

闵教员，就是那个女的，介绍干部是俘管处的王主任，而她自己是俘管处的教员，实际上就是个翻译，也刚从国内来到朝鲜不久。带着一长一短两样家伙的志愿军则是警戒部队的排长。闵教员还说，以后嘛大家就一起抗美援朝好吧啦。

闵教员说起话来语速很快，赵玉兰有些听不懂。南方人，蛮啦噶叽的。但总体上说，她对这个闵教员的印象还算不错，懂美国话，身上还有一股淡淡的香味儿，怪洋气。

这是她第一次见到闵晓丽。

2

随后几天，赵玉兰慢慢弄清了几个"联合国军"俘虏的情况。

大块头的美国俘虏叫罗伯特·沙克斯，是个下士；行若僵尸的那个叫爱什么华，美国陆军一等兵；而年纪稍大的那个是詹姆斯·温纳瑞斯。温纳瑞斯人如其名，说起话来不紧不慢的，是个老兵，参加过第二次世界大战，在东南亚的热带丛林跟日本鬼子打过仗。当然，他人温和，打仗却不咋的，除了这次当志愿军俘虏，还当过日本人的俘虏，有着悠久的被俘经历。

赵玉兰觉得美国人的名字都起得怪怪的，不好记。什么罗伯特·沙克斯，什么詹姆斯·温纳瑞斯，还有那小个子，叫爱什么的，都怪。甚至于还没有搞清楚尖白脸的小个子到底叫个什么"爱"，那战俘就突然死掉了。

没有伤，没有病，也没有意外发生。当某一天的太阳照常升起之后，小个子没有像往日一样出来。老兵温纳瑞斯去叫他，才发现小个子一动不动地躺在地铺上，已经僵硬，成为了一具名副其实的僵尸。

随后一段时间，诡异的事情接二连三发生，一些战俘莫名其妙地就死掉了。意外的死亡者有个共同特点，都是美国人，都是白人士兵，都死得毫无征兆。事件不仅引起了战俘营管理层的警觉，也引起了上级的高度重视。国内派来了医疗和刑侦方面的专家展开调查。但是查来查去，依然一无所获。

经过一些日子的实地调查和深入细致的研究，最终还是得出了结论。

美国白人战俘的意外死亡均属于营养缺乏及战争后遗症。一方面是由于战俘营刚刚建立，条件艰苦，供应保障难以为继，对于习惯了黄油面包咖啡香肠等西式餐饮的美国人来说，志愿军的粗茶淡饭和五谷杂粮实在是难以接受，很多人宁愿饿肚皮也不吃战俘营提供的伙食，从而造成能量的极度匮乏；另一方面，美国白人士兵经不住残酷战争的考验，在沉重的打击和失败面前一蹶不振，悲观厌世，不能自拔，以至于丧失了存活下去的意志力。反观英国或土耳其等国家军队的战俘都没有此类事件发生。究其原因，英国人生性乐观，能够随遇而安；土耳其战俘全部来自山区，本来就是农民，吃苦耐劳，再严酷的环境也不在话下。

国内派来了施工队，运来了大批的建筑材料，运输队冒着敌机轰炸从国内送来各种各样的主副食品。除了前期各部队抽调的保障人员外，继续加大俘管处的保障能力，特别是又从国内选拔了一定数量的医疗和翻译人才投入到碧潼，保证战俘营各项管理正常运行。在国内国外上下各级的共同努力下，营地里建起了专供战俘们居住的一排排房屋，最终形成彼此相隔的五个俘管大队，保证数千名"联合国军"的战俘居有定所。每个俘管大队都建有专门的厨房、医疗室、会议室、沐浴房、操场、阅览室等，还有供信徒们进行宗教活动的专用场所，有文体娱乐器材，有英文报刊书籍。文化与宗教自由在碧潼战俘营得到了充分保证。

志愿军管理人员根据各国战俘特别是英美战俘的生活习惯，还成立了由战俘们自己选举的管理委员会，每周和每日的伙食安排皆由其自行决定。战俘的伙食标准普遍高于志愿军官兵。在志愿军部队仍然以粗食杂粮咸菜疙瘩为主的年月里，战俘们的主食已经全部换为细粮，顿顿有烤面包，有从鸭绿江对面中国境内采购而来的油、盐、肉类、蔬菜等丰富的副食品。战俘们不分国籍不分肤色，每人每天都有八百七十五克的细粮供应，除去基本的菜金标准外，每天还有一定数量的糖、肉、鱼、奶，有病号灶。对于爬冰卧雪风餐露宿同强大的美帝国主义及"联合国军"作战的志愿军部队而言，这些东西是绝对的奢侈品，在团以下干部和普通官兵中间是根本无法想象的。

随着生活水平提高和医疗卫生条件的改善，文娱、体育活动也在各战俘营开展起来。每一个战俘的大、中、小队均发放了篮球、排球、足球等球类，还配备了扑克、跳棋、克郎球等娱乐器材，娱乐竞赛成为战俘营的常态。所有这些，别说黑人皮特·路德和克莱伦斯·亚当斯他们想不到，连饱经世故的詹姆斯·温纳瑞斯也没有想到。

他告诉皮特·路德和克莱伦斯·亚当斯，在日本的战俘营，他们这些美国战俘要干繁重的劳役，衣不遮体，食不果腹，别说休闲娱乐了，连明天能不能活着都是未知数，因为日本人随时随地会杀掉你。日本人杀人的理由各种各样，甚至于根本用不着任何理由，什么时候杀你全看他有无兴致。战俘是什么？你们不要认为"战俘"就是些被俘虏的士兵，在日本人那里，"战俘"不过是行尸走肉，是会动的尸体而已。

皮特·路德和克莱伦斯·亚当斯听了温纳瑞斯的这番说辞后面面相觑。他们虽然感激中国人的"宽待"，但不知道中国人为何要这样对待曾经的敌人。大块头的罗伯特·沙克斯要他们不要高兴得太早，因为"宽待"不会太久。等到一个个喂胖了，中国人就会像宰一群羊羔子一样宰掉大家。

3

等待手术的过程中发生了一点意外。

显然是为了驱寒取暖，志愿军在病房外燃起了一桶篝火。皮特·路德和克莱伦斯·亚当斯等几个 C 连的黑人兄弟围着篝火，他们伸着手，有的还敞着怀。温暖让他们忘掉了伤痛，体味到漫长严冬即将过去。

一声断喝将他们重新拽回到寒冷的现实。

"走开，走开！"

由一个大块头率领着，几个白人士兵迎面而来。

皮特·路德往旁边让了让，克莱伦斯·亚当斯也同样地让开一个身位。但是他们没有离开那个汽油桶。

白人士兵很快占据了舒适的烤火位置，将先前的黑人兄弟挤到一边。篝火正旺，皮特·路德仍然伸着手。这一不合时宜的举动惹怒了领头的白人士兵。

"缩回你的脏手，黑鬼！"

满脸凶相的大块头瞪着他，以命令般的口气说道。

皮特·路德犹豫了一下，却没有完全将手放下。他小心翼翼地说：

"我想我并没有妨碍到你，先生……另外，请你不要叫我'黑鬼'，'黑鬼'不适合用在碧潼，不适合用在中国人这里。"

"哈！"大块头显得惊讶不已，"黑鬼什么时候可以这样跟白人说话了？黑鬼就是黑鬼，到上帝那里也是黑鬼！"

"我说过了先生，请你不要叫我'黑鬼'，你不能侮辱我。"

"侮辱你？"大块头斜着眼睛，"黑人什么时候享受尊敬了？我也毫不客气地告诉你，你不要叫我'先生'，'先生'可不是什么好鸟。我是军士，你要称呼我长官懂吗小子？按照军规，你这个二等兵黑人小子要向我敬礼懂吗？"

皮特·路德无可奈何地将手指头在帽檐上碰了碰。

"我不想冒犯你，长官，但是我要说黑人也有烤火的权利。是我们先来到这里……"

"你这个不知道好歹的黑鬼！竟然敢冒犯长官……难道你忘了白人优先的道理吗？如果记不住，我就要让你们几个黑鬼长点记性。"

皮特·路德还想要分辩，但是克莱伦斯·亚当斯拉拉他，将他拉开了。

后来他才知道满脸凶相的白人士兵叫罗伯特·沙克斯。

罗伯特·沙克斯还不罢休，对走到一旁去的黑人士兵们叫嚷："永远不要忘掉你们次等人的身份！就算是中国人也不能把你们这些黑鬼变成白人。"

这一幕刚好给中国的女医生看到了。

扎着短辫子的志愿军女医生也许听不懂美国人之间的对话，但是看得懂刚刚发生了什么。她显得很生气，瞪了罗伯特·沙克斯等几个白人一眼，走到皮特·路德他们跟前，示意他们重新回到那个汽油桶边上去。

皮特·路德听不懂中国女医生的话，克莱伦斯·亚当斯也听不懂，他们只是尴尬地笑着，并没有按着她的要求去做。

志愿军女医生却很认真，又把刚才的话重复了一遍，同时指着那个汽油桶，坚持要他们重新回到篝火旁边去。她的眼睛很亮，由于激怒而脸带红晕。

从动作和神态上，皮特·路德大概弄懂些中国女医生的意思，摆摆手，NO、NO地连着说了几个NO。他不想给她找麻烦。克莱伦斯·亚当斯也一字一句地说了几个单词，表示他们不再想执行好心的中国志愿军女医生的命令，因为他们也不想给自己找麻烦。

罗伯特·沙克斯等几个白人战俘则在汽油桶旁冷笑不已。

直到朱贡献来到，事情才分出些眉目来。

他向中等个头的志愿军女同志问了情况，也用英语问了问战俘们。皮特·路德和克莱伦斯·亚当斯都表示了抱歉的意思，因为他们给中国长官添麻烦了。同时，他们也不再想烤火了，事情到此为止，就算什么都没有发生。

朱贡献转而对志愿军女同志说："他们说已经烤过火了，不冷了，不用再烤了。"

"那不行！"女同志却很认真，"俺看这不是烤不烤火的问题，这是个欺负人的问题呢！怎的？人家烤得好好的把人给撵走？不行，怎说也不行！"

朱贡献皱了皱眉头。不是因为这个事，是因为这些话——带着浓郁的地域特色。他看了看中等个头的志愿军女同志，普普通通的志愿军棉军服，棉帽子下伸出来两根粗壮的辫子，鸭蛋脸，大眼睛，似曾相识又十分陌生。匆匆一瞥，朱贡献并没有看出什么来。

走到汽油桶篝火旁边，他对几个伸着胳膊的白人战俘说："为什么赶走他们？"

一个白人战俘说："我们有这样的传统，长官。白人从来不与黑人为伍。"

"难道黑人不是人吗？"

"黑鬼很脏。"

罗伯特·沙克斯毫不掩饰。

朱贡献说："刚才的情况我了解了，你们的做法有失体统。这里是中国的碧潼战俘营，志愿军对于全体战俘都实行宽待的俘虏政策，不分白人和黑人。中国没有种族主义。你们要约束自己的行为，如果违犯了战俘营的规定就会受到相应的处罚。"

几个白人士兵吐舌头耸肩膀做鬼脸，弄得很夸张，但是也没有发表反对的意见。罗伯特·沙克斯虽然满脸的不屑，也不便再当着志愿军长官的面表达出来。他们是战俘。白人战俘也是一样的战俘，中国人主宰着他们的命运，他们应当明确自己的身份。

朱贡献转而招呼皮特·路德跟克莱伦斯·亚当斯他们到篝火旁边来。黑人士兵们犹豫了一下，最后还是慢慢走向蒸腾着热浪的汽油桶。除了中国长官盛情难却，他们还得执行他的命令。

事情似乎就此结束。

朱贡献走到志愿军女同志面前，对她说："在美国，种族主义很普遍，黑人低白人一等，被当成下等人。当兵打仗，到了朝鲜也是这样，黑人还跟从前一样，被压迫被剥削。所以那小孩，他叫皮特·路德，他们一个整连的人才投降到俺们这旁。皮特·路德刚刚十九岁，就给华尔街送来当炮灰了。"

女同志说："话……什街？"

朱贡献说："就是美国的资本家，军阀，老板，反动派。"

"你说的什街，俺不懂，俺就觉着白人黑人都是人，是人还不一样？子弹不咬他白人？他白人不也当了志愿军的俘虏了？"

"美国有种族主义，这不是三言两语能说清的……"

朱贡献把眼镜摘下了，哈上一口气，手指头搓来搓去的，擦拭着。

这个动作使得志愿军女同志很认真地看了看他。

"俺怎的觉着你有点面熟呢？"

"俺也觉着你面熟……你这个口音，山东的吧？"

"山东沂蒙山。沂蒙山，你可听说过？"

"知道，俺知道！"

朱贡献撩开棉大衣的大襟和领子，再朝眼镜片上哈哈气，在大襟上面使劲擦拭着。手指头根本就擦不了眼镜片。

大衣敞开，口袋上并排插着的两管钢笔暴露在眼前。

"哎呀！你是大旺哥吧？"

女同志一声惊呼。

"是，是！俺姓朱！你是……"

朱贡献手忙脚乱地戴上眼镜。

"俺玉兰呀！哎呀，俺是玉兰啊，赵玉兰！"

"啊？玉兰，玉兰妹妹！你怎的跑到朝鲜来了呢……你啥时候当的兵呢你！"

"俺娘咪！好几年了……你也到朝鲜来了？你啥时候当的兵呢？没想到俺在朝鲜见面了！这些年你都跑到哪去了大旺哥？家里都不知道你去哪了。"

"说来话长，这个说来话长。等俺有空好好给你说。"

"俺娘咪，要不是你这眼镜，钢笔，打死俺俺也不相信能在这里碰到你！"

"俺也不信！你穿着志愿军军服，俺一点没认出来……几年不见了，女大十八变。"

白人战俘和黑人战俘都看着他俩。

他们的话，战俘们听不懂，但能感受到那也许是老友相聚。而在皮特·路德眼睛里，他们像是失散多年的亲兄妹又久别重逢了。

但是皮特·路德注意到他们并没有拥抱，更没有亲吻，他们只是那样地说着话，洋溢着意外的收获、喜悦、兴奋与满足。他们甚至于连握握手这样的举止都没有。

以后好多年，皮特·路德才逐渐地了解到中国人并不像美国人那样外露，拥抱，亲吻，或者亲热地握握手，都是外露的体现。中国人习惯于掩藏自己的情感，习惯尽最大可能将拥抱或亲吻一类的激情收敛在自己的身体之内。

4

手术进行得很顺利。

去除了坏死的两根脚指头，在志愿军战俘营的总医院住院治疗了一个星期，皮特·路德完全康复了。虽然缺少了两个脚趾，但没有对生活造成任何影响。刚出院那会儿他还拄着根棍子，走起路来还多少有点儿一瘸一拐，随着天气转暖，朝鲜半岛的春天降临，已经完全感觉不到脚下的疼痛了。皮特·路德扔掉了棍子，他又变成了过去那个活蹦乱跳的皮特·路德了。

战俘营的生活一如往日并且保持着一定的规律，他们按着中国人的节奏起床、出操、开饭、上课、开饭、午休、上课、开饭、自由活动、就寝，日复一日，安闲、惬意并且充实。待遇是一样的待遇，白人战俘享有的东西黑人战俘同样享有。随着春天到来，包括C连在内的黑人战俘已经相对独立生活和居住，而不是像开始的时候跟白人战俘挤在一起，遭受着白人种族主义者的虐待。在白人种族主义者那里，他们永远改变不了身体的肤色，永远是肮脏的"黑鬼"。

虽然志愿军没有种族歧视，但管理人员还是听取了白人战俘与黑人战俘的不同意见，将二者的生活区域分开。待遇是一样的待遇，管理却更加顺当方便。

二战老兵詹姆斯·温纳瑞斯就曾向教员朱贡献建言，他自己不是个种族主义者，他也并不歧视黑人，但是他认为，在美国，因为文化和生活习惯的差异，白人与黑人的确是分开来生活的，希望在碧潼也能够如此。分开生活，不仅方便管理，也能减少矛盾。

温纳瑞斯是个坦诚的人。他的建议被战俘营部分采纳。白人战俘与黑人战俘在生活上分开，但是学习、教育、训练、娱乐等仍合在一起进行，以诠释中国军队和中国人所有人种共为一个人类的理念。

上级派来了工作组，传达了中央领导的重要指示，核心内容是原则性与策略性高度融合概括的十六个字：消除敌对，缓和矛盾，拥护和平，反对战争。

碧潼战俘管理处根据这一方针对俘管工作做了进一步的调整规划，抓住战俘们渴望和平、渴望早日返回家乡的迫切愿望，宣讲美国及"联合国军"出兵朝鲜半岛的行为实际上是对朝鲜内政的武装干涉，是扩大战争的侵略行动；志愿军抗美援朝保家卫国是迫于无奈和维护和平；宣讲中国人民与世界各国人民为了和平付出的决心与努力，战事的进展状况和停战谈判；宣讲中国军队作为文明之师仁义之师宽待俘虏的现实形象，消除战俘对志愿军的敌对、恐惧和怀疑，心悦诚服地接受管理，共同为和平而努力。

显然，这属于更高层面的宽待。

皮特·路德和克莱伦斯·亚当斯有时候会讨论中国人"宽待俘虏"的动机，讨论中国人为什么会像"宽待"白人一样"宽待"他们这些黑人。他们也就此问过过去的长官现在的"教员"朱贡献。朱教员告诉他们，宽待俘虏是人民军队的一贯政策——无论过去的红军八路军新四军解放军还是现在的志愿军，都是人民的军队。人民军队的俘虏政策是不打不骂不搜腰包，愿意留下来的，欢迎；不愿意留的，发路费回家。对日本鬼子和蒋介石反动派是这样，对你们美国鬼子也同样如此。当然，再喊你们美国鬼子有失礼数了……也不能喊你们战俘。你们是学员。你们现在都成了学员了。

皮特·路德若有所思。他对克莱伦斯·亚当斯说：

"按照我的理解，兄弟，'宽待'，应该就是把我们当成一个人来对待。"

5

转眼又是一个冬季。

志愿军俘管处给数千名"联合国军"战俘发放了新的冬装，每一个战俘都领到了一套棉衣，一件棉大衣，一顶棉帽子，一双橡胶底的高筒靴，一床毛毯，一套棉被褥，全都嘎嘎新。另外还有棉手套、厚袜子、毛巾、牙具、肥皂、烟丝、白糖等丰富的生活用品，凡志愿军有的战俘们都有，志愿军没有的他们也有，白人战俘有的黑人战俘们一件不落，志愿军官兵与"联合国军"战俘是在同一个季节的同一个日子里换发的冬装。不同之处在于，志愿军冬装是一如既往的土黄色，而发给"联合国军"战俘的被装却是藏蓝，款式是中国内地的款式。当战俘们穿上中式的蓝色冬装，乍看上去都跟国内的工人师傅们没什么两样。

皮特·路德的棉衣稍微有点儿大，但是宽松、舒适，感觉比美国陆军的冬装温暖很多。朝鲜式的屋子里早早烧起了火炕，多半的时候他们要脱下棉袄，不然，按照医生赵的建议，到了寒冷的室外就会感冒。

圣诞节就要到来了，皮特·路德也刚刚度过了自己的二十岁生日。他已经跟教员朱和医生赵混得很熟，在他二十岁生日那天，他们还纷纷对他表达了祝福。二十岁，鸭绿江畔的北朝鲜，中国人的战俘营，志愿军的祝福，这一切让皮特·路德不可思议，恍若梦中。

在一个星期以前，大家就开始了紧张地布置。原步兵24团C连的连长斯坦莱上尉率领他和克莱伦斯·亚当斯等几十个人去附近的山上砍来了新鲜的松枝，他们用这些松枝搭建了拱门，扎起一棵巨大的圣诞树，拱门和圣诞树都披红挂彩，吊坠着的圣诞礼物压弯了一根根苍劲的枝丫。皮特·路德从未见到过如此高大的圣诞树。

每个战俘营，每个战俘大队、中队以及各班的屋门外都搭起了大大小小的拱门，拱门和房屋的墙上贴上了花花绿绿的手写英语标语，翻译成汉语，是诸如"只有取得持久和平才可年年过好圣诞""向创造和平的人们祝福，他们将被视为上帝的儿女"，以及"圣诞节只是一年一度，和平带来永久美好的希望"一类的意思。每个人都领到了圣诞礼物，有糖果、点心、苹果、杏仁、巧克力、卷烟等。除了苹果部分来自朝鲜，其他皆由中国国内运来，其中卷烟就有好几种。平常发给大家的卷烟是"大鸡""大前门""大生产"等中国的知名品牌，为了庆祝圣诞，还专门发放了中国沈阳生产的"金枪牌"卷烟。"金枪牌"是个重口味，虽然辛辣呛人，却颇受詹姆斯·温纳瑞斯等一干老烟枪的欢迎。战俘营内欢天喜地，洋溢着浓浓的圣诞气氛。

C 连虽说已不复存在，但幸存下来的一百一十五个士兵仍然将斯坦莱上尉视作自己的长官。要是没有斯坦莱当时的正确决定，他们或许早已冻死或战死在北朝鲜的荒山野岭了。

斯坦莱早早就计划好了他们这一个战俘中队的圣诞节庆祝议程。一共是十七项活动安排，包括宗教活动多项，文体游艺多项，唱圣歌，报佳音，圣诞老人赠送礼物等，还不包含圣诞节的重头戏圣诞大餐。战俘营的营区喇叭里播放着圣诞音乐，战俘们之间，战俘与志愿军官兵之间见面都要亲热地打个招呼，互祝圣诞快乐——尽管中国人本身并不过圣诞。

到了圣诞这天，皮特·路德他们一大早就排着整齐的队形到浴室里洗了热水澡，而后集体参加随军牧师主持的宗教活动。随军牧师其实也是战俘，只是换了个地方行使上帝仆人的职责。礼拜安排得非常正规，共有九项内容：

开首祈祷；全体唱颂歌——《普天同庆》；全体唱颂歌——《来哟，忠诚信徒》；早祷；颂诗《赞美上帝》；全体唱颂歌——《听，天使在歌唱》；全体唱颂歌——《赞美耶和华》；祝福；最后是领唱。皮特·路德二十年的人生历程中，从未有过如此庄重正式的礼拜。

圣诞节是一家人团聚的时刻，在圣诞降临的时候，总要邀请亲朋好友相聚一堂，这是人间最温暖的夜晚，也是几百年以来的习俗。所以每个中队都邀请了最为尊贵的客人——志愿军管理人员。斯坦莱他们邀请的是教员朱贡献和女医生赵玉兰。

圣诞大餐非常丰富，有炸鸡，炒猪肝，葱熘肉段，土豆丝色拉，鱼肉色拉，蜜饯土豆，鸡肉丸子，烧猪肉块，鸡汤，苹果酱，糕点，糖果，蜜枣，等等，还有最为重要的"烤火鸡"。当然，这个鸡不是美国的火鸡，是从中国运来的中国鸡，个头儿虽没有火鸡大，做法却是地道的美式做法，整只整只地烤，整只整只地端上桌来，而且不止一只，每个班都有好几只香喷喷的"烤火鸡"。还有老白干，还有葡萄酒和啤酒。大家纷纷给教员朱和医生赵敬酒，朱贡献、赵玉兰也不停地向战俘学员们敬酒，被俘者与俘虏和管理他们的人共同为和平干杯。

大家虽然都在频频举杯，而真正喝到肚子里的酒却并不多。在此时此刻，浓浓的思乡之情，真挚的感恩之心，命运多舛所带来的际遇与无奈，深深影响着每一个人的心情。朱贡献、赵玉兰也只是意思意思点到为止，何况他们两个本来就不喝酒。他们吃得也少，菜肴太丰盛，远远超越了志愿军部队的待遇，让习惯了粗食杂粮的他们一时难以接受。

都在抽烟，会抽不会抽的都在拼命抽，一根接一根，恨不得把中国人发放的圣诞卷烟通通抽光才痛快。充当圣诞餐厅的活动室里烟雾腾腾，把赵玉兰呛得直咳嗽。

斯坦莱站起来喊了几嗓子，要大家不要再抽烟了，因为这里还有一位尊贵的女士，C连得有点儿绅士风度。

赵玉兰也通过朱贡献让战俘学员们少抽烟，因为抽烟对大家身体不好，还费钱——现在是属于志愿军的宽待，将来回到美国做工挣钱养家糊口，省下的烟钱能给家里办不少事情。

实际上朱贡献也在抽，话虽然译了出去，嘴巴上手上的动作却没有停下来。战俘们敬他酒他意思意思，敬烟却是来者不拒，三五下就能将一根辛辣呛人的"金枪牌"吸得只剩下一点点烟屁股。赵玉兰很纳闷，悄悄问朱贡献：

"大旺哥，俺记着你过去不吃烟啊？什时候学会的吃烟呢？"

"说来话长，这个说来话长。"

赵玉兰说："吃烟，对你的肺，对你身体不好！"

朱贡献说："没有事！烟是粮食，能当饭吃呢。"

赵玉兰嗔他一眼。满屋子都是战俘，她也不好再说表哥什么。

一抬脸，对面的皮特·路德笑嘻嘻地看着她，也在抽。

赵玉兰示意他不要抽烟——就是拿起桌子上一根完整的卷烟按在桌面上，同时左右地转动，做出掐灭的动作来。

皮特·路德看懂了她的意思，笑了笑，非但没有照着赵玉兰的话来做，反而猛吸了一口。皮特·路德显然是个新手，这一口烟下去呛得直咳，眼泪都咳出来了。但是他就那样咳着，两眼湿漉漉的一边傻笑一边继续抽。

赵玉兰有点儿生气。年纪轻轻的不学好，学什么不行？学吸烟！起身，绕过长条的木桌，过去就把皮特·路德嘴巴上的半截烟卷掐过来，直接按在桌子上灭掉了。

皮特·路德耸耸肩膀子，仍然一脸的傻笑。

朱贡献对大家说："赵医生说小孩子抽烟不好。烟是给长辈和大人们抽的。在我们老家，坏小孩才学抽烟。小孩子抽烟，妈妈要打屁股的。"

又引来一阵子哄堂大笑。

克莱伦斯·亚当斯摇头摆臀地戏弄皮特·路德："嗷嗷，你是个小孩子，妈妈不允许你抽烟，否则，你的妈妈，医生赵，就会来打你的屁股，啪啪响，嗷嗷叫！"

朱贡献也笑着说："赵医生妈妈太年轻了，还是赵医生姐姐比较好。"

"还是妈妈好，妈妈可以打屁股。"

皮特·路德满脸的尴尬笑。他没有再试图抽烟。从此以后，也没有再抽过烟。

在斯坦莱的带领下，几个士兵排成一排唱起了黑人的灵歌，抑扬顿挫，节奏分明，和声十分优美。赵玉兰和朱贡献都没有听到过如此空灵的歌谣。

黑人灵歌的和声中，不少人拿出了他们的家信和家人的照片，儿子跟父母，丈夫与妻子，父亲和他们年幼的子女，相拥着的兄弟姊妹……每个人都触景生情，泪光闪闪。

皮特·路德拿起剩余的两包卷烟还有些糖果从对面走过来，表示他今后不再学习抽烟了，在这个欢聚圣诞的时刻，他想把它们送给自己最感恩最尊重的人——教员朱和医生赵。

朱贡献直摆手。志愿军发给你的圣诞礼物，志愿军怎么还能再要回来呢？志愿军是有纪律的。我抽一根，抽一根就行了，其他的，你留着。你不抽，做个纪念也好。

赵玉兰听过朱贡献的翻译也是直摆手，表示她不能收下这些礼物。

在这个圣诞之夜，皮特·路德实在拿不出更好的圣诞礼物了。他摸摸贴身的口袋，把珍藏在胸口上的东西掏了出来。

一张照片。

年轻的黑人妇女和一个黑人男孩并排而立，他们身后是起伏不已的广袤草场。一棵大树和一座简陋的房子矗立在草场远方，天空非常辽阔。妇女扎花头巾围白围裙，男孩穿着白白的衬衫。两个人的眼睛很大也很亮，但是两个人都没有笑容。

皮特·路德和他年轻的母亲。

皮特·路德想把这张照片送给志愿军以表达自己的感恩之情。但是朱贡献和赵玉兰说什么也不要。那不是一般的东西，如何能够接受！

在这个难忘的圣诞，志愿军战俘管理处文艺队还演出了中国东北的大秧歌，朝鲜的长鼓舞，当然还有歌唱。特别是男女演出队员多声部合唱的一首著名的朝鲜民歌婉转明丽，优美无比，绝不亚于黑人的灵歌。

皮特·路德没记住那个朝鲜民歌的歌名，但那个调调儿似曾相识，一定是在什么地方听到过。很久，他还在床上辗转反侧。

后来，终于想起来了。

那是他们黑人步兵C连成为中国人的俘虏以后，在前来鸭绿江畔的行军中，佝偻着脊背的中国长官朱曾经哼哼过它。没错，就是这个调调儿。皮特·路德骑在中国长官的骡子上，而教员朱则在前边牵着缰绳——风寒雪冷与热血温情都遗落在狰狞同时也满怀生机和希望的旅途上。

1952年9月
节外生枝

1

秋天到来不久，鸭绿江畔的美国人就跟同为战俘的土耳其人干了一大仗。

秋后，草木枯黄，层林尽染，正是储备烤火木柴的时候。

在统一组织下，十几个国家的战俘不分国籍肤色一律上山砍柴。人虽然都带出去了，但是哪个出力哪个不出力，哪个真干哪个假干，一到山上，高低立见。

土耳其参加美国主导的朝鲜战争，出兵一个旅，被俘二百四十，在志愿军面前不堪一击，战死和被俘者不在少数。他们打仗不行，干活却是好把式。土耳其军人基本上属于苦寒山区的农牧民，吃苦受罪是常有的事儿，哪怕在极端恶劣的环境下也能生存。从长相上看，他们个个皮糙肉厚五大三粗，显得憨厚和老实巴交。碧潼战俘营刚刚建立的时候条件非常差，高粱饼子窝窝头配上一点点咸菜疙瘩就是一天的主食，在娇贵的美国人看来属于"动物食品"，吃不了也吃不惯，宁愿饿肚皮也不碰那个东西。可土耳其人却跟中国人一样吃得津津有味，觉得这样的生活并不比他们参加军队以前差。参加军队前，他们很多人连肚皮都填不饱。中国人的高粱饼子窝窝头起码能够保证不饿肚子，能吃得饱饭。部分美国白人战俘因为营养的极度匮乏而死亡，二百四十名土耳其人却都活得好好的，没有一个因为吃不饱饭而死于非命。他们还自己开荒种地，种下蔬菜瓜果丰富生活，觉得在志愿军战俘营，天天都过穆斯林的古尔邦节。因此，服从管理，接受教育，积极参加战俘营组织的活动，哪个国家的战俘也比不了土耳其人。

土耳其战俘还有一个显著特点，他们彼此以兄弟相称，非常抱团儿。这一点与美国人的各行其是又有很大不同。

上山砍柴，土耳其战俘是真干、真劳动，一天下来，个个挥汗如雨。收工时人人扛着或背着大捆的树枝树棍，喊着号子，排着整齐的队伍下山，肩膀和背上的分量足有一二百斤。美国人呢？美国人也按土耳其人的模样在肩头垫上毛巾，也嘿哟嘿哟喊着号子，但肩上只有轻飘飘的一小捆树枝树杈子。

关键是土耳其人在山上发现了一种神奇的秸秆植物。

它们的叶子已经枯黄，秸秆已经枯死，除了脚下的根系，生命完全凋零了，在山林里似乎一点儿也不起眼。但是，它们在土耳其人眼里却是个好东西。那可是神奇的"麻叶"。

"麻叶"在他们老家就有种植。山区的土耳其农牧民，碰到蚊叮虫咬胡蜂蝎子蜇，都会将秸秆上新鲜的叶子捋回来，捣碎后敷在伤处，有很好的疗效。到秋天，把成熟的叶片晒干，掺和到烟丝里一起吸食，有提神醒脑的功效。因此，一些土耳其战俘利用砍柴机会攀崖登壁越岭翻山，偷偷地采来一些"麻叶"，略微加工以后，在闲暇里消遣。

这个事情不知道怎么给美国人掌握到了。

罗伯特·沙克斯跟土耳其人讨来一点点晒干的碎叶片，掺进烟丝里试了试效果。烟丝发生了些微的变化，淡淡的苦涩中多了一点点香味儿，若苦若甜，似苦非苦，一根麻叶烟卷下去，竟然恍恍惚惚，飘飘欲仙，确实是有"疗效"。于是，罗伯特·沙克斯等几个白人士兵请求土耳其人为他们大批地采摘"麻叶"，而他们将用"军票"，也就是美军发放的军队专用钞票或者其他等值物品进行交换。

交易达成，憨厚实诚的土耳其人便翻山越岭地去给美国人采摘"麻叶"。攀上悬崖，下到谷涧，涉过一条条冰凉的溪流，他们漫山遍野地搜寻着这种神奇的植物。荆棘密布，山路难行，密不透风的灌木丛一片连着一片，要费很大的劲儿才钻得进去。有的划破了胳膊和手，有的摔了腿崴了脚，有的胡子拉碴的脸给树枝子戳得一条血印子挨着一条血印子。但是为了"军票"，这些都全然不在话下了。功夫不负有心人。利用最后的砍柴机会，经过几天时间的辛苦努力，跑遍了碧潼郡的山山岭岭，他们把能搞到的"麻叶"都搞来了。

分拣，晒干，揉碎，装袋，几个膀大腰圆的土耳其人兴高采烈地来找美国人罗伯特·沙克斯换"军票"。

然而，罗伯特·沙克斯一伙美国人却骤然翻脸。

一袋破烂东西，你们说它是神奇的"麻叶"，但是哪个能保证里面没掺假？山上有的是各种各样的树木各种各样的叶子，随便掺进点枯枝败叶也无法分辨出来，根本不配用宝贵的"军票"来交换。顶多，也就是给你们两盒中国的"大鸡"牌烟卷。

老实巴交的土耳其人真是气不打一处来。这不是要无赖吗？明明说好的事情怎么能反悔呢？既然有约在先，就要按着约定交换。用两盒"大鸡"打发他们，岂不是将他们当成了傻瓜、蠢货？

土耳其战俘遭受了嘲弄，自尊心受到极大伤害。他们是农民不假，但他们不是傻瓜。给美国人忽悠到八竿子不沾边的朝鲜来打仗，稀里糊涂就当了中国人的俘房，这个也就算了；在战俘营，你美国人还来忽悠，好像你美国战俘是高等战俘高高在上，而我土耳其战俘是低等战俘只能低三下四。要不中国人北朝鲜人都管你们叫"美国鬼子"呢！他妈的就是"鬼"，不讲道德的家伙，真主抛弃的人……

土耳其人骂骂咧咧，肝火越来越大。

一个要拿，一个不给，吵吵嚷嚷，面红耳赤。土耳其人不懂英语，美国人也听不懂土耳其话，双方的交流不畅，相互间只能估摸出一个大致的意思，结果，话不投机，三下两下就动起手来。

开始还是指指点点满嘴的咒骂，但很快发展到撕扯，撕扯紧接着变成推搡，推搡演变为拳脚相加，五六个美国白人士兵跟五六个土耳其士兵扭打在一起。都是膀大腰圆，都在战俘营里养得膘肥体壮又一天到晚闲得发慌，所以一旦开战，个个勇猛无比。更有那些好事者，不仅围观、怪叫和一声连一声呼啸着刺耳的口哨，还一个劲儿地加油鼓动，唯恐战斗的规模不大、不热闹。

在志愿军管理人员严厉的呵斥和制止下，双方不得不停下手来。虽然有点儿意犹未尽，却也只能偃旗息鼓。

罗伯特·沙克斯和领头的土耳其人各关禁闭一个星期。

经过调查，战俘营管理层查明了土耳其战俘和美国白人战俘动手是因为一种叫作"麻叶"的植物。人吸食"麻叶"后有轻微的麻醉效果，属于麻醉品。麻醉品，不就是毒品吗？

俘管处所属的各战俘营、战俘大队、中队、班，开始了彻底的搜查、检举、整顿、清理，"麻叶"和"麻叶"制成品一律没收，严禁吸食、交换、买卖现象发生，一旦发现，按照战俘营的管理规定进行最严肃的处理。

没过多长时间，更大的乱子发生了。

2

两百多土耳其战俘是单独居住单独开伙。

一方面因为其文化与生活习惯和西方战俘截然不同，更为重要的是，他们的宗教信仰得到中国军队的充分尊重，能够按照自己的生活准则和道德规范安排日常作息。

土耳其战俘中，98%的人是信仰伊斯兰教的穆斯林，82%为农牧民出身，只有12%是务工的工人。60%以上的人没读过书，属于地道的文盲。尽管如此，他们的自律意识却很强，每天祈祷五六次，不管手头上忙活什么，只要时辰一到，便一齐面向真主安拉的方向齐齐跪下，纳头便叩，风霜雨雪也从不间断。

土耳其人的伙食是清真伙食，油是素油，食牛羊、面粉和五谷杂粮，绝不染指除此以外的任何荤腥。

土耳其人过古尔邦节和开斋节，每到节日，都会将志愿军战俘营从国内专门调来的牛羊进行宰杀，以感谢真主安拉。这些牛和羊，他们平时舍不得吃，养着。战场上没给打死算有幸，成为中国军队的俘虏，过上远胜于原先生活水准的战俘生活，更是有幸，而这一切都多亏了真主安拉。他们必须更加虔诚地祈祷真主保佑。

阿訇属于土耳其穆斯林中间的神职人员，负责主持穆斯林的宗教活动，大到生老病死，小到每天每个时辰的祈祷诵经等，都由阿訇来安排，宰牛宰羊也得阿訇亲自动手。所有这些信仰和习惯都得到了中国军队的充分尊重，可美国人偏偏不吃这一套。

一天开晚饭的时候，土耳其人的蔬菜土豆汤里凭空多出来一片肉皮，半个巴掌般大小。这还没有什么。关键这个肉皮，它是亵渎真主和穆斯林的猪肉！满满的一锅土豆蔬菜汤全部臭掉了。

天塌了。

地陷了。

炸锅了。

惊愕，迷惑，不解，震怒，土耳其人成片成片地跪倒在地，对着真主安拉的方向，一个个捶胸顿足，痛哭流涕，泣不成声，呕吐不已，恨不得肝肠肚子全吐出来才能重返清净。美国人呢？远远地站着，幸灾乐祸，又说又笑地看热闹。

刚刚从志愿军禁闭室出来的罗伯特·沙克斯甚至还嘲讽，什么穆斯林也该接受接受圣诞洗礼了，这样才方便他们跟中国人以后的战斗；什么不吃猪肉的士兵都会得脑残，连敌我都难以分清；什么作为搭档，战场上你得时刻小心，因为一不留神，这群庄稼汉、洗衣工和牧牛放羊的乡巴佬就会把你当成俘虏来抓；等等。

美国人笑得前仰后合。他们都听说过土耳其人的"光荣战绩"——曾经把李承晚部队的南朝鲜人当成中国志愿军来痛扁，俘虏过大批实为李承晚部队的"中国军"。

美国人的幸灾乐祸无疑让土耳其的穆斯林们一个个义愤填膺。这个下作和亵渎真主安拉的事情，除了毫无道德的无耻小人"美国鬼子"，还有谁干得出来？可以说没有任何国家的任何人能干出如此龌龊如此亵渎神明的事情。

胸也捶了，足也顿了，喉咙也号哑了，吐得也差不多了，就剩下满腔的悲愤和怒火了。穆斯林的眼睛越来越红，红得淌血，像阿訇刚刚宰杀的牛羊。

平地一声吼，悲痛化力量。穆斯林的"庄稼汉"、"洗衣工"、牧牛放羊的"乡巴佬"们喊叫着，奔跑着，乌压压地朝着美国人直冲而去。

碧潼战俘营的土耳其战俘一共是两百多人，这天傍晚冲向美国白人战俘的就有一百多个。他们有的抓着棍子，有的抢着条凳，有的扬着扫地的扫帚，没有棍子没有条凳连扫帚也没有的就顺手抄起勺子铲子等做饭的家伙什，一个个瞪着眼，冒着火，嗷嗷着，呐喊着，围追堵截，把美国人这一顿暴揍啊——鬼哭狼嚎，东奔西跑，只有招架之功毫无还手之力，比遭遇志愿军冲锋的时候还狼狈。

论打架，美国人本来就不是土耳其人的对手。这些"庄稼汉""洗衣工"和牧牛放羊的"乡巴佬"一天到晚在田间地头上劳作，有使不完的力气。加之民风剽悍，下手又狠又准，所到之处，美国人皆是皮开肉绽纷纷溃退，惨叫之声不绝于耳。

罗伯特·沙克斯虽然膀大腰圆，却也恶虎斗不过群狼，被五六个土耳其人围着打，头也破了，嘴也烂了，一条胳膊耷拉着，看上去分明是骨折了。鼻孔里流出的黏稠血液把新发的藏蓝色中式上衣洇湿了一大片，弄成了一个说黑不黑说蓝不蓝但也绝不是红的十分奇怪的颜色。

追打暴揍美国人的过程中，土耳其人并不对黑人开战。黑人跟他们一样，在美国和美国军队里都是受欺负受歧视的人，所以他们不打黑人。而黑人士兵，斯坦莱上尉和他曾经的部下也没有参与这场殴斗。克莱伦斯·亚当斯也好，皮特·路德也好，他们只是躲避在一旁，满怀惊讶、奇怪。他们只是一群旁观者。

罗伯特·沙克斯气急败坏，大骂黑人战俘是叛徒、逃兵、美国人的败类，是黑鬼，上帝抛弃的人，等等。

斯坦莱上尉和他的部下们不为所动。皮特·路德耸耸肩膀子，不无揶揄地说：

"My God！现在想起我们是美国人了。"

3

混战在一梭子"波波沙"的枪声中平息下来。

开枪的是那个志愿军的警卫排长，原来的三八大盖已经换成了苏式"波波沙"冲锋枪。但这个"波波沙"不是原装的带七十一发弹鼓的"波波沙"，是仿制改造的"波波沙"，有一个三十五发子弹的弹夹，性能与安全性均不如原装的"波波沙"。

也不怪警卫排长脾气暴。要不是他这冲天的一梭子冲锋枪，乘胜追击的土耳其穆斯林不会善罢甘休，打死十个八个的也说不定。

事态当然非常严重。

殴斗肉搏的双方多达两百余人。土耳其战俘这边是一百多人，美国白人战俘也有几十个人参加。如此大规模的群殴和械斗，碧潼战俘营自组建以来从未发生过。

志愿军战俘营的最高领导悉数到场，美国战俘和土耳其战俘最高军衔的军官也都给找过来，两边的翻译人员也都赶来了。目的就是一个：究竟是什么原因造成了如此惨烈的"战斗"。

土耳其人又是一番捶胸顿足哭天喊地，而罗伯特·沙克斯等美国白人战俘也极力狡辩，说他们莫名其妙，根本不知道这一群土耳其乡巴佬犯了什么邪。

将土耳其人的确切意思翻译表达过来不是件容易的事儿。他们的语言属于突厥语系，刚刚组建战俘营那时候，志愿军总部满世界找也找不到会土耳其语的人。后来实在没有办法，从新疆找了个俄罗斯族干部过来，这个干部能用新疆话与土耳其人进行一些简单的交流。新疆话也属于突厥语系，大差不差。但是，这个干部又不懂汉语，说不了汉话，只好给他再配上个汉语翻译来开展工作。两个翻译，也就是两个"教员"相互配合着，总算把土耳其战俘的意思搞明白了。

美国人侮辱他们至高无上无所不能的神，亵渎他们的真主安拉，是真主完全无法容忍的。美国人必须赎回自己的罪恶，向至高无上的真主道歉并求得神的宽恕。由此造成的一切后果都应由美国人全部承担。

信誓旦旦，比走上朝鲜战场的时候庄严多了。

问题来了。是谁将猪肉的肉皮扔进土耳其人的汤锅从而亵渎了他们神圣的、不可侵犯的、至高无上的真主？

罗伯特·沙克斯矢口否认。因为事情不可能是他们美国人干的。

"我还奇怪呢！"他说，"怎么好好的土耳其乡巴佬就突然发起邪火来了？我比谁都觉得不可思议。"

而几个土耳其大汉却一口咬定，亵渎神明的事情不是别人，就是他罗伯特·沙克斯——不是他亲自下的黑手，也是他指使别人下的黑手。下午的时候，他们看到罗伯特·沙克斯和几个白人战俘围着土耳其人的厨房闲逛。

众口一词，罗伯特·沙克斯孤嘴难辩。

骨折的手臂吊上了绷带，鼻子也不再流血了。但是打烂的嘴唇肿胀得厉害，以至于发不出准确的读音来。看来得在中国人的战俘医院住上一阵子了。野蛮的土耳其乡巴佬，上帝遗弃的肮脏的庄稼汉，没开化的洗衣工……罗伯特·沙克斯一边恶狠狠地诅咒一边思量着这个事情怎么收场。志愿军警卫部队的枪口黑洞洞的，战俘营的长官们一个个神情严肃，不弄出个结果不会罢休。他刚从志愿军战俘营的禁闭室里出来，他可不想再进去。就是在医院里多待上几个月，也不能再被关禁闭。

关禁闭，限制自由不说，也不光彩。

中国人的禁闭室不是二战时期纳粹德国的集中营，关禁闭，二战中常常被当作盟军战俘的一种荣耀来看待；但是在北朝鲜的碧潼，中国军队的战俘营，只会受到战俘们的奚落。中国人宽待俘虏的口碑比任何一个国家的军队都要好。同伴们只会嘲笑你，把中国人对你的惩罚当作他们饭前饭后的佐料加以谈论。

战俘营领导十分严肃地告诉美国陆军士官罗伯特·沙克斯，要不然他自己承认，要不然指出谁受了指使，幕后黑手一定要挖出来。不然的话，参与殴斗的美国白人战俘一律关禁闭。

罗伯特·沙克斯懂得中国人的话中之意，那实际上是一个命令。事情发生了，总得有个人出来背着，哪怕这个人是替罪羊。一律关禁闭的后果是不可想象的，那会使他成为众矢之的。他必须将这个倒霉的替罪羊弄出来。

白人，黑人，老兵，新兵，衣帽整齐的和邋里邋遢的，一脸轻松的旁观者和痛苦不堪的伤患……罗伯特·沙克斯浑浊的目光在人群里看来看去，最后停在皮特·路德身上。

对，就是这个小子，刚才混战的时候不仅不帮上一把还在旁边说风凉话；就是他，装作一副无辜的样子，依仗中国人的帮助，三番五次地讲什么平等、权利，完全不把他这个白人军士放在眼里；就是这个黑人小子，跟中国军队的管理人员打得火热，好像是中国人的跟班儿，忘掉了一个美国人的身份——如果黑人也被认作美国人的话。黑鬼到什么时候都是黑鬼。黑鬼要为他们的行为付出代价。

"亵渎穆斯林神明的事情是那个黑人小子干的。"

罗伯特·沙克斯用吊着绷带的手指头指点着皮特·路德。

沙克斯的理由在于，那黑人小子，二等兵，他看见自己的军士，一个白人长官受到土耳其人的祸害被关禁闭而愤愤不平，他要以此来为自己的长官讨个公道。

担任现场翻译的闵教员是在上海教会学校里读的英语，有一点点得克萨斯口音，同英美战俘对话比较顺畅，而将英语译成中国话却不好懂。她是个南方人，说起话来蛮啦噶叽的听起来费劲。

当所有的人，中国人，美国人，土耳其人，还有远远站着的英国人，当他们把目光都对着皮特·路德的时候，他好像还处在一个完全与己无关的境界之中，仍然带着惊讶、无解甚至还有一点点奇怪的尴尬笑意，仍然还是一个旁观者。但是，志愿军女教员的得克萨斯口音最终还是让他明白了那些人为什么都在朝着他看。

皮特·路德吓了一跳。

这不是胡说八道吗？！整整一个下午我都跟我的黑人兄弟们待在一起，怎么可能去土耳其人的汤锅前闲逛？中国军队战俘营关军士禁闭是因为他做了不够体面的事情，与我没有任何关系，作为一个黑人，我完全没有理由为一个白人的不体面而愤愤不平，相反，我倒觉得那是他应该记住的教训。白人并不高明，白人也会出差错……不是我，绝对不可能是我。

斯坦莱上尉和克莱伦斯·亚当斯也急忙地给皮特·路德开脱，证明他一整天都跟他们在一起，而且作为一个循规蹈矩的战俘，皮特·路德一贯遵规守纪，根本不可能干这种事儿。军士的指控毫无根据，完全是一派胡言。

被土耳其人痛扁一顿的几个白人战俘却替罗伯特·沙克斯说话，说那黑人小子在"庄稼汉"的汤锅前闲逛，不仅军士看到了，他们也都看到了。而且他们可以发誓，那黑人小子闲逛的时候就揣着亵渎穆斯林的肉皮，因为他的黑手一直插在裤兜里。

为什么？我为什么要干这样的事情？我与土耳其人没有任何的过节，有过节的是你们，是你们这些自以为高高在上的白人，是你们这些种族主义者！

皮特·路德大声分辩，据理力争。

然而罗伯特·沙克斯等几个白人就是不松口。沙克斯甚至说，皮特·路德曾亲口对他许诺，要干点儿什么让该死的土耳其人长长见识，要给他们点儿教训。所以亵渎穆斯林的事情只能是这个黑人小子干的。是他，绝对是他。

不是我，绝对不是我，绝对的不可能是我！

不知道是急中出错还是表达的不准确，还是志愿军女教员的翻译出了问题，总之，皮特·路德的"绝对的不可能"变成了"绝对的可能"。在场的人都听到了闵教员蛮啦噶叽的上海话。

这一下等于不打自招。皮特·路德自己承认了指控他的事实。

眼见着天黑了，拖下去不是个办法。

"没搞错？他自己承认了？"

战俘营最高领导神色严峻地跟闵教员进行最后一遍的核实。

闵教员说："阿拉不会搞错的！侬听好了，绝对的，不可能的，绝对的。"

她的嘴巴好像被热稀饭烫到，把"绝对"、"不可能"和"可能"这几个英语单词一连串念了好几遍。

"好了好了，"最高领导不耐烦地一挥手，"带走！打头的通通带走，伤者送医，其余禁闭！"

皮特·路德挥动着双臂，一连声地抗议。

警卫排长，就是端仿制"波波沙"的小个子志愿军用冲锋枪枪头戳戳皮特·路德的肚皮，呵斥道：

"走！不然一梭子毙了你！"

这个话，闵教员没给翻，皮特·路德也听不懂，但那个意思那个语气一点儿不难明白。铸铁的枪头冰凉冰凉的，枪口黑洞洞的，让人不寒而栗。皮特·路德不担心中国人开枪，仁慈的中国人不可能枪杀一个战俘。他担心的是这个奇怪的武器说不定什么时候会走火。子弹上着膛呢，万一一个不小心走了火，一串子弹钻进肚子里，跟毙了他没什么两样。

4

禁闭室由一排朝鲜老百姓的房屋改造而成，石头墙，茅草顶，四面围着木板和廊柱，独立的房间安装着铁门窗。在志愿军碧潼战俘营，这里是唯一能显现出一点监狱味道的地方。

于皮特·路德而言，这实在是飞来之祸。

他与这场械斗，与美国白人战俘和土耳其战俘之间的宗教纠纷本没有任何关系，但是他却被关在这里代人受过，而真正肇事的人，那个肮脏的种族主义者罗伯特·沙克斯此刻却躺在战俘营的医院里，享受着医护人员的治疗和优惠的伙食待遇——中国军队给予伤病战俘的待遇普遍高于普通战俘，在中国人那里，这个叫作"病号饭"。而禁闭室的晚餐是什么呢？一碗毫无滋味的大白菜，两个干裂的大馒头，根本不能与中国军队的"病号饭"相提并论。皮特·路德连动也没有动。

他想起冻伤手术时教员朱和医生赵对他的照顾，在这个孤寂的禁闭室里油然而生出一丝温暖。他想要是他们今天在场就好了，有他们在场，他就不会蒙受这些不白之冤，因为教员朱和医生赵会把一个真实的皮特·路德告诉给战俘营的长官。可是，现在说这个还有什么用？一切都已成为了既定的事实，他只能孤身一人看着月牙儿慢慢旋转，后来消失不见。

皮特·路德没有吃饭，也不睡觉，在狭小的房间里转来转去，像一匹受伤的关在笼子里的狼。

"上帝，我的上帝！"

他一会儿走来走去，自言自语，愤愤不平。

"为什么？为什么？！"

一会儿又摇晃着铁栅栏门，大呼小叫，弄得关在隔壁的八个白人战俘直抗议，让他住嘴，骂他是蠢猪、白痴、犹大，以及诸如此类的脏话。八个白人战俘关在两间禁闭室里，每间四个人，而皮特·路德享受的是单间禁闭的待遇，条件远比白人们优越。尽管如此，皮特·路德一点儿不领情，叫骂个不停，同样地让他们住嘴，同样地骂他们是蠢猪、白痴、犹大和上帝无可饶恕的人，因为是他们，他才给关在这上帝看不见的地方，一个一个骂回去。站岗的志愿军哨兵制止了几次也没制止住，只好任其折腾。

天亮后，皮特·路德才在简陋的木板床上躺了一会儿。这时候，他听到了哨兵换岗的声音。

皮特·路德一骨碌爬起来，趴在铁栅栏门上。

是昨天把他押送到禁闭室的小个子志愿军排长，手里拎着奇怪的苏联武器。他不知道那个叫"波波沙"。作为一个低级指挥员，小个子志愿军分明是前来监督哨兵换岗，同时也了解和检查一下刚刚过去的夜晚里的情况。皮特·路德不想放过这个可以直接对中国军队长官抗议的机会，尽管一夜下来已经十分疲劳。

"为什么把我关在这里？"

皮特·路德又喊开了。

"叫什么叫？不要喊！"

小个子志愿军扭过头来，一脸的不耐烦。

"为什么关我？不是我干的，不是我啊！"

"让你不要叫知道不？知道不？！"

警卫排长把那个枪举起来了，用一只胳膊举着，枪口直直地冲着皮特·路德和他又摇又晃的铁栅栏门。

"God！My God！"

皮特·路德更加起劲地摇晃着铁栅栏门，他知道志愿军不会对一个战俘开枪。

"不要叫！不要叫！"

警卫排长愈发地恼怒，声音越来越大。

还没下岗的哨兵打了个深深的哈欠，非常烦躁又无可奈何地说：

"烦死了，排长。这黑小子昨天晚上叽里咕噜的，整整叫唤了一夜！"

"叫唤啥？"

"谁知道！就这样，都是美国话，叽里咕噜听不懂，一夜没住下。"

小个子警卫排长噌噌几步走到禁闭室前，用更加威严的嗓音命令道：

"要你不要叫听见没？你是聋子？傻蛋？！"

"Why？Why？"

"聋子？你是个聋子？！"

"Why？Why？"

警卫排长的火气越来越大，皮特·路德也一点儿不示弱。本来他就是冤枉的，你中国人不分青红皂白，喊几嗓子还不行了？

"不要晃！叫你不要晃听见没？"

皮特·路德把那个铁栅栏门晃得更厉害，更起劲儿地晃，又喊又叫，又踢又晃。

警卫排长真是气坏了。美国黑小子一点儿不听招呼，不仅不听招呼，还踢门，简直反了，无法无天了！他把"波波沙"顺过来，双手握住满是散热孔的枪管，用枪托击打那个铁栅栏门。

"不要晃，不要晃！"

他吼一声击打一下，吼一声击打一下。然而，皮特·路德并没有给吓住。

枪托撞击着铁栅栏门，一下又一下。然后，一串子弹飞出了枪膛。

5

"波波沙"击发的声音虽不爆震，但在平静的鸭绿江畔的碧潼，在清晨时刻的战俘营，却像是晴天霹雳。

等皮特·路德回过神来，小个子志愿军警卫排长已经倒在血泊之中，与他隔着一道铁栅栏门。

子弹由下巴射入，从后脑勺射出，人当时就不行了。

几分钟之内，这栋朝鲜式房屋就被警戒部队四面围住了。

一直和平正规有序的碧潼战俘营第一次遭遇到如此惨痛的伤亡事件，而且牺牲了一个志愿军警卫排排长，其严重性可想而知。土耳其战俘与美国白人战俘的大规模械斗都没有这个严重。

初步的定性是黑人战俘皮特·路德不服从管教，扰乱禁闭秩序并抢夺武器，从而造成枪支走火，打死了俘管处警戒部队的警卫排排长。如果按着这个性质处理，皮特·路德将会受到严厉的惩处，性命不保。

等到赵玉兰和朱贡献见到皮特·路德的时候，他已被五花大绑地捆绑起来，捆得结结实实像一头待宰的猪崽子。

在刚刚过去的昨天，战俘营总医院医疗队到各个战俘营巡诊，朱贡献和赵玉兰都参加了，很晚才回到俘管处总部所在的驻地。除战俘营管理中心及一个战俘大队位于碧潼城内，沿鸭绿江支流还有好几个俘管大队，相距虽然不远，但五个战俘大队跑下来，还是跑了整整一天。一回来就听说了发生在白天的大规模激烈"战斗"，也听说了皮特·路德的事情。

赵玉兰的第一个反应，不可能。

她既不认为皮特·路德会往穆斯林的汤锅里扔猪皮以亵渎他们的"天主"，也不认为他会来抢夺志愿军的冲锋枪从而走火打死了那个排长。排长是自己同志，说不定家中还有大大跟娘，还有兄弟姊妹，就这么牺牲了实在可惜也叫人悲痛，但是，凡事儿都得有个前因后果。那皮特儿，不可能干出这样的事情来。他有什必要？

不知道什么时候开始，赵玉兰已将皮特·路德叫作"皮特儿"了。美国人的名字啰里啰唆一长串，又别嘴又不好记。皮特儿，顺口顺嘴。

朱贡献说："事情恐怕不简单。志愿军一贯实事求是，领导不会不顾事实就把他关起来。另外，土耳其穆斯林的那个主叫真主，不叫天主。一个简单的不起眼的说法儿会闹出大事来。一片肉皮多大点事情？在俺们来说可能还是个好事儿，可在人穆斯林那边，翻天了。所以这个就叫宗教信仰，可不敢瞎说。"

赵玉兰不争论这个。"俺现在不讲这个，皮特儿怎办呢？就关着？弄不好哪天拉出去毙了也说不定。天老爷爷跟上帝也得讲个公平公道吧？"

朱贡献无可奈何地摇摇头。"你能怎办？他自己都承认了。"

"自己承认？不可能！"

赵玉兰眼睛睁得老大。

"这还能有假？他亲口跟闵教员说的……闵教员在现场翻译，一句一句翻给俘管处领导的，错不了。"

"怎翻的？"

"还不就是说事情绝对他干的，完全可能的，绝对的。你看看，这假不了吧？"

"闵教员？就那个尖白脸闵教员？说话蛮啦嘎叽的连俺都听不懂，领导能听懂？她就不会出错儿？什绝对的、可能的，俺听着都拗口。"

"这么大事情，能译错了？闵教员读的上海教会学校，英语水平比我都强。"

"你不也读的教会学校？"

"那个不能比。俺是省城，人可是大上海。"

"大上海怎的了？大上海有什了不得的？是人都会犯错儿，大上海就例外？"

"那……那你说怎办呢？"

"怎办？要俺说就去亲口问问皮特儿。他要真犯了纪律，那活该了，谁也保不了他；要不是他，你也不能让人受了冤屈不是？"

朱贡献挠挠头："现在恐怕不行了。关起来了，看管很严，怕是不让见。"

赵玉兰想了想说："俺就不能说是巡诊的？看看他脚上的伤口……巡诊总归行吧？人道主义总得要讲吧？"

朱贡献没有办法，只得按着赵玉兰的想法来给皮特·路德"巡诊"。

果然不让见。

离老远，哨兵就把他俩叫住了。

听过了朱贡献和赵玉兰的事由，哨兵显露出十分犹豫的样子。让进吧，不行，领导规定得很严；不让进呢，也为难。朱教员是俘管处政治处的干部，赵玉兰是战俘营总医院的护士，按理说都是他的上级，都是领导，他呢，就是个扛枪的兵。哪个兵不得听领导听干部听上级的？

赵玉兰说俺就是过来巡巡诊，问问战俘的冻伤，截掉过两根脚指头呢。你不认得俺啊？俺怎么觉着你有点面熟呢？

哨兵说我认识你，你不就是总医院的赵护士吗？我手上的冻伤还是你给治好的。

赵玉兰说这不就结了？都是冻伤，都得讲究点革命的人道主义！

哨兵无奈，只好勉强同意朱贡献和赵玉兰进警戒区。但是只能隔着铁栅栏门问诊，不能进屋问诊。

禁闭室里的光线很暗，朱贡献和赵玉兰趴在铁栅栏门上，一开始什么也没有看到，喊了几嗓子才听到点动静。皮特·路德蜷缩成一团黑影儿，像个刺猬。

赵玉兰说，皮特儿，你怎样？你还好吧？

赵玉兰说，皮特儿，你在屋里吧？怎不说话呢？

皮特·路德一蹭一蹭地慢慢地顺着墙壁站了起来。他听出了赵玉兰的声音。手跟胳膊腿都给捆着，捆得结结实实的，站起来都不是件容易的事儿。

后来，通过慢慢地挪动，皮特·路德到了铁栅栏门的门前，朱贡献和赵玉兰于是看到了一张脸，一张非常憔悴非常疲惫的脸，饱含着孤独无助的辛酸。两年前的上草洞，皮特·路德向志愿军举手投降的时候就是这样的一张脸。只不过那个时候他的眼睛很亮，露着白白的牙齿。而现在，除了同样的一张脸，什么也没有了。

赵玉兰说，怎的还给绑起来了呢？关在禁闭室里，又跑不了又飞不了！

朱贡献没给她翻译。翻也是白翻。战俘营有战俘营的纪律规定，绑不绑的，可不是他们说了算。

赵玉兰说，皮特儿，你绑着不得劲吧？你渴不渴？俺去给你弄点水……千不该万不该，你不该去惹弄土耳其！你更不该夺志愿军的枪啊……志愿军再怎么宽待你，你也不能去夺那个枪啊！你一夺枪，这个性质变了，成敌我矛盾了。怎治呢？现如今可怎治？本来……你给俺说说，那个猪肉皮，还有那个枪，都是你干的？你怎的去干这个呢？你犯不着啊皮特儿！

赵玉兰说得断断续续，朱贡献也翻得断断续续。不是很准确，不是每一句话都能恰如其分地表达过来。但是，大致的意思，还是给皮特·路德听明白了。

"不是我。"

皮特·路德一口咬定："我向上帝发誓，土耳其的事情，走火的事情，都不是我……我发誓。"

朱贡献说："那你怎么承认了？还说是绝对的，可能的？"

"我怎么会承认没有做过的事情？我的意思是不可能的，绝对的、不可能的！那个事情与我没有任何关系。"

朱贡献和皮特·路德叽里咕噜地将这几个单词对证了好几遍。他们翻来倒去的，倒把赵玉兰弄糊涂了。

"怎说？是不是他干的？"

朱贡献把眼镜拿下来，习惯性地哈口气，擦着："弄错了，闵教员给弄错了。不可能弄成可能，绝对的不可能弄成绝对的可能的了……你看看这个闵教员啊……"

"俺就说嘛！南蛮子，嘴巴上没个把门的，你听不懂，也不能听错啊！"

"哎——"朱贡献制止她，"什南蛮子北侉子的？不利于团结的话不要说。"

"好好，俺不说……你再问问那个枪，他到底夺没夺？"

皮特·路德又是一番上帝上帝的发誓，说他绝对不可能去抢那个枪，那是把老掉牙的武器，看一眼就有走火的可能，何况志愿军长官用枪托来砸门？击打猛烈，振动枪机，结果……我非常痛苦，希望上帝能够宽恕我，但这个事情真不是我干的，上帝可以做证。

赵玉兰说上帝救不了你啊，能救你的是志愿军。除了你自己，还有谁能证明？你得有个证明才行，光靠你自己，说不清楚呢。

皮特·路德六神无主，脑子很乱。谁给他证明？能证明的人已经打死了……对了，有哨兵，下岗换岗的哨兵都在，哨兵会看到当时的情况。不过皮特·路德很担心，就算哨兵看到了真实的情况恐怕也不会如实讲出来。他们的长官被打死了，他们心里一定非常痛恨他这个惹是生非的美国人。

赵玉兰说，志愿军不会冤枉一个好人也不会放走一个坏人，人不能丧良心。头上三尺有神灵，人在做，天在看，天老爷爷最公平了。

6

朱贡献、赵玉兰带回的情况引起了俘管处高层的重视。

为了慎重起见，专门把闵教员找来，将相关的问题特别核实了一遍，真正弄清了几个关键单词及其语法的正确含义。又调来当日值岗的哨兵，调查了当时的实际情况。哨兵一开始有顾虑，担心因为"立场"问题受牵连。本来，排长的非正常死亡已给他们造成了严重压力，再替战俘说话，不是"立场"问题是什么呢？

战俘营领导的原则是实事求是。别管事情怎么处理，也别管"立场"有没有问题，首先要做的是把事实搞清楚，看到了什么就是什么，看到了什么就说什么，不要有顾虑。

两个战士最后承认，美国黑人战俘确实没有夺枪，他就是摇晃那个铁栅栏门，还用脚踢，又喊又叫的。但是确实没抢那个"波波沙"。是排长拿枪托子砸门，走火了。

捆绑皮特·路德的绳子去除了，但禁闭还是要关下去，关满一个星期的期限为止。

扰乱禁闭秩序，不服从管理，仍然违反纪律规定。

等到皮特·路德又见到朱贡献和赵玉兰，还觉得自己委屈。明显地，既然认定事情与他无关，就应该毫无保留地立即恢复他的自由。

赵玉兰对他说，凡事都得忍让啊，人生在世，哪有一直顺顺当当的？哪有一直光占便宜不吃亏的？你得学会吃亏。俺小的时候俺娘常给俺说，吃亏人常在，吃亏是福不是祸呢。受点委屈吃点儿亏不碍事。和平谈判了，战争结束了，你平平当当地回家跟你娘团聚，不比什么都强？

1952年12月
最寒冷的冬天

1

皮特·路德病倒了。

发烧，剧烈咳嗽，体温常常在三十八摄氏度、三十九摄氏度，有时候飙升到四十摄氏度。吃退烧药，开始的时候还起点作用，后来退烧药也不起作用了。赵玉兰手头上只有些磺胺类的药片，开始的时候小剂量服用，不见效，加大剂量，还是不见效果，皮特·路德病得越来越重。从战俘大队的医疗所转到战俘营总医院后，内科主任带着几个医生给皮特·路德做了仔细的检查，拍了X光的片子，也验了血。在内科主任的听诊器里，皮特·路德的肺上像有一辆火车在奔跑。

典型的大叶肺炎。

就当时的条件而言，这个病是非常严重的一种疾病，病死率很高。链球菌造成了肺部的炎症，炎症形成高烧并继而引起并发症，恶性循环。各器官脏器功能逐渐衰竭，生命最后化为乌有。当务之急是消炎，炎症去除了高烧才能退下来，身体机能才可以慢慢恢复。

进入冬季了，鸭绿江畔的气温降到了冰点之下，干流支流都已经结了冰。赵玉兰砸开冰面，打来冰凉冰凉的江水，将毛巾浸湿后敷在皮特·路德的额头上，用湿毛巾给他擦胳膊擦腿擦胸口。冷敷最简单也最实用。还有酒精，用酒精棉球擦身子，多少也能起到点作用。赵玉兰还从厨房要来大蒜，煮大蒜水给皮特·路德喝。沂蒙山老家的土法子，大蒜水可以消炎降温。那个味道很难闻也很难下咽，皮特·路德烧糊涂了，也辨不出什么味道来，任由赵玉兰、朱贡献生生灌下去好几碗。

杯水车薪。

偶尔的感冒发烧，这些土办法或许有点儿用，但皮特·路德不是一般的伤风感冒，是细菌感染，必须消炎才能根除。但是消炎需要特别的药物，特效药，当时最好的东西是盘尼西林。可是，哪里来的盘尼西林呢？不要说赵玉兰的药箱里没有，总医院的内科病房里也没有，病房里只有一些磺胺。在国内，盘尼西林还没有形成工厂化生产，还在实验室里研发，不多的药品全靠引进。但是引进不容易，敌对国家的封锁，反动势力的干扰破坏，使得引进困难重重，每一支盘尼西林针剂都比金子还珍贵。金子还有个价码，可盘尼西林无价。盘尼西林就等于是人的命。

内科主任知道病到了这个程度，磺胺起不了什么作用了，不仅起不了作用，还会带来负面影响，因为它的毒副作用很大。但是除此以外，他能有什么办法？不要说一个战俘，就是志愿军部队的官兵，自己的同志自己的战友，很多人还不是因为缺乏金子般珍贵的盘尼西林抗生素才失去了宝贵的生命？没有什么比一个救死扶伤的医生面对着生命的奄奄一息而束手无策更无奈的了。

赵玉兰说，难道这么大的一个战俘营，这么大的一个碧潼郡，俺们这么大的志愿军部队，连几支盘尼西林都没有？

内科主任点点头，又摇摇头。

也不是绝对没有。总医院药房主任的药柜里就锁着几支盘尼西林。没什么用，有跟没有一个样。为什么呢？因为那是给志愿军团以上干部预备着的，能给战俘用吗？那是药房主任藏金子藏银子藏起来的，比金子银子还宝贝！

赵玉兰一下泄了气。

病房里的皮特·路德开始抽搐，胡言乱语，嘴巴里叽叽咕咕的，不知道咕哝些什么。赵玉兰问：

"皮特儿说什呢？"

朱贡献伏下身子听了听，对赵玉兰说："妈妈，他在喊妈妈，喊他娘。"

赵玉兰抿着嘴唇走到门口，一句话说不出来了。

过了一会儿，她毅然决然地走回来，对内科主任和朱贡献说："俺去找找药房主任行不？都是命呢！团级干部很重要，团级干部现在不是用不着吗？救人要紧，你现在不救他，他连今天夜里都过不去，好好的一个人，死在俺志愿军的医院里……他娘，他妈妈还在家里等着他……"

赵玉兰的话不好听，但是心情可以理解，内科主任也没有说她什么。在一个医务工作者的眼睛里，生命是一样的生命，并没有高低贵贱之分。这个他完全可以理解。但是内科主任也表示，要找你们去找，他不能去。规定就是规定，他一个科室主任不能带头违反规定。更主要的是，去也是白去，因为根本不可能把那一点点盘尼西林用来抢救战俘。

2

朱贡献其实也犹豫着。明显地，事情办不成，再碰得一鼻子灰，再被领导批一通，不值当的。更为重要的是，弄不好人家会说他们"立场"有问题。在人民军队、革命队伍里，有什么问题比"立场"问题更敏感更重要的？

赵玉兰不高兴了。皮特儿命要紧还是你"立场"要紧？立场，一个医生护士的最好立场就是救死扶伤实行革命的人道主义！俺们不是志愿军吗？不是革命队伍吗？

朱贡献本来就低着头，给她一数落，头更低了。

药房主任是个老大姐，与朱贡献、赵玉兰也都熟悉。她柜子里确实锁着十支盘尼西林，然而，只有锁着的权力，没有动用的权力。动用这几支盘尼西林的权力在俘管处最高领导那里，得俘管处主任亲自批准才行。俘管处主任批准了，她才能把这个救命的药给他们。

事已至此，赵玉兰只好又拽着朱贡献来找俘管处主任。

战俘营的全称叫作中国人民志愿军政治部战俘训练管理处，对外称作战俘营或碧潼"联合国军"战俘营。最高领导为主任，也是个老同志，战俘们都将他称作"general"，将军。

好在主任并没有走远。

听过心急火燎的赵玉兰的恳求和朱贡献唯唯诺诺的说明，俘管处的"general"背着手来回走了几趟。他认得皮特·路德那美国黑人小伙儿。前段时间土耳其战俘跟美国白人战俘的大规模械斗，他是背锅者，平白无故受到些诬陷和牵连，后来证明当了白人种族主义者的替罪羊。在禁闭室大吵大闹不服从管理，造成枪支走火打死了警戒部队的排长。后虽查明事出有因而且直接责任并不在他，但毕竟与他脱不了干系，事情是因其而起。现在呢，又是他，又是这个叫皮特·路德的……不错，战俘的命是命，黑人的命也是命，志愿军官兵的命更是命。整个俘管处统共只有十支盘尼西林，万一哪个地方出了情况，万一自己同志急需，到时候你哭都没有眼泪。但是话说回来，宽待俘虏拯救生命不仅是人民军队的一贯政策一贯风范，也是中央和总部的要求，更是一个中国人的道德良心。作为俘管处的最高领导，他这时候不能糊涂，更不能在关键问题上出差错。

被"联合国军"战俘称作"general"的俘管处主任经过一个短暂却是慎重的考虑，决定把宝贵的十支盘尼西林全部批给皮特·路德使用。

赵玉兰拿着主任写的条子领取了金银一样的药品。口说无凭，立字为据，俘管处领导知晓其中的敏感性。既然自己做的决定，自己就要将一切可能的问题担起来。

喜出望外的赵玉兰和朱贡献光顾着高兴了，都没有对这个老兵和老同志说一句道谢的话。

药房大姐将十支盘尼西林悉数交给了赵玉兰。

她没想到朱贡献和赵玉兰的面子这么大，没想到俘管处主任这么痛快就把宝贵的药给批了。赵玉兰说不是她面子大，也不是朱教员面子大，是他们碰到了好人，大姐你、主任，你们都是好人。好人都讲个良心呢！皮特儿这人命不差，到了朝鲜，碰到的都是有良心的好人。

大姐摆摆手，不要说这些了，抓紧去找内科主任去。那是个很有经验的内科医生，十支50000单位的盘尼西林，怎么用，他全知道。

3

立竿见影。

头一天输完液，皮特·路德的眼睛就睁开了，输到第三天，烧已经完全退去，体内的炎症在慢慢消解。到第五天，他已经可以倚靠着被褥坐起来微微地露出些白牙了。皮特·路德半倚半靠着，虽然疲惫不堪却依然努力地看着忙碌在病房和身边的中国人，看着志愿军的护士和医生们。

他跟上帝打了个招呼，回来了。

等到能够开口说话，赵玉兰通过朱贡献和他进行了一些简单的交流。她问皮特·路德在最危险的昏迷中，有没有梦到时刻念叨的上帝。

皮特·路德想了想，说他没有。他只梦到过妈妈，恍恍惚惚的，好像妈妈一直都在身边。

克莱伦斯·亚当斯等几个黑人伙伴也代表大家前来战俘总医院看望皮特·路德。他们感谢上帝，感谢中国军队，因为上帝保佑，皮特·路德才打败了死神，重新跟兄弟们相聚到一块儿。克莱伦斯·亚当斯非常高兴，特意将他获得的奖品带给皮特·路德看。在皮特·路德住院的这些日子里，碧潼战俘营举行了一场声势浩大的战俘奥林匹克运动会，克莱伦斯·亚当斯分别参加了100米跑和400米的接力，还参加了跳远跳高比赛，结果都获得了名次和奖品。其中有一把檀香木的折扇让皮特·路德羡慕不已。克莱伦斯·亚当斯准备将这些具有特殊意义也非常珍贵的奖品带回美国带给自己的妈妈和女朋友——如果他回国后能够很快找到一个女朋友的话。皮特·路德后悔自己在不该病的时候病倒了。要是参加了战俘奥林匹克运动会，他也一定会获得奖品带给自己的妈妈。

克莱伦斯·亚当斯对他说，你最好的奖品就是又一次保住了自己的命。为此你要感谢上帝。

皮特·路德说他当然感谢上帝，但他更感谢中国人中国军队，是善良的中国医生救了他的命。上帝无疑是仁慈的，中国医生也是仁慈的，他有点儿拿不准的只在于，中国医生是不是奉了上帝的旨意才搭救的他。

克莱伦斯·亚当斯说这个不可能，因为中国人根本不信上帝。皮特·路德却坚持认为，尽管如此，中国人的心中一定有他们的"上帝"，只是这个上帝在中国人那里不叫上帝，那是另外的一个"主"，一个完全不被美国人了解的主，犹如他们的"天老爷爷"。

皮特·路德的身体还很虚弱，需要慢慢将息。天气已经非常寒冷了，病房里人来人往，条件简陋，他需要一个更适合的地方来慢慢恢复健康。

赵玉兰建议表哥把皮特·路德安排在身边，既方便照顾，也方便休息。经过批准，办了出院的手续，皮特·路德就跟朱贡献住到了一起。

4

皮特·路德对朱贡献的宿舍并不陌生。

朝鲜式的木板子房，进门为炕，炕头上坐着一口灶，烧水取暖都在这个炕灶里。这两年跟着朱贡献学习英文的文字书写，他来过这个小木屋多次。原来有个志愿军教员跟朱贡献住在一起，因为有任务回国了，空出来的铺位正好给他用。炕上摆放着一方小炕桌，一分为二，将他们分在了炕的两头。

朱贡献睡在里面，炕脚，而他是炕头。炕头上烧着火，从温度上来说，他这头要比朱贡献那边高出来不少，因而也就更加暖和。天气越来越冷，朝鲜半岛漫长的冬季已然如约而至。

在朱贡献的帮助下，皮特·路德已能进行简单的英语书写。实际上他的英语口语一点儿问题没有，因为那是他的母语，天生的，他只是光会说不会写而已。朱贡献呢，书写可以，但在口语上又远远不如皮特·路德，两个人正好互补。两年下来，皮特·路德已经可以给远在大洋彼岸的妈妈写信了。母亲也通过别人代笔给他写了回信，愿他在中国人的战俘营一切平安，愿上帝保佑他也保佑仁慈的中国人。愿战争早日结束，亲爱的儿子早点回到身旁。

赵玉兰会时常过来看看他，当然也看看表哥朱贡献。每次来，赵玉兰都不会空手，有时候带着几个鸡蛋，有时候是一把白面条，有时候又是一小包白砂糖，不知道这些东西她是打哪儿弄来又如何攒下来的。要是大家饿了，她就会做饭给大家吃。炕头上的柴火灶正好用来做饭和烤土豆。皮特·路德最喜欢的是一种叫"荷包蛋"的食物，圆圆润润，晶莹剔透，如同一盏玉雕卧在糖水中。赵玉兰告诉他，这个东西即便在中国的地主家也不是随随便便能够见到的，通常在女人家坐月子或者地主老财生病的时候才可以吃到。皮特·路德当然不知道什么是"坐月子"。朱贡献解释，"坐月子"就是生产，就是女人生孩子。

这让皮特·路德想象着母亲"坐月子"的情景。

母亲那时候还年幼，差不多还是个孩子，他实在想象不出一个年幼的母亲生产他时会是一种什么样的情景。不过有一点他可以肯定，母亲没有享受过"坐月子"的"荷包蛋"。在白人种族主义者的美国，黑人们没有好心的医生赵，也没有晶莹剔透的"荷包蛋"。

母亲只比他大十五岁。

赵玉兰会问，怎的光你娘给你写信，你大大不写呢？

这时候皮特·路德就会低下头来不说话。朱贡献曾经问过皮特·路德几乎同样的问题，问过他为什么光有名字没有姓。谁都有个隐私，隐私不能打听。

赵玉兰说啥叫"隐私"？

隐私就是不能对外人说的事情。不能对外人说，对谁也不能说，这个就叫隐私。你不也有不对俺说的事情嘛！

赵玉兰想了想，若有所思。她确实有很多很多的事情不会给表哥说。不会说就不能问，"隐私"不能被用来打听。

但是随后，皮特·路德却自己把"隐私"说了出来。

5

从十来岁开始，皮特·路德的母亲就给一个白人庄园主做童工。清洁房屋，侍弄奶牛，刷锅洗碗，收拾庭院，给白人看孩子洗尿布，什么样的杂活都得干。美国南北战争后，黑奴制虽已废除，但黑人的命运并没有实质性改变，在白人种族主义者眼里，黑人仍然是低等人种。小小年纪的母亲尝遍了人世的悲凉。

尽管命运不济，年幼的母亲却像一株山茶花在嶙峋的怪石间茁壮成长起来，到十三四岁，已经基本发育成熟，显露出青春勃发的少女模样。粗壮的辫子，黑亮的眼睛，前凸后翘的身材，亭亭玉立，白人庄园主常常盯着她看。小小年纪的母亲已能读懂其中的含义，因而也时刻注意，本能地回避着高大的白人庄园主。

但是厄运仍然不期而至。

一天傍晚，女主人和几个孩子去了亲戚家，只剩下皮特·路德的母亲打理奶牛。白人庄园主因为午间的一通豪饮而呼呼大睡没能一起前往。这时候，年幼的母亲听到酒窖里传来的呼唤，似乎发生了什么意想不到的事情。母亲犹豫了一下，还是十分警觉地走向酒窖。在窖门口，她看见白人庄园主一只手拎着酒瓶子一只手捂着胸口，趴在一只矮小的橡木酒桶上，仿佛遭受了重创痛苦不堪。善良的母亲便过去搀扶他。尽管她心存疑虑，可庄园主毕竟是她的主人，万一有什么情况，身为仆人的她自然不能不管不问。哪知道高大壮实的白人一把就将年幼的母亲抱住了，一阵子乱亲乱摸，胸口的扣子掉了一串，内衣也扯烂了。母亲惊恐不已，大声喊叫，奋力挣扎。可一个十几岁的女孩如何能抵挡得了强壮男人的袭击？她被白人庄园主按在橡木酒桶上，扯掉了裙子与内裤，露出饱满的圆滚滚的屁股来。

一抹残阳射进酒窖。母亲黯然无光的眼睛里血一般红。

年幼的母亲就这样给白人庄园主强暴了。后来就有了他，皮特·路德。这也是皮特·路德的肤色看上去要比一般的黑人要浅的原因。

但是那个该诅咒的魔鬼白人庄园主从未过问过他们母子，而且也不承认有这么一档子事情，好像什么都没有发生过。他说他喝得酩酊大醉，什么事情都不记得了。恶有恶报。在皮特·路德出生不久，白人庄园主竟然给自己的车轮碾死了，换作他的堂弟接管了庄园，皮特·路德母子更加无从依靠。母亲含辛茹苦，独自将他抚养成人，皮特·路德尝遍了同样的人世凄凉。

黑人的特殊命运加上家庭的穷困潦倒，使得皮特·路德无从读书学习，也没有一份能够养家糊口的体面工作，十七八岁的小伙子只能靠打一点零工帮母亲维持生计。但是他有一项天分——对汽车特别精通。无论别克还是道奇，福特还是威利斯，或者是凯迪拉克火箭尾翼，美国二十世纪三四十年代这些著名的汽车品牌，他只要略微一看就可上手，不仅会开，还能修理。四十年代的美国，一个司机不懂得修理基本上算个半残废，是永远出不了师的学徒。

当然，几乎所有的豪车都属于白人，他既不能拥有也无权利去亲自体验。他只能远远地看上几眼。

在皮特·路德十九岁这一年，也就是刚刚过去不久的1950年，有一天他跟几个黑人伙伴在孟菲斯的街头闲逛，一辆崭新的奥兹莫比尔火箭88停在一家超市门口。奥兹莫比尔火箭88是一款动力强大的新款车型，装备着5.0L排量的V8发动机，能够在3600转时爆发出135马力的超大功率，非常酷。可以说，在并不发达的孟菲斯，满大街也看不到几辆。皮特·路德沾沾自喜般的介绍让他的黑人伙伴们惊羡不已。

但是他们觉得皮特·路德的说辞并不足以为信。伙伴们跟他打赌，他根本无从体会过奥兹莫比尔火箭88，甚至连摸都没有摸过，夸夸其谈而已，他甚至连那个车怎么起步都搞不清。实际上，他们认为皮特·路德也是第一次见到这个浑身肌肉的豪车奥兹莫比尔火箭88，跟他们完全一样。

年轻人本就惯于争强好胜，伙伴们的嘲弄更增添了皮特·路德一试身手的豪情斗志。刚好，停在超市门口的车子插着钥匙，说明它的主人不是在超市就在附近的什么地方。他想试一试也无妨，主人来了，顶多挨一顿臭骂，解释清楚就行了，因为他只是出于对它的喜爱，哪怕罚他洗上一个月的车也心悦诚服。皮特·路德没有多想，上车，坐正，一拧钥匙，奥兹莫比尔火箭88轰地一家伙蹿了出去……随后，警察就把他截住了。

白人警察本来就不会相信黑人的话，何况还有个白人车主做证。皮特·路德不承认自己的行为是"盗窃"都不行。盗窃一辆刚出厂的奥兹莫比尔火箭88不是个小事情，坐牢都得坐上好几年，皮特·路德懊恼得不能再懊恼。恰好此时，远东地区爆发了朝鲜战争，美国军队迅速介入，需要吸收大量的兵员。白人警察动员他，可以用兵役代替刑期的办法免除牢狱之灾，因为美国军队需要活蹦乱跳的士兵去朝鲜开展"警察行动"。皮特·路德没有更好的选择，只能告别母亲，漂洋过海来到了朝鲜半岛。

"随后发生的事情，"皮特·路德故作轻松地耸耸肩膀，"你们都已经知道了。"

6

炕头上的灶火噼噼啪啪。

温度一上来，棉袄就穿不住了，朱贡献和皮特·路德都把棉袄脱了下来。皮特·路德的一颗纽扣耷拉着，看样子很快就会掉下来；一只袖子的袖口划开了一条口子，露出白飒飒的棉花来。

赵玉兰将这件藏蓝色的中式棉衣抓在手里，一边找针线一边说道：

"扣子要掉了，袖子撕得跟狗啃的似的。俺给你缝缝。"

灯火昏黄。

赵玉兰对着煤油灯纫上了针线，先把那颗要掉下来的扣子缝结实，然后来缝那条狗撕似的布条子。她缝得很认真，很仔细，每个针脚都缝得又密又细的。为了保证针线的油韧、顺畅，她会不时地将那根小小的银针在额头上抹一抹，抹过了，再继续手头上的活计。

皮特·路德熟悉这样的场景。在他饱经辛酸的生命历程中，无数个夜晚，很深很深的夜晚，空旷的庄园里万籁俱寂，有时候一觉醒来，昏黄的灯火下，母亲仍然给他缝补着衣衫。他的衣服都是母亲用自己的衣物改制而来，大改小，长改短，春夏秋冬，件件不落。母亲也会眯着眼睛纫针线，也会把小小的银针放在额头上抹一抹。时光倒流，过去的一切仿佛重现眼前。

朱贡献又往炕灶里添上几块木柴，就着灶火燃起一根纸烟，"大鸡"牌的纸烟，盘腿坐定，缓慢吐出一口烟缕来。然后，皮特·路德就听到了一个熟悉的调调儿。

黑人步兵C连在北朝鲜的上草洞全体缴械投降押往战俘营的死亡行军路途上，他曾听到过教员朱哼哼这个歌谣，当时他坐在骡子上，而教员朱在前边牵着缰绳。婉转动听的调调儿或实或虚断断续续，遗落在寒冷肃杀的旷野上。不同的是，教员朱那时候是"哼"，而现在，却在"唱"。

　　阿里郎

　　阿里郎

　　阿里郎哟

　　阿里郎

　　翻山过岭，路途遥远

　　你怎么情愿把我扔下

　　出了门不到十里路你会想家……

朱贡献的"哼"或"唱"虽然低沉、缓慢，但是皮特·路德听不懂他在唱些什么，赵玉兰也听不懂。对他们而言，朱贡献的"哼"跟"唱"没什么差别，都是一个意思，都听不懂。

赵玉兰说："表哥，你这唱的什么呀！朝鲜歌吗？还是用中国话唱的朝鲜歌？好像文工队演出的时候唱过呢，可俺觉得文工队不是这个唱法呢。"

朱贡献吸上一口烟，回答道："朝鲜的民歌。民歌你知道吧？就是民族的传统歌曲，像俺老家的沂蒙山小调。民歌，男男女女老老少少，山里的老百姓，都会唱上几句。"

"可你唱的什么呀，俺一句没听懂！"

朱贡献笑了："俺这个唱法儿，是用汉字的发音对着朝鲜语唱的，并不是朝鲜语原文，也不是汉语翻译过来的意思。俺是照葫芦画瓢。"

"里头都说的什？"

"歌里说啊，两个朝鲜民族的青年男女，也可能是表哥表妹，就跟你我一样，两个人好上了，要生生死死在一块儿。生活所迫，表哥到很远很远的地方扛长工，表妹送了一程又一程，差不多是梁山伯与祝英台。梁山伯祝英台你知道吧？反正就是对天盟誓，非表哥不嫁，非表妹不娶……就是个爱情故事吧！里面说到他们的生活，他们的感情，他们的信仰，精神世界，生生死死。朝鲜民族的一辈子。大概就是这些个。"

"你看你表哥，好好的又扯到俺身上！幸亏皮特儿听不懂，不然还不得笑话你？"

赵玉兰脸红了，嗔朱贡献。

朱贡献却笑着解释："俺说笑话呢，大概就是这么个意思，也不一定是表哥表妹……反正吧，不管哪个国家的民歌，你大概记住个调调儿就行，不一定非要清楚歌词里到底唱的什。调调儿好听，能哼上几句，就行了。至于内容，你随便想，想啥就是啥，想怎唱怎哼哼就怎唱怎哼哼。"

赵玉兰说："表哥你还真行，连朝鲜的调调都能唱。打哪学的这是？"

"俺跟文工队学的。俘管处文工队，都是打朝鲜人民军演出团那儿学来的。俺这还有张唱片，347团王团长送给俺的，俺找人民军同志看过了，就是俺哼哼的这个……不过现在没有留声机，要是有留声机，那才好听。起码比俺唱的好听。"

朱贡献从一个小小的木头箱子里摸索了半天，很仔细地把那张胶木唱片找了出来。昏黄不定的煤油灯火下，黑色的唱片一片明亮，每个人的眼睛里都倒映着一汪池塘。

赵玉兰说："你还藏了不少好东西呢。"

朱贡献说："是很珍贵。347团王团长从美国鬼子身上缴获的战利品，跟骡子一块儿送给俺了……美国鬼子也是打南朝鲜搜刮来的。骡子没有了，只还剩下这个留声机的唱片。你要吧表妹？你要给你。"

赵玉兰一笑："俺要这个弄什么？俺又没有那个……什么机。你自个儿留着吧，算个念想儿。"

两个人一句接一句。赵玉兰手里的针线不停，朱贡献也没耽误吸烟。

皮特·路德听不懂他们说话，只是露出些白牙来，微微地笑着。见缝插针，朱贡献也会给他翻译几句。虽是只言片语，他还是记住了一个关键性的东西，教员朱哼哼的这个歌谣，属于朝鲜民族的一个美好传说，它叫——"阿里郎"。

在外面，寒冷而清爽的苍穹之上，正当是繁星满天的安静时光。

在朱贡献时断时续的哼唱中，赵玉兰依然就着昏黄的煤油灯火缝补着衣物。皮特·路德撕烂的衣袖已经缝好，现在是在给表哥朱贡献缝。男人们总是粗心大意，不是这儿的扣子掉了，就是那里的裤脚拉开个口子，要不就是裤兜的缝儿绽开了。她仍然会缝几下就将那根银针在额头上习惯性地抹一抹擦一擦，擦过了抹过了再接着缝。她的针脚又密又细，平平整整的，几乎看不出重新缝补的任何痕迹来。

朱贡献时断时续的哼哼韵味十足，穿越了风寒雪冷的鸭绿江，把赵玉兰带回到遥远的、亲近的沂蒙山。

老家有个沂蒙山小调，在这个寒冷而又温暖的冬夜，她记住了一个新的歌谣"阿里郎"，朝鲜的"阿里郎"，表哥朱贡献的"阿里郎"。

赵玉兰仿佛听到了鸭绿江畔的风鸣，看到了沂蒙山老家牵牛花朵的绽放。

贰

2016年（中） 生活在别处

暑假结束前，我又硬拽着闺蜜到远在郊区的"老兵废品收购站"跑了两趟。我们都想再看一看那枚纪念章，更想见一见老奶奶。据大宝奶奶讲，纪念章是她母亲精心保存的物件，平时不让人动，连重孙子大宝都不能动。但是这个章究竟有何来头，和老奶奶是一种什么关系，她自己也不清楚。

不巧的是，跟上次一样，都没能见到老奶奶。

小家伙叫刘大宝，已经跟我们混得烂熟。他奶奶姓刘，我们都管她叫刘大婶。从一开始拒人于千里之外的冷若冰霜到现在的笑脸相迎，从敏感、多疑、警惕到能够推心置腹地唠家常，我们与这一家人的关系拉近了不少。刘大婶会搬出板凳来给我们坐，也会让我们去她跟刘大叔的房间里坐一会儿。她的房间里同样堆满了相对规整的各种各样的"垃圾"，凌乱不堪。

这是一个大家庭，健在的老奶奶属于第一代，刘大婶和她的老公刘大叔属于第二代，刘大婶刘大叔还有两个儿子一个闺女都已经成家立业，属于第三代。我们第一次见到的小男孩等几个孙子孙女是第四代，四世同堂，满满当当一大家子。这一大家子人全都住在这个偌大然而却是蚊蝇遍地的垃圾站里。或者说，祖孙四代全都以捡拾、处理旧物、废品、破烂和垃圾为生。这是他们赖以生存的工作。

家里原来还有个老爷爷，也就是刘大婶的父亲，在香港回归那一年的前夕过世了。那是1996年，距今二十年的事情了。刘大婶跟刘大叔都姓刘，随老爷爷的姓，所以小孙子也姓刘，大号刘大宝，是这个大家庭里的宝贝疙瘩。我们也曾问过老爷爷老奶奶的情况，刘大婶讳莫如深，对此不愿意多说什么，三言两语就把话题扯到别的地方去了。

纪念章后面的四个铭文倒是给我们搞清楚了，属于朝鲜文字，翻译成汉语，是"功勋奖章"的意思。

我这人就是好奇心强，越不知道的东西越想知道。暖男说我考大学时报错了学校，应该去报考警察学院专修刑侦专业。闺蜜说得不准。我应该上考古专业。

暑期就要结束了，最后一年的大学生活即将开始。我们要考虑去留，要为后大学时代劳心费神了。真不知道还有没有机会和心情再跑到这遥远的郊区来。

其实，像"老兵废品收购站"这样的垃圾处理处，在郊区有若干个，它们处于城乡接合部，有一大批人从事着这样的工作。很多人是以家庭或者亲戚朋友为单位，收、捡、分类、打包、变卖，分工明确。他们的工作环境肮脏不堪，没有社保，没有尊严，一年四季在垃圾堆里寻求着生活来源。他们被称作"拾荒者"，或是"拾垃圾的""收破烂的"，名称里充满了歧视、偏见、不公与不受待见，是现代社会和现代生活遗忘的一群人。但是，他们又是真实存在的，他们与这个社会、与生活在都市里的每一个人息息相关。我在市中心云龙山下的淮海大学用华为手机点一份外卖，或是暖男用她的苹果手机下一个家庭厨房的订单，一天一夜之后，我们废弃的纸质餐盒可能就到了这处"老兵废品收购站"的垃圾堆里，同一堆垃圾和废品里还有同学扔掉的废电池，几本废旧杂志，一双掉了跟的高跟鞋，几个用空的塑料化妆盒，混合着铁丝、钢筋、塑料编织袋、废旧的电路板、烧坏的LED灯具，等等等等。然后，它们被分拣、归类、打包，卖给更大的废旧物品回收站或者能源工厂，再造后，变成学校无数个小超市里售卖的卫生纸、写字板、签字笔、一次性纸杯、餐盒等。余下的那些不能重新利用和毫无价值的真正的垃圾则被送进生物电站的焚烧炉，化作电能，照亮我们混乱不堪的宿舍。你能说拾荒者没有用吗？这个社会还真离不开他们，缺少了大批的拾荒者，宽阔的城市街道和一个个整洁漂亮的住宅小区将会垃圾成山，城市将不成其为城市。

万事万物皆有关联，万事万物互为因果。

据刘大婶说，他们一家干这行已经有几十年的时间，从她记事的时候，她爷，也就是小孙子的老爷爷就领着他们兄妹几个干这个。干到今天这个规模，已经经过了几十年的辛酸付出和努力，经过了几代人的拼搏。家里虽然没有雇用的工人，但大儿子有一辆江淮牌二手汽车，大儿子自己考的驾照，自己收货送货。说这个的时候，刘大婶的脸上满是自豪。

刘大婶说，所有的过程，所有"拾荒者"能经历的事情，他们都已经经历了一遍。而随着这个城市的不断扩大、繁荣，他们却从城市的中心逐渐外移，一步步转移到城乡接合部，生活在城市的边缘，仍然是现代社会不屑接纳和遗忘的一群人。

我对刘大婶说，难道你们就不能干点别的？非得跟垃圾打交道？

说过了我就后悔。

这老老少少的一大家子人，但凡有点可能，他们又怎么会一天到晚地生活在垃圾堆里啊。

果然，刘大婶用白多黑少的眼睛看了看我们。她说，你们这两个大学生小闺女，一看就是有钱人家出来的，你们是饱汉子不知饿汉子饥，穿鞋的不知道光脚的难啊！有别的门路，俺能干这个吗？再者说，俺干这个都干了一辈子了，不干这个能干什么呢？早先是他老爷爷老奶奶领着俺干，老爷爷不在了，老奶奶岁数大了，干不了了，现在主要是几个孩子干，俺跟着照看照看小孙子……也怪好，脏也脏累也累，还够一大家子人吃喝穿用的，比上不足比下有余呗！你干别的，搬砖垒墙刷盘子洗碗，弄不好还给你赊账，你拿不到现钱，一欠欠你个三年五载的，不要了命了？俺这个不赊账，多少都是现钱。人跟人不能比。俺比上不足比下有余，觉着就怪好！

刘大婶的话竟然让我和闺蜜无言以对。

后来我问起刘大婶的老家，大婶说是山东，很小的时候就出来了，她，刘大叔，孩子们，他们几十年都没有回过老家了，他们在这座城市里生活了几十年，这里就是他们的家。虽然他们不被待见，不停地往城市的边缘迁徙不断地被边缘化，但他们已经在此落地生根。

在我和暖男的一再请求下，刘大婶终于同意我们到老奶奶的房间看了看。

老奶奶的屋子在一溜平房的尽头，隔着做饭的厨房就是院墙了，墙外的秋玉米已经长出大半个人高。

令我们惊讶的是，不同于大婶房间的混乱不堪，老奶奶的屋子十分整洁干净，整洁干净得与这处垃圾场不相般配，好像完全不同的两个世界。

干干净净的水泥地面，干干净净的床铺，床单、被褥、枕巾、枕套都抻得平平整整的，盆架上搭着平展展的洗脸毛巾，桌子上摆放着牙具、水杯等日常用品，朝着同一个方向。四面的墙壁上同样干干净净，没有任何东西。靠床头摆放着一口樟木箱子，落着锁，箱子上搭盖着白色的水洗布，白白的，一尘不染。我们想不到一个八十高龄的老人家能将自己的房间打理成这般，连我们这些大学生也自愧不如。比较而言，我们大学的寝室才是真正的垃圾堆放处。

"爱干净，就是个爱干净，一辈子爱干净！"

我被那只樟木箱子吸引了，没在意刘大婶的絮絮叨叨。

樟木箱子有些年头了。若有若无的樟脑气味不经意地灌进我们的鼻腔、口腔，流淌在我们的肺腑里。

我知道，那是岁月的滋味。

第三章　1954年
　　　　1956年
　　　　1958年

1954年3月
麦子七百斤

1

火车，汽车，马车，还搭了半天驴车，赵玉兰回来了。

一别六年，家还是那个家，石头茅草房还是那个石头茅草房，沂蒙山还是那个沂蒙山，并没有明显的变化。但是，物是人非，家里的巨变难以预料。

娘还好好的。但是大大不在了。不在的还有大舅，也就是表哥朱贡献的大大。

1948年年末淮海战役刚刚打响的时候，十八岁的赵玉兰跟随着大大去支前。送完了支前的物资，赵玉兰留在队伍里当救护包扎的卫生员，而大大则在返途中遭遇国民党飞机轰炸丢了性命。是支前队的乡亲们用独轮小车一步一步将大大的遗体推回了老家，葬在了沂河岸边上。

娘儿俩抱头痛哭，哭过了又笑，笑着哭。哭属于喜极而泣，是欢笑；

痛的是，家里的小闺女一去六年知不道生死，而家中的变故是如此之大。现在，一去六年音信杳无知不道生死的闺女回来了，好好地、活蹦乱跳地回来了，心头上压了五六年的一块石头总算是落了地。

娘说，一道支前的乡亲跟她讲，大大的太阳穴给一块弹片击中，只几个时辰就不行了。那个弹片造成的窟窿眼儿很小很小，跟个黄豆粒差不多，也并没见淌出多少血水来，但人就是不行了。死的死伤的伤，剩下的人得继续赶路，不能动的人可咋办？开始说就地埋了，几百里地，没办法弄回家来啊。县里带队的干部不同意。他领着这一百多号人打沂蒙山区出来的，无论死活得带着这一百多号人回到沂蒙山。好在天寒地冻，坏不了，你大大就给绑在小车上推回来了……不容易啊，几百里地呢，从那个叫槐树庄的地方一步一推，欠着人情呢……娘抹着眼泪。娘说，还是山里人实诚，山里，好人多啊。

赵玉兰问她娘，咋知道大大挨炸的是槐树庄？不能是别的地界？彭城，地界大得很。

错不了。娘说。回来的人记得清楚，槐树庄村头上一棵大槐树，一个人搂不过来。你大大他们就是大槐树下挨的炸。娘还说，你大舅先前还说了，彭城出过造反的刘邦。刘邦项羽扯旗造反，就在一棵槐树下，指不定就是你大大挨炸的那棵树。

赵玉兰这才想起问一问大舅怎死的。

怎死的？想不开呗。

娘叹着气。你大舅不是攒着十几亩的地嘛，从几分、几亩攒起，攒到解放前后，攒下十几亩地来。省吃俭用精打细算了一辈子，不容易。1947年解放区搞土改，已经匀出去好几亩了，1950年吧，又土改，都给分了，只留下亩把地自己耕种自己养活自己。你大舅不痛快呢，都是几分几亩攒起来的，没坑过谁没害过谁，怎的说分就给分了？他这一不痛快呢，农会里的就说他反动，斗他。这还不算啥，关键是说他心里头念着国民党，做梦都梦着变天，变回旧社会去。这不是瞎嚼咕吗？还说他那儿子，也就是你大旺哥，干过国民党中央军，父子俩一伙的，天天盼着还乡团回来，回来好骑在贫苦大众头上拉屎拉尿，让老百姓再吃二遍苦再受二茬罪。你想想你大舅那个人，知书达理的，咋会有这个心思？他不也是个老百姓吗？一时想不开，一根绳子拴在屋梁上，人就没了。

俺大旺哥干过国民党？中央军？俺怎的知不道？！

哎，这不就传说嘛，人言可畏，人言害死人啊。

净胡嚼咕，谁这么歹毒啊？看俺不撕烂他的嘴！

都这么说……野猪旺的，都这么说。还有县上的，县上也说得有鼻子有眼。

不可能！俺大旺哥是志愿军，朝鲜的时候俺跟他天天一块儿，俺咋知不道他干过国民党中央军？

哎，知道知不道的，人已经没了，说这个还有什用？可怜就可怜你大妗子一个人了……你说在朝鲜你跟你大旺哥在一块儿，怎的你回来了，你大旺哥人呢？他怎的不回来？

快了，这就回了……俺不信大旺哥能是那样。他还立过功劳。在朝鲜，他的功劳比谁都大。

2

先去给大大烧的纸磕的头。

大大的坟坐落在汶河边的山坡上，一捧荒冢，几丛枯草，与那坡那地完全融为了一体，远了，不仔细看都看不出来。大大一辈子不喝酒，就知道出力干活，就知道吸个旱烟袋，吧嗒吧嗒的，一辈子光使力气了，没享过啥福。挎包里还有带回来的"大前门"，还有"大鸡"，好几包烟卷，赵玉兰都给她大大点上了。在朝鲜过的最后一个年，祖国的慰问团慰问了不少东西，烟酒都有。她自己的那一份，酒给了表哥，烟留给了大大。

纸钱燃烧的灰烬，烟卷缭绕的烟气儿，还有她跟娘痛彻心扉的难过的呜咽，和着早春的风，青草的新鲜气息，泥土的芬芳，在山野和地头上飘散着，顺着依然清澈见底的平缓的汶河流淌而去。

回来的时候，在村头上又碰到大傻二傻。几年不见，兄弟二人都长高了，长成个大人了。大傻还是一脸的傻笑，见了她娘儿俩就说：

"蒸馍馍吧？俺娘怀里有馍馍，又大又暄。"

娘儿俩任什也没说，默默地从一对傻兄弟旁边走过去。

第二天，娘儿俩又到野猪旺找着玉兰她大妗子，由大妗子领着，给大舅烧了纸敬了烟酒。在大舅的坟前，赵玉兰将说给娘的那些话又给大舅说了一遍，说他大旺哥好模好生的，朝鲜的仗打完了，大旺哥很快就能回家来了。

赵玉兰问大妗子，大舅临走的时候可留下什话来没有？

什话？大妗子凄凄然然地说，你大舅那点念想，还不都在你们两个孩子身上？

赵玉兰听了大妗子的话，难过得一言未发。

3

转过年来，一共发下了七百斤小麦和六十万块钱的复员费，算作赵玉兰六年军龄的补助。

本来说给一千四百四十斤麦子，但是粮食不够了，就发给七百斤，另外的一次性算成六十万块钱，一次性了结完事。

旧币的六十万，也就是不久后的六十块钱。

在山里人见天啃着地瓜面煎饼和咸菜疙瘩的年月，七百斤麦子，该是有多么的珍贵。用这些麦子和钱，赵玉兰请人将家里的老屋修缮翻盖了一下，换掉了茅草的屋顶，罩上了新梁新瓦，又在旁边加出来一间，成了三开间有明有暗的正房；又砌了院墙，靠墙盖起一间锅屋烧火做饭。墙虽说还是原来的石头墙，但经过抹刷粉饰，也焕然一新。

就着翻盖老屋的机会，赵玉兰将料理大大后事的乡里乡亲叫过来一起喝了酒吃了饭，算是还了当年的那份情谊。从彭城东北边的槐树庄一路推着大大回来，几百里地不容易，她不能不还了这份人情。

彭城虽说隔着鲁南不远，却是属于苏北，两个省。

家里有个娘，野猪旺还有个大妗子，她得照顾她们，赡养她们。村里前些年搞土改，也给她家分了地，赵玉兰想土改也有土改的好处。她要好好种地了，养鸡下蛋养猪下崽儿，种菜种地打粮食，再喂上两只长毛兔子，喂上两只羊。兔毛可以编织冬天穿的毛袜子毛手套，羊奶是一种极好的补品。好生伺候两个老的，这辈子再也不走那么远的路了。再也不走了。

1956年8月
千万里我追寻着你

1

进入到这一年最炎热的季节，皮特·路德已经有了两年多中国生活的经历。由中国红十字会组织，二十一个美国人和一个英国人先是到全国各地参观了一番，看了西安的兵马俑，武汉的黄鹤楼，也看了南京城的秦淮河，大上海的十里洋场，当然还有北京的紫禁城和著名的八达岭，初步领略了新中国的朝气蓬勃，所到之处均受到热烈欢迎。勤劳淳朴的中国人民给他们留下了深刻印象。其间，中国红十字会授予二十二名不愿遣返回国而自愿要求在新中国生活的美英战俘以"和平战士"的荣誉称号。之后，又统一安排他们在人民大学进行了两年的汉语文化学习。

皮特·路德已经可以使用一些简单的汉语进行交流与会话。但是如同碧潼战俘营学习英文一样，他的汉字书写总是不如汉语口语来得及时，实际上，刚刚在中国生活了两年的美英军队的朋友们，大多数人都将汉字这种古老的文字视作天书一般难以掌握，照葫芦画瓢，简单的会话交流还能应付，叫他们写出来，比登天还难。就算是简简单单的口语，很多人也只是大体上知道个意思，音准的问题就不用说了，经常闹笑话。比如皮特·路德就会把"吃饭"说成"吃粪","将"亲人"说成"情人",饭与粪分不清,亲与情扯不开。大街上碰到和蔼可亲的中国人,他会"你好""你好"地跟人家打招呼,很像那么回事儿;但是接下来一句"你吃粪了吗?"就弄得人家丈二和尚摸不着头脑了。

国家红十字会对他们的生活进行了规划:可以继续深造,也可以参加新中国的社会主义建设。继续深造的去湖北的武汉大学,参加社会主义建设的安排工作。结果,有些人选择去了湖北,而更多的人则要求有一份工作。根据个人意愿与特长,克莱伦斯·亚当斯分配在北京的外文书局担任英文编辑,詹姆斯·温纳瑞斯去了山东省会城市的造纸厂。克莱伦斯·亚当斯脑瓜儿活泛,英汉两种语言都掌握得比别人好,算是量才使用,而詹姆斯·温纳瑞斯当兵前就是个做工的,他觉得当个真正的工人更符合自己的身份。皮特·路德选择到汽车修配厂工作,干这个,他是行家里手。他跟詹姆斯·温纳瑞斯在同一个城市里工作和生活,一个城西,一个城东。

詹姆斯·温纳瑞斯和克莱伦斯·亚当斯都给自己起了中国名字。克莱伦斯·亚当斯的中国名字不好记,叫党什么的,是从其英文姓名中取的汉字的谐音。而詹姆斯·温纳瑞斯则叫温纳斯,简称"老温",非常中国。像在当年的战俘营一样,不长时间,他在那家造纸厂就已经十分出名了,中国的工人师傅们都喊他"老温"。

皮特·路德也想为自己起个中国名字,但他这个名字不好起,因为他的名字中本来就没有姓氏,没有姓的名字在中国根本就不是个名字,充其量只是个小名儿,不能成其为大号。选来选去,几个方案都不中意,也就暂时放了下来。

另一件天大的事情是,老温和克莱伦斯·亚当斯都有了中国妻子,都建立了自己的家庭。克莱伦斯·亚当斯的中国妻子是他的同事,他们是在外文书局结下的友谊并发展成爱情。老温的中国妻子是由造纸厂师傅们介绍而认识的普通工人,彼此也非常恩爱。至此,老温和克莱伦斯·亚当斯都实现了自己的愿望:游历神秘的东方古国,有一份稳定和合适的工作,娶一个美丽的中国老婆。按照中国人的说法,是修身、齐家,修成了正果了。参加朝鲜战争之前，他们做梦都没梦到过会有这样的好事情。

　　眼看着同伴们正果修成，皮特·路德不着急也是假的。脸面上不急，心里头急。老温和克莱伦斯·亚当斯也跟着他着急。不是没有给介绍的，是介绍的人与他心目中的目标相差甚远，根本不在一个层面上。

　　皮特·路德自年少时候就委屈，现在他不想再委屈了自己。作为曾经的"低等人"，生活在美国那样的国家，面对着白人种族主义者的歧视虐待，黑人们没有选择的权利。但是现在不同了，他是个完全自由、平等的人，受到中国人民的善待和礼遇，他可以按着自己的意愿来决定自己的生活。老温与克莱伦斯·亚当斯一方面非常支持他，同时也都感到为难。皮特·路德心目中的目标他们都知道，然而，这个人可不好找。

　　没有通信地址，缺乏单位名称，见不到可以直观见证的照片，甚至连个完整的名字都没有，哪里去找？他们是1953年8月离开的志愿军碧潼战俘营，到现在整整三年过去了，彼此天各一方音信杳无，要找到这个人真比大海捞针还困难。再者说三年之间会有很多的事情发生，人家有没有嫁人？有没有成家立业？说不定孩子一大堆了也有可能。老温和克莱伦斯·亚当斯的分析虽然合情合理，但是皮特·路德不为所动。不管怎么说，都要找一找，找到了再说。如果人家真的成家立业孩子一大堆，那也无话可言，他会祝愿她生活幸福；万一美梦能够成真，岂不就应验了上帝永远是万能的上帝那句话了吗？

　　办法只有一个。

　　除了红十字会，他们还能求助于谁？红十字会，从国家到省市倒是都完备。但是红十字会也需要基本的条件，起码得有姓名、年龄、单位或者具体的地址，比如其所在的省、市、地、县和乡镇、村庄的名称。所有这些皮特·路德都没有。他只能给省红十字会提供一个简单的资料：

　　志愿军碧潼战俘营总医院的医生，两根又黑又粗的短辫子，二十多岁，他们都管她叫作医生赵，也就是赵医生。

　　红十字会的同志说，碧潼俘管处的女同志很多，姓赵的也可能不止一个两个，还有没有更具体点的、有价值的线索？

皮特·路德一拍脑袋：她有个表哥，是战俘营的翻译，我们都管他叫教员朱，朱教员。赵医生、朱教员，都是我的"情人"。

红十字会的人摇摇头。"情人""亲人"分不清，"和平战士"这个单相思的事儿看起来前景不妙。

好在志愿军的建制还在。

朝鲜半岛虽已实现了停战，但是仍然有一定数量的志愿军部队在朝鲜驻防，协同朝鲜人民军维持着来之不易的和平。碧潼俘管处完成了自己的历史使命早已撤销，可俘管处的相关档案材料却保存在志愿军政治部。对于来自国内红十字会总会的协查报告，志愿军政治部很重视，专门组织人手进行了查证。虽然费了些功夫，但总算是有了结果。

从1950年年底开始筹建"联合国军"战俘营到1954年撤销建制，碧潼俘管处一共存在了三年多的时间。其间，在此工作的志愿军女同志，包括医生、教员、翻译、护士、卫生员等共有一百多人，这一百多人当中光姓赵的就有二十几个人。对这二十几个人，志愿军政治部的同志一一进行了核对，排除了早已结婚成家和年龄较大的，还剩下十几个。他们找到了其中的几个关键人物，通过询问得知，同时工作在俘管处且有过一个朱姓的表哥的，这样的人只有一个：

原籍是山东省沂蒙县汶河村的赵玉兰。

年龄、身份都相仿，表哥也对上了。不过她不是医生也不是护士，她只是个卫生员，普普通通的志愿军女战士。

皮特·路德欣喜若狂。不仅他高兴，工作在同一个城市里的老温高兴，连远在北京外文书局的克莱伦斯·亚当斯也高兴。然而，红十字会一瓢冷水当头泼来，让他们委实地感觉到高兴得过早了。

三年多的时间过去了，从志愿军政治部记载的档案上看，赵玉兰生于1930年，就是说，到现在已经是二十六岁的大姑娘老姑娘了，尤其在更为闭塞的沂蒙山农村，到这个岁数还没有成家生孩子的可说是凤毛麟角绝无仅有。只怕是人找到了也不一定有什么指望，弄得个竹篮打水一场空，瞎子点灯白费蜡。

皮特·路德对于汉语言的丰富多彩缺乏了解，那些形象、生动、诙谐，表面浅显而实际上饱含哲理的中国俗语，他还掌握得不够或者根本就不解其意。竹篮打水怎么会一场空？只要有水，多少总能打上来一些。另外这个"瞎子点灯白费蜡"也有问题。只要是灯火就能照亮黑暗，哪怕对于一个瞎子而言。

他决意亲往沂蒙山区，去寻找自己的"情人"赵玉兰。只有见到赵玉兰，才知道一个瞎子点灯是不是真的白费蜡。

红十字会的同志无可奈何。

这个眼睛亮晶晶的美国黑人小伙儿，诚挚，直率，但是也很犟。对于"和平战士"的要求，他们不好拒绝，"和平战士"，国际国内的反响都很大，这些人如果都在中国成了家扎了根，不仅是人世间的美谈，更是对美帝国主义的有力回击。然而他们也有顾虑。这几年组织"和平战士"们参观访问，所到之处皆为大城市、好景点，是国家最好、最值得一看的地方。去沂蒙山，让这个美国人看到了贫穷落后的一面，会不会有损社会主义新中国的形象？领导们经过一番研究，认为还是实事求是。贫穷落后都是万恶的旧社会遗留下来的，共产党人的努力奋斗就是为了改变贫穷落后的面貌。再者说了，不就是个赵玉兰的事情嘛，该去的地方去，不该看的也不一定非得让这美国人看。安排了人安排了车，省城红十字会的人陪着皮特·路德踏上了沂蒙山区的寻访之旅。

出发的时候，皮特·路德又听到了两句新的中国俗语：不见棺材不掉泪，不到黄河不死心。

他哪里还顾得了这个，心早跑到沂蒙山了。

2

小小的定亲队伍沿着汶河蜿蜒而行。

生活虽然不宽裕，每个人还是尽量换掉了带补丁的单裤褂，换上了花花绿绿的干净衣裳，热闹、喜庆。定亲，可不就是个热闹、喜庆的事情嘛。

但是赵玉兰却没有这样的感觉。她不觉得热闹，也喜庆不起来。

大旺哥从队伍上复员回来有些日子了，安排在省城的学校当副校长，同时也兼管着英语教学。学校还是原来的学校，不过现在不叫教会学校了。除了名称不一样，课程设置上不一样外，学校的门面、传达室、教学楼、操场、伙房、教职员工的宿舍等等，并没有一丝一毫的变化。原来有个小教堂，朱贡献读书时还经常有约翰牧师主持的弥撒、祈祷、讲经等一些活动，现在也废弃了，成了放置教学工具和一些旧物件的仓库，约翰牧师却早已不知去向。几年过去，家和家乡的一切都发生了天翻地覆的变化。

两家人终于再次相聚。

没有了大大和大舅，日子还是要过下去。对于娘跟大妗子来说，过下去的最好的法儿无外乎是把两个孩子的婚事办了，既是先人们的遗愿，也是两个家庭的希望和念想。

赵玉兰能怎么办？

一面是大大和大舅的未竟心愿，一面是大妗子和娘眼巴巴的神情，更别说还有表哥朱贡献的痴心不改。大旺哥大她六岁，已经三十好几的人了，至今还是孤身一个，还一直等着她，纵然有再多的不情愿与不如意，纵然有再多再多的委屈，也只能随了亲人们的心愿了。赵玉兰想这就是命啊，打小定下的娃娃亲，躲也躲不过去，是命里有这么一说。过日子不能时时处处都随了自个儿的心愿，得替别人想着。人这辈子，很多时候不是给自个儿活，是给别人活；不是活给自己看，是活给爹娘老子亲戚故旧们看。

按着娘和大妗子的想法，野猪旺的老屋拾掇拾掇，两个孩子搬到一块儿，一家人吃顿团圆饭，就算把这个家成了。打小定下的娃娃亲，没那么多讲究。再者朱贡献也说了，他在省城的学校里有宿舍，成家后他们就搬到省城的学校去住。

赵玉兰不愿意。

就算是个娃娃亲，也得明媒正娶，也得喇叭号子拜天地。偷偷摸摸地住到一块儿算怎个事？又不是逃婚逃出来的童养媳，又不是做妾做小的丫鬟！

赵玉兰这样一说，娘跟大妗子只能同意。表哥朱贡献更是态度鲜明。一切都照着玉兰妹妹的心思办，玉兰妹妹要怎的就怎的。

先是请媒人两头里说合了一番，接下来是定亲，就是女方上未来的婆家门，男女双方正式地见个面将婚事定下来。往下走还有送彩礼，山里叫送梳子，一般是四样儿，称作四色礼；还有迎娶送嫁等等一应流程，规模可大可小，时间可长可短，全依了主家的身份地位和经济状况，程序却是缺一不可的。常言说十里不同风百里不同俗，沂蒙山方圆八百里，婚丧嫁娶，各地有各地的讲究儿。在这汶河两岸，定亲还只是婚事的初步确定，真正板上钉钉的该是"送梳子"送四色礼，男家送了彩礼女家收下彩礼同时也约定了婚期，到那时候，这桩婚事才算步入了一路绿灯的快车道。

定亲趁着表哥暑假进行。

一共是六个人。汶河两岸的风俗，定亲仪式是女主家到男主家，除了女主角本人和媒婆必不可少，陪同而来的或二、或四，人数并不固定，要考虑男主家的经济情况，因为男主家要摆酒席待客。一般情况下一桌酒席也就够了。不过也有那大户人家讲究的，光定亲就摆个三桌五桌的也有。但不管多少人，都得是个双数，叫成双不成单。人选一般是嫂子和婶子参加，没有嫂子婶子的姑姑也可以，又必须得是女客。老赵家只有赵玉兰一棵独苗，并没有至亲的嫂子，随她而来的是两位远房的嫂子和两位远房的婶子。反正都是一个赵姓家族，是个嫂子婶子就行。

赵玉兰没穿红红绿绿的花袄子，与花袄子比起来，她还是觉得部队上发的白衬衣好看。虽然是个粗布，虽然已经洗得薄了、软了、皱了，还是觉着舒坦。平时是这样，定亲，也不例外。

媒婆说玉兰子你怎的光往后跑呢？给你说亲，你得走头里才是。远房的婶子嫂子们也开玩笑，说玉兰子是好饭不怕晚，她不到场，怕大旺子家酒席不敢开。赵玉兰说，不就是个定亲嘛，走头里是定，走后里也是定，头里后里都能到野猪旺。

嫂子们又说了，玉兰子话不多，心里头横着杆秤呢，只怕大旺子以后得是个怕老婆的，惧内。

"惧内"是个文绉绉的洋词儿，山里可不常见。

嘻嘻哈哈一阵子笑，白灿灿的鳌鲦小鱼儿惊起来好几条。

3

朱贡献、朱贡献她娘，还有几个帮忙的亲戚，正院内院外地忙乎着。

锅屋前盘起来一眼柴火灶，专门请来办饭的大师傅围着硕大的围裙，顺菜的刀子捣在砧板上，咚咚咚咚，像敲鼓；盘子碗筷在水里哗啦哗啦转动，跟汶河里的流水一样。大师傅头上冒汗，两耳夹烟，纸烟的中段都给汗水浸湿了。撩起围裙擦上一把脸上脖子上的汗水，可他并不来吸汗湿的烟卷儿，任其浸透、变软，弯在两只耳朵上。不用讲，大妗子，帮忙的亲戚们，院内院外的各色人等跟大师傅一样，认真而敬业，矜持又慎重，煞有其事，激动满怀。

"玉兰妹妹来了？婶子嫂子们来了？"

满脸堆笑的朱贡献放下手里的抹布，热情招呼着来客。大妗子也从柴火灶前站起来，一边拍打着手上的灰土，一边往屋里让着大家：

"来来，玉兰子，她婶子，赶紧的，进屋，屋里风凉，赶紧的！"

赵玉兰叫一声大妗子，冲表哥朱贡献笑了笑，并没有说话。笑一笑，也就是打了招呼了。

打小跟表哥一块儿长大，无论老家还是朝鲜，无论年少还是成人，她从来都没有不自在过，表哥，跟自个儿的亲哥哥一样，喜怒哭笑无拘无束，并分不出彼此来，也不曾有过一丝一毫的隔膜。每次来大舅大妗子家走亲戚串门儿，都会油然而生出一种浓浓的亲情和厚实的温暖。可是现在，当她再次走进这个带门楼的院落，却第一次产生出一种陌生、一种说不清的距离感，油然而生的不再是亲情、温情，而是一丝丝不自在。大旺哥和大旺哥的笑似乎变得陌生，好像一个熟悉的人走了很远很远的路走了很多年突然间来到面前一样，叫你难以找回似曾相识的熟悉和感觉，让你叫不上他的名字来。赵玉兰觉得自个儿的笑也一定不自然，僵硬，呆板，毫无来由地凝结在脸上。

她不知道为什么会有这样的感觉。

朱贡献还跟过去一样，一副眼镜架在鼻梁上，说不上胖也说不上瘦。他穿的是条蓝裤子，白衬衣扎在裤腰内，脚上有袜子，蹬着一双黑凉鞋。袜子裤子都很薄，显着凉快。衬衣也与赵玉兰的有所不同，虽然都是白色，都洗得柔软、干净，但赵玉兰的是队伍上发下的粗布，他那个是细布，讲究。唯一不变的是胸前的口袋，上面依然插着管钢笔。

客人们进到堂屋内，八仙桌上早有沏好的热茶。四个小筐儿分别盛放着炒好的瓜子、花生，还有脆生生的甜瓜，红彤彤的甜桃。大妗子每人发一把蒲扇，招呼大家嗑瓜子、吃瓜桃。青砖铺就的地面上刚刚洒了些许的清水，窗明几净，透着清凉。

婶子嫂子们正房偏房看了个遍，回来就不停嘴地夸，夸大妗子屋子拾掇得好，日子过得好，夸大旺子朱贡献有出息，不愧是省城里来的，连衣裳都穿得洋气。一个嫂子说，郎才女貌，比翼双飞，大旺子玉兰子就好比梁山伯与祝英台；另外一个嫂子说，梁山伯祝英台不好，化了蝶才成双成对，俺大旺子兄弟玉兰妹妹要比就比红楼梦，比那贾宝玉和薛宝钗。一个婶子直夸大妗子有福气，多好的一家人，本来就是亲戚，这叫亲上加亲；另一个婶子说，是福不是祸，是祸躲不过，该着两个孩子有福气，老嫂子祖上修下的前世姻缘呢，亲上加亲，喜上添喜等等。反正都是些吉利话、喜庆话。

定亲，不就是定个喜庆、吉利和百年好合嘛！

一阵子说笑，言归正传，媒婆将必不可少的定亲礼提上了议事日程。媒婆说，她大妗子，可给玉兰闺女儿备下啥定亲的礼物没有啊？

闻听此言，大妗子忙不迭地去向里屋，不多会儿拿出两个红布包着的包裹来。八仙桌上早腾开了地方，两个包裹逐次打开。满满的，都是布

料，做衣裳的洋布料子。有红有绿，有花有素，煞是惹人喜爱。嫂子婶子
们嘴巴里啧啧个不停，手上的动作也不停，又拂又摸得没个完没个够。连
不苟言笑的大师傅也忙里偷闲地从门外探过头来，笑谑道：

"可是不能再摸了，摸旧了，正日子还能清亮？"

大妗子嘴巴合不拢："摸不旧，摸不旧！摸旧了，咱正日子还有！"

可不还有嘛！这还只是个定亲，到吹吹打打出嫁迎娶的正日子来临以
前，还有个"送梳子"，那时候的彩礼知不道要超过现在多少倍。赵玉兰
倒没有去摸，也不会跟嫂子婶子们一样地扒着看。她只是瞄了一瞄眼，而
后就远远地坐着，脸蛋儿红红的，似笑非笑。

大旺子朱贡献也在旁边傻笑。

大妗子告诉大家，衣裳料子都是大旺子打省城里买过来的，都是上海
货，俺知不道啥叫上海货，反正山东地界里没有，有钱也买不着呢！大旺
子给俺也买了布料裁褂子……俺这个儿，平时不咋着，心细着呢，可细
可细！

又是一阵子啧啧声。

于是乎都转而夸起上海来。上海毕竟大地方大城市，洋气，人洋气，
产的布料子洋气，玉兰子穿了上海料子必定也洋气，跟省城里的大旺子一
样，跟洋气的上海人一样。总之，就不再是野猪旺汶河村的人了。

"俺不要！"

不承想赵玉兰突然来了这么一句话。

"俺不要。"

赵玉兰又说。

热闹的堂屋一时间安静下来。大妗子看看大家，看看赵玉兰，手上抓
着块布料，糊里糊涂地说：

"怎的不要呢，玉兰子？定亲啊，这是定亲礼，怎的能不要呢？嫌弃
少了？薄了？"

"你看你说的大妗子！"赵玉兰说，"俺是那种人嘛！这又都不是外
人，花这些钱，不值当的。"

媒婆接过话来："玉兰子，你话不能这么说。钱、东西，不在多少在心意，多多少少都是这么个心思，可不能不收着……你看看你大旺哥买下的料子多好看，赶天进界湖城里裁身衣裳，又洋气，又好看，跟上海人一样了。"

赵玉兰说："洋气？俺知不道洋气能怎的，能当吃能当喝？上海人怎的？上海人是三头六臂？你再者说了，俺穿上这身儿衣裳，能下地干活？能砍蜀黍还是能割麦子？"

朱贡献在一旁说得委婉："又不是叫你下地的时候穿……过年过节的，赶个集、串个门、走个亲戚的，不能穿？"

赵玉兰看看表哥，倒一时不好说什么了。

媒婆说："就是呢！大旺子说得不孬。话说回来玉兰子，你都成亲了，跟大旺子去省城里享福了，还用下地吗？省城里，这身衣裳正般配！"

赵玉兰说："种地的不下地算怎事儿？那些地，也不能撂了，也不能荒了。俺不下地，让俺娘俺大妗子下？笑话人呢。俺可不能一拍屁股省城里头享清福，扔下俩老的不管不问！"

"都去，都去！"

嫂子婶子们嘻嘻哈哈打圆场。

"都去？"赵玉兰两个眼睛仍然溜圆溜圆的，"家里的地怎治？房子院子鸡鸭猪羊怎治？怕不能都搬省城里吧？！"

媒婆佯作生气地嗔她道："你看看你这个玉兰子，怪灵巧的一个闺女儿，死脑筋一个！你就不能雇给别人种？"

恰在这时，办饭的大师傅从堂屋门口探进半个身子，一边拿围裙擦着手，一边问朱贡献：

"菜备齐了，开席不？"

朱贡献说："菜好了？好了就开席！以后的事以后说，以后再说。开席，开席！"

一共是四碟凉盘，八个热炒和热烧，统共十二个菜。四个凉盘分别是酸辣松花蛋，小葱拌豆腐，凉拌果子米，白菜心海蜇皮。山里人管花生不叫花生，叫长果或果子，果子米也就是花生米。主菜是四炒四烧，八个硕大的海碗里盛着炒鸡蛋，炒肉丝青椒，炒辣椒大肠，炒韭菜猪血；有烧沂蒙山草鸡，烧蹄髈肘子，烧羊肉丸子，烧白鳞鱼。最后这道烧白鳞鱼，严格地说不叫烧，叫煎。但是早先沂蒙山里的"煎"又与一般的"煎"有所不同，山里的做法是将白鳞鱼洗净泡好后，先下热油锅煎透煎熟，再裹上一层鸡蛋，炖。白鳞鱼本是一种海鱼，并不产自沂蒙山区，是打百多二百里路外的岚山头一带贩运而来，由于其盐分大，易于保存，自清末传进沂蒙山区后，竟成了一年四季里的上等食材，一般人家待客都会用得上。要是没有白鳞鱼，那这个宴席的档次标准就不够高，就对客人差着份敬意。山里头的白鳞有白鳞的做法，吃也有不同的吃法。一般人家待客，白鳞鱼本身是不能拿来吃的，能吃的只是裹在其表面的一层鸡蛋皮，鸡蛋皮吃了，鱼下次还能用上，还可以裹上鸡蛋，再煎、再炖。如此反复，可以"吃"上好几回。好在经过一番煎、炖，蛋液里早已浸透了鱼的鲜、咸、香，跟吃白鳞鱼差不了许多。在赵玉兰看来，那些来自岚山头海边的白鳞鱼远不如汶河沂河里的鲤鱼、鲫鱼和银白银白的鳌鲦新鲜实惠，它就是个讲究儿，是大妗子跟表哥朱贡献对于今天这个定亲仪式的讲究、看重，是对于这个重要日子的纪念和情谊。上多少条鲤鱼鲫鱼鳌鲦能比得上一道白鳞鱼？比不上！

伴随着一挂响鞭噼噼啪啪的缤纷炸裂，宾主纷纷落座。大舅不在了，大妗子无疑就是一家之主，坐在上首的位置上。刚要开口说话，就听"嘎吱"一声，一辆草绿色的嘎斯吉普停在了青砖砌就的门楼旁。

4

依皮特·路德来看，沂蒙山凹凸不平的路面比北朝鲜被炸弹毁坏的道路还要难行。

嘎斯吉普是省红十字会专门协调安排的，这时候的中国，城乡马路上还鲜有小轿车吉普车跑，大汽车也不多见。一个县要是能有辆吉普车，书记县长就不得了了。所以，当一辆苏造嘎斯吉普拉着一个外国黑人来到沂蒙山深处的汶河岸边，那种诧异，稀罕，惊奇，或者还有兴奋——不能说绝后，但绝对属于空前。

早有电话摇到县里了，书记县长都很重视。这时候的皮特·路德可不是几年前那个战俘营的皮特·路德了，他现在是"国际友人""和平战士"。刚刚建立不长时间的新中国还相对闭塞，还与世界上的许多国家没有外交关系，一个美国人，哪怕他是个黑人，能够义无反顾地加入到新中国的阵营里，该是一件何等了不得的事情。黑确实是黑了点儿，却也难掩这一身的荣光与鲜亮。

在县上简陋的招待所住下后，县长和县红十字会的领导听取了皮特·路德一行的介绍，既惊讶，也高兴。你想想看，一个美国黑人，哪怕是已经定居中国成为了"和平战士"，提出这样的要求来不是一般人能想到能做到的；同时，这黑黑的小伙儿费尽了周折寻找到四塞之固的沂蒙山，还记着朝鲜战场上的那段情谊，还记着志愿军、记着中国人对于他的善待对他的好，这个可不容易，这让他看起来像个中国人，像个有情有义的人，像美国人里边的好人。可高兴的同时呢，也犯愁。他要找的赵玉兰，他们都不认识，抗美援朝战场上复员回到县上的不在少数，还真知不道哪一个叫赵玉兰。更犯愁的是，据皮特·路德介绍，他自己是二十五岁，而他要找的赵玉兰二十六岁，大上他一岁。一个二十六岁的老姑娘还不成家生孩子？

地址倒是从武装部的档案室里查到了，汶河边上的汶河村，距离县城界湖六七十里地。远是不远，但为稳妥计，却不便拉着黑小伙儿过去。一个是山路难行，更主要的山里面太穷，满眼皆是茅草石头墙，很多人连一年四季里的温饱还解决不了，还穿不上一件合体的衣服，怎么去？能让这"国际友人"看社会主义新中国的笑话吗？省里的摇把子电话早有交代，该去的地方去，不该去、不该看的不能给安排了。省里头就是英明，要不说一级是一级的水平呢？

留下了皮特·路德在招待所，省县两级红十字会的同志去了汶河村。

说法儿是先打听打听，探探路。

大约两个小时，打探情况的人回来了。他们可不是垂头丧气，而是如释重负。

晚了。他们告诉皮特·路德。

皮特·路德问："什么叫'晚了'？"

名花有主。你要找的赵玉兰，刚刚好，今天定亲。

皮特·路德问："什么叫'定亲'？"

定亲，就是女方到男方家里，双方正式地见面，正式地确认婚姻关系。就是——定下了，不改了，改不了了，就等着吹吹打打拜天地进洞房了。

"他们……交换戒指了？去教堂了？那男的，吻了新娘子了？"

你说的这些个俺们这儿都没有。中国人结婚不去教堂，也没有你说的这些东西。就是定亲，双方见面把关系确定下来。

"照这么说我就放心了……"皮特·路德点了点头，"他们，实际上就是个简单的约会而已！先生们，约会，不能说明任何问题。每个人都可能会有几个约会对象。但是，参加约会的人并不意味着可以最终戴上戒指，先生们。"

你这个……人，有点儿死脑筋。俺们这里，沂蒙山，定亲，也就是你所说的"约会"，不是简单的"约会"，定亲是一种婚姻仪式，除非有天灾人祸，定了就不能改。而且俺们这里，男女青年，从毛头小孩子到老头老太太，一般来说一个人一辈子只定一次亲，也就是你所说的，只"约会"一次。俺们是中国，是山东，是山东沂蒙山。俺们这儿没你们美国那么乱。

"不可能，根本不可能。"皮特·路德脑袋摇得像个拨浪鼓。"约会一次，可怜的赵怎么了解那个人？怎么知道那个人会爱她一生一世一辈子都不离开她？一生一世，一辈子，我没有搞错吧？"

这个倒没有搞错，但是这件事你搞错了。怎么讲呢？赵玉兰不仅了解她对象，也就是她男朋友，而且他们打小就认识，是撒尿和泥巴一起长大的。撒尿和泥巴你懂吧？不懂。不懂没关系，用中国话讲，叫青梅竹马。

不仅如此，他们还是朝鲜战场上的战友，在一个叫什么的战俘营里一起看管教育"联合国军"的战俘——可能就是看管教育你们这些人。指不定，你们还认识。

"谁？你们说的是谁？我有可能认识这个人吗？"

虽然对"撒尿和泥巴一起长大"和"青梅竹马"有强烈的好奇并想一探其究，但皮特·路德还是觉得先搞清楚医生赵的约会对象更为重要。无论什么时候都得拣最主要的事情干。人民大学学习的时候他学到过这个，牵牛要牵牛鼻子，也就是要抓主要矛盾。

人家告诉他，那是朱校长，省城里的朱校长，抗美援朝的时候，当过志愿军战俘营的翻译。英语翻译。

"朱？教员朱？！"

皮特·路德圆溜溜的俩眼一家伙睁得老大。

县上人说，是姓朱，叫朱贡献。

皮特·路德哈哈大笑，不仅笑，还摇头摇手指头加跺脚，连声说道：

"NO，NO，NO！我想你们搞错了先生们。朱教员、赵医生，我们非常熟悉，我们就像一家人一样，他们都是我的情人！"

"亲人，亲人，是'亲人'。我们知道你们在朝鲜一起生活过好几年，你们彼此结下了深厚的友谊。所以说，朱校长，朱贡献，他跟赵玉兰他们俩互相非常了解，并不存在你说的那种情况。"

皮特·路德还是摇晃着手指头："NO，NO，你们没有理解我的意思，朱跟赵，他们不可能有那种关系，明白吗？他们绝对不会约会，他们，我们，只是好朋友，情人（亲人）。"

省城里来的县上来的你看我我看你，心想黑小伙儿还真是个犟，人家是不见棺材不落泪，他呢？见了棺材也不掉泪。板上钉钉明摆着的事情还能假了？都定亲了，跑不了了！

"你们肯定搞错了先生们。赵和朱，他们是兄妹，一个哥哥是不能跟一个妹妹约会的，明白吗？"

"他们只是表兄妹，表兄妹知道不？可以的，可以发生你所说的'约会'。俺们沂蒙山区，表兄妹'约会'的并不少见，俺们沂蒙山区，这个东西还有个说法儿，叫亲上加亲。"

苦口婆心。

但是，无论县上领导怎么解释，皮特·路德只管摇头晃脑袋，决不相信朱贡献赵玉兰兄妹俩可以"约会"。这种情况不要说在中国，就是在美国，在他们黑人社会也是不提倡不被认可的，因为那属于近亲结婚，近亲结婚知道吗？他们的后代会得遗传病，会变成傻瓜。赵是个医生，她很善良，很聪明，完全知道这个，她绝对不会选择跟她的哥哥来约会结婚，哪怕这个哥哥是她的"表哥"。

愁了，省城里的县上的都犯愁了。该说的都说了，该去的也去了，黑小伙儿"国际友人"就是不相信不愿意，怎弄？也不能硬将他塞进嘎斯吉普拉回省城去……

"我要去见赵，"皮特·路德态度坚决，"我要亲自去赵那里，我要当面了解她的意见。我决不相信她会跟她的表哥约会结婚。"

怎弄？这可怎弄？

省城里的县里的一阵嘀咕加商量，觉得这"国际友人""和平战士"的要求并不过分。大老远的打省城里跑过来，总不能不让人家见一见，见个面说说话本在情理之内。但还是那个原则，只能在县里见，山里头不能去。汶河村不能去，野猪旺也不行。

坐着省城里派来的嘎斯吉普，县上的只好又跑了一趟朱贡献老家，汶河上游的野猪旺。

他们还在想，等这黑小伙儿见了面也就死心了。

5

对于皮特·路德以及詹姆斯·温纳瑞斯等一帮美国朋友在中国的学习和生活，朱贡献也时有耳闻，特别是他们分配在省城里工作，一个在西郊的造纸厂，一个在东郊的汽修厂，当地的报纸电台都作了报道，他还想着什么时候找个时间去看看他俩。由于距离他市中心的学校比较远，加上他们又是刚刚来到这个城市不久，而一放暑假，自己着急忙慌地赶回老家野猪旺了，就没能顾得过来。朱贡献还想着，等到和玉兰定亲的这个事儿办好，等到开学回省城后，一定去看看他们。不说"国际友人""和平战士"这个事儿，毕竟异国他乡结下的情谊，又在一个省城里工作生活，多走动走动是应该的，人，都讲究个缘分。

哪里想皮特·路德倒先跑到沂蒙山来了。

确实像久别重逢的亲人一样，皮特·路德和朱贡献拥抱在一起。他这时候已经了解了不少中国的风俗习惯了，在这个古老的国家里，如果你试图拥抱一个女士，弄不好会给打耳光。那样的举止不仅鲁莽，也有失身份和礼数，向来为中国人所厌弃。所以他并没有拥抱赵玉兰，只是泪光闪闪地说道：

"你们吃粪了吗我的情人们？"

"俺娘唻……"赵玉兰扑哧一笑，"皮特儿，你这中国话打哪儿学的？怎的叫'吃粪'呢？一见面就恶浪俺。"

"Why？'阿……郎啊？'你的辫子呢，赵？"

皮特·路德听不懂赵玉兰的话，却发现了一个至关重要的问题。

"剪了。"

赵玉兰回答得干干脆脆。

可不是剪了嘛。皮特·路德印象中，赵玉兰始终是两根又粗又黑辫子的赵玉兰，是脸蛋儿饱满眼睛又大又亮的赵玉兰。现在呢，她是个齐耳的短发，好看还是好看，却与印象中的赵玉兰有所不同了。几年不见，地里头风吹日晒的，赵玉兰好像更结实、更饱满了，更有一种健壮的视觉上的冲击。如果要用一个合适的词儿来概括，他觉得应该叫作性感。

"My God！"皮特·路德说，"为什么要剪掉它？那可是上帝赐予你的，赵。"

"俺娘唻，又恶浪俺。"

赵玉兰撇着嘴走到一边去了。

朱贡献对皮特·路德说："玉兰，哦，赵医生，她说你中国话没学好，发音不标准。那个不叫'吃粪'，叫'吃饭'；另外，那个也不叫'情人'，叫'亲人'。各地有各地的方言土语，恐怕你得用一辈子的时间才学得过来。"

皮特·路德说："朱教员，在北朝鲜你就是我的老师，现在我还要请你做我的老师。战俘营的时候你教我学习英语，现在教我学习汉语，你永远都是我的老师……还有你，赵。玉……兰？玉兰，我可以称呼你玉兰吗？"

"不行！"赵玉兰非常干脆，"玉兰不是你能叫的。你还是喊俺赵玉兰，要不喊俺小赵也行，玉兰，不能行。"

"Why？为什么不行？为什么朱教员可以称呼你玉兰而我不可以？"

"这个嘛，一时半会儿也给你说不明白。反正，只有自家人，一家人，才可以这样喊俺。"

"Yes，yes，你说得非常对！"皮特·路德连连点头，"我们马上就会成为一家人，我这次就是专门来'定亲'你的，我要娶你，赵。"

"啥？！"

赵玉兰眼睛睁得老大，以为耳朵出了毛病。

"我要娶你！我们可以先'定亲'，完全按照中国的风俗。"

赵玉兰拿手指头戳着耳朵眼儿，两眼老大老大地看着皮特·路德：

"皮特儿，你生病了吗？"

皮特·路德摊开两手耸耸肩膀子："没有，赵，我没有任何问题，我比什么时候都好。"

"这就是啊，"赵玉兰一脸的疑惑，"没病没灾的，怎的说胡话呢？"

"是真的，赵，我这次来，就是为了娶你。"

"病了，病了，你是真有病了……满嘴胡说八道呢！"

"NO，NO，我可以向上帝发誓，我的每句话都是真的……你们，可以为我做证。"

6

省城红十字会的同志将赵玉兰和朱贡献拉到隔壁的房间里，把事情的来龙去脉前因后果说了一遍。赵玉兰很生气，她没想到印象一贯良好的皮特儿能干出这么荒唐的事情来。

朱贡献却似乎处在一个似梦如幻半醒半睡的状态之中，一直都没有反应过来，也一直没有表态。闹不清到底发生了什么事情，怎么表态？听了省城里和县上的介绍，这才变得清醒，明白了事情的原委。

"这不瞎胡闹嘛！"

他用一句话就进行了高度的概括。

按着朱贡献的秉性脾气，他不是个性格刚烈点火就着的人，柔弱有余，刚性不足。但这不等于没有脾气。自己青梅竹马相守相望了二三十年的人，打小就定下了婚事并且已经举办了正式定亲仪式的人，你说娶就来娶说要就来要去了？这还是皮特·路德，换作别人，他会认为是对于自己的一种侮辱，一种欺凌霸道，一种任何男人都难以承受的恶。明火执仗，打家劫舍无非也就这个弄法儿……但是他也不能去骂他去打他，更不能将他扫地出门。毕竟有过志愿军战俘营那么一段儿，毕竟是特殊年月里建立起来的情分，还有省城里的县上的领导陪同着，自然是不能失了礼数。况且皮特·路德似乎不再是北朝鲜上草洞那个战战兢兢举着一双脏手前来投降的皮特·路德了，他侃侃而谈，春风得意。沂蒙山待人实诚，"来的都是客"这句朴实无华的话，是大山里一辈辈一代代传下的规矩，是为人处世的一道箴言……要考虑到方方面面的影响，省城里县上的领导都说了，别闹出"国际纠纷"来。"和平战士"和"国际友人"对现实的中国有着特殊的意义，因为这个事情如果让县上的领导为难让省城里的领导生气或者叫京城里的首长们不满，哪个能担待得了？可是不担待又能怎的？一个大活人眼面前戳着，信誓旦旦，志得意满，要来抢他未来的媳妇儿。如何才能打消其痴心妄想？

朱贡献也算是政工干部出身，想来想去，觉得只能对皮特·路德开展思想工作，通过说服、打动、教育，使其幡然醒悟，回头是岸。君君臣臣父父子子，仁义礼智信，三纲五常诸子百家，一个初来乍到的外国人能知道几分几许？

朱贡献所思所想亦与省城里和县上的领导们不谋而合。对于刚刚定居中国的"和平战士"皮特·路德，还是要将循循善诱有的放矢地开展思想政治工作作为上策。

然而，皮特·路德的"思想工作"不容易开展。

在赵玉兰看来，他的做法无疑是毫无来由的荒唐之举，虽然他们彼此有过交往和缘分，但是她从来没有想到过皮特儿会有这样的想法；对朱贡献来说，他得忍着，得耐着性子来给他上课、讲道理。而在皮特·路德，既然赵玉兰、朱贡献在朝鲜战场救了他，就等于是他的亲人，他要感谢他们、报答他们，感谢报答的最好办法莫过于给赵玉兰戴上结婚戒指，娶她为妻，和她过上一辈子的日子。

赵玉兰糊涂了："这是怎个道理呢？俺怎的听不太明白呢？哦，俺救了你、帮了你，一心一意照顾你，哦，俺就得嫁给你？天底下哪有这样的事情？！"

皮特·路德说："你是我的亲——人，因为你是我的亲——人，所以我才要你做我的妻子，我要报答你，让你过上和平的好日子，让你一辈子幸福。"

"啧啧啧，"赵玉兰直咂嘴，"你这叫歪理，孬理，不讲理！二郎八蛋的，像个小流丘。"

"Why？什么二……什么蛋？留什么小？"

"你自己寻思。"

赵玉兰把脸转向一旁。

朱贡献说："赵医生、赵玉兰同志认为你是个土匪，是个不正经的小流氓。土匪知道不？知不道。土匪就是你们美国的强盗，月黑风高，杀人越货，打家劫舍。反正，不是好人。"

"Why？Why？"皮特·路德一脸的不解，"为什么你们要这样看待我？如果我是个坏人，是个像你所说的强盗，我为什么要娶赵医生？我在北京的人民大学学习中文，有好多漂亮的女士追求我，而且我也可以选择在北京生活。你们知道，北京，中国的首都，毛主席住的地方，条件比现在的省城好很多。可是我还是来到这个省城，Why？因为它距离你们的山东近。朱，赵，我可以对上帝发誓，如果我是个坏人，我不会到这里来，绝对不会！"

"表哥，对牛弹琴，你跟他说这些是对牛弹琴。"

朱贡献说："为什么你要找一个中国妻子呢？将来在老家，你们田纳西州的孟菲斯找一个不是更好吗？如果她愿意到中国来，你同样可以把她接到中国来嘛。"

"NO，NO，"皮特·路德又开始摇晃着手指头，"我必须要娶一位中国妻子。你们知道，詹姆斯·温纳瑞斯和克莱伦斯·亚当斯，他们都已经娶了中国妻子，所以我也要这么做。"

赵玉兰瞪了他一眼："中国女人有的是，怎的你就偏往俺这里使坏呢？"

皮特·路德显然又没有听懂。

朱贡献说："你可以去娶别的中国妻子，赵医生，不可以。"

皮特·路德直摇头："不，不，朱教员，你是我的老师，我非常尊重你。你要知道，别的人都不可以，只有赵，它是上帝赐予我的，她是我的情人。"

"俺娘咪，又来了……"

赵玉兰真给他弄得哭笑不得。

"你这样做叫尊重我吗？"

朱贡献用一只白眼儿看着对方。

"肯定的，绝对的，我可以对上帝起誓！"

"可是，可是，你……你这个皮特儿，你来晚了啊！俺们定亲了，定亲，知道不？定下了，变不了了。"

朱贡献也给他弄得结巴了。

皮特·路德倒笑了："我知道，定——亲，你们中国的约会。我亲爱的、尊敬的朱教员，你要知道，一个哥哥是不可以跟他的妹妹来约会的，更不可以娶他的妹妹做妻子，这有违道德标准，就算是上帝也不会同意。"

"你这个人！"朱贡献有点儿急了，"俺跟玉兰是打小定下的娃娃亲，惹着你碍着你了？再说俺又不是她亲哥，是她表哥！"

"一样的，完全一样的，"皮特·路德摇头晃脑，"表哥也是同样的近亲，近亲都不能结婚。赵，是这样吗？"

这句话戳到赵玉兰痛处了。

她无话可说，一扭脸，跑了出去。

朱贡献已经很生气："你不懂，什么都不懂！你才到中国几天？十里不同风百里不同俗，沂蒙山区，表兄妹结婚成家有的是，也没妨着谁也没碍着谁。你不懂。"

"那是封建残余！封、建、残、余，没错吧？你看看我在北京的人民大学什么东西都学习过。一个哥哥来约会他的妹妹，蒋介石，旧中国；现在，人民当家做主，毛泽东，新中国！"

"定亲了，改不了了！"

"一个简单的约会说明不了什么。只要不交换结婚戒指，不——入——洞——房，抱歉，我亲爱的朱，说明不了任何问题。"

一句比一句高，眼瞅着吵起来，省城里的县上的赶紧打圆场。慢慢说，都心平气和，慢慢说。

可是慢慢说也说不通啊。皮特·路德一时间成了个热炉子里的烤地瓜，捧着烫手，扔又没法扔。省城里的县上的都犯愁。这可怎办呢？

一时半会儿想不出更好的办法来。

只能先住下，让这美国黑小伙儿就近转转、看看，缓一缓再做打算。

天气正热着，招待所门前就是哗哗流淌的汶河。皮特·路德一肚子燥热难耐，面对着清凌凌的汶河水，二话没有，一个猛子就下去了。

流言也就此而起。

1956年12月
黑胶唱片

1

皮特·路德在赵玉兰家乡的汶河岸边一住就是十多天，日出而起日落而息，心事重重却又无所事事，仿佛回到了田纳西州少年时代的悠闲时光。在他身后，有很多的传说，有些成为佳话，有些却荒诞不经。

赵玉兰有个远房表弟，十多岁了，情窦要开未开，懂得一星半点儿男女间的事理而对其中的奥秘又都浑然不知。美国黑朋友来到沂蒙山区的沂蒙县是个破天荒的稀罕事情，很多人闲来无事都跑到县上的招待所去看，赵玉兰表弟也不例外。更何况这个黑黑的美国人还打算与表姐成亲，且不说他是癞蛤蟆想吃天鹅肉，观察和考察一番"国际友人"却是非常必要的，因此就跑得格外勤，一来二去，竟然与皮特·路德混成了熟人。天气炎热难耐，皮特·路德的水性又一向不错，面对着清清流淌的汶河，怎么坐得住？隔三岔五地就会到汶河里畅游一番。自然，游泳的时候也会有人围着看，让"畅游"变得不畅快。当年在鸭绿江畔的战俘营，一到炎夏，皮特·路德他们也会去鸭绿江支流里游泳，而且都惯于一丝不挂赤条条地在河水里钻来钻去，像一条条觅食的黑鱼。而现在有这多人围着，当然就得顾及颜面，就得穿个裤衩儿才能下河，这让他非常不爽。寻找一处相对安静的地方来畅游一番成为了一个奢望。结果，赵玉兰表弟自告奋勇，说他知道这么个地方。

趁着晌午头上人迹寥落，两个人溜出了招待所。

水草茂密的浅滩，密密的柳树和杨树林，浅水里踯躅穿梭的一群群银白色的小鱼儿……汶河在此拐了个弯，水流减缓，河面也随之开阔。水清，流缓，人稀，河宽，确实是个不错的游泳之地。

一切似乎都很如愿。

皮特·路德来了兴致，三把两把脱去衬衣、裤子，裸露出浑身的肌肉来。表弟眼里，他的胳膊大腿浑圆而结实，胸脯子上鼓凸凸的，全是腱子肉，脖颈子挺直且健硕有力，除了黑黑的皮肤，跟村里使牛耕地打场晒麦的青年并无二致。实事求是地说，如果这美国小伙儿不是个美国小伙儿，如果没有"外国人"这个先入为主的概念，他会将其当成沂蒙山任何一个村子的任何一个青年。表弟还觉得，皮特儿——表姐是这样叫的，实际上也不是很黑。那些天天在地头上干活挨晒的小青年哪个不黑？往往一个夏季过来，除了屁股蛋儿是白的，浑身上下跟这未来的表姐夫差不了许多，都黑。

"表姐夫"！

赵玉兰表弟给这个一闪而过的念头吓了一跳。本来是带着排斥、监视与看管一类的心境跟皮特·路德待在一起的，几天下来，竟然成了"表姐夫"了。接下来，更大的惊吓发生了。

皮特·路德眼见四面无人，一把将裤衩子脱了，将一丝不挂赤条条的自己完全裸露在水草青青的汶河岸边，暴露在赵玉兰情窦要开未开的表弟面前。

十几岁的表弟仅仅只往皮特·路德下体上瞄了一眼，大惊失色。

"娘哎！"

一声惊叫过后，表弟连滚带爬头也不回地跑掉了，仿佛突然遭遇了晴天里的一个响雷。

皮特·路德丈二和尚摸不着头脑，不知道发生了什么事情。

赵玉兰正在家里心烦意乱地拾掇着锅灶，表弟一脸惊慌地跑进门来。

"俺娘咪，了不得了，了不得了啊！"

"怎事儿？"

"了不得了啊，姐！了不得了。"

表弟痛哭流涕，又喊又叫。

"你这是怎事儿表弟？挨揍了？遇着狼了？还是谁家房子着火了？"

"俺娘，了不得了啊姐，你等着吧……"

"俺等什？慢慢说表弟，你慢慢说，天塌不下来呢！慢慢说，到底怎事儿？"

"姐，等死吧！你等死吧姐。"

"怎的俺就等死？你这无缘无故的，狗嘴里吐不出象牙！你就不能说点好听的？！"

赵玉兰越来越气也越来越糊涂。

表弟抹了把鼻涕，抽抽搭搭地说："俺表姐夫……他，他那个……那个，姐，俺没法说……俺真没法说！等死吧你。"

气得赵玉兰把手里的瓢扔在锅里，溅了一灶台的水。

畅游之地距离汶河村虽是一个河这边一个河那边，拐个弯儿就能到，但还是有段路程，报信的表弟还是碰到了不少的路人。各种各样的版本也就此传开了。

有的说皮特·路德的那个家伙不是正常人的家伙，又长又粗，黑不溜秋的，跟驴子或骡子的家伙差不多；有的说不是骡子也不是驴，是老虎狮子一样的物件儿，长着倒刺儿，剐不死也拉掉二两肉来，让你痛不欲生。还有一种说法儿，说那个家伙根本就不是个家伙，是个特制的倒钩儿，根本不是给人准备的……皮特·路德仿佛成了个怪物，成了洪水猛兽。

传说和流言是真是假已无从考证，可能只是传说与流言，可能连传说与流言都没有。不过据朱贡献后来的印象，他大姑，也就是赵玉兰她娘似曾吞吞吐吐地问起过类似的事情，问美国黑小伙儿是不是跟正常人一样。话虽然问得隐晦，闪闪烁烁，朱贡献还是弄懂了大姑的话中之意。

"正常，怎的不正常呢？朝鲜的时候俺们也洗澡，都在鸭绿江支流里。一样儿！"

朱贡献依着自己的秉性做出了客观的、如实的回答。

2

流言毕竟是流言，都很短暂。在那些挥汗如雨的日子里，人们记忆尤深的还是皮特·路德的纯朴与实诚。

地里的玉米到了收获的季节了，高粱红彤彤的，山坡上的谷子金黄一片。闲来无事到处溜达的皮特·路德会帮着村人们掰玉米，结实饱满的玉米棒子装在口袋里，轻轻一甩就扛在了肩上，一趟一趟地往返，摞放在田间地头的架子车或独轮小车上。地头上放着瓦罐，要是渴了，他就会像庄稼人一样捧起瓦罐咕咚咕咚地喝上一气儿。汶河的水甘洌清甜，口感比家乡密西西比河的河水和朝鲜鸭绿江的江水都要好。他也会架起架子车，把整车整车的玉米棒子直接送到老乡家里。皮特·路德只能架着架子车，推不了那个独轮儿。尽管也曾带着强烈的好奇去尝试，但那个东西不好推，既要力气还得有技术，把握不了平衡，一歪就歪倒了。与独轮小车相比，皮特·路德还是更习惯于使用架子车。

谷子还没有完全成熟，可早熟的花生已经到了起获的时候了，庄稼人叫扒果子。在沂蒙山，谷子就是小米儿，果子就是花生。皮特·路德今天给这家掰过了玉米棒子，明天就会帮着那家"扒果子"，每一天都有事情干。花生种在山地上，山里的土又硬又黏，得用上农具，镢头，扒起来同样不轻松。他不是刨断了根须就是砍破了皮壳，把一蓬蓬一兜兜完整的果实弄得支离破碎。果子破了相果子米成了烂瓣儿就不好储存也不好出售了，只能留着自用。庄户人心疼呢，有心提醒他不要再干了，又担心伤了"国际友人"的劳动积极性，因而十分为难。县上的人只好硬夺下他手里的工具，让皮特·路德"歇气儿"。

歇气儿就歇气儿。

休息的过程中，老乡们会把破相的果子和果子米捧给皮特·路德来品尝，算是对他劳动成果的褒奖。新鲜的花生米带着泥土和大地的精气，水分饱满，又嫩又甜，非常好吃，皮特·路德吃得满嘴冒白沫，分不清哪是他的白牙，哪是果子米的白沫子来。

他还跟老乡学了个谚语：麻屋子，红帐子，里头住着白胖子。这个就是花生，果子。

山里人家的生活还很困难，煎饼差不多是每家每户一日三餐里的主食，并没有其他的油水。碰上庄户人家支鏊子做饭摊煎饼，皮特·路德也会欣赏并尝试着去做。遗憾的是跟独轮小车一样，他摊不好那个煎饼，不是摊成个死团儿就是戳开个大窟窿，不成形儿，没法吃，还白白浪费了粮食。盆里的糊糊儿多半是杂合面，以地瓜或高粱为主，家境好些的会掺和些许的玉米面白面，单纯麦子的极少。他也会像庄稼人一样，卷上棵大葱，两个手攥着，费劲地咬嚼，并露着白牙发出由衷的夸赞。

皮特·路德住在县上的招待所里，伙食虽然说不上丰盛，却顿顿有白馍馍白面条，有炒和炖的菜肴，生活条件比那些挥汗如雨的庄稼汉不知道好出来多少，可他却愿意去庄稼汉家里吃庄户饭。往往过了开饭的点了，还不见皮特·路德回来。省城里县上的领导也没有办法。他们是没安排他去"不该去"的地方，但不能不让他出去溜达溜达，更不能把他关在简陋的招待所的平房里——就是说，他们无法将皮特·路德禁闭起来，无法限制他的自由。所以，除了赵玉兰的汶河村和赵玉兰家，皮特·路德差不多把小县城界湖附近的大小村庄"溜达"了一遍。以他观之，沂蒙山区的生活状况跟他和詹姆斯·温纳瑞斯工作生活的省城，跟他们大学学习的北京以及那些参观过的"祖国的大好河山"相比，存在着非常大的差距，客观上而言，尚不及美国本土的印第安人。

然而，无论城乡还是这大山深处，所到之处和所见所闻，无不显示出中国人的真诚与热情、勤劳和善良，人们生活艰苦却又干劲十足，思想简单而朝气蓬勃，都在努力发展经济改善生活，都在努力改变着贫穷落后的面貌。从城市到乡村人人平等，更没有种族主义，无论哪一方土地上的人们都会像亲人一般对待他。这是50年代最为真实的中国，不仅未对皮特·路德产生丝毫的消极影响，反而更叫他热爱这个国度和这里的人们，更坚定了娶一个中国妻子的念想儿——或者更直截了当地说，更坚定了与赵玉兰成为一家人的念想。

皮特·路德也曾多次要求去赵玉兰家里"登门拜访",但赵玉兰一直都没有答应。赵玉兰不答应,省城的县上的也就不好硬把这美国黑小伙儿领到汶河村去。揠苗助长,欲速则不达,生米煮不成熟饭。这样的道理,领导们都知道。

所以还是那句话,开展积极的思想政治工作。

3

隔三岔五地又分别谈了几次话。

朱贡献虽然承认他跟表妹赵玉兰的这门亲事是个不合时宜的封建社会的"残余",与新中国的新生活新婚姻格格不入,但他与表妹毕竟有感情基础,而山区里也确实流传着亲上加亲的习俗。他们是近亲结婚不假,近亲结婚不好,他这个读书人难道不知道这个理儿?可父母之命,媒妁之言,打小定下的娃娃亲,能说改就改了?要是大大在还好说,如今大大不在了,大大的遗嘱怎么能更改呢?表妹一天进不了他老朱家的门儿,作为独子的他就面对不了大大的亡灵。况且来说,新中国是颁布了新的婚姻法不假,但是1950年刚刚颁布的新中国的第一部婚姻法,并没有关于近亲不能结婚一说,所以他跟玉兰的婚事充其量只犯科学,不违人伦纲常国家法律。朱贡献也知道省城里县上的这些领导为这个事儿犯难、发愁,他在部队的政治机关工作过,大事儿都明白。解决不好皮特·路德的事儿有可能带来负面影响。可话又说回来,新中国新社会新生活了,总不能搞拉郎配那一套吧?公道自在人心,强迫不成买卖。

不过朱贡献也留下个酸话儿,关键看表妹。你们给俺说这些个道理,天天说,说破天,不顶事儿。表妹愿意跟俺,你说破大天没有用;表妹愿意跟美国小伙皮特儿,俺也没啥好法儿,嫁鸡随鸡嫁狗随狗,嫁个美国人就随美国人,俺无话可言。

省城的县上的都听出来其中的奚落意味,听出来一种自信和自命不凡。

可不是自命不凡嘛。在朱贡献看来，表妹赵玉兰不可能嫁给突然冒出来的皮特儿，虽然大家曾相识，也有过很深的感情，结下过难得的缘分，但那种相识、感情与缘分与谈婚论嫁毫不相干，井水犯不着河水。不错，表妹打小就不同意和他的这门亲事，始终拿他当哥哥看，可事到如今，亲都定了，还能怎的？他跟表妹现在是一根藤上的蚂蚱，跑不了我也蹦不了她。皮特算怎事儿呢？曾经的战俘，虽说那是过去的事情了，现如今正受着中国人民的礼遇，给当成客人一样对待，但事关婚姻大事，相信政府不会搞包办婚姻那一套。你既然选择在新中国生活，就得按着新中国的法律，人人都是合法的平等的公民，强娶强嫁，有违国法。朱贡献底气足，说起话来绵里藏针柔中带刚，赔等着省城的县上的白忙乎，等着看他们竹篮子打水一场空。

赵玉兰心乱如麻。

实事求是地说，对于自己与表哥的这门亲事，她始终是反感、反对甚至于厌弃的。朱贡献就是她打小一起长大的大旺哥。假如有朝一日跟自己的哥哥拜天地入了洞房，怎想都是个怪怪的、荒唐的，似乎是不可能发生的事情。表哥也是哥，大旺哥永远都只能是她大旺哥。况且表兄妹成家叫近亲结婚，她是个干医的，能不知道斤两？村里的大傻二傻不就是明摆的例子吗？之所以委屈地、勉强地答应这门亲事，多半是出于无奈或叫出于同情和怜悯。面对着娘跟大妗子可怜巴巴的神情，面对着大旺哥多年一日的痴心真情，她能怎办？能绝食还是能私奔？能上吊还是能投河？她只能委屈了自己，就当这辈子替别人活了一回。

现在倒好，半路上杀出个程咬金来。

在这个最为炎热的季节到来以前，赵玉兰从没有想到过有朝一日会与曾经的战俘皮特儿重逢，特别是重逢在她的家乡沂蒙山，而且是在这样的一个背景下重逢。

省城里县上的人都反复问过她关于皮特·路德的印象。印象还用说吗？印象不好，她见都不会见他。赵玉兰心目中，皮特儿就是个苦命的黑孩子，是个纯朴、实诚、善良的大男孩，是个有点儿犟脾气的直率的小伙子。"黑孩子"在她可不是单指皮肤黑，而是说无根无系没有来由。山里人一般都会将没娘没爹的孩子叫作"黑孩子"或"小黑孩儿"。皮特儿待人单纯，并没有那么多的人情世故，乐于学习，也有很强的上进心。更主要的是，他能记着志愿军跟中国人民对他的好，能记着别人给他的关怀帮助，愿意身体力行地回报曾经善待自己、帮助自己的国家和人民，这个不容易。不要说一个外国人，就是这民风淳厚的沂蒙山，也不是人人都能记着别人的恩情、别人的好。常言说受人滴水之恩当涌泉相报，人，都得讲个良心。当然，寸有所长尺有所短，哪个人不都得有点儿短处跟缺憾？人无完人。记着别人的好不记着别人的坏，才能心态平静洞观风云变幻；如果不知道报恩，或者恩将仇报，内心里就会永远为仇恨纠缠，就永远平和不下来。这世间万物，人生一世，哪有那么多的仇跟恨，哪有那么多过不去的坎啊！一辈子平平和和顺顺当当的，不比什么都强？所以从这方面而言，赵玉兰又觉得能接受皮特儿，甚至于有一点欣赏皮特儿。远隔重洋，不同的国度和文化，皮特儿却能在为人处世的原则上跟沂蒙山大差不差，也属不易。

然而，所有这一切，在这个最为炎热的季节结束以前，都并不意味着她会跟皮特儿生活在一起。印象属于印象，成家过日子却是另外一码事情。

省城的县上的又问了，你讨厌、嫌晦或者反对"国际友人""和平战士"吗？赵玉兰坚决地摇摇头。皮特儿并不让她讨厌。她也不嫌晦他，不仅不嫌晦，甚至于还有点儿喜欢。皮特儿身上有不少让她喜欢的地方，她并不嫌晦他。至于反对就更说不上了。一个带着"国际友人""和平战士"光环的外国人，谁敢反对，谁又能反对？山里的老百姓虽不懂得何谓"国际友人""和平战士"，但是有省城的县上的领导陪同着，有小车子接来送去，够威风的了，书记县长下乡都骑的脚踏车，连小车子的腚都摸不着……

还有一个至关重要的问题。如果毁约了打小定下的娃娃亲而跟皮特·路德生活在一起，对于四塞之固的沂蒙山来说，无异于遭受了一场雷暴飓风的袭击，那个后果，比抗美援朝战场上遭受到美国鬼子"油挑子"的扫射轰炸都震撼。

"四塞之固，舟车不通，土货不出，外货不入"，这几句有关沂蒙山自然状况的描写可不仅仅只是指山区的交通闭塞，更大程度还是讲人们的思想观念落后。不要说嫁给一个外国人、一个外国黑人，就是见到一个外国人也绝非易事。若干年以前，临沂城的教堂里倒是听说有洋鬼子传教士，高鼻子，蓝眼睛，头上的卷毛像狮子狗，那也只是听说，山里边并没有人亲眼见到过。坐小车来的"国际友人"倒是没有高鼻子蓝眼睛狮子狗一样的卷毛，只是晒透了太阳，晒得皮肤发黑，但毕竟也是个外国人。好端端的亲上加亲不要反而跟外国鬼子入洞房，乡亲们能接受了？接受不了。赵玉兰她娘就说了，俺不管他是啥"国际友人""和平战士"，俺只说俺这个老脸没地方安放，俺这个脊梁骨得给左邻右舍的戳烂。

娘的话都说到这个份儿上了，赵玉兰怎能不心乱如麻。

拖下去也不是个办法，因为不论皮特·路德还是省城里的来人，谁也不可能就这样住下去。商量来商量去，领导们开会研究，摇把子电话摇到省城里好几回，又是请示，又是汇报，最后商量出一个办法来。如果赵玉兰跟皮特·路德结婚，户口和工作都可以安排在省城，可以进城当工人。

省城里的决策无疑带着很大的决心。这时候的工人可都是"铁饭碗"，与风来雨去地里刨食的农民可谓一个天上一个地下，完全不在一个层面上。这叫农转非，叫鸟枪换炮。你想想，不用种地了，发工资，吃粮票，成了个城里人，老老少少的还不都得脸上光彩？那年月，进城当个工人，如同中了头彩，多少人一辈子的梦想！

可赵玉兰只回答了简简单单的四个字：俺不稀罕。

为了进城当个工人，俺就嫁给皮特儿，就把打小一起长大的表哥给忘了，俺成了啥人了？

领导们也糊涂了，不知道她葫芦里到底卖的什么药，到底要怎的。难道说就铁了心地要跟表哥成亲了？就嫁给自己的表哥朱贡献了？

俺不嫁！俺谁也不嫁——俺上山当尼姑！

赵玉兰一赌气跑了。

4

这个炎热的夏季注定不会有任何实质性的事情发生。

省城红十字会的回了省城的红十字会，朱贡献开学返回了省里的中学，皮特·路德也正式在新的岗位汽车修配厂工作。这个夏季，除了留下一团乱麻和议论，汶河两岸似乎并无变化。河水一如往日地向东流淌，并入沂河，而后向南汇聚并最终注入大海。忙过了夏又收秋，收过了秋接着种下麦子，到寒霜齐刷刷地扫过原野和山岗，黄黄绿绿的麦苗儿已经顽强地铺展在大地之上。暑去寒来，季节交替，日子看上去并无二致，可实际上，每个人的生活都实实在在地乱了，无法回到平静的过往。

皮特·路德开车修车的技术都不错，加上自己的朴实单纯和扎扎实实的工作作风，很快与厂子里的工人师傅们打成了一片，也深受大家喜欢。车辆虽然都是苏联和东欧一些社会主义国家支援过来的车辆，见不着一辆美国货，但这个难不住皮特·路德，汽车也好拖拉机也好，油路电路跟传动，就那么几个物件儿，大同小异。就是远在沂蒙山的赵玉兰让他牵肠挂肚，好像心里头有面小鼓，咚咚咚咚不停地敲，敲得他寝食不安。中间他也找过省城里的红十字会，红十字会就等于是他的娘家；也曾按着沂蒙山的风俗习惯往赵玉兰老家的汶河村捎过花花绿绿的衣裳料子，算是"定亲"的礼物，然而，泥牛入海，都一起没有了回声儿。皮特·路德开始觉得，如果不能跟赵玉兰结婚成家生活在一起，那他工作得再好也没有意思；他甚至觉得，如果不能按着上帝的旨意把结婚戒指戴在赵玉兰手上，那他在中国的生活就将毫无意义，还不如重新回到美国田纳西州的孟菲斯去。孟菲斯有白人种族主义者，黑人的日子不好过，但是孟菲斯有他的妈妈，他受尽了苦难的妈妈……他梦到自己的母亲站立在无尽的原野之上，一句话也不说，就那样伫立着，任凭头巾在疾风中飘舞而纹丝不动，就那样默默地遥望着自己。

皮特·路德在漆黑的夜晚里第一次掉下泪来。

红十字会的人跟厂子里的工人师傅们也都劝说他，中国好女人有的是，为啥偏偏非得娶赵姓姑娘呢？成家过日子，是个好女人就行，能知冷知热，知道心疼你、照顾你，不就行了？

皮特·路德坚决地摇摇头。善良的赵是上帝赐予他的，是他认识的第一个中国女人，他只接受赵，只能跟赵结婚，因为他不能违背了上帝的旨意和自己的良心。中国人不是特别讲良心吗？把结婚戒指戴在赵玉兰手上就是他的良心。

没有办法，省城里的红十字会只好又跑了一趟沂蒙山。

按照朝鲜战争停战谈判有关战俘问题的遣返规定，自愿选择到中国或是别的第三方生活的人，不加入所在国国籍，不限制其回归母国的自由。就是说，如果皮特·路德要求回美国，中国红十字会只能协助他回去，而不能强迫他继续留在中国。这是签了字的，是当时对于不愿遣返的战俘们的郑重承诺。

问题越来越棘手。

与先前不同，省城里的红十字会这次派了个女同志过来。天不亮就从省城里出来，路上倒了好几倒，坐了一整天的公共汽车，女红十字会到达沂蒙山深处的沂蒙县时天已经黑透了。第二天快晌午了，才在县上的陪同下来到汶河村。陪着她来的也是个女同志。

两个人一人一辆脚踏车，车兜子跟后座上捆着皮特·路德先前捎过来的"定亲"礼物。县上不是没给送去，而是赵玉兰的娘死活不要，都给退回来了。她娘话说得倔，打死俺不认这个客。

沂蒙山的"客"不是客人的客，是Kei，三声，"客（Kei）"专指女婿，都把女婿叫作"贵客（Kei）"。在赵玉兰她娘看来，毫无来由的美国黑小伙儿无疑不能成为老赵家门上的"贵客"，不认理所应当，完全在情理之中。

无外乎又是一番思想政治工作，从城市讲到农村，从国内讲到国际，从社会主义阵营讲到资本主义世界，总之是晓之以理动之以情。她们表扬赵玉兰，给赵玉兰戴高帽子，夸赞她是个有觉悟的老兵，参加过解放战争、抗美援朝，一贯地服从命令听指挥；对于"和平战士"这个事情，不能单从个人角度考虑问题，要有国家观念，全局意识。不是有句话吗？国家兴亡，匹夫有责，就是不管干什么都要从大局、全局来看待问题。再者说了，你们之间也不是八竿子打不到一块儿，是在朝鲜战场就结下的缘分，这个就叫天意，是老天爷提前安排好的——老天爷，可能就是那美国黑小伙儿所说的上帝，上帝和老天爷都有这番情谊呢……又再者说了，皮特·路德黑小伙儿一个人在中国，没个亲人没个故交，人生地不熟，说起来孤苦伶仃的也怪可怜！要不是为了报答中国人民的恩情，不是为了找到你赵玉兰，谁不愿意回到自己的家乡去？谁不想着跟自己的母亲团聚？人心都是肉长的，将心比心，咱不能亏待了人家，不能让人说俺不仁义、不厚道。

服从命令听指挥？还有啥国家观念、全局意识？赵玉兰觉得这个跟她八竿子打不着，该服从的早已服从了，她也早尽到了"匹夫有责"的责任了。

打十八岁和大大推着独轮小车去淮海战场支前到自告奋勇留在部队；从淮海到长江、从江北到江南，辗转东北，跟着大军跨过鸭绿江抗美援朝保家卫国，二十四岁才回到生她养她的沂蒙山，才见到白发苍苍的老母亲，才知道大大早已不在人世……六年的兵龄，虽没有放过一枪扔过一个手榴弹，可参与救护了多少自己的同志？数也数不过来。现在她复员了，成了个老百姓了，用不着为这为那，把地种好，把老人侍奉好，不也是对国家的贡献？家和万事兴，千家万户的小家都拾掇好了，国家也就不再给俺们操心忙活了，俺也就不用国家惦记了，国家有国家的大事情做。至于说皮特儿，一个人在中国是孤苦伶仃不容易，离家那么远，想娘了连个面都难见上……都是命啊！俺能怎的？俺又不是活菩萨，又不是他们那头的上帝爷爷。你看看这老的老、少的少都眼巴巴地看着俺，俺能怎的？俺真想上龟蒙顶上当尼姑去。

　　两个公家人都笑了，知道赵玉兰是在说气话。老人思想守旧，不能急着来，能上门的就是个客（Kei），现在不认，时间长了怕不认也不行。你表哥那里工作倒好做，他是个读书人，又在省城中学当着副校长，近亲结婚的道理还能不懂？近亲结婚，婚姻法里虽然没明文规定，但是也不提倡。那是老风俗，旧观念。"亲上加亲"听起来怪好听，实际上不是那么个事儿，说不定生下的后代都会得残疾。刚进村时碰到的那俩傻兄弟，叫啥？大傻二傻，问俺们蒸馍馍没有……不就是近亲结婚造成的？玉兰子，你可得好好想想，常言说一失足成千古恨，关键时候可不能失了足跌了跟头啊！再说那美国小伙儿有啥不好？又实诚，又本分，还技术好，厂子里都拿宝贝一样待他，对你又这么的痴情……就是黑点儿。俺这一路进来，山里的、地里的，哪个晒得不黑？都黑！庄稼人嘛，黑显得结实，健康。健健康康的，不比啥都强？再者说那美国小伙儿也并不比下地摸鱼的小青年们黑多少……

　　赵玉兰听不下去了，连连摆手，让她们不要再说了。她心里乱得很，确实得好好想想，好好理一理。

　　皮特·路德捎来的衣裳料子她倒是收下了，没再叫两个公家的女同志为难。都是女人呢，心离得近，话也能说到一块儿。

　　娘还是甩脸子给人家看，死活不要。赵玉兰不愿意了。冲她娘嚷道：

　　"俺在朝鲜救过他的命，他给俺身衣裳料子，能怎的？！"

5

　　决定和改变是在一个清冷的早晨发生的。

　　这天夜里，赵玉兰做了一个梦，梦到皮特儿。是在一个村庄里，仿佛就像汶河村，皮特儿走得好好的，突然蹿出来一群狗，吠他，咬他，把他的裤子褂子撕得一缕缕一条条的。皮特儿这个跑啊，跑得上气不接下气。好不容易甩掉了狗，又来了"油挑子"，地方好像不是汶河村了，是朝鲜，鸭绿江畔的碧潼。"油挑子"带着怪叫一次一次地俯冲，又扫射又投弹，把她，还有很多的人压在地上头也抬不起来。她就看见皮特儿远远地跑过来了，喊着她的名字，玉兰、玉兰，一边跑一边喊，任凭子弹下雨一般打在身前身后，任凭炸弹将碎石泥土高高抛起。她想大声喊叫，让皮特儿不要跑，让他隐蔽，趴在地上，然而却喊不出声儿来，怎的喊也不出声儿，一急，醒了。

万籁俱寂，房间里一片漆黑。

她不知道自己身在何处，不知道睡了多长时间，辨不出方向，分不清时辰。但是没过多久，睡意再次袭来，很快再迷迷糊糊地睡去，熟悉的人跟熟悉的梦境接踵而至。她梦到一群壮汉围着皮特儿，凶恶地喊叫，高声地训斥，推搡他，拳打脚踢他。皮特儿分辩，一手拎着扳手一手举着个盘子，汽车的方向盘，他干活干得好好的，为什么欺负他？为什么揍他？Why？Why？声音清晰而又无奈，无依无靠。那群壮汉毫不理会，继续地拳打脚踢，将皮特儿打倒在地，打得皮特儿两手捂着脑袋在地上翻滚、哭号，呜呜哝哝地不知道说些什么，嘴巴子流出的血将一口白牙染得通红通红，像是刚刚宰杀的牲口。这时候她出现了，无论气势还是嗓音都充满了无比的威严。在她义正词严地呵斥下，坏人们灰溜溜地走了，虽然他们嘴里骂骂咧咧，带着明显的不服，但是迫于她的威严，还是灰溜溜地走了。有个人一转头让她看出其满脸的凶相来，她觉得非常熟悉却又一时间想不起来到底是谁。她想啊想的，想醒了，再睡不着。

窗棂上已经有了些微的亮光，公鸡啼鸣的声音高亢而嘹亮，此起彼伏。赵玉兰摸黑坐在床上，披着曾经的军装，志愿军土黄色的棉上衣，就这样坐了很长时间，直到窗棂完全发白、变亮。

她终于想起梦到的恶人是谁了。

那是个美国白人战俘，多次挑头闹事，多次欺负皮特儿这样的黑人，常常搅得碧潼战俘营不得安生。她甚至还想起了恶人的名字，好像是罗伯特·沙克斯。很恶很恶的一个名儿。

赵玉兰穿衣起床了。

她告诉她娘，她要跟着省城里的人去省城里，她要去皮特·路德那里——起码看看他，也看看表哥。

她娘也是刚起来，正要打水洗脸，一听她的话，愣住了。盛水的瓦罐掉在地面上摔得粉碎。

她知道自个儿的闺女。闺女认准的事情，八头黄牛拉不回。

6

到临走的头一天，赵玉兰特意到汶河上游的野猪旺跟大妗子告别。她话语不多却态度决绝，每个字都像是下了最后的决心而不能更改。

赵玉兰告诉大妗子，无论什么时候，无论什么情况下，她玉兰子都会像个亲生的闺女儿一样侍奉她，跟大旺哥一起侍奉她，让她颐养天年，给她养老送终。大舅不在了，大妗子就是自个儿的亲娘，大旺哥就是自个儿的亲哥哥……

大妗子倒也没说什么，都这时候了，还说什么呢？都是命。她也问起赵玉兰，退了大旺子的这门亲事，除了不愿意这个亲上加亲的娃娃亲以外，是不是心里头一直堵得慌？

赵玉兰说，俺堵啥？

大妗子说，嫌晦大旺子呗！俺知道，你一直嫌晦你大旺哥。

赵玉兰说，这话打哪里说起？俺嫌晦啥？

大妗子说，俺家这个地主成分呗！成分不好，明个儿碍着你。

赵玉兰说，这都什时候的事了？土改的时候地就没有了……再者说俺两家这个关系，你家是地主，还不等于俺家也是地主吗？一根绳上的蚂蚱，还能飞了跑喽？

大妗子说，还有国民党中央军那点事儿！大旺子不是有过那么一段嘛，要不他大大怎去上的吊呢！

赵玉兰不愿意了。

你看你说的大妗子！你把玉兰当成啥人了？！大旺哥那点事情都根本不叫啥事儿——共产党队伍里干过国民党的多了，十大元帅里头，朱老总，贺老总，哪个没干过国民党？革命不分先后，最后还不都到共产党这边把天下打下了？还都当了那么大的领导！所以要俺说大妗子，你这是多想了，真多想了，冤枉玉兰了。

大妗子叹了口气。打小的时候界湖街上算命的半瞎子就说你跟大旺子命相不符，还真是的……命啊，都是命。

由大妗子领着，赵玉兰到大舅的坟头上给大舅烧了把纸，把说给大妗子的话给大舅重说了一遍。一堆荒冢，几蓬枯草，大舅走得很远又离得很近，恍如脚下的汶河，越流越远，越流越慢，越流越平缓了，只有那偶尔回头的浪花，那一圈圈的涟漪，才勾起酸一股儿甜一阵子的回味。

定亲那天未能带走的洋布料子，大妗子又给拿了出来。怎说怎讲也是自个儿的亲外甥女，不当作未来的婆婆，就当是大妗子的一点儿心意——闺女要走了，出远门了，给闺女做身衣裳总说得过去吧？

赵玉兰没有再推辞，含泪收下了大妗子的衣裳料子。

7

朱贡献从朝鲜复员回来以后，赵玉兰才真正弄清了他那不辞而别短暂又曲折的一段时光，才知道有关大旺哥的传说并非是空穴来风。

民国三十六年（1947），当时还是朱仕旺的朱贡献最后一次回到汶河岸边的沂蒙山，他骑着教会学校约翰牧师的"红钩子"脚踏车，意气风发。朱仕旺信誓旦旦，即将留校任职的他不仅盘算着把玉兰妹妹接到省城里，还要把他娘、他大大，把大姑和大姑父都接到省城去，大家一块儿享福。

转过年来，国共两党的对抗更趋白热化，仗打得越来越大，共产党华东军区的主力部队距离省城越来越近。山雨欲来，除了守城部队，城里的国民党党部、机关、勤杂等单位纷纷"避乱"，也就是向外疏散，朱仕旺所在的教会学校也不例外。往南走已经不行了，共产党军队卡断了津浦铁路线，陇海路津浦路东西南北都活动着共产党的野战部队，只能往北，北上天津、北平的路这时候还通着。约翰牧师带着学生们决定北上。车站里乱成一团，孩子哭大人喊，人挤得什么似的。好不容易上了客车，却发现约翰牧师挤丢了，到开车也没见着他的身影。车开得蜗牛爬步一样，走走停停，光过黄河到德州，还没离开山东地界，就一天一夜过去了，在德州一停又是一整夜。南来北往的铁路上跑的全都是军列，客车自然得给军车让道，铁路上行话叫"等避"。

天蒙蒙亮的时候，一列闷罐子军车开进德州站，挨着客车停下了。手持自动武器头上戴着钢盔的国民党兵纷纷跳下车来，有的抽烟，有的伸腰，南腔北调三五成群地在站台上转悠。朱仕旺他们都是学生装扮，当兵的对他们还算客气，跟他们拉呱儿。朱仕旺问一个戴大盖帽的小个子军官，打听他们这个车什么时候能开，都停了一整夜了。军官是个小排长，肩上挎着盒子枪，手里托着个纸包包，正津津有味地啃着当地的名产德州扒鸡。他斜眼睛看看朱贡献，告诉他们走不了，一时半会、一天两天都走不了。怎么说呢？打仗，打仗可知道？不是你死就是我活，铁路公路大车路，但凡是个路，都得让给国军。再说你们去北平？北平去不了了，共产党把天津卫到北平的路断了，说破天也只能磨蹭到天津卫。

小个子排长带着浓郁的皖北一带口音，虽然呜呜哝哝的，但是意思已经非常明确。一些同学更加愁眉苦脸唉声叹气，几个女生还抽抽搭搭地抹起了鼻子。朱仕旺年纪算大的，觉得国军排长还好说话，就问长官们是开去哪儿？是关外还是关内？小个子排长把一块鸡骨头吐在站台上，说关外去不了了，哪儿也去不了了，都给共产党剜去了，只能到天津卫——天津卫，早晚也难保。朱仕旺他们商量了一下，央求长官把他们给捎上，捎到天津卫就行，其余的行程就不麻烦长官了。几个大一点的同学还凑了点钱以为方便。小个子国军排长又斜眼看看他们，说这个事情他做不了主，得请示上头的长官。钱，他不能够要，都是学生，学生求学也不容易。朱仕旺他们还觉得碰上了好人了。

请示批准后，朱仕旺一行二十几个同学上了国军的闷罐子军列，大家有说有笑，高兴得什么似的，一路开进了天津卫。车上的国军是天津守备司令陈长捷调来守城的部队，缺编少员，锣齐鼓不齐的，正到处抓人拉丁补齐编制。朱仕旺他们等于是自投罗网自己送上门来，还能走得了？一到天津就给扣下了。发了军服发了鞋帽枪支，愿意不愿意的，转眼成了国民党中央军。

那场战役开始于民国三十七年（1948），华东野战军仅仅用了八天时间，就将省会打下来了，距离朱仕旺所在教会学校的北上"避乱"只有不到一个月。四个月后，民国三十八年（1949）一月，天津战役打响，戴狗皮帽子的东北野战军以排山倒海之势向天津国民党守军发起攻击，总攻只用了短短二十九个小时即告结束，共歼灭国民党军队十三万余人，活捉司令长官陈长捷，天津遂宣告解放。

几个月前将朱仕旺"招募"到国军的小个子排长是皖北人，皖北鲁南搭着界儿，说起来还是半个老乡，对参加国军的朱仕旺还算关照。天津战役打响的时候，他偷偷告诉朱仕旺，戴狗皮帽子的东北野战军势不可当，破城只在转眼间，天下早晚是共产党的天下，抵抗没有任何价值，只是白白当炮灰送死。他要朱仕旺能躲就躲能藏就藏，只要不给炮弹崩死，共军一喊话就投降，能活下来，比弄啥么都强。结果，朱仕旺躲在地下室的角落里，一枪未放，完好无损地成了东北野战军的俘虏。而小个子排长却给炮弹炸死了。

俘虏朱仕旺他们的部队隶属于东北野战军第二纵队，也就是后来的四野39军。朱仕旺读过书有文化，又懂得英语，很快给部队发现，先是在团部、师部做文化教员，到抗美援朝战争打响之前，又给调到军部政治部做文化教员，实际上就是为入朝准备英语翻译人才。还是在团政治处的时候，团政委就将他的名字朱仕旺改成了朱贡献——参加革命不是为了个人光宗耀祖升官发财，而是为了全民族的解放事业、为了建立新中国。旧的"朱仕旺"成为过去，新的"朱贡献"迎面而来。他在当年的汶河岸边与表妹挥手作别一去无返，再也没有能够兑现自己的诺言。

8

到达省城后，赵玉兰先是给红十字会的同志安排在旅馆里住下，旅馆距离皮特·路德所在的汽修厂并不远。工人师傅们都很高兴，紧忙着操持起两个人的婚事。

按皮特·路德的想法，一切都照着中国的规矩办，照着赵玉兰家乡的规矩办，赵玉兰说怎么办就怎么办。就是有一样，结婚戒指他一定得亲自戴在赵玉兰手上。中国人举行婚礼不去教堂，也没有牧师主持，但戒指一定不能少了，否则怎么叫结婚呢？你说你结婚了别人也不信。赵玉兰没反对。她不想太胀饱，离开沂蒙山老家很远很远了，有些事情就不便再按着沂蒙山的习俗来，亲朋好友一起吃个饭意思意思就行了，过日子图的是个长长久久，不在脸面前上。而皮特·路德却决定把汽修厂全场的工人师傅都请来"喝气儿"，厂里有食堂，一共百八十个人，摆上十桌八桌的就够。赵玉兰说摆那么多桌，得花多少钱！太胀饱，没必要。皮特·路德只是笑笑而已，并不在意。

在汽修厂，皮特·路德属于技术大拿，相当于后来的高级工程师，工资比一般的师傅们都高，摆个十桌八桌的饭菜当然不成问题。他还专门跑到城里的金器店打了一对硕大的金戒指，分别錾刻了"PT·ZHAO"和"YL·ZHAO"字样的英文、汉语拼音混合拼成的姓名字母。直译成中文，就是比德赵和玉兰赵，若照中国人的习惯，则是赵比德、赵玉兰。

不错，赵比德。从这天起，皮特·路德有了自己的中国名字了。

这是二人共同商量的结果。赵玉兰开始并不愿意。在沂蒙山老家也好在中国任何一个地方也好，夫唱妇随，哪有当家的男人随女人家姓氏的？成亲了她就应该是"啥赵氏"才对，应该随皮特儿的姓了。但是皮特·路德只是个名字，他只有名字没有姓氏，无法"夫唱妇随"。所以一心要起个中文名字的皮特·路德就干脆随了赵玉兰的赵姓。皮特儿还会逢人便夸：

"我跟老婆一个姓，我很高兴。中国人讲'以德服人'，我要做个有道德的人，要跟别人比道德。赵——比——德，very good，顶好！"

赵玉兰曾专门去省立中学看过表哥朱贡献，把老家给大妗子和在大舅坟头上的话重说了一遍，永远都将表哥当成个亲哥来待。朱贡献苦笑笑。事到如今，他还能怎的？朱贡献啥也没说，只是苦笑笑，夹着课本子上课去了。

到正式结婚的头两天，皮特·路德，也就是赵比德又跟赵玉兰专门跑了一趟省立中学，邀约朱贡献参加他们的婚礼。作为省城里唯一的亲戚，他们觉得应该通知到朱贡献，朱贡献也应该来参加他们的婚礼。皮特·路德一路上满怀兴奋，对赵玉兰不停地嚷嚷：

"我要请朱教员表哥'喝气儿'，你，玉兰，表哥，还有我，我们大家都是情人（亲人）。"

弄得公共电车上的乘客直朝他们翻眼睛。

可表哥朱贡献却相当不给面子。不仅不给面子，还非常冷淡他们。

依着赵玉兰的意思，话说到就行了，参不参加的，表哥自己看着办。但皮特·路德却刨根问底，问朱贡献为什么不高兴，为什么不去参加他跟玉兰的婚礼，难道妹妹结婚了哥哥不应该高兴吗？大家都是一家人、"情人"，高高兴兴地"喝气儿"才对，等等。结果把好脾气的朱贡献惹毛了，彬彬有礼地质问他：

"为什么、为什么，哪有那么多的为什么！你们还知不道为什么吗？揣着明白装糊涂，黄鼠狼给鸡拜年，早没安下啥好心！"

"Why？表哥，你好像不高兴了？什么黄鼠狼、鸡，什么糊涂、明白？"

皮特·路德还大睁着俩眼问朱贡献。赵玉兰脸上挂不住，拉着皮特儿就走。

朱贡献在后面喊："你们等等！"

他掏出钥匙，打开抽屉，找出一个银白色的徽章来。朱贡献对皮特·路德和赵玉兰说：

"你们成亲，俺这当哥的也没啥好物件送你们。这个章，俺在朝鲜时候得的，留给你们做个纪念。"

上边是一方红底、三角的布牌，显然为副章，通过一个圆环与下边的主章相连。主章圆圆的，图案上矗立着一位高大的战士，大衣，棉帽，腰间挂着子弹盒，挺枪而立，一面旗帜随风飘扬。旗帜中间雕刻有一个圆圈，圆圈正中是一个镂空的五星，一道一道的竖线放射状拔地而起，如同太阳的万丈光芒。背面平平整整，镌刻着四个庄严的朝鲜文字。

赵玉兰知道这个章的来历，这是朝鲜政府颁发给中国人民志愿军有功之臣的立功模范奖章，一般人还没有资格领取。朱贡献因为在上草洞英语喊话阵前瓦解了包括皮特·路德在内的一个连的美国鬼子令其缴枪投降，故而获此殊荣。它不是个一般的纪念章，它是个功劳章，功勋奖章。纪念章人人都有，功勋奖章却不是每个人都能获得，只有那些做出过非凡贡献的有功之臣才配得上功劳章的奖励。对于朱贡献而言，它既是褒奖，也是一段难以忘怀的历史。

赵玉兰说："这么贵重的物件儿，俺可不敢要。"

朱贡献说："啥贵重不贵重的，过去的事儿了……俺想来想去，觉得这个东西给你们最合适。给你们，就收着，不要嫌晦。"

"你看看你表哥，俺怎的能嫌晦呢？俺是觉着不配。"

赵玉兰真有点儿生表哥的气了。

皮特·路德也NO NO地直摆手，表示他无论如何不能收下这么珍贵的东西。

朱贡献说："本来就是你的嘛，这叫物归原主。"

赵玉兰和皮特·路德都给他弄糊涂了。

朱贡献心里有气，也实在是憋不住了，鼻子不是鼻子脸不是脸地说道：

"没有你哪有俺？没有你们哪有俺们？没有你俺哪来的这个章？没有你，俺哪会有今天？！"

当啷一声，银光闪烁。奖章扔到了桌面上。

朱贡献夹着课本头也不回地走了。

9

婚礼热闹也俭朴。

会议室临时改成了婚礼的现场，挂上了彩纸和红灯笼。长条桌上摆放着烟台的苹果莱阳的梨，还有沂蒙山的大枣、核桃和花生，一把一把的糖果、瓜子儿和散开的"大鸡"烟卷，一杯杯沏好的热茶冒着热乎气儿，茶叶的醇香混合着烟卷的苦涩在室内飘荡。欢声笑语，比过年还热闹。

厂长做了开场白，省城红十字会的代表发了言，然后就是皮特·路德——赵比德、赵玉兰分别介绍了自己的情况，算是个表态，几个老师傅讲了讲话。无非是表扬一番，祝福一番，都往好了说，说过年话。说笑打闹吃东西成了最主要的，花生壳子瓜子皮堆了一桌子一地。结婚就是图个喜庆图个吉利，都是好听的话，都尽量避讳着不好的字眼儿。比如，皮特·路德曾经的战俘身份就不能提，当然，更不能提他当年参加美国鬼子侵略朝鲜那档子事情，他是个"国际友人"，"和平战士"，是汽修厂的技术员，是和蔼、朴实的黑小伙儿赵比德，老赵。皮特·路德起了赵比德的中国名字后，师傅们就都喊他"老赵"了，老，并不意味着年纪大。在中国人的文化里，以"老"相称是一种尊重。但这个"老"字又不是随随便便可以用的。像称呼男的是以"老"为准，老赵、老吴、老张、老刘等等，而称呼女同志则以"小"为准，小吴、小张、小刘等等，赵玉兰就被工人师傅们喊作小赵，"小"，于女同志而言意味着年轻，是一种夸奖、赞美，是同样的尊重。如果将女同志小吴、小赵、小张、小刘喊成了老吴、老赵、老张、老刘，那就失了礼数了。皮特·路德对于中国以及中国文化还缺乏了解，时常闹出笑话来。他不明白，赵玉兰比他还大一岁，师傅们称呼赵玉兰小赵，而把他叫作老赵，岂不是说他比赵玉兰还大吗？应该反过来才对。师傅们哈哈一笑。喊你老赵喊她小赵都是对的，反过来可就不对了。

大家刻意避讳的另外一个字眼儿是"家里人"。

两口子成亲，爹娘老子亲戚朋友是一定要参加的，如果再有爷爷奶奶姥爷姥娘七大姑八大姨及其下一代，几世同堂，才越发显得喜庆、吉祥、兴旺，孤孤单单的两个人算什么事儿？不是私奔也跟私奔差不多。你看他们结的这个婚，"家里人"一个没来。要说老赵、赵技术员人家是美国，离得远；小赵呢？就是个沂蒙山，娘家总得来几个人吧？也没有。有心问问吧又显得不便，都只好揣着明白装糊涂。

老温，也就是詹姆斯·温纳瑞斯特意带着他的中国妻子赶来参加婚礼，妻子挺着个肚子，已经怀上了中美两个国家的新生命了。克莱伦斯·亚当斯因为远在京城而无法前来，专门打电话表达了祝福。汽修厂只有厂长办公室有一部摇把子电话，噪声很大，彼此又喊又叫了半天，费了很大劲儿才将双方的欣喜与兴奋表达透彻。

赵玉兰有点儿心不在焉。整个婚礼仪式的过程中老是往外面看，甚至在皮特·路德将最为重要的见证——那枚结婚戒指戴在她手上的时候也未能完全收回自己的目光。

交换结婚戒指是皮特·路德唯一坚持的事情，不去教堂，没有牧师，但这个重要的环节不能少了。若是按着美国家乡的常识，双方把戒指戴好，新郎就要亲吻新娘子了。可这时候的中国还非常封闭，不要说一个男的跟一个女的亲嘴儿，大庭广众之下拉拉手的都很少见，会被看作轻浮、流气和不正经。皮特·路德到这时候也多少知道点这个了，所以只是象征性地抱了抱赵玉兰。这一抱，还把赵玉兰弄了个大红脸。众目睽睽，没经历过的事儿。

喜宴就安排在工厂的食堂里，总共一桌子饭菜。皮特·路德摆个十桌八桌的愿望未能实现。无论工厂、家庭还是社会，各方面的作风都很朴实，生活都很节俭，还没有大吃大喝的条件跟习惯。厂里的几个主要领导，省城红十字会的代表，加上老温两口子，皮特·路德赵玉兰两口子，象征性地吃个饭意思意思，也就行了。

结婚仪式的开销是厂子里出的，统共花了不到十块钱；省城的红十字会也封了五十块钱的贺礼。别小看这五十块钱，顶得上一个青工几个月的工资。刚参加工作当上工人阶级的小青年，每个月的工资只有十几块钱。喜酒喜宴的花销是赵玉兰两口子掏的。"大鸡"牌香烟，"趵突泉"白干酒，黄河里的鲤鱼德州城的扒鸡，四喜丸子把子肉，一样不缺一个不少，有热有凉有荤有素，满满一桌子鲁菜。事后赵玉兰跟食堂上结账，也只花了不到十块钱。

詹姆斯·温纳瑞斯胃口大开，不停地抽烟、喝酒、高声说笑，汉语里夹着英语，美国话中穿插着中国话，俨然成了宴席的主人了，仿佛他才是新郎官，又结了一次中国婚。

赵玉兰借故上厕所，到门外边站了好几站。

外面很冷了，远远近近的都已经黑透了，偶尔的一盏路灯在工厂的尽头昏黄一片。人迹寥落，只有身后的食堂笑语欢声，透着少有的热闹。

皮特·路德陪着自己的新婚妻子在黑暗中站了会儿，然后对她说道："回去吧，玉兰。表哥，不会来了。"

赵玉兰没有说话，静静地看着黑暗中的远方，那盏昏黄的灯光。

"回去吧。"

皮特·路德拉起她的手，他们一起走回食堂。

10

除了"国际友人""和平战士"这个名号，汽修厂是将皮特·路德当作一个技术人员看待的，生活上也多有照顾。分给他们的新房是个带有正房与偏房的院落，正房一溜儿三间为起居室卧室，偏房当成柴屋和灶房，用来储放杂物和烧火做饭。院门跟正房堂屋的门板上都贴上了大红的"囍"字，亮着红红的灯笼。

起风了，几粒雪花随风飘舞，落在脸上凉冰冰的。四野里一派沉寂，忙碌了一天的工友们都早已进入了梦乡。空空的院落，清清的门厅，柔和却也冷落的灯光将房间里映照得安详和寂寥。

赵玉兰用铁钩子钩了钩炉灰，往炉膛里加了几块煤炭，然后将温水的壶重新坐在膛口上。转脸，看见了八仙桌上的东西。

一个四方四正的木头匣子，二尺见方不到，三四十公分厚，不新，却很有品相，像是一个藏着什么宝物的藏宝盒子，泰泰然然、稳稳当当地端放在桌子的正中央。

"这是啥？"

赵玉兰有所不解，因为他们出门的时候桌子上还没有这个东西。

皮特·路德也有点奇怪。他看了看，摆弄了一摆弄，随后就把那个木头匣子打开了。匣子原为上下两层，嵌着个按钮，一按按钮，匣盖子就开了。

"啥，这是？"

赵玉兰从没有见过这个东西。

留声机。皮特·路德说，留声机。可以放唱片，一放唱片，就听到唱歌、说话和音乐的声音，跟面对面一样。它能把人的声音、音乐的声音灌下来，所以叫作留声机。

帮忙看门的邻居大嫂告诉赵玉兰两口子，晚上他们去食堂请客吃宴席的时候来了个人，一路打听到门上了，要她将这个木头盒子送给他们两口子。也没说姓甚名谁，也没说打哪来上哪去，也没坐一坐，放下东西就走了。俺觉得这个东西不像是一般的东西，看上去怪贵重的模样儿，俺就很仔细地给你们放在屋里了……喜酒喝过了？洞房收拾得真不错，贺喜啊，贺喜贺喜！

"来人啥样儿？是男是女？"

赵玉兰急慌慌地问。

邻居大嫂说是个男的，长得瘦瘦高高，穿个大衣，戴副眼镜，看上去文质彬彬的……像个教书的先生。

他们都知道这个人是谁了。

谢过邻居大嫂，重新回到屋内。若是在沂蒙山老家，这个时辰正该是闹洞房闹得最热闹的时候。孩子们在簇新簇新的被褥上爬来爬去，嫂子婶子们将一把把的花生、大枣、栗子、核桃等塞进被子，藏在枕头下、褥子下；长辈们坐在堂屋里吸烟喝茶说话儿，调皮捣蛋的小青年不时地燃响一串串的挂鞭，弄得狗吠鸡跳不得安生。孩子们欢快地喊叫，老人们满足地谈话，淡淡的、刺鼻的鞭炮硝烟混合着苦涩的旱烟味屋内屋外飘散，能把汩汩的汶河拴住，能将黑暗的山村点燃。

赵玉兰鼻子一酸，坐在了空落落的床沿上。

皮特·路德默默站了片刻，然后说道："我给你放一段留声机，玉兰，让我们听一听表哥的声音。"

他从匣子的内兜上找出一张唱片，一张黑色的、硬硬的黑胶唱片，对着灯光端详了一会儿。圆盘中心的纸面上有一段文字，不是英文也不是汉字，不认识，大体上跟他在朝鲜时见到的朝鲜文字有些类似。

皮特·路德把唱针转到旁边，把那张黑胶唱片放在唱盘上，掏出一个小巧的摇把儿，插进木头匣子外面的窟窿眼，摇了几圈。然后，轻轻地一提唱针，唱盘转动起来。唱针接触到黑胶唱片密集的纹路，沙沙地响起来了。

阿里郎。

是阿里郎。

曾经的阿里郎。

男声混合着女声的歌唱轻柔缥缈，婉转又明丽，像是明晃晃的阳光照在汶河上。两岸的河坡绿草如茵，开满了紫色的牵牛花朵；河流里攒动着银白色的小鱼儿，云朵在蓝天上悠悠飘荡；窝儿鸟直飞而上，溜溜脆的鸣叫一路挥洒，绿水青山白云间充满了欢唱……

外面的雪花多起来，逐渐地变密、变急，较之往年来得稍早了一点。在这个初冬的夜晚，这处寂静的新房里，沙沙的摇把子留声机响了很久。

夜深人静。

飞雪无声。

1958年10月
激情时光

1

赵玉兰每个月有二十多块钱的工资。

说起来，她这个汽修厂的"医生"既无资质也无资本，实际上还是个卫生员，却拿着不低的工资。这个标准与厂子里的青工们不相上下，相当不错了。青工们冬练三九夏练三伏，一年四季挥汗如雨，什么脏活累活都得干，每个人的身上都油脂麻花的像个油猴儿，也就十几、二十几块钱的工资；她呢，穿个白大褂，卫生室里一坐，有个头疼脑热夹了手指头崴了脚脖子的就开个药消消炎打个退烧针，没有病号，就坐着，风不打头雨不打脸。有时，也挎着个药箱子各个车间里"巡诊"一番，看看有没有磕着皮伤着胳膊手的，工友们师傅们还都热情地打招呼，小年轻的管她叫赵医生，老师傅们喊她小赵，都透着热乎劲儿。药箱子里面其实没啥好东西，除了红药水紫药水酒精棉球就是风油精十滴水伤湿止疼膏，工友们师傅们还是一样地称呼她赵医生叫她小赵。赵玉兰知道都是因为皮特儿这个"和平战士"，省城里的红十字会和汽修厂才能做出如此的安排。

赵玉兰很快地就有了好人缘。

卫生室里设备简陋抵不住她待人和善、真诚；药品稀少却耽误不了满腔热情。领导师傅，大人孩子，谁家有个病有个灾的她都忙前忙后，跟照顾自己一样地照顾人家；谁家头疼脑热感冒发烧，半夜三更里她也会背着药箱子登门，能自己看的自己看、自己治，看不了治不了的赶紧张罗着送医院。师傅们工友们都念着她的好，家属孩子们都记着她的恩，"小赵"或者"赵医生"成为了汽修厂的名人、好人、人人亲近人人尊敬的人。爱屋及乌，皮特·路德的人缘儿也不错，跟工人师傅家属孩子们同样处得热乎。他们说"老赵"赵比德不仅技术好，人也好，真挚、实在，没有一点点花花肠子，跟他沂蒙山的媳妇赵玉兰一模一样。如果不知道他是个"国际友人"，不知道他是个美国人，那他就一点都不是个美国人。

结婚以后，私下里赵玉兰仍按着习惯将皮特·路德喊作皮特儿，既不叫他的中国名字赵比德，也不喊他老赵，就叫皮特儿。叫顺了嘴了，改不了。当然，在外头，当着工友们的面儿，还是会喊他老赵。

皮特·路德有时候也会忙里偷闲来卫生室看看她，有时候开上点风油精止痛膏，有时候什么也不开就看看她。皮特·路德的工装上同样有油，手套上也沾满了油，白手套变成了黑手套。他会摘下那个油乎乎的脏手套，接过赵玉兰递来的搪瓷缸子，咕嘟咕嘟喝上一气儿白开水。搪瓷缸子上面印着一行"最可爱的人"的红色的油漆字。皮特·路德露着白白的牙齿冲她笑，用一双水湿水湿的大眼盯着他的中国妻子，盯得赵玉兰不好意思。结婚了，还是不好意思。

时光能够倒流。赵玉兰有时候恍恍惚惚，觉得仿佛回到了过去，置身在鸭绿江畔的碧潼战俘营里。

皮特·路德每个月有五十多块钱的工资，这个待遇相当高了，不要说那些老师傅，就是厂长无非也就这个工资，顶上好几个青工的月收入了。和赵玉兰的工资加起来，两口子每个月有七八十块钱的进项，无疑是属于厂子里的大户、富户人家。要按着成分划分，说他们是个地主也不会有人反对。

市场的供应逐渐丰富起来，城市乡村的生活条件都有了一定改善，人们的物质文化生活较之过去发生了很大变化。随着国家经济建设第一个五年计划的顺利完成，新中国的各项建设事业驶入了全面发展的快车道，从上到下、从中央到地方都干劲十足，都铆足了劲儿加快社会主义建设步伐，迎接即将到来的十周年国庆。

物资丰富，物价却很低，吃的穿的用的等等一应物品都十分便宜。几块钱就能扯个褂子做条裤子，几毛钱一斤猪肉，牛羊肉也是几毛钱一斤，鸡蛋两分钱一个，青菜豆腐的更不用说了，都是论堆卖，几分钱能买来一堆。省城里各种各样的名小吃同样便宜。甜沫，油旋几分钱一份；九转大肠、黄河鲤鱼这些大名鼎鼎的鲁菜也只几毛钱一碗；就是最为著名的硬菜把子肉，一大片香而不腻、甜咸适度的上好酱五花肉，配上豆制品、蔬菜、鸡蛋外加大米捞饭，也不过块儿八毛的，是皮特·路德的最爱。隔三岔五地，就拽着赵玉兰馆子里打牙祭，弄得赵玉兰小心谨慎的，每次去饭馆"打牙祭"都偷偷摸摸，做贼似的，生怕师傅们说他们不节约，过地主阶级生活。工厂里的食堂，花上几分钱就能吃上一顿饱饭，有菜有肉，有饭有汤，比自己开火做饭省事省时多了。皮特·路德经常拽着赵玉兰吃食堂，厂子里的食堂面向全体工人及其家属供应主副食品。赵玉兰吃了几次就不去了。便宜省事是不假，时间长了吃不惯。大锅菜大锅饭，翻来覆去就那几样东西。她还是习惯自己做饭。摊个煎饼，炒个辣椒鸡蛋，烧个咸"糊涂"稀饭，永远都是家乡的记忆，都是满满的老家的念想儿。再者说了，一个女人家不给自个儿的男人做饭洗衣裳还叫女人吗？天天吃食堂，不是个事儿。

在赵玉兰怀孕以前，老温，詹姆斯·温纳瑞斯有时候会过来看望他们，他们两口子也会抽空去看望老温两口子。一个东郊一个西郊，要横穿整个省城，倒上好几倒的公共电车公共汽车，往返一次不容易。但在赵玉兰怀孕生产之前，两家人还是会经常找机会聚一聚，每年都能聚个两三次。赵玉兰怀孕以后身子不便，才慢慢聚得少了。但是只要方便，皮特·路德就会打电话给老温，也会打电话给京城里的克莱伦斯·亚当斯，说说各自的情况，胡吹海吹一通逐日陌生下来的母语。老温和克莱伦斯·亚当斯也会将电话打到汽修厂的厂长办公室，满世界都是大呼小叫喊他接电话的声音。

老温已经有了个漂亮的女儿，高鼻梁蓝眼睛，皮肤很白，棱角分明的脸上带着东方女性的柔和，继承了温纳瑞斯和他中国妻子的长处，长得很养眼很耐看。老温和妻子还祝福他们，说他们的女儿——也可能是个儿子，一定也长得好看。混血嘛，糅进了中美两个国家两个民族的共同基因，必定会漂亮好看。

赵玉兰却有隐隐的担忧。漂不漂亮的还在其次，丑俊都是自个儿的骨血自己身上掉下的肉，儿不嫌母丑狗不嫌家贫，这一点没有选择。她担忧的是孩子的肤色，万一生下来跟皮特儿一样，黑的，怎往沂蒙山老家里带呢？不过她也心存侥幸，混血儿也不一定就随了父亲皮特儿，也有可能随她。基因这个东西是科学，谁能说得清科学的事情？想到这里，赵玉兰似乎又不那么担忧了。

结婚后她也曾回过几次沂蒙山老家，也曾想把娘跟大妗子接到省城里养老，哪怕只住一住呢，住上十天半月的，让她尽一尽当闺女的孝心。可是娘死活不愿意，大妗子也不愿意。说法上是山里头住惯了，还有地还有养的羊喂的鸡，省城里住不习惯。赵玉兰嘴巴上也不说破。

赵玉兰知道娘跟大妗子的心里头都硌硬、都还堵着。

2

皮特·路德没再回过沂蒙山。

不是他不想去，而是赵玉兰不让他与自个儿同行。山区毕竟还是封闭，见外国人像见外星人，何况一个黑的外国人。尽量少留下点流言蜚语，能不去也就不去了。

男人也好女人也好都有自己的隐秘话题隐秘的世界，都有男人跟男人才能说、女人跟女人才可以讲的私房话。老温和皮特·路德，还有克莱伦斯·亚当斯，他们都不例外。有一次克莱伦斯·亚当斯带着他的中国妻子从京城里过来，几个老朋友相聚，其间谈到各自的中国妻子。老温问皮特·路德和克莱伦斯·亚当斯情况怎么样。皮特·路德知道他指的什么。他的妻子赵玉兰很性感，非常性感，他非常喜欢她非常爱她——这是皮特·路德能够找到的最为恰当的形容词。他同时也告诉老温，他的中国妻子赵玉兰还很害羞，非常、非常害羞，她从不主动，却也从不拒绝，尽管她对此并无太多的热望。作为丈夫的他能够完全感觉得出来。如果他要来，哪怕赵玉兰不愿意也能半推半就地如他所愿，但是，她从没有主动过一次。不仅如此，赵玉兰还很反感他们美国人的生活习惯——出门上班的时候要亲吻拥抱以示告别，回家的时候要亲吻拥抱以示相见，她非常反感这个，拒绝了多次也改不了皮特·路德的美式习惯。后来，老赵告诉老温，他的中国妻子赵玉兰就使坏，咀嚼或生吃大葱大蒜，吃得满嘴满身都是强烈刺鼻难闻的气味。皮特·路德是个重口味，哪里会害怕这个？他以其人之道还治其人之身，中国妻子赵玉兰吃，他也吃，生吃，同样的浑身上下刺鼻难闻。重口味对重口味就没有口味了，皮特·路德依然我行我素。

汽修厂的老赵告诉造纸厂的老温和京城里来的克莱伦斯·亚当斯，他的中国妻子赵玉兰很烦这个，也很不理解。居家过日子在于实实在在天长地久，弄这些个都属于无用，属于虚头巴脑，没丁点儿作用。

但是皮特·路德对赵玉兰说，如果他不如此就不算爱她。对于一个美国人而言，那不仅是程序，更是表白；如果不这样，怎么能够证明他爱她？如果不这样，就说明他也许另有所爱。

你的中国妻子怎么回答你？我亲爱的赵比德同志。

老温颇有兴致地问他。

她这样儿——皮特·路德学着赵玉兰的动作指指心口窝，对两个老朋友比画着：这儿，玉兰说这儿，这里有就行了。

老温和克莱伦斯·亚当斯哈哈一笑，心领神会。

他们都有着相同的经历。中国妻子与远在大洋彼岸的美国女人截然不同。跟西方女人比起来，他们的中国妻子更含蓄、更内敛也更坚韧。她们不习惯喜形于色，不会将自己的"性感"暴露给别人看。她们会尽量克制着自己，将满腔的情感收敛在躯体之内。

就是这次聚会，克莱伦斯·亚当斯给他们说了个事情。他们当年一起选择来中国生活的"和平战士"，二十一个美国人和一个英国人，很多人已经回去了，英国人也回去了。据他所知，他们几个是唯一还留在中国的"联合国军战俘"。克莱伦斯·亚当斯身处北京，接触的人和事多，信息量大，知道的自然也多。

皮特·路德问，他们为什么回去？

克莱伦斯·亚当斯耸耸肩膀。也许他们生活不习惯，也许发现他们在这里的信仰和政见不同，也许……也许他们没有一个合适性感的中国妻子。谁知道呢？反正他们走了。

皮特·路德说，他们，我是说我们这些人，可以想走就走想留就留？我的意思是，中国人没有阻止他们？

这个倒没有。克莱伦斯·亚当斯说。中国人很诚信，遵守着当年的诺言。红十字会的大门一直对我们敞开。

老温抽着烟，沉闷地不开口，不知道在想些什么。皮特·路德问他会不会走。

老温说，我为什么要走？我在这里有家，有体面的工作，受到中国朋友的尊重。我爱我的中国家，我的中国家也爱我，非常爱！我为什么要走？

你呢？克莱伦斯？皮特·路德又问。

克莱伦斯·亚当斯又一次耸耸肩膀说，没有，我现在过得很好，待遇也很好，我干吗要走？起码，目前没有走的计划。

3

大街上厂子里的标语口号多了起来，到处张扬着鼓舞人心的呼喊，到处都是热火朝天的劳动场面。老温和皮特·路德从没有见到过一个国家及其人民有如此高涨的建设激情，城市乡村，男人女人，大人小孩，全国一体，激情四溅。好像人人有使不完的干劲洒不尽的汗水。

随后才得知，他们正处于中国著名的"大跃进"之中。

省城里到处搞起了小炼铁，机关大院，工厂学校，甚至于部队营区，目力所及之处都是土法上马的炼铁炉子，干部、家属、职工人人参与，到处人声鼎沸，黑烟翻卷，满耳朵一片嘈杂的叮叮当当的敲打声。正常工作基本上停滞下来，一切都为"大跃进"让路。在这个激情澎湃的年代，共产主义似乎是忽如一夜春风来，千树万树梨花开，一夜之间就会实现的事儿。

"以钢为纲""全民大炼钢铁""人有多大胆地有多大产"……口号和腔调越来越大，越来越豪迈，仿佛神州大地尽皆是英雄好汉。谁的提法不大胆不新颖不如雷贯耳谁就是胆小鬼，就是"大跃进"路上的绊脚石。

皮特·路德和赵玉兰所在的汽修厂也竖起了炼铁炉，车也不修了，工人家属齐动手，边边角角的废料、配件都扔进炉子里，一个字，炼。皮特·路德的修车技术在厂子里堪当大拿，"大炼钢铁"却不在行。虽然他对于钢铁的冶炼技术一无所知，却心存疑虑。炼出来的那些东西——如果那能叫作"钢铁"的话，在他看来不过是一堆堆的废铁、烂钢，发挥不了任何作用。钢铁的冶炼是一门技术，属于科学范畴，胡干蛮干不可行。皮特·路德很认真地去找厂长，把自己的看法跟厂长交流。厂长也是无可奈何，因为大家都这么白天黑夜地干，你不干、不炼就跟不上形势，就会给当作右倾。厂长并且好心地提醒他，少说话、多干活，干不了就回家陪老婆小赵去，陪老婆也比乱说话安全。

皮特·路德弄不懂什么是"右倾"。

老温的造纸厂也是一样的情况。炼铁炉子耸立起来以后，造纸厂就不造纸了，改炼钢铁。纸软铁硬，分子化学成分完全不一样，两者根本不是一码事情，造纸师傅们炼出来的铁还能有个好？送到正规的钢铁厂当原材料人家都不要。老温和皮特·路德心里犯糊涂，聪明的中国人花费那么多的时间精力浪费那么多的宝贵资源，结果却竹篮子打水一场空，不知道到底图个什么。但是他们也都记着工厂领导和中国妻子的嘱咐，不评论，少说话，做到冷眼旁观洁身自好。这样就不会有人说你"右倾"。

在皮特·路德看来，右倾差不多是一种战术手段，类似于黑人步兵第24团当年在朝鲜战场上采用的办法。24团的办法是白天防守，夜晚跑路。放在眼下，可能就属于右倾。

老温拿不准这样的分析对不对。

4

赵玉兰抽空去了一趟省立中学。表哥的学校在城里，城里也到处戳着一座座的小高炉，煤烟熏得人睁不开眼，劳动场面比郊区的汽修厂造纸厂更加热火朝天。

朱贡献这时候已经不是副校长了，因为错误言论，上级撤销了他的副校长职务，安排他当了一个普通的英语老师。

"大跃进"运动开始后，上面和全国的共识是十五年之内"赶英超美"提前实现共产主义，但是朱贡献却颇有微词，认为十五年的时间恐怕不行，要二十年。这不是跟上边唱对台戏吗？祸从口出，言多必失，自古就有的老理儿。

另外一个，学校大院内开垦了一块试验田，有三分地，选拔了几个年富力强富有经验的教职员工当把式，种上了麦子，力争三分地收获三千斤，也就是亩产达到一万斤。朱贡献是个副校长，分管这个工作，领导几个"行家""把式"搞试验。表面上领导，满心里都是疑虑。首先，作为一个学校，不搞教书育人不抓教学业务搞什么试验田，本就是本末倒置；其次，他是沂蒙山农村出来的，凭多年农村和基层生活的经验判断，三分地绝对打不下三千斤粮食，亩产绝对不可能收获一万斤麦子，何况它还是一块生地、荒地。前后两条加起来就成了"右倾"，副校长就给撤掉了。

赵玉兰说，不当更好，省得操那个闲心。

赵玉兰这时候已经有了几个月的身孕了，明显隆起的腹部强烈地吸引了朱贡献的目光，躲也躲不开。表妹的身子也远不如先前灵活，一挪动一伸腰都显着木讷、笨拙。朱贡献有意无意地看在眼里，心里说不清是个啥滋味儿。

副校长不副校长于他而言并无大碍，他本不是个当官的料儿，也根本不愿意当那个官。小时候大大送他读私塾读省城里的教会学校，意在让他学而优则仕，连同特别的大号朱仕旺，都昭示着成才、出仕、做官。可那无非是大大的念想儿，不可能实现的事情。老辈人说厚德载物，他祖上几辈子都是土里刨食的庄稼人，何德何能？祖坟上不会平白无故地冒出任何一缕出仕为官的青烟来！看看书，教教书，追寻自个儿的那一方安静的世界，足够了。

约翰牧师当年留下的教堂成为了难得的静谧之地，没有课程没有事情的时候朱贡献就会把自己关在这个密不透风的小小教堂内，一待就是一整天。教堂里堆满了杂物，蒙上了厚厚的灰尘。老鼠在缝隙里钻来钻去，家猫机警地设伏，光膀子的耶稣基督的塑像耸立在教堂的那一头，同样蒙上了厚厚的灰尘。这一切都被他看在眼里。他会逐一翻检那些年久失修的老物件儿，有时候心灰意懒，有时候却有意外的收获，欣喜不已。他找到了原产德国的"红钩子"脚踏车，还翻出了送给表妹的留声机，当然都是约翰牧师遗留下来的，收拾收拾还能用，还跟当年一样。时光荏苒，物是人非，约翰牧师虽然早已不知所向成为了久远的过去，但是他的东西还在，拂去满身灰尘，仿佛依然光鲜，仿佛约翰牧师刚才还跟他说过话。

赵玉兰将一网兜水果放在朱贡献的书桌上，叮嘱表哥保重自个儿，有空就回沂蒙山老家或者东郊的汽修厂看看，去了她给表哥做饭，做沂蒙山的煎饼辣椒炒鸡蛋，做咸"糊涂"稀饭。她叮咛表哥少说话、少发怨气。任什时候都是祸从口出。

朱贡献点点头，表示记住了表妹的嘱咐。他同时也嘱咐表妹，身子不得劲，以后就不要来了，路远，倒公共汽车不方便。

他擦了擦眼镜，重新戴好，告诉表妹他要去小高炉上班了，炼铁炉子日夜不息，教职员工们都是三班倒，一会儿就轮着他值岗了。

"表哥！"

赵玉兰从后边喊住他。

朱贡献站住了，回头看着表妹。

赵玉兰说："表哥，俺寻思你得有个人呢……有个人照顾你。一个人过日子，太凄惶……"

朱贡献知道表妹指的什么。他笑了笑，对赵玉兰说："俺没事，你不担心，俺一个人吃饱全家不饿。俺没事……你回吧。"

朱贡献转身而去。

赵玉兰注意到表哥的衣裳裤子沾满了煤灰，眼镜上也有没擦干净的煤灰。只那胸口上的两管钢笔还依然插着，显眼。

金秋十月，赵玉兰生下一个八斤重的男孩。他们给这个混血的小家伙起了个时髦并且响亮的名字——赵跃进。

5

小跃进过百日的这一天，朱贡献如约前来，不仅自己前来祝福，还带来了刚刚成家的媳妇儿。按沂蒙山老家里的风俗，外甥百日这一天，当舅舅的要给外甥铰头发，俗称过百日。

他结婚成亲，表妹一家人都不知道。

朱贡献早早地从市中心坐车出来了，早早地就到了皮特·路德和赵玉兰工作生活的汽修厂。院门打开后，朱贡献微微地笑着，还是那副眼镜，还是左胸口袋上的那两管钢笔，这些都没有什么不同。唯一不同的是，他好像胖了点儿，棉布中山装也比过去干净利落了不少。连同头上的棉帽子，脖子上的素色围巾，黑帮棉鞋，都干干净净。

院门开了，朱贡献冲身后招招手，微微地笑着说："来，你进来。"

一个年轻女人闪身进了院门。

中式棉装，齐耳短发，红围巾，黄挎包，黑色的高靿棉鞋，皮的。白白净净的脸上带着些许的羞怯笑意，满脸欢愉，又显得躲躲闪闪。

这谁啊？怎这么面熟，这么似曾相识……皮特·路德和赵玉兰一时都愣在门口。一个很熟很熟的人，分别了多年，冷不丁地大街上一见，竟然都叫不上彼此的姓名了——就是这样的感觉。

朱贡献笑了："给她换身衣裳，换上志愿军的黄军装，再戴上志愿军的单军帽，背上这个黄挎包，你俩再看看是谁？"

土黄色的志愿军女兵服装，土黄色的志愿军单军帽，帽后边两根细细

的、黑黑的辫子，衬托着一张稍嫌偏长的白白的脸庞，双目如炬，遥望着
远方的鸭绿江……

"俺娘咧！"赵玉兰一拍巴掌，"闵教员？！"

"闵？Oh my God！"

皮特·路德也是又惊又喜。

又拉又推，又说又笑。两个女人的双臂搂抱在一起，两个男人的大手
握在了一起。

一瞬间时光倒流，置身于当年的鸭绿江畔了。他们在碧潼，与中国
辽宁宽甸县一江之隔的朝鲜的碧潼。天蓝、水清、草美；雪白、云高、
松翠。

一家子人说说笑笑，小跃进的百日诞辰透着温馨欢乐。但是赵玉兰也
发现，闵晓丽，现在是她表嫂了，眉宇间却带着淡淡的怅然。

闵晓丽确实有难言的酸楚。

回学校的路上她对朱贡献说，想不到一个美国鬼子俘虏兵反而过得
比你好——有小院，有正屋偏房，有小菜地，工资高高的，要啥有啥。你
呢？集体宿舍筒子楼……俘虏兵超过了俘虏他的人了。

朱贡献笑笑说，他现在是"国际友人"，"和平战士"，当然比俺待
遇高。

闵晓丽眼睛睁起来了。不是你，哪有他们今天好吧啦？

朱贡献又笑笑，是，也是。没有俺跟老团长，知不道老赵在哪个山头
上转悠呢。老赵表妹过得好，俺当哥的高兴。

1966年8月
特殊年代

1

　　闵晓丽在战争结束以后并没有很快回国，又到志愿军总部医院工作了几年时间。在这里，她结识了自己的第一个伴侣，39军116师347团的王团长。王团长这时候已是116师的副师长，伤重住院。他先在志愿军总部医院治疗了一段时间，待病情稍一稳定就转回了沈阳的大医院，闵晓丽也随同回到东北的沈阳。他们是经组织介绍和安排结的婚。王副师长需要有人照顾，而闵晓丽也需要一个稳定的家庭。所以他们结婚了。

　　战争结束了，按情况都已不能在部队继续服役。但是王副师长要跟抗美援朝烈士陵园的战友们待在一起，要陪伴、看护那些成为一抔黄土的战友，他们是同一个闷罐子火车奔赴的战场。依其所愿，组织上将他安排到民政局工作。民政局，管着烈士陵园。

　　命虽然保住了，却也留下了终身的残疾。王副师长是肺部遭受重创，手术时切掉了多半个肺叶，平日里咳喘得厉害。有一年大雪封山，又咳又喘的王副师长半夜里头非得去烈士陵园不行，他听到战友的哀怨，说大雪把他们的房子——那些墓压塌了，他不放心，非得去。闵晓丽拦不住他，就由着他一个人又咳又喘地去了。去了，再没囫囵着回来。

弥留之际，他将闵晓丽托付给共同建立了功勋的战友，当年39军军部的文化干事朱贡献。他们还偶有联系。朱贡献复员在"南方"的省城，是一个中学的副校长，跟闵晓丽都在碧潼战俘营工作过。他说，那是个好人，是个老实人，俺们正好没有后代，你跟着他也省事，俺们九泉之下能放心，俺们战友大家伙都放心。重要的是，朱教员至今还是一个人，还单着身。过年过节的，你们一起来陵园看看俺们，给俺们点上几支烟，倒上几杯酒，俺们也就没啥玩意儿牵挂的了。

朱贡献得信后并没有半点的迟疑，很痛快地就答应了。

料理完亡夫的后事，闵晓丽只身一人到了"南方"的省城。这座"南方"省城在沈阳以南，中间横亘着将近一千公里的路程，算是南方了，但是跟上海比起来，若以传统的秦岭—淮河这一南北地理分界线来划分，又属于典型的北方。她是上海人，习惯于说软话吃软饭，各方面讲究的是个精细。北方人呢？说话像吵架，放屁像开炮，一个字，粗。她喜欢的是小笼包子三鲜馄饨白米饭，是河虾白鱼大闸蟹，北方只有馒头大饼乱锅炖。从东北往南走了一千多里路，又加上了煎饼大葱咸"糊涂"。那个东西很奇怪，既不是甜，也不是咸，既不是稀饭也不是甜汤，她吃不惯。尤其要命的是，北方人欢喜生吃一切能够生吃的东西，大蒜，大葱，萝卜，韭菜，蒜薹，蒜苗，辣椒，圆葱……那个味道啊，熏得睁不开眼，张不开口，捂着鼻子不敢喘气儿。就这呢，朱贡献还嫌晦她大惊小怪，还振振有词，说这个叫原汁原味，带着天地的精灵气，有强筋健骨滋身养体的功效。

朱贡献天天煎饼卷大葱天天抽烟，浑身上下一股烟油子味儿。浑身上下的烟油子味加上浑身上下的大葱大蒜气，那个味道能好闻了？闵晓丽给他熏得晕头转向，每天都要往屋子里洒好几遍花露水，连干点那事儿的情绪都没有。偶尔的十天二十天，朱贡献要是想来上一次，需要提前一个星期戒葱戒蒜，增加刷牙洗脸的次数。就这样还不行，办事的时候，闵晓丽得戴上厚厚的纱布口罩，把尖下巴白脸蛋使劲儿扭到一边，皱眉，闭眼，像一个抬上手术台的试验品牺牲品。那样子不是男欢女爱，分明让朱贡献觉得是在强奸她，或者是宰杀一个无助的羊羔子一样。朱贡献是个教书先生，打小熟读诸子百家，凡事讲究个仁义礼智信。加上又本来脸皮子薄，久而久之，也就兴味索然再没了那份心境了。

闵晓丽在婚后随同着朱贡献回过一次沂蒙山老家，不用说，皱着眉头去的，哭丧着脸回来的。沂蒙山，比原始社会还原始。尤其她那个婆婆，小脚，小个子，相互交流像是打哑谜。她听不懂小脚老太太的沂蒙山土话，小脚老太太更难懂她蛮啦嘎叽的上海方言。更要命的是，天天煎饼卷大葱，一锅咸"糊涂"。她回去了，每顿还加个菜，还炒个鸡蛋辣椒——鸡蛋辣椒也要煎饼卷。从那以后，她再没有去过沂蒙山。

随后"三年自然灾害"就来了，不要说煎饼大葱咸"糊涂"成为了无法实现的奢望，连榆树叶子榆树皮都给搜刮吃净了，土地庙里的观音土都用来充饥，不知道饿死了多少人。小脚的婆婆饿死了，闵晓丽也没有回去。她在省城里，虽然没有性命之虞，却也浑身上下一点点力气不见。学校实行的是定人定量，每日两餐，半干半稀，你吃不饱，也死不掉，教英语的两口子一口气念不出二十六个英文字母。

比较而言，赵玉兰一家的生活要好一些。仰仗着皮特·路德这个"国际友人""和平战士"的身份，大人孩子没饿着。困难确实是困难，但是小跃进好好的，娘也好好的。

是表哥朱贡献回老家接的娘。朱贡献本来也想趁着表妹生孩子这个机会，把自己的老娘一块儿接到省城里，可是老娘死活不愿意。口头上说家里还有房子还有自留地，还有喂的猪养的鸡放的羊，实际上还是心里头堵，解不开那块疙瘩。

朱贡献也多次回去，力所能及地为老娘送去用的吃的，但终究没能从根本上解决问题。他娘开始的时候还只是肿，腿上的肉又虚又暄，一掐一个坑，一双小脚肿得像个发面的馍馍，穿不了鞋。到后来就起不来了。

村村差不多都有饿死人的，汶河村的傻兄弟大傻二傻也饿死了。朱贡献记得最后一次看到这傻兄弟俩是在野猪旺的漫水桥上，俩兄弟皮瘦得变了形，肚子却鼓鼓的像喝饱了水。大傻看到迎面走来的朱贡献，依然有气无力地说：

"蒸馍馍吧？俺娘怀里有馍馍……又大……又暄……"

朱贡献从帆布挎包里掏出自己的干粮，一块玉米面饼子，默默递给了大傻。朱贡献看到大傻将黄澄澄的玉米饼子凑近鼻尖闻了闻，而后掰下来一半，把另一半塞到傻兄弟怀里。朱贡献鼻子一酸，头也不回地走了。

朱贡献不是不想回来照顾老娘，也不是不愿意把老娘接到省城里去，他是没有办法。一方面，因为右倾方面的错误言论，他是背着处分受着监督的，平日里身不由己；另外就是成了家了，很多事情由不得自己做主了。媳妇是南方人，生活习惯跟沂蒙山的农村老太太根本搞不到一块儿去。山里的谚语说"花喜喜尾巴长娶了媳妇儿忘了娘"……他大旺子本不是这样的人啊！

朱贡献说，回过头来看，尽管"鼓足干劲，力争上游，多快好省地建设社会主义"的出发点是要尽快地改变经济文化的落后状况，但由于忽视了客观经济规律和脱离了客观实际，结果造成事与愿违得不偿失。什么叫欲速则不达？朱贡献说这个就是活生生的例子。

朱贡献还说，一切的事物都有着自己的发展规律，一切的事物都存在着哲学，而马克思主义哲学就在于按照客观规律办事。违背了客观规律，违背了事物运动、发展、变化的方向，就要受到历史的惩罚。这个惩罚于他而言很重，很残酷，把他娘惩罚得早早离开了人世。娘走的那一年只六十岁出头。

朱贡献是个英语老师，一个英语老师本不该对哲学老师的问题产生兴趣。哲学问题，哪个说得清？闵晓丽警告他不要喧宾夺主，赵玉兰也让他管住嘴、少说话。早几年的右倾怎落下的？还不是多说话呢！祸从口出言多必失，自古就有的老理儿。

朱贡献点点头。

一个他老婆，一个他表妹，都是为他好。

2

铺天盖地的大字报一夜间贴满了整个世界。

工厂停工了，学校停课了，农民们放下了手里的锄头镰刀上街闹革命。革命群众穿绿军装，戴红袖标，跳忠字舞，摇动着细胳膊高呼"革命无罪，造反有理"一类的口号，满脸的神圣、高傲和庄严，将一个一个躲藏在阴暗角落的"牛鬼蛇神"揪出来，将他们暴露在光天化日之下。

闵晓丽问朱贡献什么是"牛鬼蛇神"？换成英语怎么译？阿拉不知道。朱贡献说不知道就不知道，不知道比知道好。

没过几天，厄运来了。

闵晓丽虽然不知道"牛鬼蛇神"的确切含义，但是她的第二任丈夫朱贡献，却是省立中学第一个揪出来的"牛鬼蛇神"。

因为早些年的右倾言论，朱贡献一开始就给革命群众盯上了。在愈演愈烈的大字报大辩论大批判中，通过深挖细找，他的老底逐一地被揭露出来。右派思想，地主成分，参加过国民党中央军，羡慕资产阶级生活方式，念念不忘复辟资本主义——课堂上推崇美帝国主义传教士的英语教学方法，模仿美国鬼子的英语发音，孤芳自赏小资产阶级的靡靡之音，与美帝国主义臭味相投，等等，都给挖了出来。应验了那句话，群众的眼睛是雪亮的。

而照革命群众看来，朱贡献的认罪态度非常恶劣。

关于他的地主成分，他说沂蒙山老家是有几亩薄地不假，但是土改的时候就分给了贫下中农，如果非说他家是地主，那也是开明地主、进步地主。家父打孟良崮的时候给队伍上抬过担架，家母还摊了煎饼送给解放军吃，还做军鞋给解放军穿；关于他说过的一些话，那可不是右派言论，那是实事求是，是按客观规律办事——学校三分地的高产试验田打下三千斤粮食了吗？没有，连谷子加糠，三百斤不到，亩产万斤，根本不可能的事情，他是实话实说；参加国民党中央军是有这么个事情，但那是迫于无奈，根本不是出于自愿，是给抓壮丁抓去才被迫当的国民党兵，而且仅仅几个月时间，几个月他就起义了，就加入到革命队伍这边了。朱老总，贺老总……很多老总，很多我党我军的高级干部，都在国民党队伍干过，还不一样跟着共产党闹革命打下了崭新的新中国？至于羡慕资产阶级生活方式念念不忘复辟资本主义，更是不可能的事儿。上课时讲约翰牧师的例子听约翰牧师的英语唱片都是为了提高教学质量，与复辟资本主义风马牛不相及。再者说，那都是好些年以前的事情了，留声机早就送人了，约翰牧师也早已不知去向。他向毛主席保证，他现在跟这些个东西已经没有任何一丝一毫的联系了。

这还了得？！

不仅不认罪悔过深挖反动思想，反而极力狡辩，振振有词！

挑头的一声吼，腰带雨点般落在朱贡献的头上脸上。他开始还能招架，还反抗，可是不多会儿就皮开肉绽了。胳膊腿给抽烂了，头上脸上血流不止，打烂的眉骨也在流血，把视线都挡住了。那副近视眼镜也不知道掉哪儿了，朱贡献像个瞎子，捂着头，抱着脸，一边惨叫不断一边搜寻着他的近视眼镜，到最后只有求饶的份了。

闵晓丽见到血肉模糊蜷缩成一团的朱贡献，哇哇大哭。

要说闵晓丽也见过不少的生生死死。在当年的朝鲜战场，炮击，轰炸，脑浆涂地，支离破碎，什么血腥的场面没见过？什么残酷、惨烈的场景没碰到过？她从来没有哭过，更没有哇哇大哭的时候。也许她是没想到这些，没想到朱贡献会是"牛鬼蛇神"，会被革命群众揪出来批斗，会受到这样的毒打；也许她跟这个人在一起生活了几年，彼此产生了感情，尽管她不喜欢他身上的大葱大蒜气，可他毕竟是自己的男人、丈夫。哪怕这个丈夫是第二任。

就在刚刚过去的两天以前，闵晓丽还跟朱贡献大吵大闹了一顿。吵闹不是因为朱贡献被革命群众从阴暗的角落里挖出来，也不是因为他"牛鬼蛇神"的身份，而实在是事出有因。

3

　　朱贡献的所谓问题揭发出来后，先是在本单位关了一个星期的禁闭，反省、思过、自查自纠，以求得革命群众谅解。本单位，低头不见抬头见，加上现在还没有定性，还是人民内部矛盾，所以本校的教职员工以及进驻学校的工人师傅们还算宽宏大量，没打他，也没骂他，一日三餐由老婆闵晓丽给他送。但是朱贡献不识时务，关了一个星期，不仅没有认识到自己的任何问题，反而理直气壮起来。禁闭室就是学校堆放杂物的仓库，那座破旧的小教堂，朱贡献身处其内，气定神闲。关了一个星期，看看没有什么效果，学校造反派只能让他回家继续反省。这一下，朱贡献情绪上来了。

　　放出来的当晚，他叫闵晓丽给他炒了菜买了酒，一个人喝了半瓶子老白干，一边喝一边掉泪。闵晓丽知道他心里难受，把他扶到床上，给他脱了衣服脱了鞋，让他休息。哪想睡醒一觉的朱贡献半夜里来了兴致，手放在闵晓丽的奶子上不下来，许久没硬过的家伙也硬起来了，梆梆的，仿佛回到了若干年前的小钢炮时代。闵晓丽破天荒地没有嫌弃他，也没有戴口罩，任由着生龙活虎的朱贡献尽情折腾。但是，恍恍惚惚地，她听到趴在她身上的朱贡献嘴巴里叨叨咕咕，一边不停地运动一边叨叨咕咕。起初还没有听清楚，还以为朱贡献喝多了酒，说胡话。当她仔细一听，仔细地一分辨，才听出朱贡献在念叨着一个人的名字，念叨着"玉兰""玉兰"。有那么一会儿，闵晓丽没反应过来，等到她确定了这个名字并且明确了其中的真实含义，恶向胆边生，怒从心头起。一声吼叫过后，朱贡献就滚到床下的水泥地上了。

　　据朱贡献第二天的解释，他喝多了酒，他平时不喝酒，从来没有喝过这么多的老白干，他是喝多了，犯糊涂说胡话了。另外，他们已经几年没干过这个事情了，差不多都忘了，生分了。而人在完全生分的状态下是有可能出差错的。

　　闵晓丽还能说什么呢？吵也吵了，闹也闹了，还能怎么办？这个人毕竟是她的男人，哪怕是她的第二个男人。是男人，都有喝醉酒说胡话的时候，都可能出这样那样的差错。

　　现在，这个出差错的男人就蜷缩在眼前，满头满脸的血痂浑身上下的血污。血干在衣服上，硬在衣服上，招来了一群一群的苍蝇。他的头被打烂了，脸也被打烂了，眼眶子嘴巴子肿得像个发面馒头。这个男人本来瘦瘦高高的，现在蜷缩成一团，显得又瘦又小，像个不起眼的乞丐、小孩子。他不仅一脸的痛苦、凄惨、哀怨、可怜，他的近视眼镜也没有了，插在口袋上的钢笔也不见了。闵晓丽看惯了戴眼镜的朱贡献，看惯了口袋上插钢笔的朱贡献，没有了眼镜没有了钢笔的朱贡献让她觉得陌生、恐惧和无助，好像一个完全不同的人。

　　闵晓丽蹲下来，想用衣服袖子给丈夫擦擦脸上的血，可是血已经干了，与皮肤粘在了一起，一点儿擦不掉。朱贡献老眼昏花，手在地上摸索着，肿胀的嘴唇哆嗦道：

　　"眼……眼镜，俺的眼……镜……"

　　闵晓丽弯腰低头找了许久，终于在角落的废纸堆里找到了朱贡献的近视眼镜。眼镜的一条腿折断了，一个镜片也裂了，横着好几道裂纹。朱贡献抹掉眼睛上的血痂，把镜片贴在眼上，看到了满脸泪痕惊慌失措的闵晓丽和耶稣基督的雕像。

　　光膀子的耶稣基督矗立在教堂的那一头，吃惊地注视着面前的一切。

　　从这天起，朱贡献接受群众的严密监督，一边悔过自新，一边劳动改造。

　　学校的大厕所小茅坑都由他负责打扫，学校的楼道、路面和大门外边的街道也是他劳动改造的场所，朱贡献每天天不亮起床，天黑了才能收工。学校靠近试验田的地方有一个很大很大的露天厕所，好几十个蹲坑，男女相连，男的一大半女的一小半。天还黑着的时候，朱贡献就要将坑里的粪便清理出来倒在试验田里。早上人少，便于他开展这项工作。一副挑子挑着两个粪桶，手上一柄木把子铁锨，要往返数十趟才清得完。早晨虽然人少，保不住也有跑肚拉稀的男女老幼，所以每当他准备清理蹲坑，都会在外面高声喊叫：报告！里面有人吗？要是无人应答，他便会挑着粪桶进去；要是有人——男的或者女的不耐烦的声音传出来，他就会挑着粪桶默默退到一边，等待着或男或女的他们捂着鼻子出来，躲瘟疫一般躲着他快速而去。当他们路过身旁，不管男的女的老的少的，都会留下一句"喊什么喊？眼睛不好使吗？！"朱贡献唯唯诺诺，点头哈腰赔笑脸。他本来就近视，又裂了块镜片，还缺个腿儿，使得观察瞭望的效果大打折扣。

闵晓丽用绳子做了个圈儿，一头拴在眼镜腿的断把上一端套在朱贡献的耳朵上，算是暂时解决了他的无镜之疾。

朱贡献天天挑着大粪桶清理茅坑尿池，身上除了原先的大葱大蒜气，又多了粪尿的臭气臊气，它们混合在一起，化学分解成一种奇怪的、不可名状的难闻气味，令人无法忍受。别说闵晓丽，开始连他自己都受不了，但是时间一久，习惯了，也就闻不出来了。

朱贡献每天中午有两个小时的休息时间。这两个小时不是让他躺着，半个小时吃饭，另外一个半小时还得认罪悔过。在学校一进大门的地方，大门口内侧，安放着一张固定的方凳，每天中午，朱贡献都要站到这个凳子上低头认罪。他戴着纸糊的高高的锥桶帽子，脖子上挂着一面小黑板，低头弯腰，两手下垂，老老实实接受群众监督。小黑板用白粉笔写着"地主 右派 反动分子——朱贡献"。朱贡献三个字上打着大大的"×"。

闵晓丽一天三顿给朱贡献送饭，一天三顿的稀饭馒头咸菜，见不到个荤腥。家里已经没什么荤腥了，就是有也不敢送。朱贡献不能享受资本主义生活方式，只能吃忆苦思甜饭。闵晓丽弄不准馒头稀饭就咸菜属不属于忆苦思甜，白面馒头，过去地主家也不见得顿顿有。

闵晓丽送来的饭，大门口值班的革命群众先要看一眼，点头了，认可了，才能给朱贡献。这时候，朱贡献被允许从凳子上下来，站在地面上吃，毕竟，凳子上摇摇晃晃的，不便于就餐，哪怕是忆苦思甜的稀饭馒头咸菜餐。但是头上的高帽子胸前的小黑板不能摘下来，吃过了，马上再站上去。

有时候值班的革命群众不在——革命群众经常不在，他们在一个地方待不下许久，门卫大爷就会叫闵晓丽帮朱贡献把沉重的木头板子拿下来，高帽子也拿下来，让朱贡献坐在凳子上面去吃。吃过了饭，在革命群众回来前，再戴上纸糊的高帽子挂上小黑板站到凳子上去，而此时，差不多已经是又一次清理粪坑的时候了。朱贡献将高帽子和小黑板送回约翰牧师的教堂，重新挑起那一对粪桶。

门卫大爷是个老教工，约翰牧师还在的时候他就在这个学校了，与朱贡献很相熟。朱贡献、闵晓丽千恩万谢，说老教工是个好人，他们会永远记着他的好。老教工每次都是摆摆手，一言不发地躲到传达室里去。

革命群众命令闵晓丽跟朱贡献划清界限，闵晓丽也不知道怎么才叫划清。按理说，划清界限意味着断绝一切往来，可她还一天三顿送吃送喝的，不送还不行，还得罪加一等。闵晓丽不知道革命群众犯了什么迷糊算不清这道简单的算术题。

还有一个她搞不懂的事情。朱贡献非常担心革命群众抄家。抄家，对信誓旦旦的革命群众可说是家常便饭。实际上他不是怕抄家，家里没什么东西，更没有能够认定的罪证，他担心的是他的小皮箱。朱贡献有一个棕色的小皮箱，常年落锁，不知道里面藏着什么宝贝。闵晓丽曾经问过他，他支支吾吾。结婚好几年，闵晓丽也没有看到过箱子里的“材料”到底是什么“材料”。

未雨绸缪，小皮箱偷偷转移到了约翰牧师的小教堂，被朱贡献藏在光膀子耶稣基督塑像的空肚子里。所以如同预料的一样，革命群众乘兴而来，悻悻而归。

闵晓丽对朱贡献的小皮箱产生了浓厚兴趣。

4

有一天趁着送晚饭的当口儿，闵晓丽把那个小皮箱从基督的肚子里掏了出来。一同摸出来的还有几盒火柴几盒烟，还有一把小皮箱的铜钥匙。

朱贡献聪明一世糊涂一时，千不该万不该，不该将小皮箱的钥匙也藏在耶稣基督的肚子里。他瞒过了革命群众，瞒不过上海老婆闵晓丽。

也是活该这天出事。

革命群众在学校召开了一个声势浩大的万人动员大会，声势浩大的场面需要人多，人多，拉的屎尿就多，屎尿多，朱贡献从大小厕所、茅房往返试验田的次数就多，天上了黑影了，还没有将革命群众的屎尿清理干净，就比平时晚回到小教堂一会儿。朱贡献后来想，要是不开这个万人大会，革命群众就拉不了那么多的屎尿；要是没有那么多的屎尿，他就不会晚回去；要是他不晚回去，他的上海老婆闵晓丽就看不到小皮箱里面的东西。但是，没有那么多的"要是"。闵晓丽不仅找到了小皮箱，还顺利地拿到了小皮箱的钥匙。

箱子打开，映入眼帘的是几件志愿军的土黄色旧军装，都洗得干干净净，叠得整整齐齐。有几枚纪念章，抗美援朝战争纪念章，这个不稀罕，闵晓丽自己也有；还有几本线装书，闵晓丽看了看，是《论语》、《诸子百家》、《曾国藩家书》以及《红楼梦》和《金瓶梅》，都是封资修的那一套，都是"四旧"，禁书。但是这个也不稀奇啊？禁就禁了，烧就烧了，并不是什么宝贝，用得着藏金子藏银子一样地藏着掖着？闵晓丽不得其解。最后在小皮箱的底层，她找到了一个用兰花花头巾包裹着的笔记本。

褐色的羊皮封面，书本一般大小，封面上有两个并肩而立的士兵，持枪，抬头，目视着远方。从其着装上，很容易就能看出这两位是中国人民志愿军和朝鲜人民军的战士。封面的下页，有四个烫金的朝鲜文字。闵晓丽一眼就能看出来，但是不知道这四个字的含义。

满心好奇的闵晓丽把笔记本打开了。

首先是扉页上的一首诗，一共八句话，写着这"兮"那"兮"的，她也看不懂，拗口；接着往下翻，不对劲了，整页整页地都写着"玉兰""玉兰""赵玉兰"一类的字。这些字有大有小，有草书也有魏碑颜体，有的很重很重，力透纸背；有的很轻很轻，浮光掠影。其中一页用钢笔画着个画儿，乱石堆里长出几枝纤细的枝芽来，绽开着几朵含苞的花朵，而围绕着它的，全部是密密麻麻的"玉兰""玉兰"……差不多一百多个钢笔写的"玉兰"。

一块巨石堵上了闵晓丽的心口窝。

哪怕是个憨子、瞎子、呆子、傻瓜，也能看出那是兰花；憨子、瞎子、呆子、傻瓜，也能明白其中的内涵。

闵晓丽的目光重新回到扉页，仔细端详那首被她忽略的八言诗句。开始的时候是没注意，重新带着疑问带着寻求答案的渴望来探索发现，果然就发现出问题来了。

辞沂蒙兮赴边关，

生婷婷兮何惧寒；

唯春风兮融冰雪，

有温婉兮厚德传；

依馨香兮圆如玉，

歌香草兮胜于兰；

玉洁洁兮长夜眷，

兰芬芳兮终身伴。

每句诗的第一个字都用钢笔画的圈圈儿给圈着，这些字分别是"辞""生""唯""有""依""歌""玉""兰"。这是什么意思？闵晓丽将它们连起来看，除了"玉""兰"能看懂外，其他连起来也看不明白。"辞""生""唯""有""依""歌""玉""兰"，"辞""生""唯""有""依""歌""玉""兰"……她一遍遍地念着，终于恍然大悟：那是"此生唯有一个玉兰"，是个同音通假字，是个藏头诗！

闵晓丽很小的时候就在外国人开办的女子教会学校读书，也接受过良好的中华文化教育，怎么会看不出一首藏头诗来呢？更何况这个"藏头诗"的头还没有藏住，还用圈圈儿圈着。

朱贡献真是聪明一世糊涂一时。

5

天黑了。

浑身臭气的朱贡献一回到约翰牧师的小教堂，立马就看出来发生了何等的事情。

当他摸索着点亮油灯，敞开的小皮箱赫然而入双眼。几件志愿军的土黄色旧军装凌乱地扔在箱子里，书在，纪念章也在，几盒火柴几盒烟都在。还有几块几毛的零钱，几个硬币，包裹笔记本的兰花花头巾，这些东西都不少。唯独那个羊皮封面的笔记本不见了。

他听到煤油灯火照不到的尽头，耶稣基督的叹息声。

一路偷偷摸摸贼一般出溜到家里的时候，他的上海老婆正暗自神伤，默默流泪。

私自回家是个性质严重的问题，当成抗拒改造、当成与革命群众为敌也毫不过分。革命群众虽然并没有派出哨兵来看管他，但是有着不许私自回家的严格规定，他只能在充当监室的破旧教堂里悔过自新，吃住学睡都在里面，除了外出劳动改造，不能离开监室半步。被从阴暗的角落里揪出来后，朱贡献时时遵守着训令，并没有回家过一次。但是他现在顾不了这些了。

朱贡献站在床前，垂手而立，像一个做错了事情的小学生站在老师面前。

闵晓丽抬起泪眼看看他，低下头继续抽泣。

朱贡献手足无措，不知道说什么好。事到如今，还能说什么呢？

后来还是闵晓丽开的口。闵晓丽用袖子抹抹眼睛，抽抽搭搭地说：

"侬讲讲好吧啦？侬和侬表妹，赵玉兰，侬和她什么关系？"

朱贡献递给她一条毛巾，闵晓丽并没有拒绝。她边用毛巾擦着脸上的泪水边说：

"侬讲讲，侬和她到底什么关系好吧啦？"

朱贡献说："还能啥关系？俺是她表哥，她是俺表妹……亲戚关系，正儿八经的亲戚关系。"

"侬以为阿拉是个呆子、是个傻蛋是吧？侬以为阿拉什么都勿晓得是吧？表哥？表妹？鬼相信阿拉都勿会相信侬晓得吧？"

"你看看你，你看看你，不是你想的那样，俺们没有那种关系，真没有那种关系！"

"没有？'此生只有一个玉兰'是什么？侬'此生只有一个玉兰'！侬真把阿拉当成傻瓜了！阿拉在大上海教会学校读的书不比侬少晓得吧？阿拉什么看不出来？侬只有一个玉兰！侬坦白，坦白从宽抗拒从严，群众的眼睛是雪亮的。"

"那都是过去的事了，还提它弄啥？"

"过去了？过去了侬藏宝贝一样藏着？阿拉要看一看侬箱子，侬将它当作一个炸弹勿松手；阿拉要动一动侬箱子，像割掉了侬的心头肉……侬还狡辩，还勿坦白。侬晓得什么是坦白从宽抗拒从严吧？勿坦白，死路一条侬晓得吧？"

"俺知道，这个俺知道……可是，俺跟表妹真没怎着啊！俺们是打小定下的娃娃亲，是父母之命媒妁之言啊！这个你知道吧？就是很小很小的时候父母亲就给包办了，就给定下了这门亲事了，你让俺怎弄？"

"娃娃亲？那侬怎么勿同她结婚？怎么同阿拉结婚了？"

"这不就事赶事都赶到一块儿了嘛！出来一个皮特·路德，老赵，那美国人，还出来一个老团长……老团长的事情俺就不用说了吧？"

闵晓丽白净的脸上给泪水弄得花里胡哨的。她用毛巾擦擦脸，仍然抽抽搭搭地说：

"既然木已成舟，侬为什么还想着她？为什么还藏金子藏银子一样藏在箱子里？侬勿要骗阿拉好吧啦？侬是贼心不死，侬同侬表妹绝勿'娃娃亲'那么简单，绝勿是一般关系！侬坦白，侬同侬表妹有没有亲过嘴？侬有没有吃过侬表妹的奶子？侬同侬表妹有没有睡过觉……呜呜，你们一定睡过了，你们不止睡了一次……呜呜，侬把阿拉当成傻瓜、蠢蛋、瘪三，侬偷鸡摸狗，勿晓得睡过多少次了，怪勿得勿同阿拉睡……呜、呜……"

闵晓丽越说越伤心，呜咽着哭出了声儿了。

朱贡献马上走到门口，将关紧的门再关紧些，窗帘也拉上。这些东西给革命群众听到了，可不是闹着玩的，要命的家伙呢！

"不是你想的那样，真不是那样！俺们，俺连表妹的手指头都没拐过……"

朱贡献的话里带着可怜巴巴的味道，腰也弯得更低了。

闵晓丽抬起泪眼看看他，很坚决地摇摇头："侬勿想骗阿拉。侬连阿拉碰都不碰……"

"你看看你说的！你不是不让俺碰嘛——你戴个大口罩，好像金字塔里的木乃伊……再者说，俺这个，不是不行了吗？"

闵晓丽说："侬同阿拉不行，同表妹行！不仅行，还威武，狮子老虎也没有侬威武。"

"可不敢胡说啊！让他们听见了，俺还能活？俺活不了了啊。"

"阿拉胡说？那次侬在阿拉身上，侬说侬喝醉了，呜呜，侬就是个小瘪三。侬还怕群众听见，群众的眼睛都是雪亮的……呜呜。"

"哪次？你说哪次？俺说什了？什也没说啊？"

朱贡献倒糊涂了。

"还勿承认？侬那次关了一个礼拜禁闭，回家要喝酒，阿拉可怜侬，给侬炒了花生米，炒了鸡蛋，炒了豆腐，还炒了一个辣椒小炒肉……后来侬就爬到阿拉身上不下来……呜呜，阿拉可怜侬，连口罩都勿戴……侬下边嘛用着力气，上边嘛喊着'玉兰'，用一下力气喊一个'玉兰'，用一下力气喊一个'玉兰'，侬把阿拉当成侬表妹啦……还勿承认！瘪三，侬这个小瘪三，呜……"

"不敢哭！可不敢哭啊……俺那天真是喝醉了，醉得连俺自个儿都知不道胡说些什了。再者说那都是过去的事了，表妹有赵比德、老赵，俺有你，俺各过各的日子，除了亲戚关系任什关系也没有，俺对天老爷爷发誓！"

闵晓丽停止呜咽，抬起头来看着自己的男人。朱贡献同样悲戚的脸上满怀真挚，流露着洗心革面痛改前非的坚定神色，不能不让她油然而产生出一种莫名的相信。闵晓丽问道：

"你们现在真没有那种关系了？"

"怎的叫现在没有啊，天老爷爷，一直就没有过！"

"那侬为什么还藏着这个笔记本？为什么还用钢笔写几百个'赵玉兰'？还有这首藏、藏头……诗！"

闵晓丽又要抽搭。

朱贡献马上低头弯腰，差不多跪在老婆跟前了一样地说道："不是现在写的，俺向你保证，绝对不是现在写的，是朝鲜时候写的，是在碧潼。那时候俺还没敢往你这里想，还知不道这个狼子野心的美国鬼子赵比德竟然跑到中国来定居来娶俺表妹……你让俺怎弄？俺对天老爷爷，对伟大领袖、伟大导师、伟大统帅……"

闵晓丽打断他的誓言："既然没有，为什么不烧了它？为什么还藏起来？连阿拉都不给看一下？"

这一下朱贡献语塞了。

这是个问题，一个不太好回答的问题。

但他略一思考，还是很坚决地说："烧了。原来吧，俺是想着留个念想——可不是因为表妹啊，是因为这个本子是朝鲜人民军发给俺的，俺不是在朝鲜上草洞瓦解美国鬼子有功劳吗？这个事情，你们家老王……俺们老团长知道。俺本来是想着当个念想儿……烧了，你给俺，俺马上就烧了！"

闵晓丽的手和手里的本子却往回一缩："要烧也要阿拉烧。给侬？说不定侬旧情复发就舍不得烧了。"

"你看看你说的……怎可能呢！"

闵晓丽这时候才很认真地看了看自己的男人朱贡献。他的脸上很脏，落满灰屑的头发蓬乱着，眉骨上的瘀肿尚没有完全消散，近视眼镜的一个镜片破了，还缺了条眼镜腿，用根绳子套在耳朵上……尤其是他身上的那股怪味儿，大葱大蒜加上烟油子，还有革命群众造反派下体排放的自然遗产……又臊又臭，别说多难闻了。闵晓丽掩着口鼻皱着眉头说：

"臭死人了！赶快回去洗洗干净……侬还没有吃饭吧？阿拉再给侬做一点。"

朱贡献说："不用了，你送的饭还在教堂呢，俺回去吃点就行了。"

闵晓丽说："饭都凉了，要不阿拉拿回来热一热。"

朱贡献露出一丝丝难得的、感激般的笑意："不要麻烦了，这么晚了，不需要了。俺拿开水泡泡就能行……俺得赶紧回了，让革命群众看见，不得了啊。"

朱贡献做贼一样拉开门。万籁俱寂，革命群众闹腾了一整天，也都累得早早睡下了。

闵晓丽在后边轻轻地叮嘱道："哪天阿拉去'大光明'给侬配副新眼镜，侬眼镜坏了，不能戴了。"

"俺试着还能对付，配个新的得花不少钱呢……俺那里还攒着十三块四毛七分钱，哪天你拿家来，买点菜……记得这个笔记本可千万不能留，赶紧烧了，赶紧的……"

朱贡献小心地、匆忙地说着，消失在寂静的暗夜里。

1966年9月
生死离别

1

远在北京的克莱伦斯·亚当斯打过来一个电话，不仅描述了北京颇为壮观的大字报和声势浩大的群众游行，还谈到了美国国内的民权运动。黑人群体诞生了一个了不起的民权领袖马丁·路德·金，他有一个著名的演讲，叫作"我有一个梦想"，主张黑人和其他有色人种享有白人一样的选

举权被选举权。在马丁·路德·金的率领下，美国国内的民权运动正如火
如荼——恰如北京街头的群众运动。克莱伦斯·亚当斯在电话里说，也许
他们该回去看看，美国正发生着一些变化，已经跟他们十六年前离开的时
候大不一样了。

　　线路质量不好，听筒里一片嗡嗡的电流声，吱吱啦啦噼噼啪啪直响。
尽管如此，皮特·路德还是能够感觉到电话那头克莱伦斯·亚当斯的
不安。

　　"形势不太妙，伙计，"克莱伦斯·亚当斯说，"我想我要马上离
开……喂，喂，你听得到吗？伙计？"

　　电话里除了电流声还有隐隐约约的锣鼓声，克莱伦斯·亚当斯的声音
像蚊子飞过的动静，不经意就会漏掉。

　　"喂喂，我听得到……是回美国吗？你是说，回美国？"

　　"当然，"克莱伦斯·亚当斯回答道，"我，我的中国妻子，我们的
孩子，我们一起回去。我可以向你保证亲爱的朋友，我在一周之内就会
动身。"

　　"这么快？！为什么？"

　　"喂，喂喂，喂？"

　　电话里传来更大的电流声，克莱伦斯·亚当斯的声音和隐隐约约的锣
鼓声都一齐淹没在强大的嗡嗡里了。

　　赵玉兰盯着心事重重的皮特·路德："皮特儿，你给俺说实话，你是
不是也想回去？想回就回去看看。离家十好几年了，也该回去了。去看看
你娘。"

　　皮特·路德摇摇头："没有。起码现在没有。"

2

　　留声机摆放在非常显眼的堂屋的八仙桌上，首当其冲地成为革命群众
最主要的攻击目标。待到赵玉兰反应过来不顾一切地扑上去，木头匣子已

经成为了一堆碎木头块儿，摇把子滚落在地面上。

赵玉兰只抢下来一张踩坏的唱片，就是那张表哥从朝鲜带回来的黑胶唱片"阿里郎"。一道刺目的伤疤在唱盘上划过，像在她的心口窝里拉了一刀。

赵跃进哇哇大哭。赵玉兰一手护着儿子一手护着那张裂了一道横纹的胶木唱片。她把它掩在怀里，把小跃进挡在身后，惊慌、不解、恼怒和无助地看着愣头愣脑的革命群众打碎旧世界——他们的镜子，相框，花瓶，厨具，瓶瓶罐罐，打碎他们的家。

皮特·路德站在赵玉兰母子旁边，没有和革命群众理论，更没有任何的反抗。大兵压境，敌众我寡，革命群众明显控制了主动权。无畏的反抗是不明智的，不会有任何结果。

堂屋锅屋都砸得差不多了，革命群众勒令赵比德跟他们走。皮特·路德说：

"去哪里？"

革命群众的一个小头头说："去你该去的地方。"

"Why？我应该去什么地方？这是我的家，虽然已经被你们刚刚打倒了。"

"废什么话？"小头头一斜眼，"让你去哪儿就去哪儿，到地方就知道是哪儿了！"

"我哪儿也不去，"皮特·路德故作轻松地耸耸肩膀子，"这是我的家，我要跟我的家人待在一起。"

"咦？你是秃子头上打伞，无法无天了？！"

另一个小头头加入进来，一脸疑惑的表情。

皮特·路德说："我头发很好，它们虽然短了些，但是长得很好。我想我用不着在晴天的时候打上一把伞，那样我的师傅会认为我缺心眼。"

"别跟他废话！"先前的小头头细胳膊一挥，命令道，"给我带走！"

几个革命群众上来就扭住了皮特·路德的两条胳膊。

赵玉兰把怀里的黑胶唱片连同着小跃进往墙角里一推，一个转身挡在了丈夫面前，十分明确、非常坚决地对皮特·路德说：

"不敢跟他们去皮特儿！去了就回不来了。"

两个小头头没想到半道杀出个程咬金来，一时间有点儿冷场，不知道怎么办。还是先前那个走到赵玉兰跟前，一脸怪异地说：

"你知道你这叫什么吗？叫破坏革命与人民为敌！信不信连你，还有这黑小子，一块儿给你们带走？"

"他犯了罪了？俺们犯了罪了？犯了什罪？"

赵玉兰没有任何的畏惧。

"我们怀疑他是美帝国主义派来的狗特务，是阶级敌人安插在我们身边的叛徒！"

"证据呢？你有什证据？你二郎八蛋的才不像个好人！好人能跑人家里头砸东西吗？你娘你大大怎教育你的？"

"反了，反了……"小头头气得脸色铁青，"你给我让开，不然我下命令，把你们全部关起来！"

"带走！"

另一个也狐假虎威，虚张声势。

"谁敢？！俺看看谁敢？！"

赵玉兰嗷的一嗓子喊叫，紧紧护着皮特·路德，好像屋子里突然蹿进来一头饥饿的母狼。她的面部扭曲、变形，声调也不是原来的声调了，满脸潮红，双目圆睁：

"赵比德是中央肯定的'国际友人''和平战士'，毛主席都表扬过！怎的？你们想怎的？你们想反对党中央反对毛主席吗？！"

如同出膛的炮弹，一家伙就将一屋子的革命群众炸熄了火。

两个小头头走到外面叽叽咕咕了一番，然后鼻子不是鼻子脸不是脸地要赵玉兰等着，等着他们拿到"派遣特务"的证据，到那时看她还怎么狡辩。然后他们就垂头丧气匆匆忙忙地走了。

3

赵跃进八岁，已经是小学二年级的学生，会说赵玉兰的沂蒙山中国话，也会说皮特·路德田纳西州的美国英语，其中说得最好、最为传神的是两句，一句"my God"，一句"俺娘咪"。当他遭遇到不管是开心、快乐、惊讶、生气、疑问或是其他一切有可能使用到感叹语气的时候，都会用上这两句话。但是在这个挥之不去的下午，小跃进既没说父亲的"my God"也没说母亲的"俺娘咪"。他像变了个人，变得赵玉兰和皮特路·德都有点陌生了。

锅碗瓢盆都给砸坏了，也没办法做饭。好心的邻居大嫂端来三碗面条，还有几个刚出锅的菜包子。赵玉兰和皮特·路德留下了这些带着温热的食物，把邻居大嫂送出门。两个大人都没有吃饭，只有小跃进默默地啃着菜包子，默默地喝着面条汤。

两个人坐了很长时间。

后来还是赵玉兰动手收拾起满屋子的狼藉。赵玉兰叹了一口气，对丈夫皮特·路德和儿子赵跃进说：

"没啥！人活一世，哪能没个病没个灾的？起小到大，哪有走路不跌跟头的？俺行得正坐得直，不做亏心事不怕半夜鬼敲门。俺不反党不反文化大革命，俺跟着组织跟着上级走正道，他能把俺怎的？吃饭，你爷俩儿都吃饭。皮特儿，你喝碗面条，来，喝碗面条，面条都凉了……跃进，你再啃个包子……俺看这个包子是邻居大嫂专门包的，俺得记着这个，不能忘了人家。"

皮特·路德按着妻子的嘱咐，三口两口喝掉了一碗面条，而后就拉抽屉翻柜子。赵玉兰说皮特儿你找什呢？皮特·路德也不说话，只是一个一个抽屉一扇一扇柜子翻。最后，从一个不起眼的抽匣里摸出来一盒烟，"大鸡"牌的烟。他划燃火柴，把这个烟点上了。

烟有些发霉了，也不知道什么时候剩下的，味道很冲，很呛人。皮特·路德虽然呛得直咳嗽，但还是大口大口地吸，吸完一根又接上一根，一边咳嗽一边吸。赵玉兰没管他。赵玉兰从打鸭绿江畔的碧潼战俘营管过皮特·路德外，这十几年下来再没为抽烟的事情管过他。这十几年以来，她的男人皮特儿也再没有抽过烟。但是在这个黄昏散尽的傍晚，在这个满地狼藉的小小院落里，皮特·路德抽上烟了，抽得大人孩子一齐咳嗽。

赵玉兰知道他心里不好受。

还是他们的儿子赵跃进拿下他嘴巴上的烟屁股，在桌子上按灭了。就像赵玉兰当年做的那样。

皮特·路德的嘴巴又干又苦又发涩，他咳了咳，喝上几口水，对赵玉兰说道：

"玉兰，我想我有个事情需要告诉你。"

赵玉兰停下手里的活计，看着他，等着他说话。赵玉兰并没有问他什么，也许知道他要说什么。她只是安静地等待着自己的男人把话说出来。

"我们要离开这里……对，我想我们要离开这里。"皮特·路德顿了顿，好像下了决心，"我们要回到美国去，回到妈妈那里，回到田纳西州的孟菲斯。"

赵玉兰理了理头发。也许她知道早晚会听到这句话，它只是来得晚了一点，又是在这样的一个情景之下。

"回去也好，"赵玉兰说，"你爷儿俩先避一避，也让跃进看看他奶奶……都八岁了，还没见过他奶奶。"

皮特·路德说："NO，NO，玉兰，我是说我们，全家，你懂吗？不是我跟跃进两个人。"

"俺怎去？"赵玉兰淡淡一笑，"俺不会说美国话，也吃不惯你们美国的咖啡面包……老家里还有个娘，俺能把娘扔下不管了？"

"妈妈也回去，我们大家一起回去。"

赵玉兰说："可能吗皮特儿？一个小脚老太太一辈子没离开过沂蒙山，最远的门儿就是这省城，还晕三晕四，东南西北分不清……去美国？你八抬大轿也抬不了娘。"

"我们不用坐人抬的轿子，我们需要坐汽车、火车、飞机，或者还有轮船。"

"这个俺知道皮特儿，俺就是打个比方……不可能的事儿！"

"那，玉兰，我们一起走，我，你，还有我们的跃进。"

赵玉兰收敛起那一丝无奈的笑意，想了想，摇摇头。"不行，皮特儿，俺觉得不行，俺不能把娘一个人扔在老家里。娘年纪大了，需要俺回去伺候，俺还没有尽到一个做闺女的孝道……你爷儿俩先回去，等过了这阵儿再回来不就是了？到时候他奶奶要想来也一起来！来回还能用多长时间？你美国再远，远不了一辈子吧？"

实际上赵玉兰担心的是他们父子俩能不能走得成。这样的疾风暴雨中，一个外国人，不是说来就来说走就走的。另外一个，按着皮特·路德的情况，人美国那边还能不能要他、能不能接收他？

皮特·路德信心笃定。直到如今，他还是个美国公民，他并没有加入中国国籍；他们这些人当年选择到红色中国定居，获得的承诺也是不强制改变国籍，来去自由。就是说，理论上而言，他随时随地可以返回自己的国家美国。另外一个，二十多天以前，他的朋友克莱伦斯·亚当斯一家已经离开北京了，他们的申请获得了迅速的答复，现在他们要么在前往美国的路途上，要么已经到达美国。前有车后有辙，克莱伦斯·亚当斯能做到的，为什么他皮特·路德做不到？

小跃进一直很安静，默默地听着两个大人说话。这时候他过来把赵玉兰的腿抱住了：

"我不去爸爸的美国，我要跟妈妈在一起，我不要离开妈妈。"

赵玉兰搂住儿子的头，哭了。

"不去，俺跃进哪里也不去！俺跃进就跟娘在一起，任哪里也不去……"

4

省市和国家红十字会的批复不仅非常明确，也不拖泥带水。如同皮特·路德预料的一样。

有关方面只是"提醒"赵比德，当他返回到美国的时候，他应该"实事求是"。皮特·路德反复琢磨了一番这句话的意思以及中国国家红十字会为何会提出这四个字的忠告，结果，发现它另有含义。

当朝鲜战争结束的时候，包括他自己在内，一共有二十一个美国人和一个英国人拒绝遣返到自己的国度而选择到中国定居生活，多年过去，其中的不少人已经重新返回了自己的国家，只有他、詹姆斯·温纳瑞斯、克莱伦斯·亚当斯，他们几个还待在中国。克莱伦斯·亚当斯前不久也已打道回国了。其中的原因各种各样不一而论，有文化和生活习惯方面的差异，有对远方亲人的思念，当然也有政治和其他方面的因素。或是迫于无奈，也可能出于回去以后的认同感，一些人在离开中国后发表了一番对于中国和中国人民的污蔑之词，他们不是客观地讲述在中国的生活和所见所闻，而是断章取义充满了偏见与不实。中国方面是担心他也会如此。

皮特·路德当即给予了明确的答复。

他不会"污蔑"伟大的中国和中国人民。他在中国生活了十二年，从一个被白人种族主义者歧视虐待的穷小子变得受人尊重，充分享有平等和自由的权利。他在中国成了家，找到了亲爱的妻子，有了可爱的儿子，有一份体面的工作，他非常满足非常快乐。他就像中国人民所说的那样，真正"站立起来了"。这一切都是中国和中国人民给予他的，是在种族主义泛滥的美国无法想象的。为此他感谢伟大的中国，感谢仁慈的中国人民，他怎么可能会说中国的"坏话"、会"污蔑"中国呢？的确，跟美国的发展水平比起来，中国还很落后和闭塞，但他想这些都是暂时的，谁也不是一下子就过上了富足无忧的生活的，美国也是这样。他看到了中国人民的发奋与勤劳、他们良好的精神状态，他相信这个国家终究会发展、强大起来。他想他无论什么时候都不会昧着自己的良心说话。他的中国妻子告诉他，做人首先要讲个良心，无论什么时候都要拍一拍自己的心口窝，就像他的名字"赵比德"。他知道"德"和"良心"都装在"心口窝"里，良心就是德，"心口窝"就是一个人的良心。

儿子赵跃进不愿意离开母亲，赵玉兰更难以割舍自己的亲生骨肉，所以皮特·路德建议小跃进先留下来跟着母亲，他回去看看美国的情况再做决定。离开田纳西州的孟菲斯已经十六年，虽然诞生了黑人领袖马丁·路德·金"我有一个梦想"的著名演讲，但是十六年以后的美国到底是个什么样的美国，是不是依然存在着种族主义，黑人及其他有色人种是不是一样过得艰难，他们谁也不知道。

赵玉兰一个晚上没睡觉。

她坐在小跃进的身旁，看着儿子圆鼓鼓的脑袋、忽闪忽闪的大眼和饱满厚实的嘴唇，一直看着。后来儿子睡着了，她还依然坐着，不时地给儿子披披被子，摸一摸儿子的手和脚。到后来，她就和衣而卧，轻轻躺在了儿子的身旁。

天刚刚放亮的时候，赵玉兰轻轻地起来了。她告诉皮特·路德，儿子要跟着他回美国去，无论如何都要回去。

皮特·路德揉着惺忪的睡眼："Why？你可以带着他在这里，也可以带着他回老家，沂蒙山。"

"俺娘唻，"赵玉兰轻轻地说，"俺一个人带着个小黑孩儿，你让俺怎活？俺没法活啊……"

皮特·路德睡眼惺忪，并没有能够听懂妻子的话。

他确实是不能完全理解赵玉兰这句话的意思，但是看到了中国妻子一脸的平静和这平静之上的坚定。他知道，妻子的话已经无法更改。

"皮特儿，你说跃进像谁？"

出门的时候，赵玉兰问皮特·路德。

"当然是像你，玉兰。"皮特·路德回答道，"脸盘，眼睛，鼻子，耳朵，都像你。"

"这些地方都像俺。就是皮肤像你。"

赵玉兰微微地笑着说。

5

一家人来跟詹姆斯·温纳瑞斯告别。

老温没有任何要回美国的打算。他已经有了几双儿女，他和他的中国妻子非常恩爱，造纸厂的工人师傅们都非常尊重他，亲切地喊他"老温"。他喜欢抽"大鸡"牌的香烟，爱喝一点儿散装的白干酒，妻子和孩子们都理解他、支持他、满足他，他生活得非常快乐，为什么要回美国去？尽管革命群众"声讨"他，贴他的大字报，说他是美帝国主义的狗特务，但是都动摇不了他继续留在中国的信念。中国人说月有阴晴圆缺，人有悲欢离合，群众运动也就是一阵子风，早晚会烟消云散。在美国，不是也同样存在着名目繁多的各种游行示威嘛！这些都没有关系。师傅们说他"老温"是个好人，是个有良心的人。一个有"良心"的人怎么可能会成为美帝国主义的狗特务呢？所以师傅们都保护他，不许批斗他，更不允许冲击、打砸他温馨的家。詹姆斯·温纳瑞斯觉得自己就像中国的大熊猫。他问跃进，你看到过大熊猫没有？

八岁的赵跃进摇摇头。他只在课本上面看到过。

詹姆斯·温纳瑞斯滔滔不绝，边说话边不停地抽烟，显示出信念笃定和浑身轻松。他要皮特·路德回美国后，如果有可能，去他的家乡看看，家乡还有他的母亲，还有姐姐。老温让皮特·路德转告他的家人，他在中国一切都好，不久的将来一定会回去"探亲"。

告别了詹姆斯·温纳瑞斯，一家人又来跟朱贡献告别。

表哥被"打倒"的事情他们都知道了。一夜之间打倒的人太多，好好的人，很多很多原来受人尊重、德高望重的人，一夜之间就成了"牛鬼蛇神"了，被游街批斗戴高帽子坐土飞机。他们不知道是怎么一回事情。

正在"午休"时间，朱贡献独自一人站在四条腿的木头凳子上，头上依然套着高高的纸糊的圆锥形帽子，脖子上挂着木头板子，低头垂手，一如既往。像是很长时间没洗脸的缘故，他的脸上脏兮兮的，褂子裤子污渍斑斑，光脚上的那双胶底鞋也已看不出本来的颜色。最为引人注目的还是那副近视眼镜，一个镜片碎了，一个眼镜腿没有了，取而代之的是一根绳子，它一头拴着眼镜，一头套在朱贡献的耳朵上。朱贡献就这样站着，一脸的平和。

小跃进觉得他那个样子很滑稽，很好玩儿。

"表舅，你为什么站在椅子上面？你的眼镜腿呢？你为什么用绳子拴着它？是因为绳子比眼镜腿更结实吗？"

朱贡献抬起头来，看见了这一家人。他微微地笑了笑，说道："你们来了？"

赵玉兰看到他的样子，难过得低下头去，什么话也没说。而皮特·路德却热情地打着招呼：

"表哥，你好！"

朱贡献微微地点头，声音很小、很平静地说："还好，还好。"

大门门卫，就是那个老教工从传达室里走出来，看了看他们说："来亲戚了？朱老师你下来，牌子也摘下来。"

朱贡献对他笑了笑，算作感谢。然后弯腰，一手扶住凳子，一手扶住皮特·路德递过来的一只胳膊，慢慢地从木头凳子上下到地面。

他把纸糊的高帽子拿下来放在凳子上，又将脖子上的木头牌子取下来靠在凳子腿上，无声地笑了笑，看着小跃进说：

"眼镜腿断了，不小心给俺弄断了，拴根绳子，应应急。"

学校早已停课了，学生们不是上街闹革命就在家里头待着，大门内外人迹寥落。皮特·路德要把手里的网兜递给朱贡献。网兜里装着十几个黄颜色的苹果，七八个红彤彤的西红柿，还有一把青黄色的香蕉。朱贡献仍然笑了笑，算作感谢。

老教工对朱贡献，也对赵玉兰一家人说："可不敢在外面吃，让戴红袖标的看见了不得了……我给你放传达室里，等天黑了你拿回去。你们说话，你们说话。"

朱贡献还是对老教工的背影笑笑，也对赵玉兰他们笑笑，又像解释，又像是自言自语一般地说道：

"规定俺'忆苦思甜'呢，不能吃好的，俺只能吃糠咽菜，'忆苦思甜'。"

七八岁的男孩子毕竟好奇。小跃进蹲在那块木头牌子、那挂在朱贡献脖子上的小黑板前面，仔细看着上面的粉笔字。地主，右派，反动分子，帝国主义走狗，这几个字他都认识。还有朱贡献，朱贡献是表舅的名字，打着大大的"×"。他对这个也不陌生，大街上，学校里，厕所的墙上，他们家所在的汽修厂的大字报上，都有诸如此类的字眼，都在人的名字上打着大大的"×"，打"×"的人都要被揪斗，都要戴高帽子游街，很多人还被打，坐土飞机。他没想到表舅也戴高帽子，也挂木头牌子，名字也给打上了大大的"×"。表舅，多和蔼多亲切的一个人啊！平平和和的表舅一直都非常温暖地对待他，每次都给他讲中国故事，很多很多的故事，表舅有太多太多的知识，他几乎什么都知道。表舅的大手特别温暖，镜片后面的眼睛总是熠熠生辉，每当他给他说起那些成语典故或者中国的那些神神鬼鬼的故事时，他的声音特别宽厚温暖，像刚刚出炉的热烘烘的烤地瓜，像妈妈刚从蒸笼里拿出来的热包子……但是，表舅现在跟这些字眼儿连在一起了，跟地主、右派、反动分子、帝国主义走狗连在一起了。小跃进心里很难受，差不多要哭了。

赵玉兰把儿子拉起来，把他的圆滚滚的脑袋贴在自己的胸口上。儿子长得快，不经意都到她的胸口了。

赵跃进歪起头来看着自己的母亲，悄声问道："妈妈，'走狗'是什么呀？爸爸是'走狗'，表舅也是'走狗'，怎么他们都是'走狗'啊？"

赵玉兰说："可不敢胡说……他们尽胡嚼咕呢，俺儿可不敢胡说。"

"可是，妈妈，黑板上写着……"

皮特·路德倒笑了。他弯下腰来，看着儿子说："走狗，在中国的典故里就是狗腿子。狗腿子懂吧？就是狗的四条腿。你看看爸爸，再看看表舅，我们像狗的四条腿吗？"

小跃进很认真地看看自己的父亲又看看表舅，觉得他们一点儿也不像狗的腿，他们还是爸爸，还是表舅。

朱贡献也笑了："舌头长在每个人的嘴巴子里头呢，随他们说就是了。"

赵玉兰低头盯着儿子说："跃进，你大了，该懂事了。你要记住，你大大，你表舅，他们都是这世上最好最好的人，都是最讲良心的人！人，任什时候都不能忘了良心啊……俺儿，好儿，你可能记住娘的话？"

八岁的赵跃进点点头，表示他记住了。

当朱贡献得知皮特·路德就要返回美国，也并没有表现出多少惊异来。离开家乡那么多年，回去看看是情理之中的事情。就是表妹怎么办他不知道，还有年幼的赵跃进。

赵玉兰对他说："皮特儿出来十六年了，十六年没回去过呢……他家里还有个娘。跃进八岁了，也还没见过他奶奶，也该回去见一见。他爷儿俩先回去，回去看看再说……俺现在没法走，老家里头还有个娘，俺不得伺候她？俺能把她扔下不管了？"

"也是，也是。"

朱贡献连连点头。

赵玉兰往人迹寥落的校园内看看，不无担心地问道："表哥，怎的没见着表嫂呢？表嫂还好吧？"

朱贡献说："好，她没事，好着呢，见天给俺送饭来。"

"要俺说表哥，你该吃吃，该喝喝，能怎的？任谁这辈子没个灾没个难的？都有不顺的时候。有病俺就治病，有错俺就改错，跌倒了俺爬起来，还不是活蹦乱跳一个人？你可不敢想不开！大不了回俺沂蒙山老家去，俺喂个鸡喂个猪，再种上几垄菜地，还不照样过？"

朱贡献又一次无声地笑了。他知道表妹是宽慰他，说些宽心的话给他听。"没事，俺没事。"他对这一家人说，"你们不用为俺担心。等你们打美国回来，俺一准好好的。不担心。"

"等我从美国回来，表哥，"皮特·路德说，"我给你带美国的烟，真正美国的烟，'骆驼'。我想那用不了多久。"

"好！俺等着你给俺带'骆驼'烟回来。还是朝鲜的时候抽过，这都多些年过去了……朝鲜的时候也是缴获你们的，是战利品。"

朱贡献笑着回答道。

表妹一家人走出大门了，朱贡献把那个纸糊的高帽子重新拿在手上。他看到表妹和表妹夫——赵比德，还有他们的儿子赵跃进，他们一家人回过身来向他招手，他也举着高帽子摇了摇，同时喊道：

"皮特儿，别忘了给俺带烟。"

"不会忘的，表哥。"

皮特·路德在远远的那边回答着。

"俺想要两盒，你给俺带两盒'骆驼'烟。"

"我给你带两条——不是两盒，是两条……"

一家人越走越远，皮特·路德的声音也越来越远。

"好吧，就这样吧……"

朱贡献把纸糊的高帽子戴在头上，把那个木头牌子套在脖子上，重新站在了木头凳子上。

1966年10月
像雾像雨又像风

1

这世上最难捉摸的，是女人的心。

笔记本事件之后，闵晓丽经过了一个复杂和艰难的抉择。思来想去，闵晓丽觉得如果不能从灵魂深处深挖思想根子，那她的男人朱贡献就永远断不了对赵玉兰这个"表妹"的念想，她闵晓丽也就永远成不了这个家庭真正的女主人。当然，朱贡献表态表得很好，但是哪个能保证朱贡献不旧情复燃？情这个东西最最靠不住了，与情一样靠不住的还有男人的心。

在闵晓丽看来，革命群众虽然毫无来由也没有章法，但是革命群众是以左派的面目出现，所到之处"牛鬼蛇神"尽皆噤若寒蝉，"地富反坏右"一个个偃旗息鼓。她的男人朱贡献不就是一个活生生的例子吗？时常散布个右派言论，提醒他、教导他，他屡教不改。结果怎么样？被革命群众一顿胖揍，关监室，扫厕所，挂牌子，戴高帽，从此老老实实再也不敢乱说乱动。当然，革命群众不应该打人，打人是侵犯人权是侵犯人的尊严的，特别挨打的还是她的丈夫朱贡献。一日夫妻百日恩。为了这个夫妻，她要让朱贡献长长记性——她没有按着朱贡献的吩咐烧掉那个笔记本，而是交给了占据学校的革命群众。

女人的心有时候就是一汪清澈的深潭，见得到，但是够不到底。

当朱贡献从嗫嗫嚅嚅欲言又止的闵晓丽嘴巴里听说笔记本交给了学校的革命群众，惊愕得半天说不出话来。

朱贡献从口袋里摸出一盒又空又瘪的皱皱巴巴的"大鸡"牌纸烟，摸索着掏出一根火柴。他的手哆嗦得厉害，划燃了几支火柴也没能将这根皱皱巴巴的老太婆烟点着，所以他把老太婆烟和老太婆一样又空又瘪的"大鸡"牌烟盒子一起装进口袋里，缓慢地、毫无目的地走来走去。

充作监室的教堂里到处堆满了杂物，从这头到那头只有一条窄窄的过道供朱贡献走动。那一头，教堂正厅的墙壁镶嵌着半圆形的玻璃镜面，几块彩色的玻璃碎了，残风将一面很大的蜘蛛网吹得残破不堪。墙面之下的讲台上胡乱扔着些破桌子坏椅子，有长条形的供桌也有四四方方的八仙桌，都属于扫荡"四旧"的战利品。讲台原为木板搭制，橡木的板子，真材实料，非常结实。约翰牧师曾经站在这个讲台上传道授业，主持过许多次的弥撒和礼拜。约翰牧师也在这个讲台上教授学生们学习英语，一口地道的得克萨斯口音。在讲台之下，正中的位置上原来是受难耶稣基督的塑像，曾是朱贡献藏匿小皮箱的地方，在其筑空的肚子里……但是耶稣基督没能保佑他，甚至也没能保佑住自己。小皮箱给老婆闵晓丽搜出来了，陶筑的塑像给"造反派"砸得稀巴烂，只有一个十字架孤零零戳在原处，只在基座上遗留下一些破碎的陶片。

朱贡献就在这条窄窄的过道上漫无目的地走来走去，不知道走了多长时间。每当他走过闵晓丽的身旁就会叹上一口气，很轻很轻的气；而每当他走到耶稣基督的身旁——那个孤零零戳在原地的十字架，他就会听到另外的一种叹息，很重很重的叹息，仿佛是耶稣基督的魂在那里游荡。

十字架也是橡木搭制，两根四四方方的原木以中国古典传统的榫卯结构连接在一起，看上去十分坚固。革命群众砸碎了陶塑的基督却没有将这个用作支撑的十字架连根拔除，不知道是出于什么样的考虑。也许它只是个木头架子；也许因为它过于结实也不一定。

像闵晓丽一样，经过痛苦而艰难的考虑，朱贡献决定去跟革命群众晓之以理动之以情，去要回那个珍贵又烫手的笔记本。

2

在很长时间以后，赵玉兰想象着已经打倒的表哥朱贡献吃了熊心豹子胆一样地去找革命群众，仿佛就看到了他脸上的那样一种神情。那不是悲，不是哀，不是胜券在握志在必得，也不是出师未捷一去不返的悲壮。那是一种平静，汶河的水缓缓注入到沂河之中时的那股平静，微微涟漪，波澜不惊。她想象着表哥佝偻着瘦弱的脊背，穿着脏兮兮的衣服和脏兮兮的鞋子，蓬乱着一头脏兮兮的头发弯腰走在校园里的情景；想象着表哥的近视眼镜碎了一块镜片并且掉了一条腿不得不用一截绳子套在耳朵上；她想象着他心平气和地走到教务处门前，轻轻地敲敲门，推开虚掩的门板，面对着一屋子怪异的嘴脸……

但是，时过境迁，有些情景难以再现。她的想象带有明显的主观成分，而事物往往是由客观因素来决定的。

笔记本自然没有要回，不仅没要回，她表哥朱贡献还额外坐了一次"土飞机"。革命群众兑现了对闵晓丽的承诺，他们确实没再打她的丈夫，他们只是让她的丈夫体验了一把"土飞机"的滋味儿。除此以外，还送给朱贡献一个新的罪名，流氓。

朱贡献在小教堂里躺了三天。这三天，他没去清理厕所茅坑，也没有扫马路和学校门口的街道。不是革命群众格外开恩，而是他的两条胳膊两个手实在动不了、举不了，也拿不了东西了。饱尝了"土飞机"的滋味以后，他在破旧漏风的教堂里趴了整整一个夜晚一个白天，这一夜一天他一动没动，跟死掉了一样。他的腰并没有断掉，胳膊也并没有断掉，但是跟断掉了一模一样。

在这一天一夜之中，朱贡献没吃下去多少东西，闵晓丽送了几次饭都吃不下，闵晓丽凉了热热了凉，只喂下朱贡献几口水、几勺忆苦思甜饭。闵晓丽边喂朱贡献边抽抽搭搭地哭，说革命群众答应过她，革命群众保证不打他，革命群众原来也有说话不算话的时候。

朱贡献听到闵晓丽的自言自语难过得扭过头去。他动不了胳膊也动不了腰，他只能费力地将脖子扭来扭去。

天气已经凉了，即便是中午的日头也不再灼人。温暖的阳光照耀着朱贡献的脑袋，照耀着他的脖子和后背，让他在十分的苦痛中体味到些微的松弛与抚慰。他低头弯腰，两个胳膊服服帖帖地垂在两边，脖子上挂着木头牌子。他已经站了很长时间，嘴巴鼻子距离地面越来越近，差不多要栽倒了。门卫大爷，就是那个在学校工作了几十年的老教工搬过来一把带靠背的椅子，把它放在朱贡献面前。看管朱贡献的革命群众瞪着眼，不知道这个老家伙要搞什么。老教工解释，他这样站了很长时间了，天蒙蒙亮的时候就站在这里了，他的腰越来越弯，他的脸越来越低，他的鼻子他的嘴巴子快要趴在地上了，他的牌子已经碰到地面了，让他在这个椅子背上趴一趴，让他缓缓歇歇，他缓过了歇过了才好继续接受改造。如果他一头栽倒在地起不来了，岂不是要影响低头认罪悔过自新的效果了吗？

担任值班的革命群众想了想，感觉到老家伙的话也有道理，没有拦阻他。

日头偏西以后，闵晓丽来送饭了。闵晓丽这一天姗姗来迟。

看管"牛鬼蛇神"的革命群众走上前来查看。按他们规矩，家属送来的饭要先由他们检查过目，他们同意了朱贡献才可以吃。闵晓丽把饭盒的盒盖揭开，把饭盒递到革命群众面前，声音很小地说：

"忆苦思甜饭。阿拉用红薯叶子做的忆苦思甜饭。"

革命群众匆匆看了一眼，捂着鼻子皱着眉头走开了。

一饭盒叶子粥，夹杂着碎豆子和碎米粒，说干不干，说稀不稀。那个味道不太好闻，像是猪圈里猪的饲料。

用地瓜叶子混合着豆子混合着米做成粥还是赵玉兰教给闵晓丽的，是沂蒙山老家的一种庄户饭。在秋天收获了地瓜之后，庄户人都会将地瓜叶子晒干保存起来，猪能吃，羊能吃，碰上了不好的年景，人一样能吃。晒干的地瓜叶子耐放，能一直放到来年的春上。混合了豆子混合了米的地瓜叶子粥算是个高级的做法了，年景不好的时候，庄户人哪有豆子哪有米？只能混合上一些地瓜面。地瓜命薄，不怕旱不怕涝，易于在贫瘠的山区里栽种，家家户户，到处都挖着窖藏地瓜的地瓜窖子，地瓜就是一年四季里的主食，地瓜，地瓜面，地瓜叶子地瓜干，浑身是宝，样样能吃。能吃是能吃，可那是庄户饭，是庄户人家赖以活命的无奈之举。闵晓丽就吃不了这个东西，馊哄哄酸哄哄的，闻了反胃。朱贡献打小吃这个东西吃惯了，如今悔过自新接受革命群众的监督改造，正适合一天三顿吃这个地瓜叶子"忆苦思甜饭"。

"朱老师，朱老师，你把牌子摘下来，摘下来吃。"

看门的老教工在破旧的传达室里喊。

朱贡献和闵晓丽冲老教工笑笑，闵晓丽帮着朱贡献把脖子上的木头牌子摘下来，将那个牌子靠着凳子放在地上。在将铝制饭盒递给朱贡献的同时，她附着朱贡献的耳朵，用他们两个才能听到的声音说：

"底下有鸡蛋。阿拉给侬卧了两个荷包蛋。"

朱贡献听到了闵晓丽的话。朱贡献不易觉察地、轻轻地笑了笑。

筷子触碰到荷包蛋时有一种愉悦的感觉，圆乎乎的，滑溜溜的，在说干不干说稀不稀的地瓜叶子粥之下，在筷子的触动下满怀着异样的感觉。

但是朱贡献没让这种感觉留存良久，他在极短的时间之内快速咽下了两只荷包蛋，甚至都没有品尝出它的滋味来，不知道它的咸和淡。地瓜叶子粥是咸的，在朱贡献想来，他老婆闵晓丽偷偷卧在地瓜叶子粥下面的荷包蛋也一样充满了咸咸的味道，他只是来不及品尝而已。

在朱贡献呼呼啦啦喝着馊哄哄的地瓜叶子粥的同时，闵晓丽从口袋里摸出一个小小的布包。一副眼镜，一副新的近视眼镜。

闵晓丽说她去给朱贡献买眼镜去了，因为跑了好几家眼镜店才回来晚了，才耽误了给朱贡献做这个"忆苦思甜饭"。她不知道朱贡献近视多少度，近视的眼睛总是会随着年头而变化，而且两只眼的近视程度也不一定一样，最好的办法是到眼镜店现场验一验试一试，验过了试过了才配得准、配得合适。但是朱贡献这个样子怎么能去眼镜店呢？所以她自作主张，估摸着给朱贡献买了副六百度的。六百度，应该差不多。

朱贡献把饭盒放在凳子上，把眼镜接过来，先是习惯性地哈上一口气，小心地擦了擦，而后同样小心地戴在了鼻梁和耳朵上。

他看到了闵晓丽苍白的脸颊，瘦瘦尖尖的，没有一点点血色，这个小巧的上海老婆正用一种非常复杂难以言表的神情凝望着自己。朱贡献无声地笑笑，轻轻说道：

"六百度也行。八百度，要是八百度的就更好了。"

然后他看到了对面传达室的老教工，老教工手里端着一个白色的很大很大的搪瓷缸子，脸上带着两个同样很大很大的肿眼泡子。老教工平时睡不好觉，大规模群众运动开始以来就更难以成眠了，整夜整夜地睡不着。朱贡献看到了人迹寥落的街道，街道上有一些人在用大扫帚扫地，他们都头顶着纸糊的圆锥形的高帽子。不用说，那是和他一样的"牛鬼蛇神"。他这个"牛鬼蛇神"不去扫大街不去清理革命群众的屎尿，还有别的"牛鬼蛇神"去扫大街去清理。他们的罪名虽然五花八门不一而论，可九九归一归根结底都属于同一个"牛鬼蛇神"。

朱贡献收回目光，看见了牌子上的字。"地主""右派""特务""走狗"，还有刚刚增加的新的罪名——"流氓"。"流氓"两个粉笔字是新写上的，尤其在新的近视眼镜里非常刺眼，非常醒目。

荷包蛋、新眼镜带来的一丝丝慰藉刹那远去，如同一股深秋的风，越飘越远，消失在看不见的远方了。朱贡献的脸黯淡无光，好像西斜的太阳正在落山。

肿眼泡的老教工走过来了，手里依然端着那个很大很大的搪瓷缸子。他看看四下里无人，管人的革命群众也没有回来，偷偷告诉朱贡献，当然也告诉闵晓丽一件事情。就是明天，革命群众会把朱老师押到他们的表妹那里去，把他们两个押在一块儿批斗，一个什么，一个什么，当面对质对证，彻底清算他们的什么和什么。他问朱贡献，你跟你表妹，到底是怎么了？到底是因为的什么让革命群众不能坦白从宽你？

老教工说话的时候一脸的疑惑，不停眨动疲乏的双眼，大眼泡子更显得大。他没有把话全说出来，最难听、最刺耳的词语用"一个什么"、"一个什么"和"什么"、"什么"代替了。但是朱贡献和闵晓丽都知道老教工羞于启口的词语是什么。他们都知道。

老教工还说，革命群众不是没去抓他们的表妹，而是去了两次都无功而返。头一回给他们的表妹表妹夫骂回来了，表妹夫是谁？"国际友人"，"和平战士"！革命群众竟然敢惹"国际友人""和平战士"……第二次是给工厂的工人阶级赶回来的，他们也是革命群众，他们在自己的地盘上闹革命，不允许外来的革命群众跑到他们的工厂里闹革命。革命不是请客吃饭，不是谁想来你就来谁想走你就走。你表妹人缘不错，这个时候了还能有广大的工人阶级来保护她，说明她人缘不错……但是这里的头头们说了，他们得到了总指挥部的指示，"和平战士"已经潜逃，你们是跑了和尚跑不了庙，明天一早就要把你押过去，把你们的表妹抓起来现场批斗，不获全胜决不收兵。朱老师你得小心，你们可都得小着点心呢！

朱贡献已经不是朱老师了，但是老教工还叫他朱老师。

西边的太阳越来越远越来越低，后来沉寂在远远的、山的那一边了。两口子默默地看着夕阳坠落下去，都没有说什么。他们的心也随着夕阳落下去了。

霞光燃尽，暮霭四起。

闵晓丽听到她的男人朱贡献叹了一口气。

"唉，究竟怎事儿呢？"

朱贡献像是自言自语。闵晓丽听到他在愈来愈浓重的暮霭里好像是对她，也好像扪心自问一般地说道：

"怎的你、你们，就不能信俺一回呢？俺怎的才能让你们信俺？"

朱贡献的话语轻飘飘的，不仔细就会从耳旁溜走。

3

老教工印象中，最后一次看到原来的副校长后来的英语老师现在的"牛鬼蛇神"朱贡献是在那个月亮升起来的夜晚，朱贡献一趟一趟地打水，一趟一趟将打满水的搪瓷脸盆端回教堂，一趟又一趟，足足十几趟。这是他眼睛里最后的朱贡献。老教工还问他，朱老师打这么多水弄什么？都半夜了。他不知道一个人大半夜的为什么要打那么多的水。

朱贡献已经不是朱老师了，但老教工还一直管他叫作"朱老师"。老教工一直这样称呼他。

朱贡献的回答简明扼要。洗洗，好长时间没洗了，浑身上下又臭又脏。俺洗洗。

学校的水房距离传达室不远，朱贡献来来回回，都给患有严重失眠症的老教工看在眼里。

月光流淌，一派迷蒙。

4

朱贡献洗了头洗了身子，把胳肢窝脚丫子洗了个遍，洗光了半块肥皂。天气很凉了，水也很凉，但是朱贡献越洗越热，越洗越感觉到浑身的清爽。洗完了半块洗衣服的肥皂，朱贡献把那个小皮箱拿了出来，把那身朝鲜战场上的旧军装找了出来。当年的军装已经很旧了，但是洗得干干净净，叠得齐齐整整。

朱贡献原来有三管钢笔，被革命群众踩断了两管，还有一管好的他藏起来了，朱贡献把这管好钢笔插在了旧军装的上衣袋内。他戴上了老婆闵晓丽给他新买的近视眼镜，周围的一切都看得很清。他还将那几枚纪念章也戴在了胸前。都有着和平鸽的图案，和平鸽展开着翅膀，呈展翅欲飞之状。

凉风从破碎的玻璃墙上吹进来了，吹散了蛛网满地。凉风掠过耶稣基督曾经相依相赖的橡木十字架，在破旧的天花板上游荡，像是基督的灵在教堂内穿行。

半张课本纸上写着一行工工整整的钢笔字：

这下你们信俺了吧？

1966年10月
故土之恋

1

赵比德、赵跃进父子坐了一个多星期的火车。

他们先是向北，在北京和中国国家红十字会接上头后，再登车南下。一位红十字会的工作人员专门陪同着他们。火车喷吐着浓浓的煤烟，吭哧吭哧咣当咣当，一路到达了中国最南方的城市广州。

他们在广州住了三四天。在这里，国家红十字会和广东省红十字会的工作人员又跟皮特·路德谈了几次话，内容还是以前的内容，无非是要他客观地看待中国的一切，客观对待这十几年的生活。还是那句话，回美国以后不能污蔑中国和中国人民，因为他已经答应"实事求是"。皮特·路德再一次对中国做了保证——红十字会的工作人员所代表的分明就是国家。他在中国生活了十二年，中国人民对他非常友好，他为什么要"污蔑"中国人民呢？再说他的妻子还留在中国，他只是回去看看，他和他们共同的儿子还会回来，他完全没有"污蔑"中国人民的可能。除此以外，他是个有良心的人，他不能昧着自己的良心做事情。

他们下榻的地方叫作"白云宾馆"，位于广州的越秀山下，山清水秀，风光旖旎，皮特·路德和儿子赵跃进从来也没有住过这么高级的宾馆。他们被当成贵宾，享受着体面的照应，品尝了很多在北方从来没有见到过也没有吃到过的小吃和美食。小跃进对于广州的早茶特别有兴趣，它们不仅花色品种繁多，不仅仅只是能吃，还非常好玩，每一种都像是精致的玩具，像是工艺品。你听听这个叫法，"早茶"，跟北方的一点儿不一样。他们生活的省城，管"早茶"叫早晨饭或早上饭，这个地方叫"早茶"！这让他非常新奇。他想要是妈妈在就好了，妈妈也肯定没见过，更没吃过这么高级这么好吃的艺术品。

一路而来，八岁的赵跃进兴致浓厚，对什么都充满了好奇。他们在火车上待了好几天，乘坐的是卧铺车厢。伴随着吭噔吭噔咣当咣当的车轮撞击声，不同的田野风光和不同的山川河流从车窗前依次闪过，小跃进总是趴在窗前看个没完。原来中国这么大，原来中国的河流这么多，原来中国有这么多的高山平原，原来中国一眼望不到尽头的田野上生长着这么多的各种各样的庄稼。当然，还有大字报，每个站台都是铺天盖地的大字报，都锣鼓喧天，红旗招展……要是看得累了，困了，他就会去铺位上睡上一觉。小跃进从没有睡过卧铺，从没有坐过这么长时间的火车，那吭噔吭噔咣当咣当的车轮撞击就像催眠的曲调，让他心满意足。他想，要是妈妈在就好了。

2

在罗湖口岸，中国国家红十字会的代表把皮特·路德父子交给了香港美国领事馆。

　　早有几个挂着照相机举着闪光灯的记者等候在罗湖口岸的香港一侧，对着父子俩连连拍照。赵跃进没见过这样的阵势，闪光灯的耀眼光芒也让他很不习惯，不由自主抱住了父亲的胳膊。皮特·路德毕竟见多识广。他对儿子笑笑，故作轻松地说：

　　"没关系，跃进，我想我们要自然一点。因为我们要登报纸了。"

　　小跃进看到那几个记者里有中国人也有外国人，外国人高鼻子深眼眶，头顶上一蓬乱糟糟的杂毛；而中国人的个头都很瘦弱很矮小，跟他生活了八年的那个省城里的人完全不一样。在那里，汽修厂的叔叔、伯伯们，街道上的叔叔阿姨们，都高高大大壮壮实实，说话的嗓门儿也大。可是一到了广州，过了这个叫作"罗湖口岸"的地方，人不仅瘦小，说话也听不懂，像鸟叫。

　　"爸爸，他们是中国人还是外国人？他们的话我听不懂。还有香港，它是中国还是外国？"

　　赵跃进悄悄问自己的父亲。

　　皮特·路德看看坐在前座的美国领事馆的人，用不太标准的中国北方话告诉儿子道：

　　"他们当然是中国人，香港，我想也是中国。历史上它属于中国，不过现在是在英国的管辖治理之下，所以这里的人除了说方言以外都说英语，我想英语是他们的官方语言。儿子，我们也入乡随俗，开始说英语吧。"

　　"好的，爹地。"

　　赵跃进用英语回答道。

　　坐在前座的美国领事馆的人听着父子俩的谈话仍然不苟言笑，一言不发。

　　他们给直接拉到了一处饭店住下。在这里，父子俩被告知不可以随便外出，更不能未经允许与来历不明的人进行接触。

　　饭店的条件虽然比不上广州的白云宾馆，但是服务更周到，也更细致入微。一日三餐里增加了不少颇合皮特·路德口味的西餐，面包、咖啡、意大利面，应有尽有。当然也有中餐，也有早茶、宵夜，这些都与广州的时候大同小异。但是天天如此，小跃进就有点兴味索然了，再好的东西，吃得多了、腻了，也会感觉到无味。而且他已经开始讨厌起这些中国饭不像是中国饭，外国饭不像是外国饭的东西了，它们的味道很怪，根本就没有妈妈的馒头包子花卷煎饼咸"糊涂"好。小小年纪的赵跃进想，要是妈妈在就好了。

皮特·路德从为数不多的财产里拿出一部分人民币，托总台的服务生换成了港币，将剩余的全部换成了美元。当然都是在黑市上倒换的，中国的人民币在中国曾经的香港已不能使用。小额的港币用来付小费及零用，美元要用在大项开支上，比如购买船票。他们坐不了昂贵的美联航的班机，他们只能乘坐稍微廉价些的轮船跨越浩瀚的太平洋。他们的钱款为数不多，他们要精打细算，因为还有很远很远的路要走。

赵跃进对于"小费"这个事情非常不理解。门房拿个行李要付给他小费，开个门要给他小费，帮忙指一指路也要给他小费……他从来没有碰到过这样的事情。

"为什么？爸爸，你为什么总是要给他钱？"

"因为人家给我们提供服务了。"

"他们是饭店，我们付了房费，提供服务难道不是应该做的吗？"

"服务就要收费。这是他们的规矩，到美国也是这样。"

"妈妈那里可不是这样。人们相互帮忙从来不用给钱。"

"妈妈那里是为人民服务，为人民服务不收费；这里是为'你'服务，为'你'服务就要收费——如果我们帮他拿东西给他提供服务，他一样要付给我们小费。"

"'人民'难道不是人吗？真奇怪。"

赵跃进弄不清同样都是"服务"，为什么一个不收费而一个要收费。

他想，要是妈妈在就好了。

他们随身带来的钱并不多，尽管那是他们这个家庭几乎全部的积蓄。在赵玉兰的坚持下，积攒下来的钱差不多都给这父子俩带上了。他们父子出门在外，需要花钱的地方多，而她一个人留在家里，怎么都好说。这是赵玉兰坚持的理由。可是皮特·路德到了香港才知道，从家里带来的钱根本不值钱。物价非常高，与他们生活的那座北方省城相比，这里的物价简直像是天价，吃的用的都吓人，跟杀猪一样。好在父子俩的食宿都由美国领事馆安排，这让他们放下心来，那可是很大的一个负担。不然，皮特·路德和他的儿子在香港一天也待不下去。

"安排"并非是无缘无故，也并不显得轻松。

领事馆的人，美国国内的人，穿西服打领带的人，着风衣戴墨镜的人……还有一拨一拨的记者，报社的、通讯社的、电视台的，轮番而至如同走马灯，围着他们询问、盘问，在皮特·路德看来，更多的时候是审问。"审问"的核心问题只有一个：他"背叛"自由美国十二年——从被俘的时候算是十六年，为什么突然要回到美国？实际上，他们怀疑他会不会已经成为中国共产党的工具，成为了赤色中国的间谍。

领事馆的人，美国国内的人，穿西服打领带的人，着风衣戴墨镜的人……变着花样儿从不同角度反复审问着同样的问题，他们以为这样就会让皮特·路德露出马脚来，就会暴露出一些蛛丝马迹，就会使得他不能自圆其说。但是皮特·路德没有什么可隐藏的，他只需要以不变应万变，"实事求是"。他是个美国人，他选择到中国生活是按照当时国际红十字会的要求进行的，完全是为着追求自己的平等与自由。他既没有加入中国国籍，也没有参加过中国的任何党派，他只是个普普通通的汽车修理工，他每天干活儿，凭力气和技术吃饭，和中国的工人师傅们那样拿一份劳动报酬，他从来也没有背叛过自己的国家。而他现在选择去美国"探亲"或者回到美国是因为他有这样的权利。一个美国人难道不能回到自己的国家吗？至于担心或者怀疑他有可能成为中国共产党的工具和中国的"间谍"，这个完全可以放心，完全用不着利用纳税人的钱去调查一个不可能产生任何结果的事情。他在中国从无有过任何政治经历，因为对政治毫无兴趣而被贴"大字报"，被左派的革命群众看作是美帝国主义的走狗和特务。一个美帝国主义的"走狗""特务"会跑到美国从事有违美国国家利益的"间谍"活动吗？哪怕一个傻子也看得出来。

审问者，那些领事馆的，美国国内的，穿西服打领带的，着风衣戴墨镜的……他们听了皮特·路德这番理直气壮的言辞以后，都面面相觑，沉默不语。

在毫无希望的"间谍"事件之后，食宿提供者又怀疑皮特·路德受到了中国共产党和中国人的虐待，不然不可能这时候突然提出来回到美国。很明显地，一个美国人，一个美国的黑人，在宗教和自由完全没有保障的赤色中国生活了十二年，可想而知，这十二年将会是多么恐怖和黑暗的十二年。对此，皮特·路德的回答一点儿也不含糊——他在中国的十二年是非常自由、非常受尊重的十二年。他建立了自己的家庭，有一个亲爱的中国妻子和可爱的儿子，他们一家人生活得非常快乐。他所认识的中国人差不多都像他的中国妻子一样，他们俭朴，勤劳，坚韧，善良，以和为贵，与人为善。当然，他们的生活还不富裕，他们的国家还比较穷，没有美国那么发达，但是他们人很好，真的非常好。

对于如火如荼的中国国内的"文化大革命"，皮特·路德也一样表达了自己的看法。每个国家都会有诸如此类的游行或者示威活动，那是他们民意的一种诉求，这毫不奇怪。就像美国国内的黑人民权运动所展示的"我有一个梦想"一样，我想他们也有着自己的梦想，这值得大惊小怪吗？

领事馆的，美国国内的，穿西服打领带的，着风衣戴墨镜的……他们听了皮特·路德的见解以后再次沉寂良久，默不作声。

"你知道得不少。"他们对皮特·路德说，"你知道得不少。"

记者们希望他来一番遭遇迫害虐待的讲述或是发表一个揭露中国共产党黑暗统治的声明，都被皮特·路德断然拒绝，因为他不能昧着自己的良心做事，也就是妻子赵玉兰所说的"丧良心"。其中的一个日本记者唯恐天下不乱，再三鼓动他在他们的报纸上发表声明，声讨赤色中国，那样的话，当他一登陆美国就会受到英雄一样的看待，成为一个美国社会和美国大众关注的名人，他会非常出名，过上美国白人一样的生活。

一个小日本竟然也敢明目张胆地鼓动挑唆，分明是把他当成了傻子，分明是对他的侮辱，皮特·路德的好脾气终于所剩无几。由据理力争到慷慨激昂，由慷慨激昂到唇枪舌剑，随之演变成拳脚相加，连那日本人的照相机也给他摔了。皮特·路德仍然意犹未尽。大猩猩般拍着自己的胸脯子，冲那日本人和一屋子的记者们吼：

"我是个美国人，美国人！如果你们冒犯了一个美国人，你们就会为自己的愚蠢付出代价！"

这一幕都被八岁的赵跃进看在眼里。父亲的形象从没有这样高大过。他想，要是妈妈在就好了。

尽管如此，小跃进的心中也仍然充满了疑问。

当屋内清静下来的时候，他对父亲说："在中国，大字报说你是走狗、特务；现在在香港，他们又说你是叛徒、间谍。间谍和特务是一样的吗？他们哪一个更厉害？"

皮特·路德说："间谍和特务都属于FBI，联邦特工。我想他们都归FBI管辖。"

"这么说你太厉害了爹地！你既是美国的FBI，又是中国的FBI，你是双料联邦特工！"

"我倒是想那样，儿子。"皮特·路德冲赵跃进眨眨眼，"但是他们不会给老爸付双份的薪水。"

3

三周以后，香港美国领事馆不得不让皮特·路德父子踏上了返回美国的旅程。

皮特·路德口袋里的钱只够他和儿子各买一张经济舱的客票，而且前后分开着，不在同一个舱室里。那是些各种气味交织的大通铺。领事馆不知道出于何种考虑慷慨解囊，给他们父子买了个堪称奢华的二等舱，让皮特·路德和儿子赵跃进惶恐不安。他们从没有享受过二等舱的待遇。

"克利夫兰总统号"邮轮实际上是一艘豪华客船，以美国第二十二任总统克利夫兰的名字来命名，不仅有舒适的舱室，还有装修考究的餐厅，可口的饮食，周到的服务，影院、酒吧、舞厅、泳池等等一应俱全，让父子两个转晕了头看花了眼。他们从来不知道大海上还有这么高级的地方，一个比广州白云宾馆高级很多的宾馆，一个能够在海水里劈波斩浪的宾馆。

他们迎着初升的太阳向东航行，距离中国大陆越来越远，距离中国的妻子和中国的妈妈越来越远。

阳光照耀着桅杆上的星条旗，幻化出五彩的斑斓，翩翩起舞的海鸥追逐着船尾的浪迹。秋天的海风温凉湿润，蓝天无垠，海面如镜，洁白的云朵一片片逆行而去。在前方，太平洋扑面而来。

赵跃进想要是妈妈在就好了，爸爸，妈妈，还有他，他们一家人同处一室，在这伟大的"克利夫兰总统号"豪华邮轮上，在伟大的太平洋上。他们一起来经历这伟大的航行，那该有多么伟大多么好啊！

咸丝丝的泪水从他的眼睛里流出来了，流过微黑的脸颊，流在他的嘴巴里。

"爸爸，我想妈妈了……"

八岁的赵跃进对他的父亲皮特·路德说道。

1969年4月
一棵树

1

清明时节，细雨霏霏。

赵玉兰沿着汶河蜿蜒而上。每年的这个时节，每年的这个细雨霏霏路人断魂的时令中，她都会到大舅一家的坟地上来。表哥走了三年了，三年里她一次也未曾耽误过这个霏雨清明路人魂断的时节。

按山里的风俗，上坟得是在晌午头上。

此时阳气正盛，各家各户的阴魂在各家各户的地头上聚集，易于收拢阳世亲人们送来的纸钱。太早了不行，天蒙蒙亮或天刚亮，先人的魂还没有出来，他们收不到；要是过了时辰，日头偏西了，野鬼孤魂们就都胡跑乱跑地跑出来了，烧的纸钱烧的东西往往给野鬼孤魂们抢了去，先人们收不到。收不到，先人的魂魄就不得安生，也会胡跑乱跑变成孤魂野鬼，就对阳世的亲人们不好。所以不管路远路近，都得赶在晌午头上到坟地里烧纸。赵玉兰是早早地就离开了汶河村，她挎着篮子，依据着日头的方向来决定脚步的快慢，到达大舅一家的老林时，太阳正好当头。

"老林"不是指各家各户的坟地，而是一个家族的坟地。比如大舅家姓朱，他这一家人都在野猪旺的朱姓家族坟地里。一起是一起，但相互间并不挨着，还隔着一定的距离。大舅，大妗子，大旺哥，他们这一家人是挤在一起，三口人两座坟，在汶河的河岸上。河那边是山，往南是依着山势地形而建的错落有致的村庄，两边还是山，连绵不断伏伏起起的山。野猪旺是群山环抱中的一个小山村。往村子的西南方向是一座茫茫苍苍的山林，隔着野猪旺还有不短的距离，那是孟良崮。赵玉兰还记得当年跟大大们一起往淮海战场送支前的物资，就是翻过了孟良崮后到的山脚下的垛庄。他们在垛庄装上了满满一推车的千层底布鞋，奔向了炮火连天的鲁南和皖北、苏北。大大这都走了多少年了？二十一年！大大在阴间的那一个世界已经生活了整整二十一年。

赵玉兰想，一代一代的人就像一茬一茬的庄稼。庄稼不停地生长也不停地收割，人就跟庄稼一样。大大，大舅，大妗子，还有她大旺哥，都是庄稼。

从坟地里看出去，表哥曾经的家看得很清，青砖门楼，石墙石瓦；也看得到西南方向的孟良崮，茫茫苍苍，一派森然。

赵玉兰找着个相对干爽的地界放下篮子，揭开盖布，拿出一摞一摞的纸钱来。霏霏细雨打湿了墨绿的麦苗，也浸润了麦田里的泥土，人走过时浓密的雨珠就会留在裤腿上，黏土就会粘在鞋底上，甩也甩不掉。清明时节很少有阳光灿烂的时候，清明时节的细雨薄雾就跟人的眼泪一样擤也擤不走扯也扯不断。

一缕青烟在大舅大妗子的坟前升起来了，也升起在表哥的坟前。三口人，两座坟，两缕青烟缭绕，伴随着赵玉兰悲戚的念叨。烧纸钱的时候都得要念叨念叨，不然的话先人们听不到，听不到就不会出来就拿不到钱物。赵玉兰一边添加着纸钱一边念叨着大舅大妗子念叨着表哥，让他们拿钱，她给他们送钱来了，送了满满一篮子的钱，该买吃的买吃的该买喝的买喝的，该花就花，不要亏着自个儿。要是不够，再托梦给她，她玉兰子任什时候都会来给他们送。

她还在燃烧的纸钱里各放了三炷香，用纸钱燃烧的烟火点燃了六支烟，每个火堆里放上三支。烟是"大鸡"牌的，表哥先前总是抽这个牌子的烟。

大妗子走了以后跟大舅葬在了一起，是夫妻的合葬墓，而表哥是单独的一个，孤零零地兀立在大大跟娘的旁边，坟头比他大大他娘的要小上一些。这是规矩。先辈晚辈在一个家族墓地中，最高最大的那个无疑属于老祖，晚辈的坟不能高出先辈。赵玉兰烧纸也是先给大舅大妗子烧，烧着了，青烟升起了，才给表哥烧上，这都是规矩。纸钱里烧上三炷香三支烟也是这样，"三"是个敬数。所谓一生二二生三三生万物说的就是这个。在民间，"三"不仅是个敬数，也是个大数。

空气里的湿度很大，纸钱吸纳了水分变得厚实，燃起的烟变得凝重，有一种淡淡的苦涩味儿，缭绕着不散不愿意离去。赵玉兰闻不到三炷香三支烟的味道，她只能闻到纸钱燃烧的苦涩味道，她的发梢和衣服也沾染了同样的味道。

霏雨无声，青烟袅袅，天地在此刻变得静谧。

最后，赵玉兰给大舅大妗子磕了头，在表哥的坟前站了站。表哥和她是一个辈分，按规矩她不能给表哥磕头，她只能在表哥的坟前站站。赵玉兰在心里说，好好的，大旺哥，你在那边好好的，在那边就遭不了这么多的罪了，你好好的。等到来年清明，玉兰再来看你。

　　然后她就头也不回地走了，不顾麦苗上的雨珠打湿了裤脚，也任由黏土粘在鞋上。不能回头，也是上坟的规矩。

　　一直走到了村头，赵玉兰才停下来。汶河依然在看不见的那边流淌，大舅一家人依然兀立在远方的麦地里。表哥的坟头隐藏在墨绿墨绿的麦苗里，明显地小上一圈儿，不仔细看已经难以分辨。

　　两座坟三口人，大舅大妗子这一家算是绝户了，从今往后，不会再有人埋进这个家族的墓地中。不孝有三，无后为大，有什么悲戚的事情能比绝了后人更悲戚的？绝了，这家人从此再无香火了。

　　她寻思着该在表哥的坟头前栽上一棵树。

　　树既能遮风挡雨也是个标记，还能给表哥这一家人做做伴儿。从今往后的年年岁岁，每一个清明节气，她奔着树的方向，很容易就能找到表哥这一家人。

2

　　皮特·路德和他中国血统的儿子赵跃进在田纳西州的孟菲斯度过了几个颇为纠结的艰难年头。他们受到非常严重的歧视。

　　歧视他们的不仅是白人，也有同一个肤色的黑人。美国社会虽已取消了种族隔离，赋予黑人与白人一样的平等权利，使得黑人们有了选举权和被选举权，但是白人依然有着强烈的优越感，白人在接受教育和就业方面的优势远远多于黑人，黑人依然生活在社会的最底层。而同为黑人的同胞却将他们看成一个另类，皮特·路德不仅叛逃到中国，还从中国带回来一个混血的儿子，这让他们很看不起他。每当他们鼓足勇气走上街头的时候，就有人对着他们指责唾骂，还可能遭受到白眼和羞辱。为此赵跃进很少走出家门，他的中国名字也成为孩子们取笑他的把柄，让他相形见绌。"赵跃进"，这个名字太中国太中国，弄得他常常低着头不敢看人，更不敢告诉人家他叫"赵跃进"。皮特·路德不得不将儿子的名字进行了一个小小的改动，叫YUE J·ZHAO。

　　谋求一份工作的愿望一次次落空。皮特·路德身背逃兵、叛徒和特务的嫌疑，想挣一份体面的薪水无疑困难重重，就连出大力干粗活的职位也不容易得到。他在一个地方刚刚干上一段时间，一旦雇主知道了他的这些"底细"就会辞退他，或者迫于各方面的压力来辞退他，他总是干不长。他和儿子挤住在母亲狭小的房子里，一日三餐靠母亲微薄的打工所得来维持，生活上的困难可想而知。更让他提心吊胆的是，军方的人一直想治他的罪。

　　美国军方颇有些愤愤不平。不仅一枪未放当了中国人的俘虏，还拒绝遣返，去中国生活，完全背叛了美国和美国的价值观，让美国人，特别是美国军方颜面扫地。当俘虏并不可怕，很多人，包括很多将军都曾经做过俘虏，那不仅不是污点还是他们从军生涯的荣光记录，会给他们的履历增添色彩。很多人从敌对的战俘营出来以后继续在军队服役，受人尊重并得到提升，原因就在于他们虽然身处囹圄却从未背叛美国和美国军队，他们始终信守自己的价值观念。但是这个皮特·路德被中国人洗了脑子，将一个美国人引以为荣的信仰与自由丢得一干二净，成为了中国共产党的宣传工具，不仅跑到共产党中国去定居，还在中国成家立业结婚生子，过着风风光光的生活，让全世界看美国军队的笑话。现在，这个小子不知道是出于什么样的理由又回来了，面对着各种小报电台的记者们侃侃而谈，自我标榜仍是一个美国人，而作为一个美国人，他有权利回到自己的国家。军方的人一想到这个事情就生气，一听到或者看到皮特·路德这个名字就气不打一处来。他们不是不想治他的罪，十几年前就处治过他——开除他的军籍，没收发给其亲属的一万美元抚恤金。但也仅此而已。由于这个小子当时已经跑到共产党中国去了，他们没办法判他的刑，也不能把他抓回来关进监狱，他们只能将他开除了之。这样的处治显然无关痛痒，也不能让这个小子有任何的不痛快，可在那样一种情况下，别无他法。现在好了，这个小子竟然自己回来了，这怨不得别人。在刚刚得知皮特·路德返回美国的时候，军方的人着实高兴了几天。

但是，好景不长，麻烦来了。

军方发现他们面临着法律上的一些困境。

当皮特·路德还在中国的时候，军事法庭就根据他在中国军队战俘营的"罪行"及其"叛逃"共产党中国的行为进行了调查、举证、起诉和判决，将其永远开除出美国军队。而美国法律规定，不能就同一桩罪行作两次判决，这是第一个问题。这个小子现在成了一个平民，一个在理论上属于美国公民的普通人，就算军方指控他的罪名全部成立，他们也治不了他的罪，因为军事法庭无权管辖平民的案子，身为平民的这个小子受不到军法的制裁，威严的军法实际上已经奈何不了这个小子了，这是第二个问题。那么，也就是第三个问题，能不能将这个小子的案子由军方移交给地方法庭，让地方法庭来治他的罪呢？也不行。因为在皮特·路德犯下这些"罪行"的时候，其身份还是美国步兵第25师第24团的一个二等兵，理论上而言只能接受军事法庭的审判……军方感觉到自己走进了一个死胡同，既无法，也无解。

然而，他们无论如何也不想让皮特·路德逍遥法外。

既然军事法庭治不了他，地方法庭也管不了他，他们就将其案子提交到了美国国会众议院非美活动委员会，请求非美活动委员会以煽动美国士兵投降和投奔共产党中国的叛国罪来惩治他。他们不相信美国的法律就拿这个小子一点办法没有。

皮特·路德知道叛国罪不是个轻松的罪名，如果罪名成立他得去坐牢，一辈子出不来也有可能。在接到众议院非美活动委员会的传票后，皮特·路德度过了几个不眠之夜。他跟妈妈说了自己的担忧，也给儿子说了自己有可能回不来——如果他回不来，他希望儿子跟着祖母一起生活，学习和掌握一门谋生的技术，长大了以后能够照顾自己的祖母并且在将来的某个时候回到中国妈妈的身边去。他把该交代的都交代了一遍。

皮特·路德揣着给他的传票来到华盛顿，走进了美国国会众议院的441号房间。

3

审讯者坐在一排桌子后边，一个个面无表情。

待皮特·路德坐定后，他们随即提出了一长串的问题：战俘营的反战言论；这些反战言论是否受到了中国方面的指使；拒绝遣返美国而投奔到共产党中国，是不是中国人的洗脑和圈套；到中国以后，发表了哪些批判美国的言论，与共产党中国进行了哪些方面的合作；重新返回美国带着怎样的目的和任务，是不是中国政府有计划的安排；等等。

皮特·路德边听边在心里头敲鼓：如果这些指控都是事实，那他必定是个叛国者是个间谍无疑了，或者起码说与一个叛国者和间谍的距离已经微乎其微。

审问者煞有介事不苟言笑，当他们一个一个提出了自己的问题以后，皮特·路德发现其中的两个人原来他认识。一进门他就看到了这两个人。

他们戴着墨镜，似曾相识。但是由于紧张，皮特·路德想不起在哪里见过他们。世界那么大，美国那么大，他怎么可能在国会碰到熟人？但是这两个人一开口，他想起来了。那个声音很熟，面貌也很熟，虽然之间相隔了十几年。

"先生们，我想我很荣幸，因为我们又见面了。"

皮特·路德耸耸肩膀，故作轻松地说道。

"你比朝鲜的时候胖了……我是说，你在共产党中国看起来混得不错。"

其中的一个高个子大块头说。

"你还是老样子，先生。"

皮特·路德觉得自己应该彬彬有礼。

"我们知道会有这么一天，"另一个戴墨镜的矮个子说，"我们知道你在共产党中国的一切，我们什么都知道。但是我要说，我们在这里的重逢可不是一件多么光彩的事情，就像当年的板门店一样。"

皮特·路德微笑着点点头，表示完全同意他的判断。

不错，他们就是在朝鲜南北军事分界线中立区游说和恐吓过自己的人，当时他们穿着风衣戴着同样的墨镜，看上去威风凛凛充满神秘感。皮特·路德还以为他们是联邦特工，FBI，现在才搞明白他们实际上为众议院非美活动委员会工作……人生何处不相逢，十几年，也只是短短的一瞬间。

"不管怎么说，先生们，"皮特·路德笑笑，像是发自肺腑地说，"能再次相见毕竟不坏，说实话我在华盛顿没有一个熟人。我们都好好地活着，不是吗？我承认，从朝鲜到现在发生了许多许多的事情，但是有一点我可以肯定地告诉你们，先生们，作为一个美国人，我的信仰和追求自由的努力从来没有改变过，我从来没有也不曾寻求加入中国的国籍，尽管我娶了一个中国妻子。关于这一点，我不想多说，因为那涉及我的隐私。我能告诉你们的是，我的中国妻子在北朝鲜的战俘营救过我的命，我们后来相爱，非常相爱。至今我仍然是一个美国人，我一直都是一个美国人，我爱我的国家，所有这些都没有任何的变化。你们看，如果我背叛了自己的国家，我就不会回来；如果我不回来，我们也就不会在这里重逢。'人生何处不相逢'，这是一句中国的谚语，它的意思是，重逢毕竟是一件美好和愉快的事情。你们难道没有同样的感觉吗？"

高个子大块头和矮个子小块头面无表情地相互看了看，长条桌后边的人都互相看了看。角色有些倒置，好像对面的这个小子成了审问者而他们成了被审问的人了。

"你口才不错，夸夸其谈的演说本领提高了很多。但是，"矮个子的声音变得威严，"这里是国会，是庄严而神圣的非美活动委员会，这里需要的是事实，不是演说。"

"当然，先生们，当然。"

皮特·路德摊开两手，用这样一种谦卑的姿态回答他。

"我们的问题非常明确，"大块头用同样威严的腔调说道，"你不要避重就轻，只管回答问题。不要玩你那套夸夸其谈的把戏。"

皮特·路德并不认为自己"夸夸其谈"，因为他所说的都是事实。

他在中国人的战俘营确实发表过不少反战言论，对此他并不否认，但那是出于一个黑人对于种族歧视的反抗和对自由的追求，而且都是他独自发表的言论，跟中国人没有任何关系。他不反对美国，也不反对美国的价值观念。难道一个黑人没有追求自由平等的权利吗？难道遭受种族主义歧视的他不应该有自己的梦想，不应该过上不被歧视的生活吗？既然在美国实现不了自己的梦想，那他只能选择前往中国，因为这个国家没有种族主义者。而且这一选择是在国际红十字会的监管之下，是停战谈判有关战俘交换的原则所允许的，换句话说，他实际上得到了美国军方的同意，否则不可能前往红色中国。他在中国的十二年过着普通人的生活，他是个汽车修理工，凭技术拿一份薪水。中国人给他的薪水虽然不多，但是足够他体面地生活。他没有跟中国政府进行过任何的"合作"，更没有"合谋"或者"计划"到美国来从事他们所说的那些职业——他是个正派人，他对FBI或者CIA既无兴趣也一窍不通。他的母亲在这里，他儿子的祖母在这里，他们回来看看母亲和祖母，作为一个美国人，难道不是最基本的人权吗？

长条桌子后面的人再次沉默了一会儿。

大块头干咳了几下，然后说道："那么，说说你向中国人投降的事情。你为什么一枪不放地去跟中国人谈判投降？"

"我想你说的不是事实，先生。"皮特·路德非常严肃地说，"我们当时有一百四十八个人，这是24团C连的全部。我们属于轻便的炮兵分队，而在此之前，负责掩护我们的白人步兵在中国人的冲击下跑得一个人影不见，把我们的炮队直接交给了中国人的大部队。尽管如此，我们仍然奋勇抵抗，我打了整整两个弹夹的卡宾枪，怎么能说一枪未放？但是面对漫山遍野的中国大部队，我们发现我们的抵抗完全徒劳，有可能全部战死在荒凉寒冷的北朝鲜，所以斯坦莱上尉，他是我们的指挥官，决定和中国人谈判以保全我们一百四十八个人的命——我是按着斯坦莱上尉的命令去见的中国人，他们保证在我们停止抵抗以后按照《日内瓦公约》的战俘规定对待我们，在战后送我们回家。我说的全部是事实，我可以对上帝起誓。如果你们还有什么疑问，你们可以调查C连回来的那些弟兄，可以调查我当时的长官斯坦莱上尉。我想这个对于你们来说并不是一件多么难以做到的事情。"

屋子里又沉默了片刻。然后一个年纪比较大的说今天就到这里吧。

头一个回合就这样结束了。

4

接下来的几天，皮特·路德又到美国国会众议院的441号房间去了几次。他们反反复复地询问他，希望从他的回答中找到破绽。但是无论高个子的大块头和矮个子的小块头或者别的人怎么审问他，他都理直气壮地侃侃而谈，没有半点的掩饰或是漏洞。因为他所做的一切皆为客观发生的事实，他所说的一切也都实事求是，他是实话实说，既不心虚，更不理亏。

皮特·路德白天去国会的441号房间，回来后就住在舒适的旅馆里，来去有专车接送，食宿都由调查他的非美活动委员会负责安排，好像他不是个叛国的嫌疑犯，而是个有来头的贵客。更为滑稽的是，每当他从那个441号回到旅馆，就会有FBI的人来跟他打招呼，某某众议员想请他吃个饭，某某要人想见他一面，听他聊聊中国的事情。皮特·路德也来者不拒。根据无罪推定的原则，他现在还是守法公民，由于美国与中国没有任何方式的官方或是民间往来，出于好奇，他们想听听他在中国的所见所闻也在情理之中。皮特·路德侃侃而谈，从中国文化到中国人的生活习惯，从中国历史到中国的现状，尽其所能，有一说一。他告诉那些大员，中国人非常智慧，也十分坚韧，他们实际上非常幽默，有很多很多的俚语、典故。他特别提到中国人的精神面貌。中国人虽然还很穷，但总是干劲十足，他们勤劳朴实，习惯于"勒紧裤带过日子"，这一点与美国人完全不同。美国人是提前把明天的钱在今天就花掉，而中国人总是把辛辛苦苦挣下来的报酬积攒起来以备不时之需。皮特·路德见到了一些大人物，吃到了一些好东西，在华盛顿长了不少的见识。他想要早知道是这样，就把儿子带来好了，让儿子也见见世面。

　　某些要员出于对他的"关心"，暗示他发表一些批判或声讨中国的言辞，因为这将有助于改善他的际遇。皮特·路德一概予以拒绝。他并不是对中国没有看法，他只是从一个人的良心上看待中国和中国人。当他在中国的时候，无论官方还是普通的人民都尊重他、善待他，把他当成一个平等的人来对待。他在中国成立了家庭，他的中国妻子对他非常好，他们相互非常恩爱。可以说，他在中国的十二年很体面，过的是好日子，中国和中国人并没有亏待他。现在他不能为了自己的际遇说违心话，他不能"丧良心"——就是昧着自己的良心干坏事。因为这也符合美国的价值观。

　　那些人听到了这一番言辞后都稍显尴尬并沉默不语。

　　他们转而问他，为什么他的中国妻子不跟着他一起回来？既然你们这么恩爱。皮特·路德告诉他们，他的中国妻子是个非常善良、非常善良的女人，她讲究自己的"道"。先生们，你们知道什么叫作"道"吧？

　　他们当然不知道。

　　"'道'就是'道可道非常道'，这是中国古代一位智者的名言。意思就是，我的中国妻子要赡养她的母亲，等到她完成了这个'道'她就会到美国来。"

　　就这样过了几天。

　　最后还是在那个房间，皮特·路德被正式通知，众议院非美活动委员会放弃了对他的指控，他可以回去了。

　　作为一个美国公民向司法机构提供服务的报酬，皮特·路德获得了一张一百美元的支票。这真是他不曾想到的。他用这笔钱买了一些生活必需品，给母亲和儿子买了新的衣服。儿子的衣服不伦不类，他得让儿子尽快"美国"起来。

　　父子俩还买来一棵小树苗栽在房屋后面的院子里。皮特·路德对儿子说：

　　"等这棵小树长大了，妈妈就回来了。"

　　赵跃进扭头看了看头顶上的天空。几朵白云在高高的、一眼望不到尽头的蓝天上随风而动。

"我好像听见有人在唱歌。"

皮特·路德说："在哪儿？"

赵跃进说："在天上。"

皮特·路德和他的母亲同时仰起头。皮特·路德说："是吗？是谁在那儿唱？"

赵跃进想了想："好像是……表舅。"

皮特·路德低下头来。

遥远的、熟悉的调调儿恍若一缕清风，又像是大西洋温暖的洋流那样漫涌而来，淹没了眼前的一切。

"我知道孩子，是你的表舅，我们的表哥。我想他唱的是——阿里郎。"

5

这一天赵玉兰把空桶在手上拎着，空桶里戳着那棵细弱的树苗子。她在表哥的坟前挖好了树坑，把树苗子栽上，踩实了土，然后提着空桶到汶河里打水。

高低不平的石头河岸，稀稀拉拉的杨柳林梢，上游的波光激潋，下流的鸟飞鱼绕，汶河依然还是那个汶河。这就是老家的河啊，无论什么时候都是这个样子，都不会变。

赵玉兰记得皮特儿跟她和儿子跃进说过，全世界的河流最终都会流在一起。皮特儿的老家有密西西比河，他们原来生活的省城边上有黄河，眼下是这始终不变的汶河。汶河的水往下流入沂河，沂河继续往下流淌，流向看不见的远方，流向大海。皮特儿说，很多的海合在一块儿就是太平洋。

在密西西比河的那一边，此时此刻，或许皮特儿、跃进也正蹲在河岸上。河岸上绿草如茵，风景如画。

她把手浸进河水里，感受着汶河的微凉和润滑。想象着那边的爷儿俩也把手浸在河水里——一家人的手攥在一起了。

赵玉兰给刚刚栽下的小树苗浇了水。

树苗子指头般纤细，看上去十分羸弱。她不知道它什么时候能够长大，不知道它什么时候能开出朴实的花朵来。

一棵玉兰树。

1972年5月
槐花又开放

1

在刚刚过去的这个最为寒冷的季节，美国总统尼克松和国务卿基辛格博士开启破冰之旅到访中国，周恩来总理亲往机场迎接，中国人民的伟大领袖毛泽东主席在中南海的书房里亲切会见了尼克松总统一行。经历了二十余年的冷战，巨人们的大手再次握在了一起。

报纸广播都作了报道。赵玉兰正是从公社的大喇叭里听到这个震惊的消息的。与其他社员同志们不同的是，她除了震惊还有欣喜——美国的总统都来了，距离皮特儿跟儿子跃进回家的日子也就不远了。

可是一直都好模好生的娘说走就走了。

赵玉兰后来想，其实娘走之前也有预兆，娘说一大清早的听见大大在院子里喊她。赵玉兰觉得娘是睡觉睡迷糊了，大大都走了二十多年了，怎的能在院子里喊她呢？哪承想从那天起娘的精神一天比一天差，不几天就水米不进了。在临走的头一天晚上，又突然来了精神，平平静静给她交代了几件事情。

娘说，俺寻思你大大的魂儿一直没回来呢，二十多年了，一直没回来……你大大担心着你这个闺女儿，他怕他回来了，你一个人找不着回家的路……二十多年，你大大孤苦伶仃地不得安生，俺去了，也还是不得安生……玉兰子，俺寻思你得去一趟江苏，寻着那棵大槐树，把你大大的魂喊回来。每一年的清明，到大槐树下烧把纸喊几声，连喊三年，你大大的魂就回到这汶河边上了就安生了。另外就是俺那外孙子跃进，走了这么多年连个信都不打。得打信，得让那爷儿俩回来。一家人和和美美地在一起才是个家不是？

然后娘就睡下了。

到黑夜消退，曙光再次降临，赵玉兰看见娘依然安详地睡着。她把把娘的脉，娘的脉搏已经不再跳动；听听娘的呼吸，娘仿佛仍然呼吸平稳，就跟睡着了一模一样。

守过整整一个五七，赵玉兰打点了行装准备出门。

她特意到娘跟大大的坟上烧了纸，也到野猪旺大舅一家人的坟上烧了纸。她看到了三年前栽下的那棵玉兰树，三年过去了，栽下时纤细的树苗子仍然柔弱，也并没有长出来多少。但是它活下来了，结结实实挺立在表哥的坟头前。

她沿着汶河一直往上游的方向走，到达孟良崮山脚下的时候歇了一气儿。帆布提包里有带的煎饼咸菜，有剥好洗净的大葱，有喝水的搪瓷缸子。这个搪瓷缸子还是早些年打朝鲜回来的时候发下的，印着一行红字"最可爱的人"。缸子有些年头了，上面的搪瓷磕掉了好几块，有些是她自己不小心碰坏的，有些是儿子跃进小时候摔掉的，参差不齐，狗啃的一样。赵玉兰用这个破旧的搪瓷缸子舀了一缸子清粼粼的汶河水，在煎饼里卷上棵大葱，再卷上点咸菜，吃下了两张煎饼，喝下了一缸子的凉水。水虽然还凉着，但已经不像寒冬腊月那样冰冷。毕竟节气到了，日头一天比一天暖和起来了。

越往山里走河流越浅越细，越往山里走河流的分汊也越多，有些成了涓涓细流，有些钻进看不见的石壁树丛间。赵玉兰最终告别汶河登山而上，翻过了孟良崮。天要黑了，这一个晚上赵玉兰就借住在孟良崮下的垛庄公社。

垛庄到临沂有简易的沙石公路，赵玉兰第二天早上搭上一辆拉沙子的拖拉机坐了一段，又搭上拉货的汽车到了临沂。她在临沂没有停留，坐上开往苍山县的公共汽车，第二天晚上就住在了苍山县汽车站旁边的小旅店里。第三天，赵玉兰到达了鲁南重镇台儿庄。

再往南就是江苏地界了，南望彭城，那个叫作槐树庄的村子，那棵矗立在村头的大槐树似已可见，鸡犬之声似已可闻。赵玉兰忽然有些不安起来，心头上有点慌。一路而来她都没有这样的感觉，现在距离目的地越来越近，倒生出了这样的感觉，她也不知道是怎的了。二十四个年头过去了，她不知道那棵大槐树还在不在，能否了却了娘的心愿。

赵玉兰记得那一年跟大大他们从家乡的汶河村出来，十多天才到的台儿庄，现在她只用了三天时间就到了。垛庄、苍山、台儿庄，这几处也都是他们当年露宿过的地方。赵玉兰还记得她跟大大先是在垛庄装上了六口袋的千层底布鞋，是在临沂还是苍山换成的粮食，到台儿庄换上了四爿刮得干干净净的猪肉，每爿肉上都写着"消灭老蒋""支援前线"。赵玉兰记得，天寒地冻的，肉跟字都冻得梆梆硬。

看店的小伙儿给赵玉兰倒水，他注意到了赵玉兰那只破旧的搪瓷缸子，更客观地说，是注意到了搪瓷缸子上面的那一行红字。在赵玉兰攥着煎饼就着开水吃饭的时候，他有一搭没一搭地跟赵玉兰说话。他不知道怎么称呼赵玉兰，不知道该喊她大姐还是大婶。

"这个缸子，你的？你去过朝鲜？"

赵玉兰笑笑。

"当过志愿军？"

赵玉兰说："多些年前的事了。"

"俺爸也去过朝鲜，俺爸也当过志愿军！"

"呦，这么巧！你大大……你爸是哪一年去的？哪个部队？"

"听俺妈说是五零年，俺那时还小，将将几个月。俺妈说俺爸是第一批过的鸭绿江。"

"那不容易呢！开头去的困难都大。你爸是四野还是三野？哪个队伍上的？"

"听俺妈说是啥嘛……九军团，在一个湖边上打仗，冻死不少人。"

"是九兵团吧？跟俺不是一个部队的。"

"都是志愿军，俺得喊你姨！"

赵玉兰笑了："喊姨差不了！你大大——你爸爸现在怎样儿？身体可还好？"

小伙儿的脸色黯淡下来，声音很小地说："没回来。二十多年了，一直没回来。"

"哦……那是失踪。失踪的人不一定都没了，说不定哪年哪月就回来了……失踪的，可有不老些。"

小伙儿倒笑了："姨，你别宽慰俺了，都二十多年了，还回来啥嘛回来？回不来了！"

他跑到厨房下了一碗热腾腾的面条端给赵玉兰，还端来一碗黑疙瘩咸菜。咸菜淋了麻油，香喷喷的。

赵玉兰就着面条吃完了手里的煎饼，掏出包钱的手绢数钱给店小伙儿。小伙儿死活不要。赵玉兰跟他爸都去朝鲜打过仗，赵玉兰比他爸过鸭绿江还过得早，该是他大姨。他给大姨下碗面条，怎么还能要钱呢？

店小伙儿不知道赵玉兰要去的槐树庄在什么地方，况且台儿庄也不通槐树庄的车。他要赵玉兰先坐车到彭城，从彭城到她要去的槐树庄就顺当多了，槐树庄不就是彭城东北边上吗？他还给赵玉兰装了一玻璃瓶的辣疙瘩黑咸菜。小伙儿对赵玉兰说：

"大姨，你一个人出门在外不容易，该喝点稀的就喝点稀的，该炒个菜就炒个菜吃，不能光啃煎饼咸菜。"

2

彭城是津浦铁路和陇海铁路的交会处，把着东西南北的交通动脉，历来是兵家必争之地。二十多年以前，赵玉兰跟随着沂蒙山的支前大军往淮海战场上送物资路过此地，她很想到城里头看看，那是她第一次离开沂蒙山老家途经这么大的城市。但是由于任务紧，她和大大从城北直接奔向了西南方向的陈官庄，并未能到城里来。她是从这淮海战场上加入的部队，她大大也是在这淮海战场上告别了自己的人生，将回家的期盼、温暖，对小闺女的牵肠挂肚和等待都永远留在了城外的那棵大槐树下。现在，她回来了。

赵玉兰在汽车站下了车，逢人打听往槐树庄怎么走。但是没有人知道槐树庄在什么地方。

赵玉兰来到一座山坡下。举目而望，山上有林，林中有庙，庙里却无香客。上面的石头台阶上，一个短发长须的半老男人坐在一旁，嘴巴上念念有词，似乎正对面前的一男一女指点着迷津。女的怀抱婴儿，小孩的头上蒙着一方白色的头巾。赵玉兰与拾级而下的一男一女走个对面。

赵玉兰问他们知不知道槐树庄，就是彭城外东北方向的槐树庄。一男一女相视一眼，并没有回答她的问话，而是一声不响地下去了。下去了好几个台阶，男的回身一指：

"问上边那个人，鸿鹤道长。"

被称作鸿鹤道长的长须短发的半老男人抬起头来，静静地看了赵玉兰几秒钟。然后问道：

"施主从何而来？"

赵玉兰说从山东来，山东沂蒙山。

"到何处而去？"

赵玉兰笑了笑，刚才不是说了嘛，去槐树庄。

"何故去往槐树庄？"

赵玉兰沉吟了片刻。大大的亡灵，娘的遗愿，这些都是家事，谁家里头还没有点私事呢？所以赵玉兰只说家里有点事。

半老男人却说，山东沂蒙山正该在东北方向，施主此来必有缘由。随后，说了一段赵玉兰听不懂的话：

"'天'没有它大'人'有它大；'火'有它不能燃烧，'风'有它成为漂亮的鸟。"

赵玉兰说，师傅，你说的什么呢？俺听不懂。

这个鸿鹤道长却不搭理她，仍然自顾自地说："虫入风中飞出鸟，七人头上长棵草，大雨落在横山上，半个朋友不见了——自该来处来，去该去处去，便是了！"

说过，拍打拍打屁股上的土，头也不回地走了。

赵玉兰兀自笑笑，心想这个人还真是怪。

赵玉兰花五分钱坐了一段人力三轮车，一直坐到城边上。赵玉兰本来不想花这五分钱，五分钱能办很多事情。但是天渐渐地暗下来，她怕走错了方向，不知道什么时候能走出城去，就上了揽客的人力三轮。

往前就是要去的槐树公社了，可是天也已经黑了。她找了个小旅店，花一毛钱在城边上住下了。她盘算着明天一大早就能到槐树庄了。

一天下来，除了中午啃了张煎饼外，赵玉兰没吃过什么东西。台儿庄看店的小伙儿在辣疙瘩黑咸菜上淋了不少的香油，吃起来满嘴喷香，可肚子里有些受不了，胃里反酸，烧心。要去的地方已经近在咫尺了，她想她得喝点稀的热的，得好生歇一歇。老战友的孩子喊她大姨，让她一个人出门在外该喝点稀的就喝点稀的，该炒个菜就炒个菜，一个人出门在外不容易。赵玉兰记着老战友孩子的话。那是个心地善良的好孩子。

街头上有卖辣汤烧饼的小摊儿，还有煮的茶叶蛋，焖在蜂窝煤炉的铝盆内，咕嘟咕嘟地冒热气。赵玉兰要了一碗辣汤。辣汤三分钱一碗，茶叶蛋三分钱一个，烧饼也是三分钱，但是赵玉兰只要了一碗辣汤。她把热乎乎的辣汤倒进搪瓷缸子端回小旅店，把煎饼泡在辣汤里，吃下了这顿热乎乎的晚饭。店铺的房间狭小，却挤着三张床铺，看上去黑乎乎的不太干净。赵玉兰也顾不得这些了。她洗了脸洗了脚刷了牙，在空无一人的黑乎乎的狭小房间内和衣而眠。

3

那棵老槐树果然又高又壮，像一架小山，远远地就出现在视线里了。

太阳还没有出来，凝结在一片片树叶和一穗穗玻璃似的花骨朵上的夜露不时噼噼啪啪掉落在地面上，发出悦耳的声响。淡淡的、几乎看不见的乳雾，淡淡的、若有若无的槐花的清香在河岸和林间飘散。

正当在一年一度的花期里。

当年炸弹炸掉的枝干依稀可见，可老槐树并没有枯死，只是萎缩了，像残缺不全的四肢，无法踢腿伸胳膊。不断有新的枝干新的嫩芽长出来，开满了一穗穗一串串乳白色的花朵。随着太阳升起，露水逐渐地被烘干，花香逐渐地挥散，树上树下充盈着甜丝丝的槐花的味道。

赵玉兰把化肥袋子放在地上，帆布提包也放在地上，从包里拿出一叠纸钱，三炷香，一包烟。这些东西都是她从老家带来的，带着老家的气息老家的味道呢，大大熟悉的味道。赵玉兰划燃火柴，把纸钱一张一张燃着，把三炷香放在燃烧的纸钱上，把那盒"大鸡"牌的烟拆开，抽出来三根放在纸钱上。赵玉兰嘴巴里念念有词：

"大大哎大大，玉兰子来接你了，你的小闺女来接你了！二十多年了啊，你一个人等在这里……小闺女给你带了钱来，还带了烟来，你抽根烟就奔着东北方向的老家走吧，老家里有娘，有你的小闺女儿。都说亲不亲家乡水，汶河的水比这苏北的水好喝呢，老家的煎饼咸'糊涂'也比这苏北的辣汤好喝。大大你回汶河吧，汶河边上有娘，娘等着你，你回到汶河跟娘你们就在一起了，就再也不分开了……"

赵玉兰泪如泉涌。

群蜂在玻璃似的花朵间忙碌不停。阳光似乎有声音，花朵有声音，蜜蜂们辛勤劳作的身影儿也有声音，它们在越来越高越来越明亮的日头下面，在暖融融的春日时光里，嗡嗡嘤嘤，叮叮咚咚。

赵玉兰擦掉眼泪。老家里说法，烧纸的时候不能哭，眼泪掉在纸钱上先人就收不到了。还哭什么呢？该难受的都难受过了。她告诉大大她今年来晚了，本来应该清明之前就来，可现在过了清明了，谷雨也过了。怎弄？娘不行了，她得先将娘的事情安排好。从今而后，她年年都会来，年年的清明都来给大大送纸钱都来敬香敬烟都来呹喝大大，连着三年，大大你不回家也得回家了。

太阳越升越高，嗡嗡嘤嘤的蜂声也越来越响亮。赵玉兰想树大招风花多引蝶，老槐树的槐花开得密，忙碌的蜂子也就多……但是，她突然觉得蜜蜂的嗡嗡有些异样，像是会说话，会唱歌，会哭号那样。赵玉兰非常奇怪。树上树下树前树后循着声响打量了一圈儿，一下怔住了——

那不是蜜蜂的合唱，那是一个婴儿的喊声。

4

赵玉兰其实一开始就看到了那个筐子。

白蜡条编织的椭圆形筐子，半条腿那么高，像个船，也像个床。它在古槐树的另一边，像是哪家随意丢弃的无用之物。一个襁褓中的女婴睡在筐内。

赵玉兰是过来人，凭直觉不仅判断出婴儿的性别，也判断出孩子的大致年龄——她只有三到四个月大，顶多不超过五个月。孩子穿开裆裤，垫碎花被，盖小薄毯，头脸上蒙着一方白色的方巾。两个小手攥成拳头胡乱挥舞着，两个小腿来回地蹬动，咿咿呀呀、呀呀咿咿。

谁把孩子放这了？！

赵玉兰茫然四顾，除了蜂声不断，什么人也没有。

几个月大的孩子，当娘当大大的真能放心！野猫抓了，野狗叼了，再给野蜂子蜇了……这谁家大人，嘲拉咣当的，不是憨也是傻，不是傻也是愣。赵玉兰想喊几声，想问问谁的孩子，想问问是哪家大人干的这嘲拉咣当的事。但是周围没有一个人，除了繁茂的槐花，除了忙碌的蜂群，除了愈加浓郁的甜丝丝的槐花的气味儿，什么东西都没有。

太阳升高，温度起来，赵玉兰的额头上渗出了些微的汗水，不知道是热还是急。她蹲下身子，将盖在小孩脸上的白方巾拿掉。赵玉兰这时候才注意到，白方巾原来是一块纱布，一层薄薄的医用纱布。

孩子的一双眼睛又圆又大又黑又亮，水晶一样。天庭饱满，一头乌发。圆脸蛋，皮肤白皙，白白的，粉粉的，带着特别的奶香。往下就是孩子的小嘴儿了……赵玉兰倒抽一口凉气，心一下绷得紧紧的。

女婴的上唇豁开了一道口子，露出粉嫩粉嫩的牙床来。豁口自然，皮肤也是天然的皮肤，并非是后天的创伤所致，是打娘胎里带出来的东西。这是——兔子嘴啊！

兔子嘴就是医学上的唇裂或唇腭裂。

到这时赵玉兰明白了，几个月大小的婴儿放在大槐树下，不是憨、傻，不是愣，也不是嘲拉哐当。这是狠心的爹娘不要她了，把她一个人扔在这几个人搂不过来的大槐树下了。

逐渐地，有一些人围拢过来。

赵玉兰问这是谁家的孩子，谁这么狠心把孩子扔在这里。他们不知道，他们长吁短叹一番，有的摇头，有的跺脚，有几个还抹眼泪，他们还以为是赵玉兰的孩子。赵玉兰风尘仆仆，赵玉兰背着化肥袋子拎着帆布提包，一副走亲戚的外地人模样，他们还以为是赵玉兰把这个兔子嘴女婴带来的。

这时候豁嘴子女婴哭了，在蜡条筐子编造的睡床内又挥胳膊又踢腿。有人说小孩子饿了，得喂饭；有人说小孩子渴了，得喝水；还有人觉得小孩子可能要屙屎尿尿，得给她把屎把尿了。赵玉兰什么也没说，赵玉兰把双手慢慢探进蜡条筐子，一只手托着孩子的脑袋跟后背一只手把着孩子的屁股，轻轻地将女婴抱起来，抱在了自个儿的胸口上。

孩子身下有一张纸，一个奶瓶，还放着几张纸币。三张一块的，一张两块的，一共是五块钱。有人将那页纸递给了赵玉兰，赵玉兰一手搂着孩子一手拿着纸看。上面写着几行钢笔字。

"走大路，过小路，东北城外古槐树。"

"东北方向东北来，自有贵人槐树前。"

还有一段，也是最后一段，写的是四句话："虫入凤中飞出鸟，七人头上长棵草，大雨落在横山上，半个朋友不见了。"

有好心人拿来了热水，帮着赵玉兰把水灌进奶瓶里。赵玉兰拿着奶瓶又摇又晃，试着温度合适后给孩子喂了一些水，又让人去家里打了点米糊糊盛在磕掉漆皮的破旧的搪瓷缸子里，一勺一勺地给孩子喂了半搪瓷缸子的米糊。小家伙真饿了，吧嗒着小小的豁嘴不停吞咽。喝进去的水以及喂进去的米糊糊差不多有一多半都从豁口处漏了出来，顺着下巴流淌在胸前的衣服上。赵玉兰是个干医的出身，赵玉兰知道天生的唇裂豁子嘴都是这样，不好喂不好养活。再过几个月会说话了，话也说不清楚，走到哪里都给人当成笑话看，都被人耻笑。豁嘴子，都是这样的命啊！

但是她仍然怀有一丝期待，不相信天底下真有这么狠心绝情的爹娘。虎毒还不食子，何况自己亲生的孩子？当然，赵玉兰也想了，是人都有过错都有想不开的时候，是人会犯浑、干傻事。一旦清醒过来、醒悟过来，他们就会幡然悔过，浪子也能回头。所以她想等等，等孩子的大大孩子的娘蹬着三轮车把他们的孩子接回去也说不定。

可是一直等到日头偏西，等到这一天的太阳落下去，连忙忙碌碌的蜜蜂们也都打道回府了，也没有等到孩子的爹娘来。

赵玉兰跟人家要了根绳子，将化肥袋子和帆布提包系在一起，把它们搭在自己的肩膀子上，前边是那个帆布包后边是那个化肥袋子。然后她抱起那个蜡条筐子，一步一步小心地走着，在天黑透以前回到了昨天晚上住过的小旅店。

孩子躺在筐子里，已经睡着了。

赵玉兰花一毛钱开了房间，还是昨天晚上住过的那个房间，而后趁孩子睡着，到昨天去过的卖辣汤的小摊儿买了碗热乎乎的辣汤。这里的辣汤虽然不及老家的咸"糊涂"可口，但是热乎乎的，暖胃。她把辣汤倒进搪瓷缸子端回小旅店，从帆布提包里掏出一张干煎饼，就着这缸子辣汤吃了晚饭。

孩子这时候醒来了，她把她抱起来把了尿又把了屎，把她抱在自己的胸前，在屋子里晃来晃去地哄着。她怕孩子饿，又花五分钱让开小店的大婶蒸了一碗鸡蛋羹给孩子喂下，又去街头的代销店里买了一袋子奶粉，预备着夜里小孩哭闹的时候喝。一个茶叶鸡蛋三分钱，一碗鸡蛋羹却要五分钱，加进去两分钱的加工费，赵玉兰觉得有点贵。不过她也没怎么放在心上。等到孩子睡着了，她轻轻躺在了这个豁嘴子女婴身旁。

5

槐树人民公社的槐花都开败了，赵玉兰也没有找到莫测高深的鸿鹤道长，更没有找到孩子的大大跟娘。

赵玉兰从老家出门的时候本来就没带着多少钱，家里的一点点积蓄都给娘办后事了，没有工作，没有收入，平时就靠种地挣几个工分，换成粮食连肚子都吃不饱，哪来的余钱呢？困难是困难，但那毕竟是在家里，在家千日好，出门一日难。孩子是无辜的，孩子可怜，在没有找到她亲爹亲娘以前，她就得带着她管着她，不能让她渴了饿了，不能让她饥一顿饱一顿的。稀饭奶粉，米汤菜汤，软米饭，鸡蛋羹，赵玉兰没亏着孩子，宁愿自个儿少吃一口，也让孩子吃饱吃好。

帆布提包里的煎饼早已吃光了，台儿庄老战友后代送的辣疙瘩黑咸菜也成为了记忆犹深的过往，赵玉兰的生活逐渐变得困难，一日三餐成了问题。她将一日三餐改为一日两餐，傍晌午吃下第一顿饭，到傍黑天才来吃第二顿，上午馍馍咸菜，下晚还是馍馍咸菜，偶尔才舍得打上一缸子辣汤。馍馍两分钱一个，咸菜一分钱一碗，有时候还不要钱，买了馍馍人家白送。三分钱一碗的辣汤成了好东西了，她不敢随随便便喝，她得算计着花销。到后来，两分钱一个的白面馍馍也不吃了，吃地瓜面玉米面的窝窝头和杂面饼子，花上两分钱能打发了一日两餐。但是赵玉兰心里头知道，这样下去不是个办法，没有进项光见开销，再算计也不能从根本上解决问题。

另外还有个大事情。

她带着孩子，得有个安身之处，她得住店。白天好说，白天背着孩子云龙山上转悠，天黑了怎治？还不得回到暂时栖身的小旅店里去？但是住店得掏店钱，这城里头的还比城外头的贵，城外头一毛钱一晚，城里头一毛五分钱一晚，多出来五分钱，五分钱够她两天饭钱的。开店的大叔看她一个人带个小孩子不容易，给她减去两分钱。可是少收两分钱一晚上还是要花一毛三分钱的店钱，还是个很大的负担。

赵玉兰说她洗洗涮涮缝缝补补扫地擦窗抹桌子什么都能干，她浑身上下都是力气，可以给店家干活。她不要工钱，能给口饭吃、给个地方住就行。开店的看她一个人带个残疾孩子不容易，暂时将她收留下来。赵玉兰成了小店的短工。虽然陋室一间，粗茶淡饭，但吃的住的毕竟是有了一个临时的着落了。天气渐渐地热了，除了营养，孩子的衣服得换季，换季的衣服也要花钱，钱从哪来？赵玉兰最后真是想不出一点点办法来了。

从暂时栖身的小店去云龙山，来回都要路过一个十字街口，来回都会看到一个壮年的汉子坐在车厢板上收破烂。汉子一条腿，胳肢窝里架一副榆木拐，空空的裤腿倒系在半截残肢上。两个半大孩子帮着瘸腿的汉子收破烂，脸上手上都很脏，身上的衣服也很脏。瘸腿汉子和这一对十五六岁的孩子总是在太阳两竿子高的时候出来，在太阳快要落到云龙山山头上的时候离去。有时候是脏兮兮的男孩子拉车，有时候是脏兮兮的女孩子拉车，多半是男孩子拉，女孩子跟在车后。当她跟在车后的时候，赵玉兰就会看到她走起路来一踮一踮的，越是走得快走得急，"踮"的动作也就越大。女孩子也有残疾。

赵玉兰没跟他们说过话，这爷儿几个也没跟赵玉兰搭过腔，当赵玉兰背着孩子路过的时候，他们总是会相互看看，赵玉兰走自己的路，爷儿几个忙活爷儿几个手里的活计。

到了晌午头上吃饭，赵玉兰从云龙山上转悠回来，有时候会看到这一家人也是馍馍咸菜高粱饼子窝窝头。男孩子倔头倔脑，一边吃一边东张西望，似乎对周围的一切都不在乎；而女孩子则是边吃边盯着路人看，当赵玉兰路过的时候也会盯着看。这个半大孩子盯着路人的眼睛里没有一丝善意，好像路过的人都欠着她都该着她，好像周围的一切都与她为敌都和她有仇。

赵玉兰不知道一个半大孩子怎么会有这样的眼神。

6

"吃饭了？"

瘸腿汉子看到放缓了脚步的赵玉兰，点点头说道。

"还没。吃饭呢？"

赵玉兰也点点头。

"吃饭。到点就吃饭。"

"俺看你爷儿几个天天来收这个，能卖钱？"

"多少换点针头线脑的。俺这个腿有残疾，几个孩子还小，俺也干不了别的。"

"你们收这个，往哪里去卖？"

"有要的。"

"哦……大哥，要是俺有破烂拿来，你能给收下吧？"

"能收！俺就是干这个的，只嫌少，不嫌多！"

"那俺哪天攒点纸壳子罐头瓶拿来，平时也知不道能卖钱，都给扔掉了。"

他们说话的时候，半大的男孩子依然满不在乎地东张西望，而女孩子则一直用警惕的目光防范着赵玉兰。

瘸腿汉子注意地看了看赵玉兰。他架着那支单拐，来回蹒跚了几步，有些犹豫不决地对赵玉兰搭讪道：

"大妹子，俺听你这口音……山东的吧？"

赵玉兰把背上的孩子往上托托，回答道："山东。"

"俺也是山东的。"

"这么巧！你山东哪里？"

"俺山东临沂。"

"巧了，俺也是临沂的。"

"你看看，俺就说嘛！俺一听你这个口音就是临沂的。"

"大哥，你是临沂哪里？"

"蒙阴县垛庄。"

"俺是沂南，沂南汶河村，俺跟垛庄隔着孟良崮，翻过孟良崮就是垛庄……谷雨前头俺才将从垛庄过来的。"

"无巧不成书……垛庄，原来也是沂南。"

"山前山后呢。没想着这人生地不熟的地界还能碰着老乡。"

两个人都操着沂蒙山的方言，都说着沂蒙山的土话，似乎越说越近，越说越觉得以前在哪里见到过那样。

说到最后，架拐的瘸腿汉子问赵玉兰："俺觉着搁哪见过你呢，又想不起来哪里见的……但是你这个面相，俺觉着怪眼熟。"

赵玉兰说："大哥兴许看花眼了，沂蒙山里头的，看着都眼熟。"

"不对，一定是哪里见过。"瘸腿老乡却很认真，低头想了想，然后说：

"敢问大妹子，你有没有去过朝鲜？"

"朝鲜？俺去过，"赵玉兰说，"俺在朝鲜待了四五年，停战谈判以后才回来的。"

"这就是了！"瘸腿老乡显得激动起来，"俺再敢问，你是在碧潼待过吧？北朝鲜的碧潼，离鸭绿江不远。"

"对呀？"赵玉兰疑惑了，"俺这四五年里头有一多半是在碧潼，俘管处，就是看管'联合国军'俘虏的战俘营。你怎知道的呢？"

"你看看，你看看！俺就说见过你嘛！五三年，俺从南朝鲜交换回来，经碧潼郡倒的车，你们战俘营的医生护士给俺们这些人看病换药，还给俺打了这个拐……你看看，俺这个拐，榆木的，还是你发给俺的，你还给了俺个棉垫子垫在拐上……你看看大妹妹，榆木的！俺当时就觉得你口音怪熟，可俺没敢问。"

"大哥是……南朝鲜交换回来的啊？"

赵玉兰看了看四周，声音也变得小了，好像他们说的是个偷偷摸摸见不得人的事情那样。

老乡却不在意，无所谓地笑笑，自嘲道："战俘！负伤了，不能动了，给美国鬼子弄到那头去了，在釜山住了好几年。"

"……不容易呢，不容易。"

"你这个面相……大妹子你比朝鲜的时候壮实不少，但你这个面相还是朝鲜时候的面相，差不了。要不俺怎觉着眼熟呢！"

赵玉兰说："你这样一说俺也觉得有点眼熟了……但你说的这个拐，给你垫棉垫子的事情，俺记不清了。当年你们路过碧潼，俘管处给腿脚不方便的都发了拐，俺不记得你了，大哥。"

"差不了！"

一条腿的老乡再将拐顺顺，声音颇为洪亮地说道："这副榆木拐，俺拄了快二十年了，一直舍不得换……困难时候，喝人一口水嚼人一口馍馍都得记着。来来，二愣，三丫头，这是家里头你大姑，喊大姑！"

"大姑。"

半大的男孩子随口就喊。

半大的女孩子只把戒备的眼神收了收，却什么也没喊。

两个沂蒙山老乡说了很长时间话，拉了很多的呱，一直拉到日头落下去。赵玉兰得知瘸腿老乡已经在这个城市生活了十几年。

瘸老乡最后对赵玉兰说："亲不亲家乡人，甜不甜家乡水。俺比你早来十几年，有什难处，大妹子尽管开口。再者说俺们还是抗美援朝战友呢。"

赵玉兰笑了笑。他们的情况可不是同一种情况。

"说了半天话了，还没问一问大哥你姓甚名谁。"

瘸老乡将拐在胳肢窝里顺顺："家里弟兄三个，俺排行老三，外头的都喊俺刘三。这里有喊俺大号刘三的，有喊俺瘸子、瘸子刘三的，板正些的，喊俺个老刘。你就喊俺大号吧，刘三。"

"那不能行！你比俺年长呢，俺就喊你个三哥吧。"

叁

2016年（下）　拾荒者说

哎？你说说这俩丫头！咋又来了呢？放假结束了，你"社会调查"也调查完了，咋又来了呢？哦，星期六，今儿个星期六。俺还以为你们"社会调查"完了，就不来俺这儿了。俺们不管星期几，天天都过星期一天天都过星期六！干俺这个的哪有星期六星期天的，想干就干想不干天天都能睡床上，就跟你大叔说的，谁也没有他快活，天天都能睡大觉——你不干你吃什么喝什么？你大叔也就是嘴巴上图个痛快，他哪天也没闲着。

大宝不在家，跟他老奶奶出门了。你俩闺女，跟俺大孙子有缘，隔些日子不见，就芝芝阿姨、芝芝阿姨的，把俺喊得记不住你原来叫什么了。你不是叫李芝——儿？你看看你这个名字起的，哪有原来的名字好听。你原来不是叫李桂芝？多好听！给改成李芝——儿，李芝还不行，还得带个"儿"，叫起来别嘴。

学校里功课紧不？一个小闺女家家的，爹娘老子担心着呢，都盼着你们在外边好好的。你们来得又不巧，他老奶奶又出去串门了，小孙子也带去了，今天幼儿园大班不上课。俺说天冷了，不要出去了，不管，得出去。一大早你大叔骑三轮车送去的，到傍晚再骑三轮车接回来。要是昨儿个来就见到他老奶奶了，昨儿个还在家里头。

俺知道你们想见着他老奶奶，看大宝是个由头，看他老奶奶是真。你俩闺女，还不好意思，不碍的，俺说话直来直去，不会拐弯抹角，打听就是打听，你们一趟一趟的，不就是想打听他老奶奶嘛！对你们的"社会调查"有用？"社会调查"，什么都查。不过呢俺也给你们说过了，就算是见着他老奶奶恐怕也打听不出来——从打俺大姑，也就是俺娘进到俺这个家门，俺从来就没听她老人家说起过早年间的事情。俺爷在的时候也不说，俺爷更不说，俺小时候只朦朦胧胧地知道点他们过去的事情。你俩闺女喝点水，热水，暖乎暖乎……说话这就快入九了，一九二九不出手呢。俺这水不碍的，大儿子开车拉回来的，干净。他老奶奶从来不让俺喝院里的水，院里的水只能洗洗涮涮浇菜浇地。他老奶奶讲究着呢，比谁都讲究。

你是问他老奶奶到底是俺什么？大姑还是娘？这个话给你们问着了，俺将才说漏嘴了。怎说呢？他老奶奶是俺大姑，也是俺娘。

其实俺原本不姓刘，俺小孩爸——也就是你大叔，原本也不姓刘。俺原来姓的什么俺都忘了，俺是后来随的俺爷的姓，俺爷姓刘，俺跟俺小孩爸就都姓刘了。

俺那时候还小，老家是哪里早不记得了。沂蒙山是俺现在的老家，俺爷俺娘老家是山东沂蒙山，俺不就也是山东的吗？其实俺没去过山东，俺也不知道沂蒙山在哪里。有一回俺跟他老奶奶说起你俩闺女啊，说你这个名字，不是现在的名字，原来的，李桂芝，在他老奶奶老家里很普遍，大人孩子，但凡是个女的，都叫个桂芝、翠兰、红霞、云和彩，好记。大儿子说沂蒙山离着这边不算远，开车一天就能到。俺大儿当过兵，知道得多。

是五六岁还是七八岁，俺一个人从家里跑出来的。俺亲娘死得早，俺爷给俺说了个后妈，后妈还带个小孩，小男孩，你想想俺还能有好日子过吗？一天到晚给俺脸子看，给脸子看还算是好的，动不动就得打、就得骂。打、骂还好说，难过的是不给你饭吃。俺除了刷锅洗碗地里地外，俺得带着后妈的这个弟弟，把屎把尿不说，哭了号了，后妈听到了就得吵、就得骂，就不给饭吃。俺那时候只有六七岁，不给你饭吃你怎受得了？唉，有什么不要有个后妈！俺爷啊？俺爷能当了家不？俺爷当不了家！俺不是有点残疾嘛，小时候得的小儿麻痹症，干不了重活，成了个累赘，俺爷嘴短，说不了硬气话，一说话秃噜嘴了。有一回，俺记着过年了，俺一时没看住后妈的弟弟，他滑倒了，嘴唇磕破了，胸口上沾了泡狗屎，这劈头盖脸一顿打啊，打过了还不给饭吃。你俩闺女寻思寻思，过年了，就是要饭的要到门上也得给口吃的吧？俺还不如个要饭的。俺又冷又饿又生气，就从家里跑出来了。

俺在外边流浪了有个大半年，东讨一个馍西讨一碗水，吃百家饭，浑身上下脏得不像个人样。俺不想家，俺再也不回去那个家了，那个家里头没有俺的地方。俺沿着铁路一直走，一边走一边要饭，一边要饭一边走，后来也就不知道家在哪里了，也就不知道姓什么了。一个几岁大的孩子，能记得什么！

到来年的夏天，俺到了这个城市里，俺觉着这个地方怪好，要穿的要吃的都不难，俺夏天的衣服也有了，俺净碰到好心人。所以俺就没有再顺着铁路走了。俺白天到处转悠，渴了找碗水，饿了要个馍，晚上困了就在人家屋檐下桥洞子里头猫一夜。大概过了有一个多月，入秋了，早晚天凉了，俺就遇上俺爷了。

俺记得很清楚，那天俺害冷，发热，蜷在桥洞子里头一天没出去要吃的要喝的，俺浑身上下一点力气没有，俺实在是起不来了。后来俺就给俺爷俺二哥看到了。俺爷架个拐，俺二哥跟在俺爷后头，愣头愣脑的，浑身上下跟俺一样脏。俺爷可怜俺，让俺二哥给俺端了热水喝了，又买了碗辣汤。辣汤热乎乎辣乎乎的，俺喝了这碗辣汤觉着身上有点力气了，也好受了不少。俺爷又让俺二哥背上俺去医院里打了针拿了药，俺当天晚上就住俺爷家里了。

说是个家，其实就是俺爷找人给搭的窝棚，茅草顶子泥巴墙，一刮风忽悠忽悠的。都是地铺，俺爷睡门口，俺二哥挨着俺爷，俺在最里头——俺爷拿床单给俺拉了个帘子，俺睡觉的时候都不能到里头来。俺原来还有个大哥，叫傻洪，小时候得过大脑炎，有后遗症，脑子不清醒。不清醒归不清醒，俺大哥人善，老实，从来不干坏事。后来俺才知道，大哥二哥也是俺爷拾来的。

俺跟了俺爷以后就没去要过饭了，俺爷不让俺要饭。有胳膊有腿能跑能动，什么不能干？人得靠自己个儿养活自己个儿。从那时候开始俺就跟着俺爷倒腾上破烂了。捡破烂拾垃圾，你们叫个啥？收废品？都一样。俺爷还领着俺二哥开了片菜园子，种点粮食种点菜，勉勉强强够糊口的。

俺想想俺大哥什么时候走的啊？是在俺大姑进门以后。俺原来住的那地方，旁边是个部队的营房，开坦克的部队。他老奶奶跟部队的人能拉上呱，部队都把垃圾废品交给俺收，旁的人不能收，你去收人营房也不给。营房里的垃圾可是不孬，报纸书本子多，部队好学习，天天读书看报纸。还有炮弹皮、子弹壳子，这可都是金属，金属卖钱。

有一回俺爷儿几个都出去了，留下俺傻洪大哥一个人看家，他捣鼓部队里收来的垃圾，不知道怎的捣鼓炸了——收来的废品中间有坦克上的枪子儿，俺爷说是坦克上的啥高射重机枪，没打响，哑子儿。他拿锤子砸那个枪子儿，还有不炸的？手掌崩下来一大块，太阳穴上崩个窟窿。当时还有口气，送到部队卫生所里不管的。俺爷俺大姑不难为人部队，要真难为人家，很多人都受牵连都没好日子过了。都是老百姓孩子，出来混个一官半职的不容易。打那以后俺没再收过部队东西。

俺大姑进门那一年俺十四，俺二哥十六，俺小孩爸比俺大两岁——俺二哥就是俺小孩爸爸。俺大姑带着俺四妹妹来的。俺记得很清楚，俺大姑来的时候身上背着俺四妹妹，一只手提溜着化肥袋子一只手拎着个帆布提包，俺四妹妹才将将不到一岁，还喝奶。

说起来，俺这个家是打俺大姑来后慢慢好起来的，俺大姑来后才慢慢像个家了。添了锅碗瓢盆，打了桌子椅子。俺大哥，俺二哥，俺，俺四妹妹，还有俺爷，原来哪像个人？饥一顿饱一顿的，一年四季里穿得不像个人样，不饿着不冻着就算不孬了，顾不了别的。俺大姑进了这个门这个家才像个家了，缝缝补补，洗洗涮涮，屋里屋外上上下下都拾掇得有板有眼的。要不是俺大姑，俺连来身子都不知道。一屋子老爷们，就俺一个女的，知道什么！俺打六七岁就出来了，女人家的事情，谁教你？没有人告诉你。是俺大姑讲给俺听，俺才知道了很多女人家的事情。来身子不知道啊？就是来月经！你们管它叫啥？"大姨妈"。你看看你们这些孩子，月经就是个月经，怎的还跟大姨扯上了！

你们现在这些孩子啊，打小都是蜜罐子里头出来的，爹娘老子都将你们捧在手心里，要吃的有吃的要喝的有喝的，好吃好喝好惯着，风不打头雨不打脸，哪像俺小的时候。俺小时候遭的那个罪啊……不能说，说起来心里头难受。可怜，小时候那是真可怜。俺小孩爸爸也跟俺一样的命，打小从家里头跑出来的。他爷死得早，那时候他还小，不记事。他娘死他记得，有二三岁了，他娘洗衣服滑塘里淹死的。他跟着他老他奶过了几年，估摸三四年吧，六几年，他老他奶也死了，俺小孩爸爸没有家了，东家一个馍西家一碗汤，吃了上顿没下顿。怎死的？饿死的呗！六〇年，饿死多些人，村村都有饿死的。几房亲戚也管不了他了，现在想想不是人家不管他，是家家户户都没有吃的，实在也管不了。俺小孩爸爸就从家里头跑出来了，一个人外头流浪，有好几年，一直到碰上俺的瘸腿爷。

俺娘来了以后俺就有人疼了，俺跟俺娘、俺四妹妹住一屋，天冷了俺娘给俺暖脚暖被窝，天热了俺娘给俺扇扇子逮蚊子，渴了饿了有人吆喝，一年四季里的衣裳有人缝有人补了，冬天有棉袄棉裤，夏天有褂头子穿了。俺爷，俺大哥二哥，俺四妹妹，换季的衣裳都是俺娘亲手缝的，干干净净，一家子人像个人样子了。你看俺现在闺女儿子好几个，孙子孙女一大群，都是因为俺这个娘啊。没有俺这个娘，俺们还不知道如今是人是鬼呢！人都说碰到了贵人日子就好过了，就不凄惶了。还真是的。俺大姑就是俺的贵人，俺这一大家子都靠俺大姑这个贵人了。

其实你俩闺女要真想见着他老奶奶，你上槐树街道去。槐树街知道不？就是槐树街道办事处，原先叫槐树镇，早的时候叫槐树人民公社，再往前叫槐树庄，大槐树庄二槐树庄，都是那一片。俺早些年在那边住过，那时候槐树庄还是郊区，现在成了城里了。十字路口上有棵老槐树知道不？你们坐车到槐树街，公交车站下来对过就是步行街。沿着步行街走上百十步，一拐弯，就看见老槐树了。

他老奶奶平时走不远，不在家就在大槐树那头。也不是见天都去，隔三岔五地去一趟。串门呗！还有几个老街坊邻居，老头老太太说闲话拉闲呱。

俺这腿脚不好，俺不送你了。你出院子往西二里地有公交车。啥？又打车来的？你说说你俩闺女，也不知道省点钱。爹娘老子，一辈子怎那容易的……

第五章　1976年
　　　　　1986年
　　　　　1996年

1976年10月

重生

1

这一天赵玉兰对瘸子刘三说："三哥，俺有个事得跟你商量商量，俺寻思好几天了。"

"什事？你说。"

瘸子刘三胳肢窝下的榆木拐很响地捣着地面。

赵玉兰说："槐花不小了，四岁多了，转眼到了上学的年纪了，俺寻思得把她这个病给治治呢。一个闺女家，总不能脸上挂个布帘子去学堂。"

瘸子刘三说："那是得治。不上学堂也得治。"

赵玉兰说："这个病呢说起来也不是多大点病，就是动个手术。手术呢也不是很大的手术，修补术，缝上就行了。可是话说回来了，治病得花钱。修补术也是个手术，手术就得花钱。"

瘸子刘三说："瞧病哪有不花钱的？给闺女治病，钱该花就得花。得多些钱？"

"俺也知不道。现在的行市不比过去了，任什东西都比先前贵。鸡蛋早些年三分钱一个，现今卖到四分了。四分，还不好买。"

刘三说："他大姑，要俺说给闺女瞧病，你不能心疼钱。槐花一天比一天大了，马上就能知道个丑俊了，见天挂个门帘子，怎出门见人呢？没有钱咱想办法，咱为了闺女，有多些办法想多些办法，咱活人不能给尿憋死了。"

"三哥，有你这句话，俺心里头好受多了。槐花这个病，这些年了一直堵着俺，到哪儿哪儿指指点点的。旁人看笑话，俺怪难受，俺心里头一直觉着对不住闺女。"

"哎——他大姑，你话不能这样说啊！槐花跟了你也是前辈子积下的缘分，你没亏着她饿着她。就是到了俺这里，她大哥、二哥，她三姐，哪个不疼她？病是先天落下的，她能跟着你，算这辈子享福了。"

"福不福的倒无所谓，穷人家，一辈子无有个大灾大难的，能顺顺当当的就不孬。俺是想着，给她病治好了，她不用挂着这个屁帘儿出门，到哪儿不给人笑话，到哪儿都能跟个正常人一样，板板正正的，俺也就没心事了。"

"嗨！当娘的可不都这样嘛。都盼着儿女好，自己个儿吃糠咽菜，儿女好就行。"

赵玉兰说："俺寻思明天先带槐花去医院看看，一个看看能不能治，二个看看什时候治合适，得花多些钱。俺寻思明天就去呢。"

"行，俺看行！"瘸子刘三回答道，"你带槐花去就是，家里头又没有什事。俺这个腿脚不方便，俺就不去了，让三丫头跟着。"

赵玉兰和瘸子刘三说话的时候，四岁多的赵槐花在屋门口玩耍着。这时候傻洪还没有拿锤子去砸那个哑火的高射机枪子弹，傻洪带着他豁嘴的四妹妹玩耍。他们玩的是一种"弹溜子"的游戏，地面上掘出几个大小不等的小坑和窟窿，看谁能将花花绿绿的玻璃球弹进去。傻洪跟他四岁的豁嘴妹妹玩得非常认真，他嘿嘿地傻笑，四妹妹也咯咯地笑，呼出的气息从豁开的嘴巴里漏出来，把脸上的布帘子吹得一蹿一蹿的，好像里面藏着个小老鼠那样。

赵槐花一身花裤花褂，嘴巴上蒙着的也是个花手绢。蒙在小孩子屁股上的叫屁帘儿，蒙在脸上的叫什么呢？没人知道叫什么。没人把一块布挡在小孩子的嘴巴上。

"屁帘儿"是赵玉兰的一个发明。

手绢的两个角角上横拴着一根松紧带，只需往头上一戴，花手绢做的屁帘儿就挡住豁嘴子了，就看不见难看的先天性的残疾了。屁帘儿本是小孩子遮挡屁股的东西，小孩子穿开裆裤，屁帘儿遮风挡雨，既方便把屎把尿也方便防寒保暖，没有谁家大人会将屁帘儿挡在小孩子嘴巴上，哪怕这个屁帘儿是个经过了改造的屁帘儿。赵玉兰信手拈来的发明本是无奈之举，是没有办法的办法。

小小年纪的赵槐花挂着这个布帘子有些年头了，从会走路就挂着了。无论什么时候，玩耍也好，出门也好，背着抱着走街串巷地收破烂也好，都挂着。只在晚上睡觉的时候，赵玉兰才会将她嘴巴上的布帘子取下来。

屁帘儿盖住了嘴巴也将鼻子盖住了，让小小的槐花不得劲，说话喘气都像有个小老鼠，不顺畅。她总会扯掉它，不愿意戴着它。赵玉兰不知道纠正过槐花多少次。扯了戴、戴了扯，直到槐花习以为常。

好些年过去了。现在，赵玉兰不想再让闺女戴着这个难看的屁帘儿了，或者说，她不打算让闺女就这样一辈子戴着它。

2

赵玉兰花一毛钱雇了三轮车，早早地带槐花到了城里的医院。

她们先挂了五官科的号，先到的五官科。但是人家告诉她们，唇裂，就是俗话说的兔嘴、豁嘴这个病需要手术治疗，得去外科手术室检查，能不能做，什么时候做，外科医生检查以后才能定。外科有个胡医生，是修复小孩兔嘴的专家，得找胡医生。

赵玉兰拽着槐花打听并找到了胡医生。

没想到胡医生劈头盖脑地就把赵玉兰训斥了一通。

细瘦的麻秸秆套着件污渍斑斑的白大褂，戴一副近视眼镜，不苟言笑。这个就是胡医生。赵玉兰有点儿眼熟，像是哪里见到过这个胡医生，胡医生就像是表哥朱贡献。但是一开口，胡医生不像表哥了，胡医生还是胡医生。

表哥温和，胡医生呢，好像谁欠着他二百吊钱。

胡医生质问赵玉兰为什么现在才带着孩子来。

小孩子几个月大——六个月，八个月，顶多不超过一岁，一岁之前就应该进行唇裂的修复术。你小孩子多大了？四岁了，四岁才来看，你这不是瞎胡闹吗？不是亲生的？你不是她亲妈？

说得赵玉兰满脸通红，一句话答不出来。

胡医生掰着槐花的豁嘴子里里外外看了一遍，又拿听诊器听了槐花的心脏和肺部，问了槐花的身体状况精神状况，而后开了透视的单子。

赵玉兰说怎的还照X光呢？X光有射线。再说就是个豁子嘴……唇裂，你动个手术给缝上不就行了？

你这个当妈的！胡医生满脸的不痛快。让你照X光你就照X光，不拍片子我怎么知道小孩额骨鼻骨有没有畸形？怎么知道小孩子有没有并发症？缝上？你心想是补轮胎缝衣服呢！这叫唇裂修复，不是补轮胎，也不是你在家里缝衣服。

赵玉兰只好去收费窗口交钱，给槐花拍了X光的照片。

X光片洗出来需要些时间，赵玉兰和三丫头一边拽着槐花到处溜达，一边等待着X光片的结果。

医院不大，门诊楼、住院部和办公楼都没有几层，还有个小礼堂，小礼堂的旁边挨着一些平房和几排筒子楼，是医生护士职工的宿舍。院子中间有一座小池塘，池塘边矗立着一个六角的亭子，一伙人懒懒散散地在亭子里抽烟、吐痰、说话。无论门诊楼、住院部还是办公楼的墙上都贴着新鲜的、醒目的标语，写着诸如"沉痛悼念伟大领袖毛主席"、"继承毛主席革命遗志，将无产阶级文化大革命进行到底"以及"热烈庆祝粉碎'四人帮'反党集团伟大胜利"一类的大字。这样的标语口号在大街小巷里也随处可见。

赵玉兰和三丫头拽着槐花来到水池亭子旁，与那群抽烟、吐痰、说话的人搭讪。久病乱投医，打听打听情况也是必要的。虽说在医院工作过，但她对槐花的残疾和治疗这种残疾的手术却了解不多，刚才就给胡医生说了一顿。隔行如隔山，她不怪胡医生。她开始觉得她和三哥都想得有些简单了。

亭子里的人既不是看病住院的病号也不是探望病号的家属，他们是一群特殊的人，以卖血为生。一个个脸色发灰，跟得了肝炎的病人差不多。

卖血的人都不说自己卖血，叫"献血"。他们也不是天天都聚集在医院里。他们有一个血队，归血队的队长也就是血头管理。碰到"业务"来了，血头会分门别类地安排一些人到外科手术室来"献血"，这个月张三李四，下个月王二麻子，三个月一周转，依此类推。规矩上，"献"一次血，三个月以后才能来"献"第二次。名义上叫"献"，但这个"献"是要收钱的。手术需要给病号输血，输多输少主刀的外科医生说了算，谁来输，血头说了算。根据"献血者"的血型血量，血头会按着主刀医生的要求将输血者带到手术室外面的采血室，一手采血，一手交钱。钱并不会直接交到"献血者"手上，而是由病人家属交给血队队长也就是血头，血头拿了提成手续费，再把钱交给卖血的人。一般是抽400cc的血，400cc卖二十八块钱，血头得两块，卖血的人拿二十六。碰到开胸开颅生孩子难产大出血等大的手术，一个人的400cc显然不够用，就需要更多的人来"献血"。所以在理论上来讲，献血量越大，血队队长的"手续费"便也越多。但他这个钱也不是光自己花，他也得打点，得跟手术室的医生外科医生麻醉科医生妇产科医生等医生搞好关系。同样，卖血者也需要跟血头搞好关系，否则有了"业务"，血头不招呼你，你就"献"不了血拿不到钱。二十六块钱，比得上一个吃公家饭的工人的月工资。

赵玉兰对这些一点点兴趣都没有。槐花的兔唇修复术得花多少钱，这个才是她最为关心的。

一伙人七嘴八舌。有的说需要几百块，有的说需要几十块，不一定。关键看有没有熟人，熟人不仅好办事，不该收的钱还能省下来一些。赵玉兰吓了一跳。几百块或者几十块，对她都是个天文数字。

赵玉兰问啥叫不该收的？不该收怎的还收？

那些人故作高深地笑笑。

一个人告诉赵玉兰，三百六十行，各行有各行的规矩。你就比如这医院的手术室吧，同样的手术，有的钱多，有的钱少。咋说？纱布，绷带，敷料，麻药针，手术包，用多用少还不得手术室的医生护士说了算？你要熟，就能少记点；不熟，多记、把别人的记到你身上也说不定。三百六十行，各行有各行的讲究。像我们献血，献血有献血的规矩，不是你想献就献想不献就不献。

另外一个问她医院里有没有亲戚，老乡也行，没有老乡，街坊邻居熟人也行。有能说上话、搭上言的，办事总会容易些。

赵玉兰说她两眼一抹黑，一个人不认识。

这些人也就没再搭理她了，继续抽烟吐痰松松垮垮嘻嘻哈哈。

其中一个愤愤不平地揶揄道，黄家西施上个月才刚献的400cc，今天又献了400cc，好像队长是她家里的一样，光听她一个人使唤。

另外一个挤眉弄眼地说，谁叫你不长妈头子呢？你要有黄西施那两个大妈头子，你月月都能献。

赵玉兰沉下脸来，赶快地拉着三丫头走开了。

三丫头已经十七了，能够明了些男男女女的事情了。一边走一边恨恨地骂：

"不要脸，说这样话，真不要脸！"

3

胡医生对着X光照片看了好几眼。

从检查情况看，小孩子的唇裂还只是个浅Ⅱ度的唇裂，额骨、鼻骨、口腔都还没有发生病变畸形，还没有明显的鼻翼内陷、鼻小柱偏斜、鼻歪斜、牙齿萌出异位、上颌骨发育异常这样的情况。你这是歪打正着。胡医生特别强调了这几个字。因为就唇裂的一般情况来说，上唇部裂开是主要特征，但又不仅仅只是上唇部裂开，通常伴随着皮肤、黏膜和口轮匝肌的分离移位，累及面部多个器官及组织，致左右面部发育不对称，并可能出现全身多系统疾病，咽炎、呼吸道感染、先天性心脏病、骨骼发育异常等，都是后遗症。小孩子叫什么？槐花。槐花的上唇部裂开了，但还没有裂到鼻底部，而且她这个裂隙，你看看，看到了吧？还没有超过整个唇高的二分之一，所以叫浅Ⅱ度唇裂。唇裂有Ⅰ度、Ⅱ度、Ⅲ度，度数越高越难修复。所以说为什么要早来医院呢，就是早修复早治疗，有些不是一次就完了，要修复很多次，过几年修一修过几年修一修，需要不断地纠正。你来得晚，不是个好事情，也是个好事情。怎么说呢？小孩子，槐花，从生下来到现在，浅Ⅱ度就是个浅Ⅱ度，并没有什么变化。所以说你这是歪打正着。

胡医生在普及这些知识的时候依然面无表情。检查的结果本应是轻松的，但胡医生的言语间没有一点点轻松的意思。

赵玉兰不懂什么Ⅰ度Ⅱ度Ⅲ度浅Ⅱ度，更不懂胡医生的这一套说辞。她只关心一个问题，槐花的病能不能治、能不能治好。

胡医生把X光照片往桌子上一扔："不能治我给你说这些弄什么？我刚才不是给你说了吗？你小孩子槐花，现在这个情况完全属于侥幸你知道吧？虽然是侥幸，你当妈的还是应该早来医院，四岁才来，再过几年上学了……你平时弄什么的？拾垃圾？拾垃圾的也不能这样！当爹娘老子的都得为小孩子负责任，不然你生她弄什么呢？马上住院吧。"

一听要住院，赵玉兰也顾不得胡医生说不说她了，问不住院行不行？不就是动个修补术吗？她说她在医院里干过护士，她知道怎样护理和照顾手术病人，更知道怎照顾自己的闺女槐花。

住院得交住院费，要是能在家里照顾槐花，那就可以省下来一笔住院的开支。钱，于她而言是个实实在在的问题。这个话，赵玉兰不能直接说出来。

胡医生俩眼直直地看着她："你是哪个医院里出来的？"

赵玉兰说："俺……早了，很早了，在部队医院里头待过几年。"

"部队医院？部队医院动手术不住院？我从来没听说过！"

"那……医生，俺槐花这个手术，前前后后，一共得花多些钱？你给俺说说，俺也好有个准备。"

"手术加上术后的康复治疗，二十多块钱吧。"

"二十多？这么多？！"

赵玉兰眼睛大了。

回去的路上她们没有雇车。赵玉兰对三丫头说，天色还早，俺不雇三轮了，俺慢慢往家走吧。

三丫头点了点头。三丫头知道一毛钱能办很多事情。

4

她们走出了医院，走在一条条或宽或窄的街道上。

三三两两的路人坐在卖辣汤油条的摊子上喝辣汤吃油条，有的一手端着辣汤碗一手攥着油条，有的将油条泡在辣汤里呼啦呼啦地喝扑哧扑哧地吃，惹得槐花不住地扭头看。但是赵玉兰拽着槐花继续往前走去。她知道槐花不饿，晌午才在医院门口的摊子上吃的饭，槐花喝了小半碗辣汤。而她跟三丫头的午饭是从家里带来的馍馍。

她们走过飘散着奇怪味道的小卖部，走过一面面贴着醒目标语的墙壁，不紧不慢地与一座座临街的年久失修的砖墙瓦房擦肩而过，走到了通往槐树人民公社的城乡接合部。槐花又看到了路边卖辣汤油条的小摊儿，就是四年前赵玉兰刚刚来到这座城市时住过的小店对面，槐花扭着头看，不愿意走。赵玉兰只好又掏三分钱给槐花买了碗辣汤，槐花喝进去一小半，同样地，另外的都漏在碗里了。赵玉兰把槐花剩下的大半碗辣汤给了三丫头，看着三丫头喝光，给槐花擦了嘴擦了胸口上的污渍。街道越来越窄，房屋越来越稀落低矮，贴满墙壁的标语也逐渐隐去，慢慢地，都遗落在身后的夕阳里。

夕阳将乡间的土路弄得明晃晃的。

田野已经收割殆尽，路边的茅草逐日枯黄。

槐花有时候被牵着走，有时候也自己走，她走不了多远就会趴在她娘或是她三姐的后背上。娘儿几个的身影儿在金灿灿的夕阳下越拉越长，有时候是一长一短的两个，有时候是两个长的中间夹着一个更小更短的，手牵着手，连在一起。

娘儿几个走了一个多小时差不多两个小时了，都走得累了，气喘吁吁。赵玉兰问三丫头累不累，要是累就歇歇，反正就快到家了。赵玉兰知道三丫头腿脚有毛病，走不了太远的路。

三丫头往路边靠了靠，侧过身来，回头看着大姑和大姑背上的四妹妹。她说她还能行，只要走得不急、不快，她觉不着什么。赵玉兰说那俺就慢慢走，俺不急，反正前边就到家了。

三丫头转过身去，刚刚走了几步，一声惊叫：

"这是啥？"

一个小小的手绢包包蜷缩在干枯的茅草中。三丫头弯腰拾了起来。

"这是啥？"

她把手绢包包递给了她大姑，赵玉兰。

赵玉兰蹲下身子，将背上的槐花放在地面上，接过三丫头递过来的手卷包包。手绢很旧了，满是发黄的污渍。

解开系扣，打开手绢，里面是一层牛皮纸包裹着的卷卷儿。解开这个仔细包裹着的牛皮纸筒，一卷纸币赫然出现在娘儿几个的眼睛里。

最大的一张面额是十块钱，然后是几张两块的，几张一块的，还有几张五毛、两毛和一毛的，按照从大到小的顺序，整整齐齐，仔细地卷成了一个小卷儿。赵玉兰数了数，一共是二十三块六毛钱。

三丫头说："这么多钱！扔茅草里头。"

赵玉兰前前后后看了看。路上很干净，连个人影儿也没有。

赵玉兰说："肯定走路走得急呗，掉路上了呗！谁舍得把钱扔路上？这些钱，得攒多些日子才能攒下来。"

三丫头说："大姑，该不会该俺今儿个走运吧？二十多块钱，正好给四妹妹瞧病。"

"她三姐，可不敢这说呢！"赵玉兰沉下脸来，"谁家攒个钱容易？上有老下有小的，嘴巴里抠食，知不道怎攒下的，知不道谁家等着开刀救命呢。救命的钱，可不敢丧良心。"

三丫头给她说得低下头来："大姑，俺就这顺嘴一说，俺怎能昧下这个钱呢？"

赵玉兰叹了口气："家家有本难念的经啊。"

三丫头看看空无一人的四周，对赵玉兰说："也知不道谁丢的，这上哪儿去找？"

赵玉兰说："等等吧，说不定丢钱的能回来。他搁哪丢的他不得搁哪来找？等等，兴许就碰上了。"

娘儿几个正好也走得累了，就停住了脚步。赵玉兰和三丫头坐在路边上，槐花在她们跟前跑来跑去的。

夕阳越落越低越落越大，逐渐变得黯淡，变成通红，最后像麦秸垛子一般燃烧起来了。整半个西天都给它烧红熏黑了。

槐花玩得累了，趴在赵玉兰的怀抱里似睡非睡。三丫头站起来拍拍屁股上的土，对赵玉兰说：

"大姑，要俺看丢钱的不会来了。天都快黑了。"

赵玉兰说："你说这人，丢这些钱也不急，也知不道回来找！"

三丫头说："他肯定知不道搁这丢的，要知道搁这丢的，早来了。"

赵玉兰又叹口气，说道："唉，丢这些钱，搁谁家也得天塌了，还不急。"

三丫头说："俺先回去吧大姑，明天再等不行？俺四妹妹出来跑了一整天了，俺四妹妹困了。"

赵玉兰也站起来，拍拍屁股上的草屑，把槐花抱到三丫头的后背上。天上了黑影儿了。

往前走了没有几步，远远的一个人影儿从她们背后，从夕阳落尽的天空下走过来。更确切地说，她们不是看到了黯淡的人影，而是先听到了一个妇人的哭泣声，嘤嘤嗒嗒，抽抽噎噎，若断若续，伤心不已。而后，由弱到大，由不清楚到清楚，人和哭声同时来到面前。

是个跟赵玉兰差不多岁数的妇人。

妇人包着头巾，穿着男人的褂子。褂子并不大，紧绷绷地裹在身体上，显得不协调，像是将两件毫不相干的东西连在了一起。褂子和包头的头巾上都打着补丁，都已经很旧很旧了。

妇人一边走一边哭一边抹眼泪，伤心欲绝。赵玉兰看她脸上并没有多些眼泪，兴许是哭了很长时间，眼泪早已哭干了。

赵玉兰说："大妹妹，你哭什呢？你哭得这样伤心。"

妇人说："不能活了，俺不能活了，俺一家子人都不能活了啊。"

赵玉兰说："你不伤心大妹妹，你给俺说说，你怎的了？"

"俺不能活了，俺老的老小的小，一家子人活不下去了啊！"

赵玉兰说："过日子，谁家没个灾没个难的？都不容易呢！你不难受，你给俺说说，到底怎的了？"

妇人抹把脸说道："俺一大家子人，两个老的都八十多了，俺七个小孩，最小的这个才将将断奶……都靠俺小孩爸爸一个人啊，里里外外，都靠他一个人。俺小孩爸爸有胃病，隔三岔五地就胃疼，他舍不得钱，一直没去瞧病。今年收秋了，俺说什么得让俺小孩爸爸瞧病去啊，一瞧，胃癌，胃癌啊，得开刀，叫啥……'胃大部'，得切掉半个胃。开刀可得花钱？得花三十块钱。俺东凑西凑，生蛋的老母鸡也卖了，好不容易凑了二十多块钱，还没凑齐……俺今天去医院里给俺小孩爸爸交住院费……俺该死啊，俺到了医院一掏腰才知道钱包不知道啥时候丢了啊，不知道丢哪去了……俺该死啊，俺活不了了，俺一大家子人都活不了了……呜呜。"

妇人边说边哭边哭边说。眼泪从她的眼睛里流出来，流过她那张痛苦不堪的脸盘。天上了黑影儿了，赵玉兰看不清妇人的眼也看不清妇人的脸，但是她知道，这个伤心不已的妇人的眼睛一定又红又肿，脸上也一定给眼泪弄得花里胡哨的了。

赵玉兰说："大妹子，你不伤心，你不哭，你听俺说……俺拾到一个手绢包包。你丢多些钱？"

如同雷击一般，农妇惊愕地愣住了，也不哭了，也忘了抹花里胡哨的脸了。

赵玉兰说："俺小孩拾到一个包包，知不道可是你丢的？"

"是俺的，是俺的！"妇人惊醒过来，"俺打这路过的，肯定是俺的……谢天谢地，活菩萨啊活菩萨！"

扑通一声，妇人跪下了。

赵玉兰急忙过来拉她："你起来大妹妹，可不敢这样，忙起来。大妹妹你不急，你先听俺说，是你的跑不了，不是你的，俺也不能给你。你忙起来啊？！"

妇人磕头如捣蒜："活菩萨啊活菩萨……怎会不是俺的呢？没旁人，俺打这走的，俺打这走的啊！"

赵玉兰硬将妇人拉起来了。赵玉兰说："俺拾个手卷包不假，你得给俺说说是什颜色，里头包着多些钱。"

妇人定定神，说了手绢的颜色，又说了包着的钱，一张十块的，几张两块的几张一块的，还有几张几毛的，统共是二十三块六毛钱。

一分不多，一分不少。

赵玉兰把那个手绢包包从怀里掏出来了。赵玉兰说："你数数大妹妹，看看对不对。"

5

癞子刘三架着榆木拐等在暗影里，一直等到娘儿几个回来才进屋。

"怎的还去了整整一天呢！"

见到赵玉兰娘儿几个，瘸子刘三笑着说道。

傻洪和二愣都在黑乎乎的屋外面等着她们。赵玉兰把槐花放到地上，才对着一家子人说：

"你爷儿几个吃饭了没有？"

"这不都等着你娘儿几个吗？都没吃。"瘸子刘三说，"俺让她二哥帮着烧火烧了锅咸'糊涂'，馏的馍馍。槐花得饿了吧？赶紧的，赶紧吃饭。"

三丫头撇了撇嘴巴，说："槐花才不饿，槐花今儿个喝了两回辣汤。"

赵玉兰笑道："两回还不跟你一回喝的多。"

"喝几回也该饿了！"刘三说，"这都什时候了？天都黑透了……她二哥，赶紧盛饭。"

一家人围着吃饭的桌子呼呼啦啦喝着咸"糊涂"，吃着馏好的馍馍。馍馍有白有黄，白的是麦子面，黄的是大蜀黍面。大蜀黍就是玉米，小蜀黍是高粱。还有地瓜面的饼子，黑黑的，巴掌般大小，像一坨坨牛粪。

一盘腌辣椒，一盘切碎的辣萝卜干摆在饭桌上，它们是下饭的引头。早上晚上咸菜，只在中午这一顿炒菜吃，多少年不曾改变过。一家人围着方方正正的木头桌子，吃得津津有味。

除了老大傻洪、槐花和瘸子刘三，赵玉兰二愣三丫头都挑黄的黑的馍馍和饼子吃，白面的留给那爷儿几个。二愣三丫头都大了，知道些事情了。刘三其实不愿光吃白面的馍馍，他欢喜吃地瓜面、玉米面，欢喜饼子窝窝头。但是赵玉兰总会把白面的馍馍递给他。在这个家里，她三哥是一家之主，好的、可口的都得尽着他这个一家之主。上尽老的下尽小的，老家里的规矩就是这样的。

好在瘸子刘三不喝酒，只抽点儿旱烟。一家之主要是有喝酒的嗜好，那女主人就得顿顿给他弄喝酒的菜给他弄酒喝。老家里都是这样。

二愣傻洪去自己屋里睡下了。赵玉兰给槐花洗了脸洗了手又洗了脚，让三丫头带着槐花先去睡，她跟三哥在堂屋里说话。临时赁的三间房子，有院墙，院内堆放着收购捡拾的各类废品。又加盖了一间锅屋，专门用来做饭，吃住条件比前些年好出来不少。刘三带着傻洪和二愣住一间，赵玉兰带着槐花和三丫头住在一起，中间的这个就是堂屋，供平日里吃饭起居用。

饭桌上的煤油灯火照不到每个角落里，照不清每个人的面容，却也不妨碍各自忙各自的事情。昏红的灯火缭绕出一条燃烧的煤烟，像个虫虫儿顺着火头往上爬，爬上屋梁，消失在黑黢黢的屋顶上。

瘸子刘三沉闷地吧嗒了一会儿旱烟袋，而后像下了决心似的说："治！一定得给槐花治。攒的钱都用上，不够俺再去想办法。任什的也得给槐花病治了。"

赵玉兰说："余钱都用上，这一大家子人怎弄？天凉了，离入冬不远了，几个孩子棉裤棉袄都得添置，钱给槐花花掉了，怎添置？俺都给几个孩子说过了，过年穿新棉袄……你总不能让俺在几个孩子面前秃噜嘴吧？"

"哎，他大姑，话不是这样说，"刘三说，"常言道活人不能给尿憋死。钱不够俺再去想办法就是了，老天饿不死瞎眼雀。"

赵玉兰看看她三哥，一时倒找不出话来了。

刘三的话和刘三的心意她都懂得，但是她知道刘三没有什么办法想。这么些年过来了，不能说吃了上顿没下顿，不能说到了揭不开锅的程度，家里的日子却也常常捉襟见肘。拾垃圾卖废品卖不了几个钱，帮着别人缝缝补补洗洗涮涮的也挣不了几个钱，自己开个荒种点粮食种点菜，也只够勉强糊口的。除了槐花，孩子们都大了，饭量大，身上的衣裳也费。尤其三丫头是个闺女，闺女大了，总不能再让她穿着补丁摞补丁的短到脚脖子的棉裤出门。为了贴补家用，有两年他们给人剁麻刀。"剁麻刀"就是把收来的废旧绳头、麻绳子剁得丝丝缕缕得如同一团乱麻，卖给盖房子和泥抹墙的毛匠工，毛匠工将其掺进石灰抹在墙壁上，以此增加墙面的密实度。刘三在外头揽下的活计，全家动手，白天晚上地剁。但是这个活计有窍门，关键在于往剁好的"麻刀"里掺土，麻刀是按着斤两给钱。赵玉兰不愿意这么干。往麻刀里掺土，不是坑人吗？但是你不掺土又卖不着钱，卖了钱又觉得心里头有愧。干了两年，行市也不好，他们也就不再"剁麻刀"了。

什么办法都想过了。赵玉兰知道她三哥想不出更好的办法来。

但是瘸子刘三却说他找着个能挣钱的地方。

城里的师范学校，里头有画画的学生老师，他们找过他，就是以他为模子，照着他画人体的素描。刘三拄着拐到学校里收破烂，不知道怎么给画画的学生老师看上了，他那个形象，很适合画素描。刘三也不在乎，画就画呗，又累不着，又饿不着，还给钱。开始画一次给三毛钱，后来给五毛。画了几次，教画画的美术老师找他做工作，如果他能光着身子让他们画，画一次给他一块钱。美术老师说这些话的时候鬼鬼祟祟的，好像是个地下工作者那样。

刘三问怎光？裤子褂子都脱了？

美术老师告诉他，不仅裤子褂子脱了，裤头子也脱了，什么东西不能穿。一丝不挂。

瘸子刘三吓了一跳。光屁股画，岂不是将自个儿丢人现眼的家伙都暴露在光天化日之下了吗？

刘三这时候还不知道那个叫模特儿。那时候也都不叫模特儿，更没有裸体模特儿这一说，就叫个"模子"。光屁股模子就是裸体模特儿。

但是现在为了给槐花治病，刘三下了决心了。不就是光几回屁股吗？光屁股就光屁股，他五十多岁了，也不怕人看什么，凑钱给槐花开刀治病是关键。反正也没有人认识他，反正他一个瘸子，死猪不怕开水烫了。

赵玉兰死活不愿意。

她对刘三说，三哥的情三哥的意俺跟槐花都领了，俺替槐花谢谢三哥。三哥说的是，活人不能给尿憋死了，办法是人想的，车到山前必有路，有路就能想出办法来。但是啊，三哥，千不能万不能，你可不敢去卖身呢！你去干这个卖身的活计，俺这个脸往哪儿放？几个孩子还能做人不？

瘸子刘三不高兴了。你看看你他大姑，怎是卖身呢？你这个话说得也忒难听了！

赵玉兰说，你脱光光的，不是卖身是怎的？

瘸子刘三说，那是学校的学生老师照着俺画画，就是个画，又不干别的。人家还说了，叫啥……为艺术而献身。

"献身？献身还不就是个卖嘛！"

赵玉兰气呼呼地站起来，回自己房间去了。

6

鸡蛋是家里鸡下的，平时舍不得吃，都给槐花攒着，给他三哥攒着。鸡蛋羹，鸡蛋汤，炒鸡蛋，腌鸡蛋，变着花样儿，鸡蛋是这个家里头最好的东西。为了治疗槐花的残疾，赵玉兰把最好的东西拿出来了。

临出门的时候她想了想还有什么能拿出手的没有。家徒四壁，确实没有什么了。赵玉兰满屋子打量，看到了摆在角落的樟木箱子。

她掏出钥匙，打开了很久不曾打开过的箱子。

箱子里放着些零零散散的物件，有几件发黄的旧军装，一顶旧军帽，一个更小一点的小皮箱子。她打开小皮箱的箱盖，看到一些徽章和一些照片散落在内。有一页纸，写着几句让人费解的奇怪的文字。这张纸是随着槐花一同来到她身边的，可以视作槐花的身份证明，赵玉兰一直小心保管着。万一哪天槐花的亲生父母找过来，这个就是最好的物证。当然还有那个白蜡条编织的蜡条筐子婴儿床，也小心保管着。槐花大了，不再用那个蜡条筐子了。皮箱里还有张黑胶唱片，中间裂着一道缝隙，两边的胶木向内卷曲过来，带着一定的折度。赵玉兰没有动它。她也没有动那个放射着幽暗银光的奖章，只是挑选了一枚普普通通的纪念章装在口袋里。

她也没有动那些照片。

黑白的照片里头有她自己的单人照，有儿子的单人照，还有她男人皮特儿的单人照，更多的是他们一家人的合照。其中一张二寸见方的黑白相纸上，年轻时候的她正用清澈和明亮的大眼看着现在的她。志愿军的双排扣女装，圆圆的笑脸，乌黑浓密的头发遮盖在单军帽的帽檐下，两根粗粗的大辫子垂于肩旁。天空通透，白云飘荡，远方的鸭绿江波光粼粼，她和她周围的一切满怀生机，充满了拔节生长的力量。

赵玉兰把这些照片端详了片刻，轻轻合上箱盖，把儿子、皮特儿和年轻时候的自己都重新装在了樟木箱子里。

赵玉兰对胡医生说，孩子的病是一定得麻烦胡医生治，怎的也得治。她没有收入，没攒下给孩子治病的钱，她当娘的有愧。鸡是自己个儿养的，鸡蛋是自个儿的鸡下的，权当给胡医生补补身体。她现在没有办法，只能麻烦胡医生给说说，不管怎的给闺女把病治了。闺女慢慢大了，该上学了，知道丑俊了，天天挂个屁帘子，以后怎出门呢？她跟闺女都记着胡医生的好，一辈子都忘不了胡医生。

胡医生皱着眉头。赵玉兰唠唠叨叨的，赵玉兰还把一篮子鸡蛋放在他脚跟前。

等赵玉兰啰唆完，胡医生才煞有其事地咳了咳，依然皱着眉头说：

"你让我说，我怎么说？我又不是院长！我能做的就是尽最大努力把小孩子的修复术做好，争取不留下后遗症。医院是公家的医院，不是我自己开的，要是我自己开的我能给你减点钱。我们是社会主义，公家的事情，收多收少都是公家的，你让我怎么说？"

赵玉兰说："你误会了医生，俺不是这个意思，俺不是为了少交钱麻烦你。给孩子治病，你公家该收多些收多些。俺不是这个意思。"

"你什么意思？"

"俺是想……俺看见医院里头有献血的，开刀不都得输血嘛，有输血的就得有献血的，献血得给献血的钱。俺打听过了，献一次血能得二十多块钱，俺想献一次呢。俺不多献，医生，够闺女治病的就能行。"

"献血？献血你去血队啊？找血头。"

"医生，医生，你听俺说。俺打听过了，但凡是个献血的都得归血队长管，队长让谁献就谁献。俺不认识队长，俺医院里两眼一抹黑谁都不认识，俺就认识你胡医生。胡医生你一准认得血队长！你是外科医生，你说话，血队长一准听。"

也不管胡医生要不要，赵玉兰把那个纪念章掏了出来。赵玉兰很不好意思，家里头实在没有什么值钱的东西，除了自家母鸡下的蛋就是这个纪念章了。纪念章也不值钱，但她放家里二十多年了，总算个物件儿，权当给胡医生做个纪念，给小孩子戴着玩。

胡医生看看篮子里的鸡蛋，看看桌子上的纪念章。纪念章是个和平鸽的图案，边上有"抗美援朝""保家卫国"几个字。图和字都已经很旧了。

7

在手术室外头的采血室，护士从赵玉兰的血管里抽了400cc血浆。

血头将二十七块钱递给赵玉兰，自己只收下了一块钱的"手续费"。平时安排别人"献血"，他一般是从二十八块钱里收两块钱，卖血的人得二十六块钱。赵玉兰是外科胡医生介绍的，看在胡医生的面子上，加上赵玉兰又是第一次"献血"，他才象征性地抽取了一块钱。

血头一眼就看出来赵玉兰是第一次卖血。

经常卖血的人都懂得抽血前喝水，喝下大量的水。按着他们的想法儿，水喝得越多，血管里的血浆就越稀释，身体里的血液也就越多。所以采血以前半个小时到一个小时，他们会拼了命地喝水，喝到肚子鼓起来膀胱胀起来，喝得弯不下腰迈不开步，喝到再也喝不下去，走起路来小心翼翼，一扭一扭像个裹脚的老太太。赵玉兰呢，一口水没喝就进了采血室。

赵玉兰不是不能喝，是不愿意喝。

病人要的是货真价实的血浆，病人等着这些血浆救命，病人家属还给钱。花钱就要买到真东西不是？当年在朝鲜战场，为了抢救战友，他们都是无偿献血。一说抢救战友，年龄大的年龄小的男兵女兵人人踊跃，根本没有"喝水"一说。不错，这次她收钱了，她是没有办法才卖。既然是个"卖"，就卖个货真价实，不能蒙人、坑人、丧良心。

血头一直领着赵玉兰，把她领到采血室里。血头的手上端着个很大的搪瓷缸子，比赵玉兰那个印着"最可爱的人"的搪瓷缸子不知道大出来多少倍。血头让她喝水，因为大家都喝，不能她一个人不喝，不能因为是外科胡医生介绍的就搞特殊就不喝。血队就是这样的规矩，不仅他这个血队，哪个血队也是这样。

采血室的护士就在旁边，都已经习以为常了。护士也建议赵玉兰喝点水，喝不了几缸子，喝一缸子也行，不然的话头会晕。

赵玉兰没有办法，喝了大概有半搪瓷缸子水就再也喝不下去了。好像血头的搪瓷缸子里有苍蝇，她连苍蝇也喝下去了。

8

手术这天，瘸子刘三和几个孩子都来了，一家人都等在手术室外面。他们不懂得"手术"这个专用的词语，他们只知道"开刀"。开刀是一个大事情。

槐花是个全麻，什么都不知道，推进去的时候没哭没闹，推出来的时候也安静地躺着，跟睡着了一模一样。但是赵玉兰知道，但凡是个手术都有风险，毕竟是个全麻，毕竟槐花还只是个四岁的孩子，不担心是不可能的。赵玉兰虽然在医院里工作过，见惯了太多的生死，但她从来没有像现在这样揪心，从来没有像现在这样盯着紧紧关着的手术室，揪心着可怜的槐花出意外，再也醒不过来。

好在一切顺利。

天黑下来以后，主刀手术的胡医生专门到病房看了看槐花的情况。槐花还沉沉地睡着，还没从麻醉的状态中苏醒过来。胡医生摸了摸槐花的脉搏，又用听诊器听了听槐花的心脏，交代赵玉兰用夹板和绷带固定住槐花的双肘关节，以免孩子苏醒后抓挠伤口。又要她注意用双氧水和碘伏擦拭创面，防止血痂覆盖影响伤口的愈合，每天都要坚持。胡医生说，小孩子最怕开刀动手术，最怕疼。因为疼痛，她可能会不吃东西，这个时候就要注意补充液体以避免水电解质失衡。到十天左右拆线，拆线后要进流食四五天，随后改为半流食，一个月以后才能给小孩子吃普通的饮食，也就是平时的家常饭。胡医生反复叮嘱，一定不能给小孩子吃硬东西，硬东西容易损伤伤口，饭后要漱口，保持口腔清洁。胡医生还交代恢复期内要特别注意防止伤口裂开和感染，不能让小孩子哭闹，也不能让小孩子大笑，大哭大笑都可能裂开伤口。每次喂过饭都要用盐水和酒精棉球擦净唇部的伤口，擦的时候要轻，要慢，避免碰伤创口，等等。

胡医生交代这些注意事项的时候依然面无表情。

赵玉兰说她都记住了，她在医院里干过护士，护理病人照顾病人的事情她知道怎么干，能干好。

她只是担心一件事儿：槐花的嘴巴上会不会留下一个很大、很难看的伤疤。豁嘴子难看，同样，一道醒目的伤疤也不好看，槐花毕竟是个女孩子。

胡医生说手术做得还算不错，护理得好恢复得好，一点点疤痕没有不可能，但是太刺眼、太明显的疤瘌，不一定存在。

医生不会打包票，医生的话都是模棱两可。

第二天中午下班后胡医生又来了，拎着那篮子鸡蛋。他对赵玉兰说，如果他当时不收下，赵玉兰一定会失望，因为赵玉兰会认为他不会给她办事情。现在事情办了，孩子的手术也做了，一篮子鸡蛋物归原主。自己养个鸡下个蛋不容易，小孩子比他更需要这个鸡蛋。

至于那枚纪念章，胡医生说他收下了，毕竟是朝鲜带回来的东西。他家里也有人参加过抗美援朝保家卫国，所以这个东西，对他很珍贵。

家里头有人去过朝鲜啊？哪一年？哪个部队？

赵玉兰忙问。

胡医生说是娘家的小舅，小舅不是哪个部队的，小舅开火车，是个火车司机。

赵玉兰说，那俺该喊大哥。当年抗美援朝，各行各业都有去的。大哥如今身体可还硬朗吧？

没回来。胡医生毫无表情地说。小舅的火车在一个叫清川江的地方碰到美国飞机轰炸，人跟车都炸碎了，连个囫囵尸首也没有，也不知道埋在哪里了。他母亲一想到这个事情就掉眼泪，他母亲就这一个弟弟，爹妈死得早，就他们姐弟俩。

赵玉兰跟瘸子刘三沉默了好大一阵子。

他们都参加过那场战争，不管怎么说，他们回来了，但是很多人没能回来，很多人留在了那个叫作朝鲜的地方。

9

赵玉兰陪着槐花在医院里住了十几天，一直到槐花拆线。

这十几天当中，瘸子刘三和二愣会隔三岔五地来看看。二小子拉着收破烂的架子车，车框子里装着他们的破烂也装着他的瘸爷，他把他瘸爷一趟一趟拉来拉去的。三丫头踮个脚来回回跑，送汤送饭，洗洗涮涮，有时候也就住在病房里。天渐渐地凉了，娘儿几个合盖着一床被子，赵玉兰搂着槐花，三丫头蜷缩在又窄又软的病床的那一头。

一家人重新围在了方方正正的木头桌子旁边，呼呼啦啦喝着咸"糊涂"，吃着馏好的馍馍。

与以往有所不同的是，出院那天晚上的馍馍全是白面馍馍，没有黄的黑的窝窝头，也没有一泡一泡牛粪样的地瓜面饼子。那天晚上他们还破天荒炒了菜，一个咸辣菜炒肉丁，一个豆腐白菜炖粉条。

手术后的槐花焕然一新。

"屁帘子"不见了，挂着"屁帘子"的槐花不见了。一个新来的、陌生的小丫头出现在这个家庭里。这个陌生也熟悉的小丫头常常惹得她傻洪大哥、二愣子二哥，还有她三姐，不住地盯着她看。槐花还小，不知道他们看什么。

刘三吧嗒着旱烟袋说："天没有它大，人有它大；火有它不能燃烧，风有它成为漂亮的鸟。俺槐花，这下行了呢！"

赵玉兰觉得这个话怪耳熟。

赵玉兰说："三哥，你这几句，说的什么这是？"

刘三烟袋锅子在地上磕磕，笑着说："凤凰啊！'风有它成为漂亮的鸟'——风字上面加一横，不就是凤凰的凤嘛！俺槐花，秃尾巴小瘟鸡变成了凤凰了！"

赵玉兰连忙起身进到里屋，打开樟木箱子，找出那张纸。赵玉兰看着上面的字念：

"虫入凤中飞出鸟，七人头上长棵草，大雨落在横山上，半个朋友不见了。三哥，这几句你也能懂？"

"这有什？"刘三颇有点见怪不怪，"这不就是个风、花、雪、月吗？也有凤凰。'虫入凤中飞出鸟'，鸟打凤凰里头飞出来成个啥了？成了风了。"

"俺娘咪。"赵玉兰轻轻叹息道，"这难的谜底，倒让三哥你给俺破解了！知不道三哥你还有这能耐。"

"啥能耐！"刘三倒给她说得不好意思了，"俺连个字都不认得……搁釜山的时候，闲着没事，天天一块堆胡诌八扯。"

作为槐花身世的一部分，这张高深莫测的纸条还是云龙山的"鸿鹤道长"留下的。赵玉兰没记住别的，记住了关键的两个字——

凤凰。

赵玉兰对傻洪二愣三丫头几个孩子说："俺槐花的病治好了，俺槐花从今往后再不戴屁帘子了。从今往后，你们谁都不许喊俺槐花豁嘴子了！"

1986年7月
异乡人

1

这一天赵玉兰对瘸子刘三说："三哥，俺想摊煎饼吃了。俺搁这个地方待了有十几年了，见天蒸馍馍馏馍馍蒸窝窝头馏窝窝头，见天贴地瓜面的饼子，俺吃腻了馍馍窝窝头，也吃腻了地瓜面饼子了，三哥。俺想摊煎饼吃了。"

瘸子刘三倒笑了："想摊煎饼你就摊呗，煎饼也不是什稀罕东西……可你也没法摊啊？也没有摊煎饼的鏊子，也没有个刮子、推把儿，怎摊呢？"

"这个难不倒俺，"赵玉兰说，"鏊子俺去代销店里买，代销店有卖鏊子的。刮子，推把儿，你自己就能做，你动手给俺做一个不就行了？又费不了多些事。"

离开生他们养他们的山东沂蒙山好多年了，相聚在这座陌生的城市里，一家人不断地往边缘迁徙、再迁徙。孩子们一天天大起来，他们一天天老下去。乡愁，变成了一种记忆。

面是磨好了的，一瓦盆糊糊儿，杵着舀饭的勺勺，一顶铁鏊子，一个高粱秆编织的圆盘顶子，一个长长木柄的小刮儿，这就是赵玉兰的全部工具。她得一边往鏊子下续着柴火，一边舀来糊糊儿浇在滚烫的鏊子面上，一边不停地转动着手里的木刮儿，摊好的煎饼就在高粱秆编织的圆盘顶子上一张张摞起来了。

三丫头帮着烧火，二愣跑前跑后地忙活。只有瘸子刘三坐在凳子上，一边看一边吸着旱烟。那副榆木拐孤零零地靠在他旁边。

赵玉兰给两个孩子说，沂蒙山的煎饼跟沂蒙山的独轮小车一样，家家必备。实际上，它就是家家户户一年四季里的主食，富人家靠它，穷人家也靠它，丰裕年间是它，灾荒年里也是它，只是材料不同罢了。家境好的，讲究的，通常摊的是白面煎饼，最不济也是白面玉米面小米面混合着的杂合面煎饼；家境不好的，吃了上顿没下顿的，多半只能是地瓜面的煎饼。地瓜，这里叫红薯，白薯，白芋。各家各户的独轮小车千差万别，煎饼的摊法儿也很多，通常有擀煎饼、滚煎饼和推煎饼。赵玉兰说，摊煎饼这个活计，家家户户是个女的都能摊能做，但是摊好了，摊得质量上乘，并不是一件简单的事情。就像你三丫头，你看着简单，一上手就不是那回事了吧？你看看俺摊出来的这个煎饼，张张整齐饱满，不缺边不烂面，张张弹性十足，咬到嘴里有韧劲有嚼头；你摊的呢？松松垮垮，断断续续，好像一面漏气的筛子。这里面靠着经验，不是三天两头能练出来的。

一边忙活着手里的活计一边给两个孩子传道授业，赵玉兰利索也絮叨。三丫头二愣既觉得新鲜也感到好玩，同时都很认真地听，认真地学。三丫头上手摊了几张，确实是不行。同样的工具，同样的材料，摊出来的东西却跟大姑的根本不是一回事儿。看着比蒸馍馍窝窝头简单，实际上不是那回事。

赵玉兰和好的原料糊糊属于常见的杂合面，加进了玉米面、小米面、地瓜面，也掺进了少许的麦子面。实际上，在方圆八百里沂蒙山，就是大舅那样的人家，也不能顿顿白面煎饼。山里的老百姓，过日子能省一点是一点，好东西只在过年过节或是贵客来临才用得上。最好吃的煎饼是用新磨的麦子来摊，带着麸皮，吃起来肉筋筋的。但在那时候却是连山里的财主也常吃不起的。

二愣可能是嫌白面少了，一言不发地从盛面的面瓮里舀出一瓢白面倒进杂合面的糊糊盆里，又是加水，又是搅和，把个瓦盆弄得叮当响。赵玉兰说：

"你看看你这个孩子，加这些白面弄什的？"

二愣说："今天过节了大姑，你跟俺爷都吃点好的。"

"不年不节的，过什节？"

二愣说："今天摊煎饼，摊煎饼不就是过节嘛。"

三丫头瞪他一眼："是你自己馋了吧？你自己馋了就自己馋了，推到俺爷俺大姑身上……俺爷俺大姑好这口白面？"

二愣说："俺爷不好这口白面，俺大姑也不好这口，两个老的都好杂合面行了吧？见天杂合面顿顿杂合面，留着这些子白面弄啥呢？"

"你是觉着现在日子比过去好过了，你开始胀饱了。'胀饱'你懂吧？就是烧包！"

三丫头丝毫不留情面地数落着她二哥。

二愣也不恼，也不急，傻呵呵地笑着，听三丫头数落。二愣说："俺没'胀饱'。"

"你没'胀饱'谁'胀饱'？过日子讲究个细水长流，你看吧，早晚再饿着你。"

赵玉兰说："好了好了，三丫头你这张嘴啊，不饶人。不就是瓢白面吗？添了就添了。嘴巴上不饶人，将来到了你老婆婆门上还不得天天干仗？哪家敢娶你！"

三丫头脸一扭："俺才不找老婆婆呢！"

赵玉兰眯缝着眼睛笑了。边说着话，手底下就使了个擀煎饼。"擀煎饼"是把糊糊儿用小勺往鏊子上一倒，拿刮子周圈儿一擀，一张煎饼就算摊成了。木刮儿为擀煎饼的专用工具，长木块的中间装着个小把儿。刘三的手艺不错，小把儿不长不短，正好使。接着，赵玉兰来了个"推煎饼"。捏一片长方形的小木条条，把糊糊从中间往四边推，这个摊法对手上的功夫要求更高些，功夫好的，能把煎饼摊得薄如宣纸。三丫头二愣见大姑摊的那几张饼子，虽不似真宣纸那般薄，但估摸也差不了许多。随后，赵玉兰又使了个"滚煎饼"。不同于前边的两种做法，这个是先将面揉成团，待鏊子烧热后就将这团面在上边转圈儿，每转一圈，也就滚出一张煎饼来。赵玉兰滚面的速度很快，一团面不出一袋烟的工夫就完了。她拍打拍打身子，顺手捡了张刚摊的煎饼，剥棵大葱一卷递给瘸子刘三：

"三哥，你试试还是老家那个味不？"

瘸子刘三连忙磕磕烟袋，双手接过来，攒着，使劲儿咬了一口，呜呜哝哝地说：

"还能差了嘛，差不了！"

"你两个孩子，别光站着啊？趁热乎，赶紧的！"

等到每个人都吃上了新摊的煎饼都体味或是重新体味了沂蒙山老家的滋味，他们便都沉浸在这滋味和对于这种滋味的向往之中了。乡愁，实实在在。

三丫头觉得要把大姑的手艺都学来。山东人嘛，哪有不会摊煎饼的？二愣却不以为然。煎饼这个东西，隔三岔五地吃吃还行，要是天天啃煎饼就不是那回事了。毕竟吃惯了馍馍饼子窝窝头，天天啃煎饼，他牙口受不了。

三丫头用白多黑少的眼睛瞪着他："山东人哪有不吃煎饼卷大葱的？以后吃什么俺跟俺大姑说了算，俺跟俺大姑办什么你跟俺爷吃什么，饿不着你爷儿俩就行了。"

二愣也不急，也不恼，两手攒着煎饼往嘴里送，她说她的，他吃他的，好像三丫头数落的是另外一个人，与他没有一点点关系。

瘸子刘三偷偷地对赵玉兰说，二愣这个愣种，只有三丫头能降了他。

赵玉兰笑了。她说她寻思多少日子了，两个孩子也算是前世修下的缘分。

刘三说那怪不孬，本来就是一家人，亲上加亲。

赵玉兰说，也知不道两个孩子愿意不愿意。

刘三说，还能不愿意嘛！你当大姑的还看不出来？

赵玉兰说，俺没看出来。俺抽空跟两个孩子说道说道，都老大不小的人了。

刘三说，还抽空，抽什空？你晚说不如早说。

赵玉兰转过脸去抹了抹眼睛。回过头来，赵玉兰说："要是傻洪跟槐花都在你说说该有多好！一大家子人，不管晴了雨了热了凉了，哪怕吃糠咽菜呢……一大家子人只要在一块儿，可不比什么都强！"

2

二愣三丫头一拍即合。

没有不好意思，没有扭扭捏捏，甚至于连一句客套话都没有。一切都很自然，像天亮了要起床，天黑了要睡觉。也许早就等着两个老的来给他们捅破了这层窗户纸。

7月22号这天是农历的六月十六，是个双日子，赵玉兰和她三哥做主，就定在这天给两个孩子把婚事办了。

这一年赵玉兰五十六岁，瘸子刘三六十三岁，二愣二十八，三丫头二十六。

　　瘸子刘三让二愣当小工，他自己做工头，在紧靠锅屋的棚子跟前重新搭了间窝棚，当作自己睡觉的地方，原来的房间粉刷一新，给二愣三丫头当新房。二愣和三丫头开始都不愿意，他们成亲了，住在屋子里，把老的撵到外边的窝棚里去住，这是人干的吗？老的还是各住各自的屋子，他们搬到新搭的窝棚去，在哪儿住不是结婚呢？

　　刘三能愿意吗？赵玉兰也不愿意。怎说也是个成亲，得在板板正正的屋子里。赵玉兰说她搬到窝棚去，留三哥屋子里住。三哥年纪大了，腿脚又不方便，还是个一家之主。一家之主不得在屋子里做主啊？哪有一家之主窝在窝棚里的？

　　瘸子刘三说你俩孩子不要争了，他大姑你也不要争了。既然俺是一家之主，俺这个一家之主还说了不算了？你娘儿几个屋里拉呱方便，俺吸烟，在窝棚里也方便。窝棚，适合俺住。

　　事情就这样定了下来。

　　赵玉兰跑了代销店跑了市里的百货商场，又跑到弹棉花的铺子给两个孩子置办了两床新被子，置办了新枕头新枕巾，连洗脸毛巾洗脸盆都是新置办的。被子是她亲手缝制的，被面被里和棉花都是新的。一床红一床绿，都绣着活蹦乱跳的百子嬉戏的图案。

　　赵玉兰还坚持请来木匠，给两个孩子重新打制了新的架子床。原来的床还能用，三哥跟两个孩子都不愿意再花钱请木匠，家里的余钱并不多，不能都在婚事上花了。赵玉兰说你们不懂啊，不该讲究的不讲究，该讲究的就得讲究。其他地方都能省，结婚的床不能省了，必须得是新的。

　　到二愣三丫头正式成亲的这一天，赵玉兰专门请来办酒席的厨子办了两桌饭。喜宴就安在小院内，都是些街坊邻居，都是跟他们从事同一个营生的拾荒者，老老少少，少有的热闹。酒席简单也丰盛，鸡鱼肉蛋都有。除了鸡鱼肉蛋，还有炒"姐了猴"，炒"姐了渣"。街坊邻居还是头一回吃炒"姐了渣"，他们吃过炒"姐了猴"，炸"姐了猴"，但是没有吃过炒"姐了渣"，他们根本不知道长出翅膀飞来飞去的黑知了也能吃。

　　"姐了"就是知了，蝉。盛夏酷暑，蝉鸣一片，一家人忙里偷闲摸了不少的"姐了"。"姐了渣"这个菜是赵玉兰老家的做法，是把硬壳的黑"姐了"剁成渣，随同切碎的葱姜蒜辣椒一起下热油锅爆炒。要是按着沂蒙山老家的吃法儿，煎饼卷"姐了渣"，那才是个绝配。

但是，两个孩子的婚宴，大喜的日子，赵玉兰不能让客人们品尝老家的煎饼卷大葱，哪怕是煎饼卷"姐了渣"也不行。真碰到大日子正日子，还是得上白面的馍馍。在老家时也是这样。

到日头西斜，街坊邻居们散去，两个孩子就要拜天地入洞房了。关上简陋的门板，小小的院落内只剩下了赵玉兰、刘三和两个孩子。先拜的刘三，刘三坐在堂屋门口，一身蓝的确良卡其布的新衣裳，一手端着烟袋，一手摆弄着那副榆木拐。

赵玉兰也穿的蓝的确良卡其布。三丫头上身是个红衬衣褂子，下身的确良的蓝裤子，二愣是个白衬衣、蓝裤子。一家人都是新衣裳。赵玉兰做主，两个孩子结婚，把省吃俭用攒下的钱都拿出来置办了新的衣裳。赵玉兰说，过日子不能抠抠搜搜的，该花钱的时候就要舍得花钱。穷是穷，可不能抠。

刘三想让两个孩子先拜他们的大姑赵玉兰，赵玉兰摆摆手对刘三说，你是一家之主，哪有先拜俺的？三哥你上座，先拜你。

两个孩子给他们的爷磕了头。而后轮到赵玉兰坐在长条凳子上了，二愣、三丫头跪在面前。三丫头说：

"俺大姑，俺今天跟俺二哥成亲了，俺想跟你说句话俺大姑。俺大姑，没有你就没有俺的今天啊！俺给你磕头了俺大姑，俺和俺二哥给你磕头了。"

三个头磕过，三丫头早已泪如雨下。

"俺大姑，这些年了，这些年了……俺想喊你一声娘，俺想喊你一声娘啊俺大姑……"

赵玉兰忙把三丫头搀起来："你看看你这个孩子！磕头就磕三个头，哪有不停磕的？起来，你忙起来她三姐。"

"俺想……俺想喊你娘！"

赵玉兰的眼圈也红了。赵玉兰说："今天成亲，大喜的日子呢，可不敢哭！她三姐你可不能哭……你说说你这个孩子，都这些年了，喊娘喊大姑还不一样吗？都一样，都一样！"

夜深人静的时候，赵玉兰打开了屋角的樟木箱子，她把那张一家三口的合照拿在手上，长久地端详。

八岁的赵跃进稚气未脱，青涩、年少、充满朝气，正依偎在她和皮特儿的胸前。他们，八岁的儿子、年轻的皮特儿和年轻的她都正在对着自己笑。她听不到他们的笑声，却体味到曾经的过往，油盐酱醋，瓶瓶罐罐，活色生香。箱子和箱子里的一切开始萌动、开始活泛开来。就像是昨天刚刚过去。

"俺跃进也得有这么大了，俺跃进啊，也该成亲了。"

3

同样的照片在皮特·路德父子手上传看。

都是些老照片。

皮特·路德的单人照，他们中国妻子和中国妈妈的单人照，YUE J·ZHAO 小时候的单人照，方方正正，大小不等。

一张二寸见方的黑白相纸上，他们的中国妻子中国妈妈正用明澈的双眼遥望着远方。单军装，双排扣，圆圆的笑脸，乌黑浓密的头发，青春朝气从单军帽的帽檐下挥散出来，使得肩旁又粗又长的辫子满怀力量。天空通透，白云飘荡，远方的大河波光粼粼，画面上一派生机。这是年轻时候的中国妻子中国妈妈，挺立在朝鲜的大地上。YUE J·ZHAO 知道中国妈妈照相的地方叫作碧潼，而那条波光粼粼的大河叫作鸭绿江。

同样的照片经过了翻拍、放大，十分醒目地挂在墙上。在那张合照上，YUE J·ZHAO 青涩年少，稚气未脱，依偎在父母亲胸前。那时候的他只有八岁。八岁的 YUE J·ZHAO 和一样年轻的父母相拥在居室的墙壁上，他们每天都在一起，每天都用明亮的眼睛看着他们进进出出。

这些照片刚刚跟随着他们重访了大半个中国。

1979年1月1日，中美正式建交，太平洋两岸恢复了官方和民间的往来。这时候皮特·路德和他的儿子YUE J·ZHAO才有可能给他们的中国妻子中国妈妈写信，才会下决心回一趟对很多美国人来说仍然是陌生的中国。而在此之前，双方没有任何的交往，他们曾经寄给中国妻子中国妈妈的信如同泥牛入海没有任何音信，他们也无法回到曾经的中国。

屋后的玉兰树已经长大，玉兰花开了一茬又一茬，可皮特·路德没有中国妻子的任何消息，YUE J·ZHAO也没有中国妈妈的任何消息。

去中国并不容易。路途遥远是一个问题，关键在于，他们要解决机票和往返的费用，还要给他们远在中国的亲人买些礼物。皮特·路德还记得多年前分手的时候表哥让他从美国捎两盒"骆驼"烟，他答应带两条给他。许多年过去了，他还一直未能兑现自己的承诺。皮特·路德要儿子YUE J·ZHAO提醒他，一定记着给表舅带两条美国的"骆驼"烟。

父子俩都在汽车修理店工作，虽可以维持正常的生活，但是薪水并不高，攒不下什么钱来。子承父业，除了修车，YUE J·ZHAO没有别的事情好干。祖母年纪大了，已经没有能力去挣一份薪酬，需要他和爹地照顾，所以他们过得并不宽裕，宽裕的生活和待遇都留给了白人。尽管黑人民权运动领袖马丁·路德·金有一个美好的"梦想"，尽管他发表过"道德世界的弧线很长，但它趋向于正义"一类的著名论断，可黑人们仍然饱受歧视，仍然生存在美国社会的底层。马丁·路德·金早已远去，黑人们的"梦想"没有实现。

皮特·路德想到了自己的老朋友，也是当年在美国陆军服役的伙伴克莱伦斯·亚当斯。

亚当斯一家从中国归来后，处境与皮特·路德大同小异，同样度过了几年穷困潦倒的时光。但是克莱伦斯·亚当斯一贯脑瓜子活泛，他自己掌勺开了家小小的中餐馆，炒杂碎，把中国的小吃变成了美式快餐。开始的时候顾客寥落，仅仅只能解决自己一家人的温饱。但是凭借着中美关系正常化和他在红色中国生活多年的经验，加上"炒杂碎"这一快餐的美国化，影响不断扩大，顾客越来越多，生意竟然获得了成功。几年之后，克莱伦斯·亚当斯的中式快餐就开到了三四家门面，开成了连锁店，他跟他的中国妻子做起了老板。克莱伦斯·亚当斯是和皮特·路德一起应征参加的美国陆军，一起去往八竿子打不到的朝鲜开展的"警察行动"，也是在同一天的同一个地方当的俘虏。世界上的事情就是这么奇怪，充满了机缘巧合。他跟亚当斯他们拒绝遣返美国，在红色中国生活了十几年，而且他们都有一个中国妻子，都有混血的孩子。在田纳西州的孟菲斯，两家人每年都会聚上几聚。

克莱伦斯·亚当斯非常赞同皮特·路德的做法，说他早就该去中国了，早就该把他的中国妻子接到美国来生活。毕竟中美结束了长达几十年的对峙和冷战实现了关系正常，他们特殊的身份也不会再被诟病。客观上说，美国比中国发达，生活水准比中国高，虽然仍有种族主义存在，但是一切都在好起来。他未加思索就将足够的钱借给了皮特·路德。

还是通过红十字会的安排，皮特·路德父子经上海入境后先飞北京，在北京办理了相关的手续，而后转乘火车来到了他们曾经生活过的省城。彼时的中国还没有全面开放，有很多外国人不能前往的地方，所以需要履行相关的手续。"手续"虽然并不烦琐，对他们父子却是必不可少的。

他们离开中国二十年了，二十年之后重返旧地，物是人非，他们成了"外国人"。

父子俩直奔东郊的汽修厂。

他们走的时候，汽修厂还叫"东方红汽修厂"，现在又改名称了，叫什么他们没记住，反正不再是"东方红"了。但工厂还是那个工厂，厂房、宿舍、职工食堂，墙壁上的水泥标语牌，电线杆子上的大喇叭，简陋的大门，破旧的马路，如同昨日。很多面孔变得陌生，但是还有几个旧时的工友，他们相逢在风雨飘摇的工厂内。他们抱在一起，搂在一起，粗糙的大手握在一起，感觉到久别重逢的欢愉。

中国的工人阶级、美国的工人阶级都是工人阶级，工人阶级是一家。

然而，他们没有见到最想找、最想见的人。

　　很多人不认识"赵玉兰"，甚至于也没有听说过"赵玉兰"，只有那几个老工人还记得当年汽修厂卫生室的"赵医生"。就是她，照片上的这个，她跟照片上一模一样。那是个和蔼善良的人，谁家大人孩子病了她都跑前跑后，谁家有个什么事情她都随叫随到，哪怕半夜三更，把年幼的孩子一扔，从不说一个不字。那个孩子，就是你吧？你都长这么大了。他们记得赵医生一天到晚笑眯眯的，没看到她跟谁红过脸吵过架。他们说，那是个好人啊，好人。跟你，你叫老赵对吧？你是赵——比——德，这个中国名字很好。你是谁？跃进？你就是当年的跃进？你都长这么高了。你是1958年生的，所以你叫跃进。那个年月出生的人，很多都叫跃进，赵跃进，张跃进，刘跃进，朱跃进。你长得真像你妈妈，鼻子、眼睛、脸盘，都像。你叫赵跃进，老赵你叫赵比德，你们都随赵医生的姓。你妈妈是个好人，你们有这样的老婆这样的妈妈是你们的福气。这样的好人现在不多了。可是啊——几个老工人说，我们也有二十年没见到赵医生了，算起来整整二十年了，不知道赵医生现在哪里，也许在老家。你们走了不长时间赵医生就走了。当年的事情没法说，乱，没人管，都管不了，好人遭殃。你们现在才回来。你们要找啊得去你们妈妈的老家找，拿着这些照片。老家不知道？哎！你媳妇的老家你妈妈的老家……你们还真是外国人！

　　父子俩特意到当年的院落看了看。

　　屋子里住上了别的人，虽然大致还是当年的模样，但是有些地方做了改动，变得认不出来，变得熟悉也陌生了。

　　进门的堂屋内原先摆放着醒目的八仙桌，桌子上安放着同样醒目的摇把子留声机，隔三岔五，晨钟暮鼓，乐声悠扬。他们的中国妻子中国妈妈总是把摇把子留声机擦得明亮，把八仙桌子的桌面擦得能照出人影儿。

　　可是，父子俩从洞开的门口看进去，堂屋内空空如也，除了一把破旧的板凳，什么东西也没有。

　　一群鸽子从头顶上飞过。鸽哨悠悠，一如当年的摇把子留声机。

　　穿越了二十年的时光，熟悉的、婉转的音乐在寂寥的院落上响起来了。

　　那是曾经的"阿里郎"。

4

省城红十字会的人听过父子俩的诉说很为难。省城都不对外国人开放，何况一个小小的县城一个依然贫穷落后的沂蒙山？红十字会态度坚决不容通融。三十年前？三十年前什么情况？三十年前你在中国生活，你是"国际友人""和平战士"！现在不行了，现在你是个外国人。时过境迁，今非昔比，你回不到三十年前。

父子俩只能等待。久别的亲人近在眼前，而他们却不能相见。那番滋味，比在美国的时候还难以言表。

赵比德和赵跃进来到市里的学校，就是朱贡献曾经工作过的学校，来看他们的表哥和表舅，他们带着从美国买的"骆驼"烟。皮特·路德又叫赵比德和老赵了，YUE J·ZHAO 也重新用起了自己的中国名字赵跃进。入乡随俗，他们想将自己变回原来的自己，走在原来的马路上。

学校里也大都为新面孔，没有人认识他们，也没有人认识朱贡献。后来找到一个教历史的老教员，老教员又喊来一个教英语的老英语教员，同一个时期的教职员工，只有他们还记得朱贡献。但是他们告诉赵比德和赵跃进，曾经的副校长后来的英语老师朱贡献、朱老师，没有了。二十年前就没有了。

父子俩不知道什么是"没有了"。

他们说，没有了就是不在了。

不在了？去哪儿了？

父子俩什么都不知道。

他们说，不在了就是去世了，去另外一个世界了。去世了懂吧？就是人死了。用你们外国人的话说，去见上帝了。

赵比德、赵跃进惊讶无比难以置信。走的时候表哥和表舅还好好的，虽然脖子上挂着牌牌但精神很好，要赵比德从美国给他带两盒"骆驼"烟。他瘦削的身体站立在学校门口，细长的脖子上挂着写满了各种形容词的木头牌子，碎裂的镜片后闪烁着明亮的目光。他们是这样分的手。现在，他们回来了，带来了美国的"骆驼"烟，整整两条"骆驼"烟，但是这个等着"骆驼"烟的人却"没有了"。

两个老教员微微地叹息，微微地摇头。也许时间过去了太久，也许经历过、看见过的事情太多，他们只是说，当年的事情没法说，乱，没人管，都管不了。好人遭殃。

后来，两个老教员用颇为欣慰的话语告诉父子俩，平反了，学校两年前就给原来的朱校长后来的朱老师平反了。朱老师，那是个好人。

赵比德、赵跃进当然也不明白何谓"平反"。

父子俩还问起看大门的老教工，他们每次到学校看望表哥表舅，老教工都热情地跟他们打招呼，礼让他们去他破旧的传达室坐上一坐。他们得知，老教工也"没有了"。

在等待红十字会反馈有可能是在沂蒙山老家的中国妻子中国妈妈消息的过程中，父子俩探访了同为老朋友的詹姆斯·温纳瑞斯。詹姆斯·温纳瑞斯不在造纸厂当工人了，摇身一变变成了"温教授"，在省城的师范大学教英语。工人阶级老温成了知识分子老温，成了个名人。

"温教授"一身中式服装，仪表堂堂，孔孟之道不离嘴，张口闭口之乎者也，颇有中国知识分子的儒雅风度。

老友相聚免不了喝几杯小酒。老温说，有朋自远方来不亦乐乎？又说，洞房花烛夜，金榜题名时，他乡遇故知，他们得一醉方休。赵比德不胜酒力，也听不懂老温的中国话，但还是给老温劝下去好几杯"白干"。詹姆斯·温纳瑞斯初心不改，当年战俘营的时候就爱喝两口"白干"，如今条件好了，待遇提高了，成了个知识分子了，还是喝"白干"酒抽"大鸡"牌的香烟。"白干酒""大鸡烟"都是普通平民的消费品，是属于造纸厂汽修厂工人阶级们喜闻乐见的廉价物品。都当了"教授"了，还是好这口。

老温非常满意如今的生活。他和他的中国妻子已经养育了好几个儿子女儿，儿子女儿又给他生了孙子孙女外孙子外孙女，他满满当当一大家子人，用中国话表述，叫作兴旺发达。老温说他给中美两个国家都做了贡献。但是老温又说，红色中国给他工作，给他超出一般水准的可观的薪水，给他住房和医疗保障，他受人尊重，过着衣食无忧非常体面的生活，这些都是在太平洋那边的美国难以想象的，所以他从不后悔自己的选择。虽然他仍然没有加入中国的国籍，但是他不会离开中国，这辈子都不会离开，就算将来"没有了"，也把骨灰撒在黄河，成为红色中国永远的一分子。

老温请老赵小赵喝了"白干"，吃了省城里的名吃把子肉甜沫等一应美食，光顾了鲁菜名店孔府家宴，一再地挽留他们父子多住些日子。美国那么远，来一趟不容易，或许就不要回去了，就此定居中国也不是不可以。在老温看来，他们这些人完全有理由在中国生活，因为他们比美国的尼克松总统、基辛格博士早来了二十年。

红十字会终于有了消息传来。赵玉兰不在她的沂蒙山老家，不知道在哪里，没人知道她去了哪里，没有一个人了解她现在的情况。他们告诉赵比德和赵跃进，他们的妻子或妈妈离开汶河岸边的老家好多年了，跟老家没有任何联系或者来往，老家本来也都没有什么亲戚了。

赵比德心有不祥之感，担心他的中国妻子会不会"没有了"。红十字会的人说应该不会。因为按着沂蒙山老家的风俗，叶落归根，就算没有了也会埋在自己的祖坟地里。所以从这个方面来看，人应该还在。不过也难说，如果遭遇了意外和不测，回不了老家也是有可能的。

赵比德的心无着无落。

赵跃进还没有搞清楚究竟发生了什么事情。他的妈妈不在省城里，也不在老家里，那么，他的妈妈究竟在哪里？按照爹地的判断，这个应该叫作失踪。但是爹地又说了，一个人只有在战场上才会失踪，他的妈妈，玉兰花一样的妈妈怎么会"失踪"呢？

父子俩又住了些日子，千方百计地打听，终无所获。

这一年是1986年。

皮特·路德五十五岁，赵跃进二十八岁。

1996年10月
愿景

1

这一天瘸子刘三躺在病床上说："他大姑，俺不想住院了，俺想回家了。你叫几个孩子把俺拉家里去吧。"

赵玉兰说："三哥，你的病还没好利索，急个什劲？要治就把病治好。家里又没事情，天天叨叨天天回家，你可急得个什？"

刘三说："病怕是治不好了，这都多些日子了？快两个月了，两个月得花多些钱？花钱不说，病还治不好，钱不是白花了？"

赵玉兰说："你说说你这个人还真怪犟！挣钱干什么的？挣钱还不就是瞧病的？有病你就治，生老病死，谁能没个病没个灾的？钱不够俺再去想法子，几个孩子都大了，都懂事，也不嫌着你也不碍着你，慢慢治就是了。你既来了就安心，病瞧好了再回去。你听俺的可能行？"

又住了几天。

瘸子刘三对赵玉兰说："他大姑，俺想来想去还是得回家，今儿个二小子来，俺给他说了，俺明天就出院，他骑三轮接俺回去。俺一天也不想住了。"

赵玉兰叹口气，说道："你说说你三哥，你这刚安生两天，又开始叨叨、又开始叨叨。胡医生不是说了嘛，你这个病得养，不能急，急了对养病不好。"

刘三说："俺回家里养还不是一样养？搁这里养，什东西都花钱，还得打针，还得拿药，还要什什没有，天天就见着你去交钱了。交钱能治好也行啊，反而俺越治越重了，俺这个腿越来越疼了。俺这回不听你的了他大姑，俺明天就出院，回家。"

赵玉兰说："你说说你这个人啊，没法说你。三哥你真是没法说。医院里瞧病，胡医生专门给安排的，怎的还越瞧越重呢？"

"反正俺不住院了。俺死也死家里头。"

瘸子刘三有气无力却十分决绝。

2

二愣蹬着收破烂的三轮车接他爷回家。

三轮车后边拖着一个架子车，架子车上铺着棉被，还放着他爷平时睡觉的枕头。他的大小子坐在三轮车上。

二愣和三丫头成亲十年了，十年间他们生了两个儿子一个闺女，大小子八岁了，最小的小闺女也已经四岁有余。几个孩子继承了爹娘老子一些好的基因，都长得耐看，都活泼。每个孩子都是姑奶奶赵玉兰一把屎一把尿地拉扯大的，都跟姑奶奶赵玉兰亲。这些日子照顾住院的刘三，赵玉兰不能天天回家，几个孩子又吵又叫地不得安生，离开了这个姑奶奶，他们不知道怎么打发时间。好在终于出院了，孩子们又能天天缠着姑奶奶了。

这一年刘三不是头一回住院了。开春的时候摔了一跤，住了一个多月的院。有一天家里喂养的几只鸡在院子里找食，找来找去，有跑出大门的嫌疑，刘三一跛一跛地去撵鸡。看到他架着拐过来，几只鸡不仅不怕，反而要夺门而去，刘三胳肢窝下的榆木拐便捣地捣得更急。积雪未融，一个趔趄，刘三摔在了院子里，吓得那些鸡惊慌失措又飞又跳，那副榆木拐也给摔折了。等到赵玉兰喊叫着从屋里奔出来，等到二小子三丫头急慌慌地赶回来，他那条唯一的好腿已经断掉了。

住了一个多月的院。

伤筋动骨一百天，还不到一百天，刘三就叨叨着出院了，反正是个长骨头，回家慢慢长就是了，不一定非得在医院里头长。医院什么东西都贵，药费、住院费、这个费那个费，小护士一查房就催着交钱，赵玉兰揣着手绢包包天天去交钱，一天不交就给你往外头撵，钱跟流水一样，哗哗地往出了淌。在家里躺了一个夏天。摔断的骨头是长上了，但是再不能架着榆木拐一跐一跐地走路了，那副榆木拐从此成了个摆设。

拐是二愣按着他爷的要求亲自修起来的。二愣本来要给他买一副新拐，原来的拐用了几十年了，成了老古董了。但是刘三不愿意。二小子只好用铁皮在折断的地方打了个铁掌，用螺丝固定起来。拐跟人一样，都带着残疾。

将近五十年过去了，榆木打制的拐杖早已磨得圆润光滑，色泽也由生涩变得沉稳，变成了暗红，烙满了岁月的印痕。

到吃过八月十五中秋节的月饼，刘三又开始胸闷气喘害冷出汗，精神一天不如一天。赵玉兰做主再把他送进了医院。几次住院都找的胡医生，胡医生不管内科，但是认识内科的人。

医生的诊断是心力衰竭，吃药打针，又治了一个多月，一直治到现在。按刘三的话说，反而是越治越重，越治腿越疼，所以说什么也不治了，说什么也得回家。

收废品卖破烂挣不下几个钱，更攒不下几个钱。省吃俭用攒下的钱都扔在医院里了，如同扔进了一条河沟里，眨巴眼的工夫就不见了。刘三心疼。

赵玉兰私下里问过胡医生，怎的她三哥还越来越说腿疼呢？难道是骨头没长好，又断了？胡医生又找人翻来覆去检查了一番，又拍了X光片，也没有看出什么。分析有可能是久病卧床，腿脚得不到活动，血管会栓塞。血管栓塞了，血液不流通，自然就会腿疼。赵玉兰问有没有什么法子没有，胡医生看了看刘三的另一条残腿，摇了摇头。胡医生对赵玉兰说，大姨，回家吧，回家里养着，也许能有起色。

赵玉兰这才同意二小子来接。

二愣把他爷从病房里抱出来放在架子车里，架子车铺着棉被垫着枕头。二愣又在他爷身上盖上床被子，把那副榆木拐放进车筐里。从病房里出来有长长的走廊，架子车在走廊的尽头，二愣抱着他爷，一点儿没觉着费力气。他爷住院的时候还好，还有些精神，住了一个多月，反而抱着的像一块朽木，轻飘飘的没有了一点点分量。

二愣把锅碗瓢盆等一些杂七杂八的东西放进三轮车，让他的大小子自己爬到三轮车的车厢里，让赵玉兰也坐到三轮车上去。赵玉兰说她跟着走就行了，你拉着你爷，还有大孙子，俺再坐上去，骑不动。

二愣不愿意。前边胶皮轱辘后边也是胶皮轱辘，多个人不碍的，不差大姑你一个。再说你跟着走，俺骑得快，你走得慢，啥时候能到家？

赵玉兰被二愣搀扶着坐进了三轮车里。

三轮车里有马扎子，赵玉兰坐在马扎子上，大孙子坐在她腿上。马扎子和铺的盖的被子都是三丫头给弄的。

这一年赵玉兰六十六岁，她三哥瘸子刘三七十三岁。他们的二小子二愣刚刚三十八岁。三十八岁的二愣正当年壮，浑身都是力气。前边蹬个三轮后边拖拽着一辆架子车，骑得板板正正走得稳稳当当，一点没费事儿。

3

“七十三八十四，阎王不叫自个去。俺今年刚好七十三了。他大姑，俺怎的觉着俺该去了呢？”

刘三对赵玉兰说。

“去哪去？”

赵玉兰还没有反应过来。

“阎王啊？俺该去阎王那儿报到了。”

赵玉兰说：“你说说你三哥！你好好的话不说好好的事情不寻思偏偏寻思这些无用的。好模好生的，怎的又说起这些个话来？！七十三八十四就得去？人活一百不稀奇，活九十的有的是，关键你得想开点三哥。不就是个病嘛！人吃五谷杂粮，哪有不生病的？生病你就好好养。住院吧你嫌花钱，一天到晚叨叨叨叨，回家来呗，回家你还叨叨。要俺说，但凡是个人，早晚都得一死，可还不到时候不是？不到时候，死以前，就好好活着，该吃吃该喝喝，不寻思那些个无用的。”

刘三说："他大姑，你说的俺都懂。俺哪回没听你的他大姑？可俺这回啊，俺真是觉着不行了，俺的阳气不多了，俺的腿越来越疼，俺进的气少出的气多……俺自己的事情俺自己知不道吗？"

赵玉兰无可奈何地叹口气，将热毛巾敷在刘三腿上。

三哥的腿越来越痛，开始的时候倒也看不出来什么，也没有什么好办法，只能揉捏、活动，拿热毛巾热敷。又揉又拽加上热敷，大人孩子们都来帮忙。开始的时候有些效果，揉了拽了热敷了刘三能感觉疼痛减轻些，能睡着觉，但是后来慢慢地就不见效果了，白天晚上的疼，觉也睡不着了。

逐渐地，刘三腿上的皮肤发生了变化，大腿以下的颜色慢慢变得黯淡，肤色由轻变重，由浅变深，与上半身的皮肤形成了明显差别。赵玉兰跟孩子们都看见了。

赵玉兰让二小子将架子车绑上，拉着她三哥又跑了趟医院。又是胡医生给找人做的检查。

果然应验了原先的预言。血栓栓塞了腿上的血管，造成整个大腿组织的缺血，也就是医学上所说的脉管炎。发展下去，腿部的组织会坏死，整条腿都会坏掉。

赵玉兰听后心里头沉甸甸的，问胡医生有没有什么办法来治这个病，只要能治，砸锅卖铁也治。胡医生摇摇头。不光是钱的问题，钱不是命。对于这种疾病，目前还没有一个治愈的办法，除非截肢，但截肢也不一定能保住命。胡医生的意思还是回家保守治疗，输点液，慢慢恢复。住院也不过如此，输点抗生素输点葡萄糖，除此没有别的办法。胡医生是不想再让他们花那个冤枉钱了。

屋漏就怕连阴雨。一家子靠拾破烂为生，能有几个钱来填这个窟窿？又不是公家的人当官的人。钱花了病治不好，岂不是雪上加霜？胡医生是可怜大姨一家才这样说。胡医生帮不上别的忙。

听话听音。医院里都治不了回家能"恢复"了？胡医生虽然没有直说，但是赵玉兰和二愣三丫头都听出来了。回家"恢复"就是回家等死。

娘儿几个背着刘三商量了一阵子。按着赵玉兰的心思，还是住院，治。该截肢截肢，万一截肢了能保住命呢也说不定。没有钱俺出去借，总有好心的人。只要俺人在，借的钱俺以后再想办法还给人家就是了。

赵玉兰不能看着她三哥睡家里头等死。

三丫头犹豫不定。三丫头说人医生不是都说了？这个病是绝症，锯掉腿也不一定治好。治不好病，腿再锯了，不是白白少了一条腿了？他爷本就一个腿，再把这个腿锯了，成了什么了？没个人样了。三丫头说着说着哭开了。

二愣除了跟三丫头有相同的认识以外，态度更坚决。善始善终，人到什么时候都得讲个善始善终。他爷一辈子不容易，吃了多些苦受了多些罪？一个腿丢在朝鲜那是没有办法，现在他爷还有一个腿，哪怕这个腿坏了也是个整的，他不能看着这个整腿再给锯掉。就算人不行了、没有了，也囫囵着去火葬场。

话说得很愣。

赵玉兰不能再说什么了。

二愣、三丫头都大了，孩子大了不由娘。她跟她三哥都老了，逐渐地要指望着孩子们了，以后的事情就得由孩子们当家了。春去秋来寒来暑往，一茬一茬的人都是这样过来的。

刘三倒露出了笑容。他躺在架子车上，身旁放着那副榆木拐。刘三一手抓着自己的拐，一边侧过头来笑着说：

"回家！好歹俺还有条全乎腿。回家。"

4

打葡萄糖抗生素，在家里又住了些日子。

输液的瓶瓶罐罐针头胶布酒精碘伏等都是二愣和三丫头从槐树庄上的卫生院里买来的，买来后由赵玉兰给她三哥打上。赵玉兰年轻的时候在医疗卫生这条战线上工作过多年，尽管现在眼睛花了，看不清静脉血管了，但打个针输个液依然不在话下。手下把着感觉呢。然而，杯水车薪，输进去的葡萄糖抗生素没有任何作用。刘三腿上的皮肤越来越暗，腿脚肿得像个发面馒头。又过了两天，似乎在一夜之间，红肿黯淡的皮肤变成了黑色，先是脚，而后蔓延到小腿、大腿，整个的一条腿都像烧煳了的木炭，看着惊心。

神志不清的刘三总是在昏昏沉沉地睡觉，有时候会睁开眼哼哼几声，哼过了再沉沉地睡去。

赵玉兰知道她三哥已经时日无多了。

如果刘三的头上冒出了汗，如果他两个拳头使劲儿攥着，或者他的手死死抓着靠在床头的那个拐，赵玉兰就知道他又疼得厉害了，这时候就会给他打上一针去疼的针剂。赵玉兰知道去疼针不能多打，打多了不仅起不到效果，还有副作用。赵玉兰趴在刘三的耳朵上，告诉他要是疼得受不了就号儿嗓子，号过了喊过了兴许疼得轻些。刘三听到了她的话。刘三只是摇摇头，不喊也不叫。

有时候他会从沉沉的睡意里醒过来，无神的眼睛盯着屋梁上的蜘蛛网，盯着孤零零靠在旁边的拐，一动不动。赵玉兰紧忙给他喂上几口温水。刘三的嘴巴闭得很紧，汤匙里的水大多淌在了脖子和枕头上，只有一少部分喝到了嘴里。

喝了水，刘三有些精神了，慢慢转动着脑袋，看到了旁边的赵玉兰。刘三呜呜哝哝地说：

"他……大姑，让你……遭罪了。"

赵玉兰说："说什呢三哥？还有外人吗？你长病了，俺不伺候你谁伺候你？都是一家人！你不说这话三哥，不说这个。哎——就是这个罪你得自个受啊，俺想替你受替不了啊！"

刘三喘口气，声音很轻地说："不碍的，俺能受……这个罪不比朝鲜的时候难受，俺受得下。都说七十三八十四，还真是的……七十三，不小了，也该着了……长津湖那会儿俺就该没有了，俺赚着了，多活了五十年。"

"不说这个，你不说这个，三哥。"

"多些人……没回来？打死多些人……没打死也都冻死了，就俺回来了。俺不该回来，俺该……该死在朝鲜，长津湖。可是呢，俺……俺死又死不了，腿冻得爬不起来，枪冻得拉不开栓啊……想拼命，美国鬼子，不让你拼……俺，死不了啊！"

"你不说这个三哥，说这个伤心。过去的就过去了。人这一辈子，哪有不遭点灾遭点难的？过去了就过去了。"

刘三又喘几口气，嗓子眼里咕噜咕噜地说："要说多活几十年吧也不白活，碰到这些孩子……还有你，他大姑……俺要在朝鲜死了，就碰不到你们了……他大姑，这些年，这个家，多亏了你了。哎——要是傻洪还在，槐花闺女也在，该有多好，该有多好啊……"

长长的、轻飘飘的一声叹息，压得赵玉兰心口上沉甸甸的，像是堵上了一块石头。

赵玉兰说："要说亏还多亏了你三哥，不是你当年收留俺，俺跟槐花俺娘儿俩哪里安身？槐花才将几个月大，俺举目无亲，多亏你这个老乡你这个三哥啊！没有你，俺指不定今儿个在哪里呢……怎说呢？都是命。"

赵玉兰又拿汤匙给刘三喂了几口水。刘三也说得累了，嗓子眼里轻轻地咕噜着，微微地闭上了眼睛。

5

一直到第二天日头西沉，刘三才从沉沉的昏睡中苏醒过来。

夕阳将窗户上的玻璃照得流光溢彩通红一片，也让刘三胡子拉碴灰暗无光的脸膛变得生动。他喝了几口水，擦了脸，甚至还吃了几汤匙三丫头蒸的鸡蛋羹。三丫头、二愣和孩子们都很高兴，他们的爷他们的老竟然能喝水能吃东西了，他们的爷他们的老就要好起来了。

只有赵玉兰心里咯噔一下。三哥这个样子，不是好现象。

在夕阳余晖的映照中，刘三缓缓转动着脑袋，看着裸露的屋梁，屋角堆放的旧物，窗外露出半人高的废品垛子，看着屋内的每一个人。赵玉兰，三丫头，二小子二愣，两个孙子一个孙女，都在。疲倦万分的、微微的笑意溢现在他胡子拉碴的脸上。

刘三手指头缓缓地勾动，对赵玉兰说：“他大姑，你让孩子们出去，俺有几句话……几句话。”

二愣看了看他爷他大姑，出去了；三丫头抱一个拉一个后边跟着一个也都出去了。屋子里只剩下了赵玉兰。

赵玉兰说：“三哥，你有什事？有事你就说。”

刘三想了想，说道：“俺有三件事，统共三件事。”

赵玉兰说：“不管几件，有事你就说。还有什不能说的？你说着，俺听着。”

刘三说：“他大姑，常言道送君十里总有一别，俺觉着俺该走了，不能再连累你连累几个孩子了。人，早走晚走，早晚都是个走……俺不凄惶，这些孩子都在，还有你，他大姑，一大家子人围着俺，俺一点不凄惶……就是啊，他大姑，俺得托付你个事，就是啊……俺想回老家了，你把俺送老家垛庄去，埋在俺大大俺娘的坟跟前……几个孩子都没回去过，不认得路。”

赵玉兰点了点头：“你放心三哥，几个孩子都孝顺，俺做主，指定给你办得好好的，指定给你送老家去。垛庄跟俺汶河又不远，就隔着一道孟良崮……哪能不回家去？猫记千狗记万，何况是个人？早晚都得回去。光回去了还不行，还得让孩子们给你立碑……二小子三丫头几个孙子孙女，这一大家子姓刘的，哪能不立碑？你放心吧三哥，俺一准安排得好好的。”

刘三疲惫的笑容里增添了几分宽慰，头脑也似乎清晰起来。他对赵玉兰说：

“树高千丈，叶落归根，早晚都得跟爹娘老子埋一起……哎——年轻轻的就出门，大大娘死得早啊，也没尽到个孝心……就让俺下辈子……给爹娘老子……尽孝吧。”

赵玉兰说：“俺记着了，三哥。这个事俺记着了。你还有什事？”

刘三说："还有……就是啊，他大姑，你进这个家多些年了？二十多年了？二十四年？人真不禁熬，一晃二十多年了……没有你，没有现在这一大家子人……好，俺不说这个，不说这个。俺是说啊，他大姑，你一直喊俺三哥，俺一直把你当妹妹待，俺们是亲三哥亲妹妹啊……二小子，三丫头，喊你大姑，一直都喊你大姑，孙子孙女都喊你姑奶奶……俺是说啊，他大姑，除了刚才那个事，俺没别的事求你了，你能不能……能不能答应俺一件事？"

"什事？三哥？有事你就说，只管说。"

"就是啊，让两个孩子喊你一声娘，喊你个娘……"

一阵沉默。

赵玉兰想不到回光返照的三哥刘三能提出这样的要求来。

她回想起与三哥刘三初次见面的情景。背上是不满一岁的槐花，眼前是穿着补丁摞补丁衣裳的三哥、二愣、三丫头，他们的手上脸上都很脏。那时候的二愣还是个傻小子，对周围的一切满不在乎，三丫头警惕的目光拒人千里。三哥一踮一踮地捣着榆木拐，行动不便却精神抖擞，而豁嘴子槐花的口水把她的后背弄得一塌糊涂……他们相会在一堆破烂旁边。生活虽然艰涩，可他们都年轻，浑身上下都是力气。二十多年的时光里，她跟刘三一直是以兄妹相称，孩子们都喊她大姑。大姑是大姑，可实际上，她就是孩子们的娘啊，有了她这个娘，几个孩子才过上了正常的生活，不完整的人生从此才变得完整起来。

二十多年过去了，孩子们大了，身上的力气也没有了。他们都老了，都老了，一眨眼，二十多年的日出日落月圆月缺都像是白驹过隙，知不道去往了何方了。时光狠着呢，不动声色地就把一切都改变了。

赵玉兰后来说："娘跟大姑不一回事吗？都一回事儿！"

刘三喘了好几喘气，断续却依然坚持着说："他大姑，就让两个孩子喊你一声娘，就……就让他们喊你娘吧……"

赵玉兰低下头来，赵玉兰眼圈儿红了。

后来她点点头，说道："行，三哥，俺答应你，两个孩子该喊俺娘就喊俺娘，几个孙子该喊奶奶就喊奶奶，该怎怎的，俺答应你。"

瘸子刘三微微闭上眼睛，嘴角上不易觉察地一抽又一抽。

"你还有什事情三哥？不说三件吗？还有一件呢？"

"还有……还有一个，俺……想不起来了……"

刘三的眼睛睁开又闭上了，以至于最后的一抹夕阳完全消失在视野中。

黑暗如水而至。

一张沉重的大网严严实实地将他遮盖起来了。

6

这一夜，按着赵玉兰的吩咐，全家老小都守在堂屋里，守着他们的爷他们的老，守着三哥刘三。

太阳落下以后，他们把独居的刘三从外边的窝棚搬到了堂屋里。堂屋是一家最为重要的场所，起居议事在堂屋，过年过节在堂屋，烧香祭祀在堂屋，接待贵客也在堂屋。这家的主人去往另外一个世界，告别阳世的纷纷扰扰也必定得在堂屋里。躺在堂屋正中的网床上，脚向内头冲门，腿脚平直寿衣齐身，主人得要以这样的方式与短暂的尘世和亲人们告别。二愣、三丫头没有经历过这样的场面，二愣、三丫头什么都不懂，都是赵玉兰主事。

寿衣已经穿上了。按理说人还有气，不该这么早就穿上寿衣。赵玉兰是怕到时候手忙脚乱的，穿得不及时不妥帖。寿衣是前几日就置备好的，还有长明灯，纸钱，烧纸钱的瓦盆，扯孝衣孝帽子的白布，腰绳，把棍子，等等，一应白事所需，都提前备下了。

上半夜过去了。刘三的呼吸由重而轻，由急而缓，身体也自下而上，越来越凉。

二愣蹲在他爷旁边，不停地抚摸着他那条栓死坏掉的独腿。先是脚，他爷的独脚冰凉冰凉，好像刚从冰天雪地的长津湖出来。然后是小腿，膝盖，大腿。冰雪一路漫延上来，无可阻挡地吞噬着他爷的躯体。二愣听他爷提到过"长津湖",他大姑也提到过,但是他不知道"长津湖"是个什么地方,好像就是冷,跟在冰窖里那样。二愣不知道弥留之际的爷有没有体会到这种似曾相识的刻骨的严寒。

"到小腿了。"

二愣说。

"到膝盖了。"

过了一会儿,二愣又说。

"大腿。"

"大腿根这里了。"

"到小肚子了……"

二愣不停地抚摸着他爷的躯体,不停地将感知到的情况告诉他大姑和三丫头。当二愣终于说到"到心口窝了,心口窝凉了"的时候,赵玉兰让三丫头把几个孙子孙女叫醒了。秋夜漫长,孩子们都困得就地睡着了。

刘三的呼吸已经越来越弱,像一股游丝,一缕清风,不经意就湮没无闻了。

赵玉兰趴在她三哥的身前,对着她三哥的脸说:"他爷,他爷?三哥?三哥哎……你可认得俺?你还有什话说吧?三哥哎——"

二愣、三丫头也跟着喊。

刘三已经听不到他们的话语,也看不见他们的面容了。

倏忽间,他的脸变得蜡黄蜡黄,额头上渗出了油亮油亮的汗珠,大张着嘴却喘不出气来了。呼和吸都在同一个时刻静止了,像是一个定格的镜头,将无法合拢的嘴巴遗留在最后的画面里。

赵玉兰大声地喊道:"三哥哎,你放心地去吧,你说的话俺都记下了,你放心,俺一准都给你安排好三哥……三哥哎!"

孩子们眼里,已经没有了呼吸的他们的老竟然露出了笑意,一脸的轻松。更为神奇的是,在大姑和大姑奶奶的喊声里,他的嘴巴也闭上了。

苦尽甘来,一切都结束了。

7

守灵三日，三日后出殡，还是二小子用架子车拉着他爷去的火葬场，架子车绑在他的三轮车上。二愣在前边蹬，赵玉兰、三丫头和几个帮忙的邻居跟在后边，孩子们都坐在三轮的挎斗里。除了赵玉兰，大人孩子们一个个披麻戴孝。

火化回来，将刘三的骨灰盒安放好，招呼帮忙的邻居吃过了已经很晚的"回丧席"，赵玉兰把一家人叫到堂屋里了。赵玉兰对他们说：

"你们爷你们老走的时候有交代，让俺送他回老家去。俺想了想，现在恐怕还不行，几个小的还离不开俺，俺得找着个合适的日子送你们的爷你们的老回山东，早晚将你们的爷你们的老葬到祖坟地里去。这是一个。另一个呢，打今儿个起啊，你们要喊俺娘就喊俺娘，要喊奶奶就喊奶奶。怎喊都行。"

第六章　2016年
　　　　　　2019年
　　　　　　202×年

2016年12月

等着你

1

国家流媒体平台，国家新闻传播中心

主持人：为爱坚守，为缘牵线，为人间增春色，为生活添温暖。听众和观众朋友们好，现场的朋友们好！这里是国家流媒体平台、国家新闻传播中心每周一期的大型公益性寻人节目《等着你》的演播现场。欢迎大家的光临，有请我们今天的嘉宾。

现场观众鼓掌，嘉宾入场。

主持人：来来，请上台。请坐。

嘉宾上台，落座。

主持人：你们是一家人吗？母女二人，还是父女二人？请介绍一下你们自己。

女嘉宾：我是她的妈妈，这是我家先生，这是我们的女儿。

主持人：哦，一家人，爸爸妈妈和女儿，真好。妈妈很漂亮，女儿跟妈妈一样漂亮。爸爸也很帅。请介绍一下你们的具体情况。谁先说？妈妈先说爸爸先说？还是女儿先说？

女儿：妈妈先说。妈妈来找她的妈妈，还是妈妈先说一说自己的妈妈。

主持人：妈妈找妈妈，也就是找你的外婆，姥姥。

女儿：是的。妈妈今天想通过我们这个平台，寻找她失散了三十多年的亲生母亲。

主持人：和母亲失散三十多年了？这一定又是一桩悲欢离合的曲折故事。来，让妈妈给我们讲一讲具体的过程。

妈妈：主持人好，大家好！我叫赵槐花，今年四十五岁。也可能四十四岁或者四十六岁，因为我很小的时候就离开老家了，具体哪一年出生的我自己也不知道，我的身份证上是四十五岁。这是我女儿李芝儿，我先生李有学，学问的学。

主持人：先生有学问，女儿很现代。李芝儿，名字好别致。女儿多大了？

女儿：我今年二十一岁。

妈妈：原来给她起的名字是李桂芝，李芝儿，她上大学的时候自己改的。

女儿：妈，你还说！"李桂芝"多土气。

主持人：女儿有自己的追求。现在还在大学读书吗？

女儿：还在大学。大四了。

妈妈：我小的时候吧家里有好几口人，有我的妈妈，有大哥，二哥，还有个三姐，还有个三舅舅。三舅舅腿脚不好，走路架着拐，小时候我经常拿他的拐玩。那个拐很重，我拿不动，拿不动了就把它丢在地上，我三舅舅就一蹦一蹦的，来拿回他的拐。现在想起来，三舅舅应该是一个残疾人，离了拐杖走不了路。我那时候还小，很调皮，不懂事，经常把三舅舅的拐杖丢在一旁。但是我记得我三舅舅对我特别好，跟妈妈一样好。他经常买糖给我吃，还会让我趴到他的后背上，背着我。小孩子哪有不喜欢糖的？我现在还记得我在三舅舅的后背上一颠一颠的，他架着拐，走起路来一踮一踮，我也跟着颠，我记得特别清楚。几个哥哥和姐姐都对我好，我最小嘛，都让着我。当然，最疼我的还是我的妈妈，妈妈不管干什么都带着我，晚上睡觉都搂着我睡。家里那时候生活条件不好，但是只要有好吃的好穿的，妈妈都先给我。我印象中，妈妈从来没有吵过我，更没有打过我。妈妈总是笑眯眯的，不急不恼，不紧不慢，非常平和的一个人。一个好妈妈。

主持人：家里人不少。妈妈、大哥、二哥、三姐、三舅舅，儿女双全。爸爸呢？没听到你提爸爸。

妈妈：我印象中家里没有爸爸。就是三舅舅、大哥、二哥这些人。就是妈妈和三姐。不记得有爸爸。

主持人：是这样啊……妈妈那时候做什么？家里靠什么生活？住在什么地方？是城市还是农村？现在还有印象吗？

妈妈：住是住在一个村庄边上，但是离城里也不算远。按现在的话来说，应该是城乡接合部。妈妈和我三姐经常会带着我到城里去，三舅舅和二哥每天也都去城里，他们的工作就是挨家挨户收破烂，就是收购废品。我们住的那地方堆满了各种各样的废品，我和我大哥在废品垛子里藏老猫捉迷藏。这是我现在的印象，那时候家里从事什么职业，我不太记得，我那时候还小。但是我记得我们住的那地方离城里应该不远，妈妈带我去城里的医院做手术，来回也并没有走多远的路。应该是个城乡接合部，郊区。

主持人：能记得是哪一个城市吗？当时的村庄叫什么名字？

妈妈：记不得了。只记得城里有座山，妈妈领着我上山上玩，山上有庙，好像叫"云龙"什么的。村里有棵大树，我小的时候和村庄里的小孩子们在大树底下玩耍，我们弹溜子儿，跳皮筋，跳绳子。那个树很大，开满了白色的花朵，有很多很多的蜜蜂飞，蜜蜂酿的蜜甘甜甘甜的，我现在都记得那个味道。那个树非常高大，很粗，我们五六个小孩子手拉手圈成一圈还圈不过来。我小时候调皮，用树枝子戳弄那个蜜蜂，还给蜜蜂蜇过。蜇得我很疼，一边哭一边回家找妈妈。

主持人：你刚才说小时候妈妈带你去城里的医院做手术，是怎么回事？

妈妈：我小时候有一些残疾，就是先天性唇裂。我这里动过手术。恍恍惚惚记得妈妈带我到城里的医院住院，我们住了很长时间的院。

主持人：你这样一说我才注意，你嘴唇上是有一条很细很细的疤痕，我还以为你不小心划伤的。不过也看不太出来，像个美人疤，衬托着你的脸型、下巴、额头、鼻子，特别是这个眼睛，越发显得好看了。女儿说妈妈好看吗？

女儿：妈妈在我心里永远都是最美丽的妈妈！

主持人：爸爸呢？爸爸怎么看？

爸爸：……

主持人：爸爸只会笑。笑代表着认可、赞许。还是女儿好，女儿是爸爸妈妈的小棉袄。后来呢？后来发生了什么？

妈妈：记得四五岁、五六岁的样子，有一天我在大树底下玩，跟小孩子吵架了。我那时候调皮，可能将人家小孩子推倒了，结果人家大人就骂我，说我是个野孩子，是给扔在大树底下的，是没人疼、没人要、没人教的野种。我说我有妈妈，妈妈疼我，妈妈要我，妈妈教我，妈妈是我的亲妈妈。人家大人说，你是你妈妈从树底下拾来的，你亲妈亲爸不要你了，把你扔了，你这个妈是你后妈。有人生没人要没人教的野孩子，长大了也不是好东西。结果我听到这个话以后很难受，我就回家了。

主持人：回家后发生了什么？

妈妈：我当时肯定质问了我的母亲了，问我是不是她亲生的；肯定跟妈妈发脾气了。具体发生了什么事情，现在记不清楚了，反正只记得我三姐打了我一巴掌，我哭了，后来就一个人从家里跑出来了。我三姐从来没有打过我，就这一次，这一巴掌。

主持人：三姐因为什么打的你一巴掌？

妈妈：肯定是我做了不该做的事情，说了非常难听的话。但是我现在记不得了。

主持人：一个人跑出来，要去哪里？你才五六岁。

妈妈：人家不是说这个母亲不是我的亲生母亲嘛，我跑出来，去找我的亲妈妈。

主持人：一个四五岁、五六岁的孩子，东西南北分不清，去哪里找你的亲生母亲？

妈妈：这不就是说小孩子不懂事嘛！什么都不懂。我趁着他们不注意就从家里出来了。我路过村里的那棵大树，顺着一条路往城里走，走了很长时间。后来天黑了，我来到城里的火车站，跟着进站的旅客上了一列火车。我也不知道去哪里，人家也没有注意我，我在人家的胳肢窝下边就进去了。反正人家走我也走，人家上车了我也跟着上车，火车站火车上的工作人员还以为我是哪个旅客的小孩。火车咣当咣当地开了一整夜一整天，也可能不是一整夜一整天，不知道开了多长时间。我困了就睡，渴了饿了有好心的旅客给我口水喝，给几块饼干吃。咣当咣当，走走停停，不知道走了多久，后来火车到站了，火车上的人都下车了，我也就下来了。

主持人：到了什么地方了？

妈妈：不知道啊！一个小孩子哪里知道？好多年以后才知道，我下车的这个地方，是咸阳，西安。

主持人：来到西安了！不简单，小小年纪，胆子真够大。

妈妈：要不就说小时候调皮呢，给妈妈、三舅舅和大哥、二哥、三姐他们惯坏了，玩野了。

主持人：你一个人就这么跑出去了，家里该有多着急！

妈妈：那时候也不知道这些，自己随着自己的性子来，哪里会想到家里急？哪里会想到自己的孩子丢了一个做母亲的心情！

主持人：接下来发生了什么？找到自己的亲生母亲了吗？

妈妈：上哪里找！东西南北分不清……我在火车站上待了有两三天，也不知道自己在什么地方，也找不着回去的路了。

主持人：怎么生活呢？困了饿了怎么办？怎么吃饭？怎么睡觉？

妈妈：困了饿了都在火车站。白天在车站广场闲逛，晚上困了就在候车室的木头椅子上睡一觉。要说世上还是好人多，人家见我一个小孩，这个给口水，那个给口馍馍，我也没觉着怎么饿着。有一天晌午头上，一个小男孩，小哥哥，大概看我一个小女孩可怜，掏钱给我买了个圆圆的饼子，里边还有肉，真好吃，我从来没有吃过这么香、这么好吃的东西。小哥哥问我打哪里来，我说我从大树底下来；小哥哥问我来这里干什么，我说我出来找妈妈，亲生的妈妈。小哥哥问我亲妈妈住在哪里？我哪里知道？要知道不就好了嘛！小哥哥和我说了一会儿话就走了，小哥哥背着书包。第二天，那个小哥哥又来了，他看见我以后，又给我买了个里边有肉的馍馍，又和我说了一会儿话，然后就背着书包走了。小哥哥赶着上学去。第三天也是这样，小哥哥每天都会路过车站的广场，每次都给我买一个圆圆的、带肉的饼子。我那时候还不知道那个是肉夹馍，就是我们西安很有名的特色小吃，肉夹馍。

到第四天晌午头上，小哥哥家大人跟着来了。我以后才知道，小哥哥家就在火车站旁边不远的地方，小哥哥每天去上学，家里大人都会给他几毛钱零钱买东西吃，男孩子蹦蹦跳跳的，容易饿。小哥哥把自己的肉夹馍给了我，自己就会饿肚子，回家以后像个饿狼，吃饭狼吞虎咽的。家里大人不放心，跟在后面看，看他这一路上到底干了些什么。这样，他家里大人就看见我了。

我跟着小哥哥家里的大人回到他家里，他母亲给我洗了头洗了澡，洗掉满满几盆子黑水——好些天没洗没擦的，浑身上下脏得不像个人样。他母亲还找来干净的衣裳给我穿上，还给我做了饭吃，我安安稳稳睡了一大觉，觉得就像回到了原来的那个家，就像找到了亲妈妈一样。到傍晚小哥哥放学回来，我干干净净的，他完全认不出我来了。

主持人：确实像你说的那样，人间处处有温情，到处都有好人。

妈妈：可不是嘛，我这辈子尽碰上好人了！要不是这些好心人，我都不知道自己是一个什么样的结局，不知道还能不能活在这个世界上。

主持人：大爱无疆。人是靠相互间的关爱往前走，我们的社会也是依靠着大爱走向更加美好的明天的。后来呢？后来又发生了什么？

妈妈：我就在小哥哥家里住下来了。小哥哥一家人待我非常好，答应帮我找妈妈，给我饭吃，给我衣服穿，让我上学读书，像对待自己的女儿一样。我成了他们家的一员，我管小哥哥的爸爸妈妈也叫爸爸妈妈，我们是一家人了。

主持人：以后有没有再去寻找自己的亲生母亲？

妈妈：找是找过，他们这一家人也想了不少办法。但是哪里找？连个具体的地址都不知道，连我打哪里来的我都不知道，怎么找？后来我也想开了，我原来生活的那个地方，就是小时候生活的那个城市的郊区，那个城乡接合部，那个靠收废品为生的母亲，不管我是不是她捡的，她都是我的亲妈妈，是我的亲生母亲！你想想，就算我找到了自己的生身父母，他们因为我的先天性残疾把我丢弃了，没有尽到他们作为父亲母亲的责任，我和他们还有感情吗？生我养我者都是我收废品的母亲啊！我要找到她，找到我的亲生母亲……

主持人：大姐，赵大姐，你这个年龄，我该称呼您大姐。您慢慢说……女儿给妈妈拿张纸巾……好，大姐平复一下情绪。我明白了，你现在要寻找的并不是你亲生的母亲，而是收留你、抚养你的母亲。

妈妈：对，从小收留我、抚养我的母亲就是我的亲生母亲。

主持人：我这里有个问题。那个小哥哥，就是给你买肉夹馍的小哥哥，后来去了哪里？他后来的情况如何？

妈妈：这不，远在天边，近在眼前。

主持人：啊？！就是女儿的爸爸啊？

妈妈：是的，他后来成了我女儿的爸爸，他的爸爸妈妈成了我女儿的爷爷和奶奶。

主持人：真是人间有爱！为爱坚守，为缘牵线。先生做什么工作？

爸爸：我是个中学老师，语文老师。

主持人：为人师表啊！为人师表者，传道、授业、解惑。爸爸的品德与从事的职业不相上下。好人都会有好报。

爸爸：那时候都是小孩，什么都不懂。

主持人：人之初性本善嘛，童真是最美好的。你爱人，你妻子现在要找到她原来的家，找到她失散了三十多年的母亲，你这里有没有什么可供寻找的依据或者线索没有？她当年到你们家的时候，带来什么有价值的线索了吗？

爸爸：她到我们家的时候五六岁，我那时候刚上学，上小学一年级。我父亲也是个老师，教中学历史课。我母亲给她洗衣服的时候在衣服里面发现一个表格，就是印在衣服里面的红色的方块表格，有单位、姓名、血型等等。是个土黄色的旧军装、旧军服改的这么一件褂子。在姓名这一栏内，模模糊糊有"赵玉兰"几个钢笔字，其他的已经看不清楚了。我父亲母亲开始还以为"赵玉兰"是她的名字，后来发现不是，她说她是槐花，姓赵，叫赵槐花，她记得她母亲姓赵，具体叫赵什么她说不上来。因而我们认为"赵玉兰"有可能是她母亲的名字，可能很早以前当过兵，因为按照一般的常识，只有军装的里面才会印着这样的表格。那个军装褂子很老，土黄色的，不是我们后来见到过的解放军的军装，连女儿她爷爷都说不清是什么时候的军服。我们一直保留着，成了我们家的传家宝了。你看看，就是这件褂子，几十年了，算是一个物证吧。

主持人：确实是一件旧军装改的……这个颜色很特别，确实是土黄色的，但是已经发白了。哦，这里是有个表格，有些模糊了……字已经看不清楚了。

爸爸：当时还能模模糊糊看见，现在看不见了，几十年过去了。

主持人：这个很有价值。除了这个线索外，还有什么对我们寻人有价值的证据没有？

爸爸：她恍恍惚惚记得小时候母亲给她说起过，她们的老家在一个叫"沂蒙山"的地方，家门口有条河，叫"问河"，她母亲的老家，她母亲住的那个地方，就是"问河"。但是她没有回去过她母亲的老家，她只记得小时候生活的地方有一棵大树，很大很大的树，树上开满了白色的花朵，有成群结队的蜜蜂，她还吃到过蜜蜂采的蜜。他们一帮小孩经常在大树底下玩耍。另外，就是那个城市里有火车站，有座山还是有座庙，叫"云龙"什么的。我们考虑那有可能是京沪铁路或者陇海铁路沿线的一个什么地方，因为那个地方有火车站。也可能是京沪线陇海线交叉的一个什么城市，因为那时候还没有高铁，都是普通铁路普通火车，绿皮的火车。孩子妈妈最终落脚在西安，她不可能从西北方向来，只能从东边来。她当时的口音，也是苏北、皖北一带的口音。陇海铁路从西安一直往东，有临潼、三门峡、洛阳、郑州、开封、兰考、商丘、彭城。彭城再往东是连云港，就到头了。彭城还是个京沪线陇海线的交会处，南来北往的地方就更多了。但是我们考虑，距离不会太远。

主持人：因为别人的一句话离开了家乡，离开了自己的母亲；因为年少无知踏上没有尽头的漫长道路，因为爱和坚守，在离散了三十多年以后，渴望从头再来，找回那份亲情，弥补心头的缺憾。赵大姐能找到她失散了三十年的母亲吗？接下来，让我们看看寻人侦察团和寻人志愿服务者的寻找过程。

视频连线——寻人侦察团

寻人侦察兵：赵槐花阿姨，我们在《等着你》的平台上接到你的寻人申请后，对你们提供的线索进行了梳理。首先，我们将京沪线陇海线铁路沿线的大小城市作了整理，计算了到达西安的大致距离，而后查找有关"云龙"字样的山或者庙宇。结果，我们在彭城这个地方找到了这个地名，它叫"云龙山"，是位于彭城市内的一个风景区，山上有庙宇。彭城在京沪高铁与陇海线——现在是连霍铁路的交叉处，原来的老火车站就在市内，现在还在使用。彭城距离您最终下车的西安八百多公里，符合您描述的当时的情况。为此，我们联系了彭城的寻人志愿者。

视频连线——彭城

寻人志愿者：赵阿姨，接到国家流媒体中心《等着你》的协查通知后，我们对您提供的线索进行了分析查找。根据您描述的情况和我们得出的结论，高大粗壮的树木上开满了白色花朵，能引来众多的蜜蜂劳作、酿制蜂蜜，在彭城这样的北方城市，只能是一种树木，也就是刺槐，槐树。槐树的树龄比较长，一般在二十至三十年，但是保护得好，可以生长几十年、上百年。而且在彭城这座城市里，就有一个行政区叫槐树区，槐树区有一个办事处叫槐树街道办事处，是一条步行街。巧合的是，步行街上就生长着一棵老槐树，至今大概有上百年的树龄了，每一年的春夏之交，槐花盛开，蜂群飞舞。阿姨您是20世纪70年代末期左右离开的，那时候槐树街道办事处还是个郊区，叫槐树人民公社，符合您的描述。为此，我们走访了槐树街道办事处和当地公安派出所的同志，请他们帮助查找您的母亲"赵玉兰"。但是，阿姨，很抱歉，街道办事处和派出所都没有关于您母亲的登记。据他们介绍，废品收购这个职业的流动性比较大，并没有固定的住所。并且随着经济的发展，城市面积不断扩大，原来的郊区变成了城市的中心，原来的农村也变得车水马龙、高楼林立。所以非常抱歉赵阿姨，我们没有查找到有价值的线索。

演播现场

主持人：这一路的情况大概就是这样了。妈妈对于彭城这座城市、对于志愿者介绍的槐树街道和那棵老槐树，有没有印象？您原来是生活在这个地方吗？

妈妈：他们这样一说，我恍恍惚惚觉得有点印象了。槐树公社，我觉得有些耳熟，有可能我小时候就是在这个地方生活的。可是，我母亲呢？三十多年过去了啊，我都不知道我母亲还在不在人世……

主持人：大姐不要着急，慢慢来，事情毕竟有些眉目了。我们再看看下一路人员寻找的情况。让我们继续连线寻人侦察团的侦察兵。

视频连线——寻人侦察团

寻人侦察兵：主持人好，赵阿姨好！

我们带着有关线索来到了阿姨提供的"沂蒙山"。沂蒙山位于山东省的东南部，是沂山和蒙山的总称，整体上隶属于山东临沂市管辖，中心地带包括沂源县、沂水县、沂南县、蒙阴县、平邑县和费县这一带，号称八百里沂蒙。沂蒙山当中蒙山的主峰是龟蒙顶，海拔1156米，为山东第二高峰，仅次于泰山。沂蒙山区河流水库众多，有沂河、汶河、蒙河、祊河、小清河等河流。但是，我们经过仔细查找甄别，没有找到阿姨您提供的"问河"这个地方，也没有"问河"这个河流。我们考虑，阿姨所说的"问河"有可能是"汶河"，即问题的"问"应该是三点水加一个文化的文，是"汶"这个字。带着这样的线索，我们找到了沂南县汶河镇负责民政工作的老张。老张在当地民政工作这条战线上工作了将近四十年，对历史和其他情况都非常了解、非常熟悉，被称作沂蒙山民政工作的活化石。希望老张能给我们带来惊喜。

视频连线——沂蒙山

民政老张：主持人，赵老师，我脚下的这条河就是汶河，旁边这个村庄就是汶河村。汶河发源于蒙山，流经蒙阴县和沂南县，我们这里是沂蒙山的腹地。沂南县曾经与蒙阴县是同一个县，叫沂蒙县，后来一分为二，改成了沂南县和蒙阴县。抗日战争、解放战争以及随后的抗美援朝战争，沂蒙山区千千万万的父老乡亲踊跃支前参战，涌现出许多可歌可泣的动人事迹。接到《等着你》大型公益节目关于查找"赵玉兰"的线索后，我们十分重视，向镇党委、政府领导作了汇报，立即展开了相关工作。

演播现场

主持人：好，我们回到演播现场。妈妈现在清楚了吧？您母亲的老家沂蒙山在山东省，沂蒙山确实有一条汶河，也有一个叫作汶河村的村庄，和您小时候的记忆一样。不过这个"汶"是三点水的"汶"，不是问题的"问"。同音字。具体的地方找到了，也有负责这一块工作的具体的人，他们能找到您的母亲"赵玉兰"吗？为爱坚守，为缘牵线，为人间增春色，为生活添温暖。现在，让我们走进时光隧道，开启时光之门！

2

赵槐花在女儿李芝儿和丈夫李有学的搀扶下走向舞台的那一头，站在了时光隧道的门口。

云雾蒸腾，隧道内一派迷蒙。当阳光照射进来，云开雾散，他们离散已久的亲人也许就会从隧道的那一头穿越时空来到面前。

一束灯光打在了云遮雾绕的时光隧道里。音乐中，云雾逐渐散开，灯火愈加明亮。赵槐花和她的女儿李芝儿一家人目不转睛盯着时空隧道的另一端，盼望着梦想成真，母亲能够迎面走来。

可是，云开雾散之后，迎面而来的并不是她的老母亲，而是一高一矮两个不认识的男人。

希望与期盼在刹那间消失殆尽，赵槐花不能自已，失声痛哭。

主持人：大姐不要哭……先不要哭……女儿，李先生……把妈妈搀回来……一家人先坐下。女儿，给妈妈擦擦眼泪……好，两位嘉宾也请坐。我们都坐下，先听一听沂蒙山老家的具体情况。好，请你们二位先介绍一下自己。

民政老张：主持人好，赵老师好，观众朋友们大家好！我是沂蒙山区沂南县汶河镇的民政助理，我姓张。这是我们的镇党委书记，姜书记。

主持人：张老师好，姜书记好！您就是活化石老张。

民政老张："活化石"不敢当，在民政工作这个方面服务的时间长一点。

主持人："服务"，您说得非常好。江山就是人民，人民就是江山，我们党的宗旨就是全心全意为人民服务。

民政老张：对，民政工作就是把党的温暖送到千家万户。在这方面，我们镇党委政府很重视这一块工作。具体请我们姜书记说一说。

主持人：好，请姜书记给我们介绍一下具体的情况。

姜书记：主持人，赵阿姨。我们沂南县素有战时"小延安"之称，是当年山东抗日根据地的中心。闻名遐迩的乳汁救伤员的沂蒙红嫂就是我们这个地方的人。在解放战争中，著名的孟良崮战役也发生在这里。接到《等着你》公益性栏目有关线索后，我们党委政府非常重视，专门开会进行了研究和分工，由一名副书记牵头镇民政、武装部等部门开展寻找"赵玉兰"老人家。我们沂南县是拥军支前大县，至今，全镇还有五百多名老伤残军人和老复员退伍军人，他们都是在抗日战争、解放战争和抗美援朝战争等历次革命战争中幸存下来的，是中华民族的优秀代表，是国家的功臣。20世纪50年代初期的抗美援朝保家卫国战争，沂蒙山区有一万六千人到一万八千人参加中国人民志愿军，牺牲在朝鲜的烈士一千六百五十一人。时至今日，他们都已步入晚年，年龄大都在九十岁左右，最小的也有八十多了。作为基层党的组织，我们镇党委就是要照顾好这些功臣模范，不仅是"赵玉兰"老人家一个，所有健在的老同志老人家都要照顾好，把党和国家的关怀、温暖送给他们，让他们安度晚年。这方面情况老张比较熟悉，还是由老张具体汇报一下。

民政老张：主持人，赵老师，实际上在接受《等着你》的协查线索以前，我们这么多年以来其实也一直在寻找赵玉兰老人家。

主持人：是吗？"赵玉兰"确有其人？确实是你们这个地方的人？

民政老张：赵玉兰确实是我们沂南县汶河镇汶河村人。根据我们保存下来的资料和档案记载，赵玉兰是1930年出生，1948年年底淮海战役的时候参加队伍，1950年随部队入朝参战，参加了抗美援朝保家卫国战争，1954年复员回乡务农。大约在1956年，她进省城在一个工厂当工人，1966年重新回到家乡汶河村务农。据村里的一些老人回忆，大概在20世纪70年代这个时间，赵玉兰老人离开家乡去了外地，从那以后再没有回来过。

主持人：知道老人家去了什么地方吗？

民政老张：知不道。没有人知道。原来村里一些健在的老人回忆，只知道她大概在鲁南、苏北、皖北这一带，具体什么地方谁也说不上来，因为老人家离开汶河村以后就再也没有回来过了，也没有人见过她。

主持人：这就对上了。姓名，地址，老家，还有彭城。彭城就属于苏北。算起来，老人家要是仍然健在，该有八十多岁了。

姜书记：八十六。1930年生人，现在应该是八十六岁。

主持人：为什么要寻找赵玉兰老人？在我们《等着你》栏目的寻人要求之前，你们就在查找赵玉兰老人了。为什么要找她？

姜书记：刚才我说了，我们沂南县是沂蒙山区根据地的中心地带，历来就有拥军支前的光荣传统，山里的老百姓为中国革命的胜利做出过重要贡献。牺牲的烈士们已经长眠，健在的也都步入晚年，关怀他们，照顾他们，把党和政府的温暖送给他们，让他们安享余生，不仅是我们各级党委政府义不容辞的责任，也是我们作为一个后来者，作为一个晚辈应尽的义务。所以这么多年以来，不仅仅是赵玉兰老人家，所有这些为共和国做出过贡献的老人家，我们都在一一建档立卡，把他们当成重点对象来关心关怀。

主持人：对这些人，这些老复员军人也好，老同志也好，我们现在有什么具体的政策或者待遇吗？

姜书记：这个问题是随着不同时代和社会的认识，随着发展的不同阶段而不断变化的。像赵玉兰老人家这种情况，当年复员回乡务农，并没有任何的补贴和待遇，只是当时一次性发给了一些复员费，也很少，之后几十年没有任何待遇。他们自食其力。其中的原因，一个是那时候国家还很穷，另一个是我们社会上认识不够，缺乏客观的、应有的、正确的认识。只是到了20世纪80年代中后期，才开始逐年发给这部分人一些补贴，但是也很少，一个月只有八块钱。随着经济的发展，随着国家综合国力的不断增强，随着全社会认识的不断提高，他们的待遇也在逐年增长。像赵玉兰老人家这个情况，她是1948年解放战争的时候入伍，参加过抗美援朝保家卫国的伟大战争，现在应该有……两三千块钱吧每个月。

民政老张：在两千元以上。

主持人：这部分资金从哪里来？资金怎么解决？

民政老张：主要是国家财政负担，凡列入优抚对象的一律由国家承担。

主持人：优抚对象包括哪些人？

民政老张：伤残军人、老复员军人、老兵和"老烈子"，这些都属于优抚对象。

主持人：你这个比较专业，能给我们具体讲一讲吗？

民政老张：伤残军人不用说了，这个都知道。老复员军人是指抗日战争、解放战争和抗美援朝战争复员回乡的军人，其中也包括带病退伍军人、参战、涉核等具有特殊服役经历的。老兵是指1954年11月1日以后义务兵中年龄超过六十岁、未有其他待遇的；"老烈子"，指的是父母为烈士，子女已经年超六十岁的。按照我们汶河镇的情况，现在全镇享受待遇的还有五百二十人，除了刚才所说的这些优抚对象以外，还有一部分"烈改"，即烈属配偶改嫁，还有伤残军人遗属。这部分人的补助由当地政府也就是我们县乡两级财政负担。

姜书记：随着经济发展和国家的强大，这部分人的待遇只会越来越高。我们今天的幸福生活都是老一辈流血牺牲换来的，没有他们的牺牲奉献就没有我们的今天。实现中华民族伟大复兴的中国梦，我们不能忘记过去，更不能忘记我们的历史。

主持人：说得真好！一个没有英雄的民族和国家是可悲的；一个不缅怀英雄、不崇敬英雄、不继承英雄精神的民族和国家必定不能在人类历史的长河里留下光辉灿烂的一页，也必定达不到更远的远方。

槐花大姐，通过我们《等着你》这个平台，通过寻人侦察团、志愿者和当地党委政府的支持帮助，我们今天可以说是喜忧参半。喜的是，经过努力，我们终于确定了您母亲赵玉兰的身世、家乡和后来生活的大致方位。老人家不仅真实地存在，还是我们党和国家的宝贵财富，为我们的国家做出过贡献。忧的是，虽然经过认真的寻找，可是到现在还没有找到您母亲本人。不过请您放心，人间自有真情在，好人终会有好报。相信在大家的共同努力下，一定会有好的结果。

听众和观众朋友们，现场的朋友们，这里是国家流媒体平台、国家新闻传播中心每周一期的大型公益性寻人节目《等着你》的演播现场。"等着你"——为爱坚守，为缘牵线。让我们携手并肩，共同努力，为人间增春色，为生活添光彩。谢谢各位嘉宾，感谢大家的光临！朋友们，再见！

3

千里之外。

男男女女老老少少一大家子人一如往日地忙碌于形形色色杂乱无章却也条理分明的如山的垃圾中。分拣，破碎，归纳，整理，打包，装车，分门别类，毫无头绪又井井有条。

天气已经很冷了，每个人的头脸和手脚都冰凉冰凉的。但是马不停蹄地劳作又使得身体发热，尽管已是十二月的天气，暴露在室外的他们也并没有感觉到丝毫的寒意，或者是，他们根本就无暇考虑诸如冷暖一类的问题。生活和生存实实在在，大过所有的一切。

赵玉兰的二小子二愣和她的三丫头也在其中忙碌，但是他们已经不再是这个家庭的组织者、指挥者、决策者了，组织指挥决策的大事不知道哪一年的哪一天平安过渡到了他们的大儿子身上。大儿子当过兵，自从在院门外挂上了"老兵废品收购站"的牌子，权力就实现了平稳过渡。二愣、三丫头虽然一如常往地忙碌，但成为了这个大家庭里普普通通的一员，除了照顾孙子孙女，但凡家中的大情小事，都由大儿子当家做主。他们一共生了两个儿子一个闺女，两个儿子一个闺女又给他们生养了五六个孙子孙女，再加上两个儿媳妇和一个闺女婿，满满当当一大家子人。

年迈的赵玉兰已经不再参加这样的劳作了，除去含饴弄孙就是让她的二小子二愣或者是大孙子、小孙子，有时候也是孙女婿，让他们用他们的三轮车、电动车或者送货的卡车把她送到市内的槐树街道去，一年四季，春夏秋冬，不刮风不下雨不打雷下雪下雹子，都去。那里有个步行街，游人熙熙攘攘，热闹；那里还有棵老槐树，有她旧时的记忆，春天到来，依然繁花灿烂，群蜂飞舞。那里过去是大槐树庄，槐树人民公社，是个郊区、农村，现在变成城市了，店铺林立，商贾云集。但是老槐树还在，一些老相识、老熟人还在，她见天地去跟他们拉拉呱说说话，觉得充实，安详，乐和。

赵玉兰是这样说的，每次都这样说。

每次，当二小子二愣和大孙子、小孙子或者孙女婿用他们的三轮车、电动车和送货的卡车送她去槐树街道那棵不知道活了多少年的老槐树那里的时候，赵玉兰都会笑眯眯地这样给他们说，也不管儿孙们听不听。听不听，她都要自言自语一番。但是她说是这样说，儿子儿媳妇闺女闺女婿孙子孙媳妇孙女孙女婿们，他们心里面都知道，老太太实际上是到那棵老槐树下等一个人。

那个人是老奶奶的小闺女，很小很小的时候走失了，再也没有回来。按辈分来算，该是二愣、三丫头的四妹妹，是孩子们的姑或者姑奶奶。世事沧桑，时代变迁，物是人非，老太太是担心小闺女有朝一日回来的时候找不到回家的路。

都知道。

他们都知道。

他们只是不说破而已。

大人们围着垃圾堆劳作的时候，孙子孙女这一群小孩子就会满院子疯跑胡跑，满院子追逐打闹。有时候，他们也会安静一会儿，在屋里看电视上的动画片。没有动画片的时候，小孩子们也胡乱看一些别的电视节目。疯跑胡跑，不仅累，也给大人们吵大人们骂，大人们一边劳作一边对着他们大呼小叫。所以他们有时候也不得不待在屋子里，看一些不是动画片的无聊的电视节目。

这一天也是如此。

突然，五岁的大宝从屋里跑出来了。

4

"芝芝阿姨，芝芝阿姨！"

五岁的大宝站在门口对着弯腰低头忙碌着的一群大人喊。

大人们手不停头不抬，有说有笑，忙忙碌碌，没人注意到五岁的大宝。

"芝芝阿姨，芝芝阿姨！"

大宝继续喊。

大人们抬起头，手里的活计却不停。他们看到了大宝的样子，大宝端着一把玩具枪；他们也听到了大宝的喊叫，大宝的喊叫吱吱啦啦又尖又细，满怀惊慌。大人们看看院门，什么人也没有，大人们继续大人们的劳作。

"芝芝阿姨，芝芝阿姨！"

大宝仍然喊叫着。

三丫头，也就是大宝的奶奶冲大孙子高声吆喝："你个小祖宗，将才进屋里一会儿又跑出来，你是个猴子腔，坐不住！老老实实看电视去！"

然而大宝很固执，还喊："芝芝阿姨，芝芝阿姨！"

他奶奶说："你个小祖宗，你阿姨上个月才将将来过，你又想她了？给你买的巧克力吃完了？你个小祖宗啊，没个饱没个够，你就是没个饱没个够。"

大宝也不搭理奶奶，只是又尖又细地喊："我看见芝芝阿姨了！"

"你阿姨在哪里？你是又想要玩具又想吃的了。要命的小祖宗啊，可怎么好！"

他奶奶只管大呼小叫。

"电视，芝芝阿姨……在电视上。"

大宝气喘吁吁地回答奶奶。

"啥？"

他奶奶冲他喊道："你是大白天说梦话，癔症了？你阿姨可能跑电视里头去？胡说八道，看我不撕烂你的嘴。"

大宝一点儿不害怕他的奶奶。奶奶的声音凶巴巴的，脸上却带着慈祥，眼角里都是笑纹，这一点像他的老奶奶。大宝喊叫道：

"芝芝阿姨就在电视里。哄你俺是个鳖孙！"

他奶奶站起来了，使劲儿拍打着手上的土，一边一踮一踮地走过去一边嘟囔道："你个小鳖羔子，要你胡说，要你胡说……你是鳖孙，俺是啥？走，进屋去！"

连推带搡，连拉带拽，奶奶和孙子一同消失在屋门口。

5

"俺娘咪！"

一声惊叫远远地冲出来。

"他爸，他爸！你麻来，麻来……了不得了，可了不得了啊！是四妹妹，四妹妹——槐花！"

大宝他爷爷，也就是二小子二愣，带着满身满手的土往屋里奔。

一大家子人跟在后边跑。

2019年4月
相逢

1

老远就看见那棵玉兰树了。

清明刚刚过去，谷雨姗姗而来，绿油油的麦苗半腿高了，汶河边上的杨树鼓出了一包包的嫩芽。柳树已经绿意盎然，一垂垂的枝条像是一条条精心编织过的辫子挂在河岸上，应验了古代一位诗人的话，正该是"碧玉妆成一树高，万条垂下绿丝绦。不知细叶谁裁出，二月春风似剪刀"的时候。

赵玉兰记不住诗人的名字，但记得这几句诗，表哥大旺子用这首古人的诗向她描绘过汶河两岸的无尽春光。赵玉兰年纪大了，行动变得迟缓，但脑子还好使，每年的这个时候，每年看到了春风春景，她都会想起表哥和表哥的这几句诗。但是赵玉兰也曾对表哥发表过不同的看法。作诗的古人大概是个南方人，写的说的也是江南，不是他们这里。二月的沂蒙山依然肃杀，柳树连发芽都没发芽，哪来的"万条垂下绿丝绦"呢？沂蒙山的春天比江南晚，要一直等到这四月的天气里，过了清明，迎来谷雨，春天才会实打实地到来。

不是表哥闹笑话，是赵玉兰自己没搞清楚。古人都是以皇历纪年，"二月春风似剪刀"里的二月，不正是阳历三四月的天气吗？

赵玉兰坐在远房表弟的三轮车里，一边微微地颠簸着往前走一边就会想起这些过去的事情来。表弟的三轮车是个电动的三轮车，跑起来嗡嗡的，像野蜂子在田野上飞。远房表弟七十多岁了，不再是当年那个大呼小叫着给她报信的表弟了。赵玉兰还记得这个远房表弟当年和皮特儿下河洗澡，在看见光溜溜的皮特儿时的那副惊慌失措的神情。那时候他才多大？十几岁，情窦未开，半懂不懂。可是一转眼，十几岁的表弟就成了眼前这个弓腰驼背的老头子了。几十年，眨巴眼的时间，就跟从来没有过一样。

汶河两岸都经过了规划治理，新修了硬化的道路，栽满了一丛丛一片片的花草树木，他们的电动三轮车在花草树木间穿行，嗡嗡嗡嗡，像一群野蜂子飞舞。汶河的水依然像几十年以前一样清亮，还是她当年离开时的样子。

过了一道漫水桥就到了大舅家的野猪旺了，村后河岸上，远远地，那棵高大的玉兰迎面而来。

整整五十年了！

她栽下这棵玉兰树过去了五十年，半个世纪。弱不禁风的小树苗长成了参天的大树了，远远地看过去，腰身粗壮，枝繁叶茂，像一架郁郁葱葱的山峰。

从镇敬老院出来的时候赵玉兰还担心，担心她栽下的这棵玉兰不在了，恐怕它活不了，栽不住，给羊啃了或是割草拾柴的熊孩子撅了。她在坐进三轮车的车斗时还问表弟，表弟也不知道，这位远房表弟从没有到她大舅大妗子的老林里去过。赵玉兰记得最后一次看到这棵树还是20世纪70年代初的事情，小树苗刚刚栽下几年，羸弱不堪，半死不活的，她都不知道它能不能活下来。现在她回来了，看到了她亲手栽下的这棵玉兰，它不仅在，还又高又壮。

表弟将他的电动三轮停在田边，搀扶着赵玉兰下车。表弟要赵玉兰慢慢的。表弟说，老姐姐啊，岁数大了，任什的不能急，俺有的是工夫呢。表弟一个胳膊搀扶着赵玉兰一个胳膊挎着篮子，篮子里装着上坟用的金元宝、银元宝，装着一摞摞的纸钱，还装着一把香。金元宝银元宝都是赵玉兰亲手叠制的，金元宝用金色的纸张叠，银元宝用银色的纸张叠。赵玉兰对表弟说，俺有什急的？都五十年了，俺不是还回来了吗？

地里的麦苗齐腿高了，麦苗上还有未散尽的露珠。露珠将两个老人的鞋面和裤腿打得湿乎乎的。

高大的玉兰矗立在绿油油的麦田里，绿叶虽只是星星点点，但一朵朵白色和紫色的花朵却已经开满了枝丫。那些花朵非常娇艳，带着清明谷雨时节的露珠，映着春日里明晃晃的暖阳，赏心悦目。赵玉兰知道玉兰树能开花，当年托界湖街上人称"一目清"的半瞎子找来这棵树苗的时候就知道，可让她想不到的是，她亲手栽下的这棵玉兰竟然开着白色和紫色两种颜色的花朵，白的如雪，紫的似火。

她跟表弟都充满了无尽的惊奇。

但是，更大的惊奇还在下面——收回目光，玉兰树下，表哥坟前，赫然耸立着一座墓碑。

2

"这怎的还有个碑呢？表哥的碑？谁给表哥立的碑？"

赵玉兰一脸惊疑，不知道是看花了眼还是走错了地方。

"指定大旺子的，别人，也不会立在这儿。"

表弟倒不惊奇。很多坟前都立着碑，有坟就有碑，再平常不过的事情。

"不该啊？谁给立的这是？"

"知不道，兴许是他后人。"

赵玉兰说："后人？大旺子哪来的后人？他一个人走的，走得干干净净，哪来的后人呢？"

表弟说："那知不道了。但凡是块碑，肯定都是后人所立。前人栽树，后人树碑，不是自己的后代，谁能来给他立了这个碑了？"

赵玉兰说："理该是这个理儿，可俺记着大旺子没有后代啊？俺大舅大妗子到了他这辈绝户了啊？不该出来这块碑啊？"

表弟搀着她往前走。表弟说："你不急老姐姐，但凡大事小情都有个来由，俺过去看看，看看不就知道了？"

七十多岁的表弟搀扶着年近九十的表姐一步一步走到朱贡献的坟前，走到那块墓碑下。

两个人都眯缝着眼睛，把头凑在石碑前。

石碑是用一整块大理石雕刻而成，一人多高，黑亮黑亮的，有角有棱，有里有面，安放在同样是一整条石头打凿的基座里，看上去十分稳当。形制是汶河两岸普普通通的形制，并没有什么不同，但是整面碑比起一般的石碑来要更厚实、更高大，因而就显得巍然，就比一般的平平常常的墓碑森严。从风雨侵蚀的程度上看，碑竖立的时间不长，里外带着生气，里外都能看出刚刚雕琢不久的那些痕迹来。

自上而下，从右到左，石碑上琢刻着如下的文字：

生 一九二四年 卒 一九六六年

考 朱公贡献之墓

儿子 朱汶水　儿媳 陈 婷
孙子 朱沪生　孙女 朱盼盼

二○一九年清明 敬立

都是板板正正的魏体，书写雕刻的都很见功夫。

"朱汶水？朱汶水是谁个？"

赵玉兰抬起头来看着表弟，满脸的疑惑不已。

表弟说："老姐姐，这不写着呢吗？朱汶水，大旺子表哥的儿子啊！这不是嘛，儿子朱汶水，儿媳妇陈婷，孙子孙女，不都写着吗？只有儿孙晚辈才能给爹娘老子树碑立传不是？"

"朱汶水？大旺子儿子？表哥儿子？"

赵玉兰眯缝着的两个眼睛成了一道细细的缝儿，眼角的皱纹里密布着一千种一万种的不解。

表弟说："不假啊老姐姐，这还能假了？哪有自己给自己找孝帽子戴的？"

"表哥有儿子，俺怎的知不道呢？"

"差不了，这不写得清清楚楚嘛！"

"打哪出个儿子来，还叫朱……啥？汶水！"

"老姐姐，要俺说这就是你多寻思了。不是儿孙后代，人能跑来立碑吗？你打死人人也不会来啊！"

"不可能，俺觉着不可能。表哥哪来的儿孙后人呢！大旺子要是有儿孙后人还能绝户了？这个朱……朱汶水，俺一点知不道。"

表弟倒笑了："老姐姐，兴许是你知不道，但这个事情假不了。写的刻的真真的，还能假了？树碑立传，一丝一毫不能假了。兴许你是知不道，但人家这些个后代，真真的，跑不了。"

"朱汶水，朱汶水，石头缝里蹦出个朱汶水。"

赵玉兰只顾自个儿念念叨叨。

表弟把那个篮子放在地上，对她说："老姐姐啊，有儿有孙的不比无儿无孙的强吗？这是个好事情呢！你不多寻思，俺烧俺的纸。"

"这是怎事儿呢？凭空跑出个儿子来……还有儿有孙，儿女齐全，满满当当一家子人……不能够啊？"

赵玉兰嘴巴里念念叨叨的，看着表弟将篮子里的金元宝银元宝掏出来，将一摞一摞的纸钱掏出来，还有香，还有一包烟，都一一摆放在大舅大妗子和表哥的坟跟前。赵玉兰弯着腰，往纸钱里放了三支香，又各放了三支烟。烟不是表哥原来吸的"大鸡"牌的烟了，"大鸡"牌现在已经买不到了，现在都是"泰山"，各种价钱的"泰山"。"泰山"比"大鸡"好，也比"大鸡"贵。多些年过去了啊？表哥喜好的"大鸡"没有了，老物件都一个一个消失殆尽。

一缕青烟燃起了，接着又是一缕，两堆纸钱在两座坟前燃烧着，带着轻微的呼呼啦啦的风声。苦涩中夹杂着香的味道烟草的味道，簇拥着那块新立的墓碑，升腾飘散在开满了双色花朵的玉兰树的枝头。

两个老人的头顶上，白玉兰白得像雪，紫玉兰红得如火。花香扑鼻。

3

夕阳下的汶河色彩斑斓。

太阳就要下山了，太阳的余晖铺洒在宽阔和平静的河面上，金碧辉煌。开头是耀眼的金，似乎空气在燃烧，汶河里西天上撒满了金粉；逐渐地，落日余晖与平静的河面都掺进了些许铁水，变得金红。要不了多久，也许只是眨巴眼的工夫，这些金红就给更多更多灼热、沸腾的铁水钢水熔化了，仿佛空气中充满了燃料，整个西天跟整条河道都燃烧起来了。一丛丛的水柳逆光而立，纤毫毕见；河岸两旁的杨树、柳树以及叫不上名字的花草树木都在出炉的钢水里沐浴着，通红一片。赵玉兰想这就是汶河啊，沂蒙山的母亲河。无论何时何地，无论离开多些年，汶河还是这个样子，汶河并没有因为她的离开而发生哪怕一丝一毫的变化。阳光，土地，庄稼，牲畜……万物生长，唯河是源。汶河永远是这里的主人，它以恒久的耐心和宽阔的胸怀包容一切，无论雨季还是旱季，或汹涌澎湃，或涓涓细流，从不抱怨谁，也不气馁和埋怨什么。它以不动声色的存在告诉那些凡夫俗子，谁是这里的主人，而谁将会是匆匆过客。

赵玉兰想，人跟河流的关系就像婴儿跟母亲的关系，宽敞的河面是母亲的怀抱，涓涓细流是母亲的乳汁。一个牙牙学语的、吃奶的小孩子能离开自己的娘自己的母亲吗？不能；同样，当娘当母亲的也舍不得自己的孩子，孩子是这河流里的一分子，是娘身上掉下来的一块肉。肉割掉了能不疼？大千世界、人间百态，每一个当娘的都疼自己的孩子，都疼，哪怕是动物也是这样。

时间出没于无常，凝固，静止，无边无际，无始无终。时间同时也显现于明朗，它是看得见摸得着的。在延时摄影的状态下，日月交替，斗转星移，宇宙以极快的速度旋转不息，繁星满天，太阳和月亮你来我往此起彼伏。禾苗钻破了板结的土地节节拔高，麦田随风舞，高粱红似火，大片大片的谷穗儿金光灿灿。时间就在眼前，就在身旁，几乎触手可及。一个人的一生甚至于能够压缩成短短的几秒——呱呱降生的婴儿，蹒跚学步的孩童，朝气蓬勃的少年，青春倔强和身强体壮的青壮年，相互搀扶的颤颤巍巍的老者……如花似玉的脸蛋转眼间皱纹沧桑，一头青丝蓦然中化作白雪一片。你能说时间看不见摸不着吗？外孙女桂芝告诉她，万物生长靠太阳，可太阳也总有一天靠不住。外孙女说，太阳燃烧了五十亿年了，还能燃烧五十亿年，五十亿年以后，太阳没有了，地球也没有了。外孙女真能闹笑话。地球没有了，人去哪？日子怎过？这世上所有的风花雪月都只是个过程，跟太阳地球比起来，人的一生短得可怜，也许根本就没有"时间"一说，根本来不及计算时间。蛐蛐蚂蚁有时间吗？人不会给自然界注意，就像人不会注意脚下的蛐蛐蚂蚁是一样的道理。

外孙女什么都知道。

赵玉兰有时候觉得外孙女的话就像一个南蛮子外星人跟她拉呱儿，听得她一头雾水，一句话听不懂。听不懂归听不懂，赵玉兰还是愿意跟外孙女和她妈妈槐花拉呱儿。槐花出了趟远门，出去了好些年，现在回来了，不仅自己回来了，还把这个外孙女桂芝带到了她的面前。桂芝这闺女嫌晦"桂芝"这个名儿不好听，土气，非得叫啥"芝儿"。"芝儿"就"芝儿"吧，她拗不过这个外孙女。可赵玉兰还是觉得"桂芝"好听，在沂蒙山区，汶河两岸，一听"桂芝"都知道，一听"芝儿"都知不道。李芝儿哪有李桂芝顺口。

当李芝儿陪同着赵槐花在那棵古老的大槐树下见到她们的娘她们的外婆她们的姥姥赵玉兰，当她们跪在槐树步行街坚硬的石砌地面上痛哭流涕不能自己的时候，她们的娘她们的姥姥却满面笑容平平静静，就好像什么都没有发生——她们只是外出走了个亲戚，日子虽说有些长，但最终还是回来了。

那一天李芝儿心里一直想着那首歌。那是个清秀的男歌手的歌，她非常崇拜他，属于铁粉级的粉丝。那个歌里有几句歌词是这样唱的：

　　在黄昏街头／我常看到他／一个苍老的人／他走走停停，又自言自语，失落的人／有人说他在等他的爱人／可他孤独多年／有人说他在找他的孩子，找了许多年。

李芝儿想象中，她的外婆，姥姥，就是歌里的老人。

实际上老太太不仅没有歌里描绘的那样孤独、悲苦和沧桑，不仅没有那种失落、失意、枯树般的苍老不堪，反而满面光滑满头乌发，眼角嘴角的皱纹里荡漾着慈祥与笑意。老太太笑眯眯的，异常的和善，出奇的平静。

就像面前的这条汶河，平平静静，波澜不惊。

4

太阳像个金蛋子落下了西面的群山，炉膛里的钢水耗尽了空气中的氧气，慢慢冷却，渐灭渐暗，河面上浮起了一团一团的黑影儿。河道里的水柳丛变成了一尊尊的剪影，年长的野鸭子召唤着刚刚来到这个世界不久的小鸭子，叽叽呱呱。一只叫不上名字的水鸟划空而过，带着兴奋、紧迫和些许的不安奔向自己的窝巢。遥望南岸，表哥家一大一小的两座坟头，那块兀然而起的大理石碑，那棵粗壮高大的玉兰树，都一起沉浸到渐渐黯淡的视野之外了。玉兰的叶子虽只是星星点点，但它开满了异常鲜嫩的紫白花朵，紫的像火，白的如雪。

在海洋般的麦田上，在墨绿色的天空下，在表哥朱贡献的坟头前，在那座新竖的石碑旁，赵玉兰知道，该有的都有，一样不少。

而后，不经意间，几句轻轻的歌谣飘过河岸，飘到了她的耳旁——

> 阿里郎
>
> 阿里郎
>
> 阿里郎哟
>
> 阿里郎
>
> *翻山过岭，路途遥远……*

仿若一阵清风，歌声，不经意就会从耳朵边飘过去，再也找不着。更确切地说，那不是唱，是哼，是毫不在意、自然非常地哼，就跟面前的汶河一样，涓涓潺潺，自由自在。表哥的哼唱韵味十足，仿佛行云流水，缓慢、低沉而婉转，穿越了平静的汶河，飘到风寒雪冷的朝鲜，飘到鸭绿江，让她回到曾经的岁月里。赵玉兰记得，那时候表哥青春勃发，表哥跟她一样，充满了拔节生长的力量。但是在眼前，在耳畔，赵玉兰又似乎觉得表哥的哼唱与往日有些不同，多了些超脱，多了释怀，多了宽广和拥抱，变得更缓慢更寻常了。河面隐没在黑暗里了，可河水依然流淌，你看得见也好看不见也好，它都一如往日，并不会因为人们的在意或不在意而发生任何的变化。表哥曾经说过，有怎样的心境就有怎样的阿里郎。可不是嘛。赵玉兰想，你快乐的时候它就快乐，你悲伤的时候它就悲伤；你思念它也思念，你遗忘它也遗忘。你叹息它会跟着你叹息，你惆怅它和你一样惆怅；你浪漫倜傥情意绵绵，它有情有义敢作敢当。你义愤填膺满腔悲愤，它不惧流血勇往前闯；你激情澎湃拔节生长，同样地，它信念笃定斗志昂扬……一百个地域能有一百个阿里郎，一千种心情会变幻出一千个不同的阿里郎，全看你是一个怎样的心境，全看你怎样来哼和怎样去唱。

　　表哥朱贡献就是这样跟她说的。她还能记着表哥描绘这一番景致时那意气风发的模样。他戴着个近视眼镜，胸口上插着两管钢笔，在鸭绿江畔的碧潼，他的双眸又明又亮。

　　　阿里郎

　　　阿里郎

　　　阿里郎哟

　　　阿里郎

　　　翻山过岭，路途遥远……

　　一声叹息。

　　赵玉兰知道，此时此刻，她跟表哥虽然身处同一个时空，但再也回不到同一条汶河。

5

　　七十多年以前，朱汶水的父亲朱仕旺骑着约翰牧师的"红钩子"脚踏车回到家乡沂蒙山的时候，曾经在汶河两岸引起过不小的轰动，脚踏车，德国的"红钩子"，那时候绝对是一桩新奇的物件儿。七十年后，当朱汶水坐着同样是德国原产的方方正正的铁盒子越野车重返野猪旺，却并没有引起什么轰动。不要说轰动了，除了县上镇上的领导，山里的老百姓连注意都没怎么注意。车子太多了，县城的街道上，镇里的马路上，甚至于野猪旺的村头村尾，到处跑着停着各式各样的小汽车。朱汶水的车子方方正正，像个铁盒子，还不如县里镇里的那些形状各异的小汽车好看。沂蒙山毕竟不是过去那个沂蒙山了。只有县上镇上的领导，只有少数几个在当地投资经商的老板才认得朱汶水的方盒子不是个普普通通的方盒子。

　　奔驰大G拉着镇里的姜书记，姜书记陪同着朱汶水，他们乘坐着同一个方盒子来到了镇里的敬老院。在姜书记引领下，朱汶水见到了赵玉兰，朱汶水一见到赵玉兰就扑通一声跪下了，不仅自己跪下了，还让他的媳妇儿，就是那个叫陈婷的也跪下，跪下给表姑磕头。入乡随俗，朱汶水比他父亲朱贡献透着精明能干。媳妇陈婷还扭扭捏捏的，欲跪未跪之时，老太太将她拉住了。

"忙起来！你俩孩子忙起来。可不敢这样啊，俺受不住这么大的礼！"

赵玉兰又拉又搂地说。

镇里的姜书记一旁打趣："受住了，您老人家什么样的礼受不住？都受得住！"

宾主坐定，赵玉兰才顾得仔细打量起朱汶水、这个表哥的儿子来。

瘦瘦高高的个头，口鼻、额头、嘴巴、脸盘，都像表哥，要是再配上副近视眼镜，再在胸口上插上两管钢笔，活脱脱一个年轻时候的大旺子。他媳妇陈婷文质彬彬，一看就是大城市来的，是个大家闺秀。

"你哪一年生的？你属个啥？"

赵玉兰探着头眯着眼，笑眯眯地看着表哥的儿子，朱汶水。

朱汶水说："表姑，侬是问阿拉……问我的出生年月吗？我 1967 年 6 月生，6 月 16 号，农历五月初九，我属羊。"

赵玉兰掐着指头默想了一会儿，说："属羊的？大概差不了了。你大大是头年 9 月里走的，那是个马年。转过年来，你该是属羊的不假。可俺……俺没听你娘说起过你啊？"

"说什么？表姑？"

朱汶水一头的雾水。

"你大大走的时候，俺没听说你娘怀你啊？你娘后来一直一个人过？"

朱汶水说："听我母亲说，我父亲 1966 年 9 月去世以后我母亲就回到上海外婆家了，回去以后才知道怀了我……我没见过父亲的面，我都不知道他长什么样。"

"还能什么样！"赵玉兰说，"你对着镜子照照，跟你一个模子里出来的，你爷儿俩一模一样！"

朱汶水眼睛里闪着泪花儿，笑了。

赵玉兰说："你娘一直一个人过？也没再找个人家？"

朱汶水说："没有。我是我母亲和外婆带大的，母亲临去世才告诉了我的身世，我为什么叫朱汶水。父亲埋在沂蒙山老家，埋在汶河的河岸上，母亲要我找到父亲的坟，认祖归宗。"

赵玉兰说："这就好，这就好。树高千丈，叶落归根呢。不管多远的路，到最后都得回来。"

朱汶水说："听姜书记说把您老人家接回来了，我和我妻子开着车就过来了。"

赵玉兰说："打上海来的？上海，可不近！"

"不远，表姑，"朱汶水说，"京沪高速一路下来，汶河镇就有出口，开车非常方便。清明前我回来给父亲立碑，也是走这条高速。您老人家那时候还没有回来。"

赵玉兰说："可不是怎的！前些日子俺给你大大你爷爷奶奶上坟，俺一看，打哪里出来个碑呢？俺知不道有你这个大侄子。俺要是清明前回来，俺娘儿俩就见着了。这回要不是县里镇里书记领导去接俺，俺还指不定什时候回来呢。一大家子人，大的小的，不让俺走。"

姜书记说："把您老人家接回来是应该的，您给国家做出过贡献。照顾好您老人家，让您老人家安度晚年，我们应该做的。"

赵玉兰摆摆手："麻烦了，净给公家添麻烦。"又眯缝着眼睛继续看着朱汶水：

"你大大属鼠，俺属马，你大大比俺大六岁。你今年多大了？有五十吗？"

"我五十二了，表姑。您老人家得有九十了吧？"

"九十还不到，还虚着一岁呢，说话也就九十了。俺知不道能不能活到九十。"

镇里的姜书记说："没问题老太太，您老人家活一百岁也没问题。"

赵玉兰倒笑了："活那大岁数做什么！一百岁，还不成了精了？"

一屋子的人都笑了。

赵玉兰说："瓜熟透了就得摘下来。人哪有不走的？熟透了的瓜，瓜把子早晚自个儿掉下来。"

朱汶水媳妇陈婷说："表姑，侬身体好晓得吧？一百岁，小意思的。"

赵玉兰听到这个话想起个事情来了，问朱汶水："你娘，你妈妈可还好？"

朱汶水说："我母亲去世了。"

赵玉兰说："哎哟，什时候的事情？"

朱汶水说："就去年……我母亲去世前还常常说起您老人家，让我回来看看我父亲，看看您老人家。"

赵玉兰说："俺比你妈妈还得大上几岁呢，想不到这就走了……回来晚了，俺回来晚了啊。要是早几年回来，俺老姐妹俩不就见着面了？"

朱汶水说："我母亲生前经常说到您，说我父亲的后事当年还是您老人家帮忙料理的……我得谢谢您，表姑。"

朱汶水又要下跪，给赵玉兰止住了。赵玉兰说：

"怎的一家人还说两家话？都过去的事了，过去的事情还提它弄什么？都不提了，过去了。"

朱汶水看了看房子，问道："表姑，您老人家住在这里还行吧？还方便吧？"

赵玉兰说："行，都行，好着呢！书记领导想得细，铺的盖的穿的用的，里里外外都是个新，一天三顿饭，不缺吃不缺喝。俺晒晒太阳，出门就是汶河，俺坐在院子里就能看见下边的汶河了……不孬，都不孬。"

敬老院是镇里头新建的，只有几排平房，不大的一个院落。地方虽不大，但是依山傍水，餐厅、食堂、宿舍、卫生所、娱乐室、健身的场地等等，一应俱全，还有专门的工作人员负责照料。有七八个老人住在敬老院里，都是老资格。一般的资格，一般的优抚对象，还享受不了这样的待遇。论年纪赵玉兰不是最大的，最大的一个抗战时期入伍的老八路老复员战士，九十五岁了，比她还大出来五六岁。

老屋已经破烂得不能住人了，给远房表弟放置了一些农具和杂七杂八的旧物件。姜书记说，镇里规划上了，划拨了专款，准备将赵玉兰的老宅子拆掉重建，建个两层的小楼。赵玉兰说俺要那个弄什么？又上不去，又住不惯，俺还是欢喜住老房子。

姜书记说，都随您，老太太，都随您，您要怎的就怎的——就重建一套平房。

临走的时候，朱汶水对媳妇陈婷轻声说了几句上海话，媳妇从手提包内掏出一个硕大厚实的纸袋塞在赵玉兰怀里。朱汶水和媳妇陈婷解释，来得匆忙，不知道表姑需要点什么，也不知道买点什么好，就算一点点心意。翻建老房子也需要，正好用得上。

当赵玉兰弄清了纸袋里装着的全都是一摞一摞的百元大钞，死活不能要了。她不缺吃不缺喝，生活起居有公家管着不说，公家还月月发钱，她要钱弄什么？一点用没有。

县里镇里给她补发了老些钱，把几十年的欠账都给补发了，她也是死活不要。可公家说了，他们得按着政策办事，不然就犯错误了。赵玉兰没有办法，留下了很少的一部分等着过年过节的时候给孙子孙女、重孙子重孙女们买鞭炮买花衣服发压岁钱，其他的，一股脑捐给了镇里的小学校。她说她到了这个时候，钱已经不重要了，她晒晒太阳，坐在汶河的河边上想想过去的事儿，想想那些让她宽慰、舒心、温暖和百感交集的陈年旧事，比什么都强。

赵玉兰的坚决态度让朱汶水和妻子很尴尬，一时间不知道如何收场才好。还是镇里的书记会说话。姜书记说：

"你们的心意老人家都领了。我看这个钱呢你们先收着，等老人家需要的时候你们再拿出来。到时候盖房子置办东西了，老人家要花钱了，你们不拿都不行。"

当晚，朱汶水、朱汶水媳妇以及他们的司机都给姜书记安排在县里的招待所住下了。姜书记要留朱汶水住上几日，山里山外好好看看。他们五湖四海天天跑出去招商引资，想不到朱汶水不请自到。朱汶水在上海开着一家上市公司，开发什么游戏软件。姜书记不了解何谓"游戏"，一个游戏软件，小青年们玩的东西，能有多大前途？但是朱汶水的"游戏"竟然上市了。他知道，但凡是个上市公司，实力都不容小觑，他要跟这上海来的朱老板好生洽谈洽谈。

6

　　赵槐花和女儿李芝儿是在第二天傍晚时分到的汶河镇。

　　母女俩从西安坐上高铁，经郑西、郑徐高铁专线，上京沪、鲁南高铁通道，一站到达了沂蒙站，早有镇里的姜书记安排了车辆在高铁站等候着她们。汶河镇距离沂蒙高铁站只有半个小时的路程，一袋烟的工夫不到，娘儿几个就又见面了。

　　赵槐花经历了"出远门走了个亲戚"的历史性事件之后，有一段时间非要把老母亲赵玉兰接到自己生活的西安去不可，她在西安这座古城生活了四十年，成了个地道的西安人了。把老母亲接到西安来，一是能陪着老人家看一看大唐遗韵，二也是尽一份当闺女的孝心。在彭城她还有个二哥，还有个三姐，二哥三姐孙子孙女一大群，职业也不是多么好的职业，生活条件远不如自己。当然，她还有个外国哥哥。外国哥哥在美国，一时半会儿也联系不上，老母亲不得靠她这个小闺女照料？小的时候母亲把她从大槐树下面捡回来，历尽艰辛养育了她。现在，母亲老了，该轮着她来尽赡养的责任了。

　　但是赵玉兰不愿意去西边的西安。她不是不愿意去闺女槐花家，她是不愿意去那个西安。西安太远，太生疏，也吃不惯西安的饭，也听不懂西安的话。她在彭城郊外住惯了，除了彭城就该是老家沂蒙山了，做梦都梦着老家的汶河。除了这两个地方，她哪里也不想去。赵玉兰说，七十不留宿八十不留饭，俺都快九十的人了，俺去那么远的地方弄什么？不仅赵玉兰不愿意去，她二哥三姐都不愿意。

她三姐对她说，你槐花是俺娘的闺女，俺不是俺娘的闺女？打俺刚记事的时候俺娘就来了，你趴在俺娘后背上，口水鼻涕给俺娘后脊梁弄得稀脏稀脏……俺不说这个了，俺说俺娘自打进了这个家门，一年四季里不闲着，把俺跟俺二哥带大，带大了俺又带孙子孙女，孙子孙女带大了，带重孙子重孙女，都带大了，都成家立业了有本事了，该享福了吧？可好，你回来了。不是俺说你四妹妹，你一走几十年，几十年不沾家，知不道俺娘她老人家这些年怎过来的，你知不道啊！现在可好，你一回来就把娘接到你的西安去，你让俺老的少的十几口子人怎想？让街坊邻居怎看？人不得指着脊梁骨骂俺嘛！？哦，俺知道你那意思四妹妹，俺全家老小都是拾垃圾捡破烂的，俺这个家庭条件不如你好，俺干的这个营生不光亮，你是嫌晦俺，嫌晦老太太在俺这里受罪……可俺给你讲四妹妹，俺爷在的时候，俺娘，俺大哥二哥，俺老老少少干这个干了几十年，俺是脏，是给人瞧不起，可俺不偷不抢俺靠力气吃饭，俺垃圾堆里挑食养活了十几口子人！哦，你现在说来就来，说接走就接走了，哪那容易的？打你三姐我这里通不过，就是我通过了，她孙子孙女重孙子重孙女能愿意？

说得赵槐花面红耳赤，一句话答不上来。

"我不是这个意思。三姐，我不是这个意思……"

赵玉兰冲三丫头直瞪眼："你说说三丫头你这个嘴啊！打小的时候不饶人，现在还是不饶人……你四妹妹是嫌晦你吗？她能嫌晦了她娘了？你四妹妹就是想尽尽孝心，不跟你一样？俺看啊，俺哪里也不去，俺就回俺老家沂蒙山去，省得你姊妹俩争来争去的。"

正赶上老家县里镇里的领导来看她来接她，赵玉兰就回来了。

简简单单收拾了随身的行李，除了那个小皮箱子，除了小皮箱子里的东西，赵玉兰什么都没有带。孩子们要给他买这买那的，她都拒绝了。一应物件，县上镇上都给预备齐了，还买啥？啥不需要了。

只带上了三哥瘸子刘三的骨灰盒和他生前那副架了几十年的榆木拐杖。二小子二愣和几个孙子孙女不放心，要陪着她一起回来。赵玉兰不让他们都回来，都还有事，还有活计干，都跟着弄什么？车里也坐不开那么些个人。

她只让二小子大孙子小孙子一起回来了，他们得把他们的爷他们的老葬到自家的地头上去。

安葬的事情顺利。毕竟时代不同了，相关政策和人的认识都发生了不小的变化，社会在一点点进步。瘸子刘三埋进了刘家老林，和他大大他娘，和他的兄长们埋在了一起。从此以后，他就再也不会离开自己的家乡了。

到这时候，赵玉兰和儿孙们才知道了老头原有的大号。武装部的历史档案里写得清楚，刘三除了叫刘三，还叫刘小光，刘小光就是那个抗美援朝战场上冻掉一条腿成了俘虏的瘸子刘三。

赵玉兰叫几个孩子在坟前把那副榆木拐杖烧了。拐杖已经磨得通红、发亮，陈旧不堪。孩子们都知道，那上面不仅镌刻着岁月的印痕，还有人情世故。

7

姜书记安排朱汶水夫妻和赵槐花母女陪同着赵玉兰老人一起吃了顿团圆饭，既是对老人家回归故土的正式迎接，也是对朱汶水赵槐花两家的欢迎。饭就安排在镇里的食堂，没有酒水，却是一桌子丰盛的工作餐，把山里的好东西都上了桌。从上到下有关接待的规定很严，不允许喝酒。姜书记解释说，等哪天休息的时候到他家好好喝气儿，家里属于私宴。团圆的日子，高兴的日子，他就以茶代酒敬老人家敬大家了，只要杯里有，什么都有了。

饭吃得愉悦。

朱汶水和妻子，赵槐花和女儿李芝儿，他们都是第一次来到沂蒙山的腹地，他们不知道山里的风光这么好，汶河的水这么清亮，山里的饭菜这么好吃。一桌子农家饭，带着大山和泥土的芬芳，给大家留下了异常深刻的印象。朱汶水对姜书记说，你们招商引资上工业上项目，有什么能比自然风光更好的项目？一个古朴的汶河村、一个古朴的野猪旺，那么多的老房子，稍微规划设计一下就是一幅绝好的山水画卷。大城市的喧嚣，现代工业的污染，人们厌倦了城市生活，都向往山水林田都亲近大自然。沿着汶河两岸，以汶河村野猪旺村这几个古色古香的自然村落为依托发展自然生态旅游，一定会收获良好的效益。

朱汶水还对赵玉兰说，老房子也不要拆了，半个多世纪的东西，拆了可惜。修旧如旧，稍加整饰，保留原貌，跟全村的老房子统一规划，就是一道最自然的风景。

说者无意听者有心。姜书记一拍桌子，说这个创意好，这个创意需要有缘的人进来，山水林田大自然都是缘分呢。朱汶水爽快地表示，他父亲埋在野猪旺，他表姑长在汶河村，他的根实际上是在这沂蒙山里，还不叫缘分吗？他大名都叫朱汶水。开发汶河旅游，他一定亲力亲为。

弄得姜书记激动万分，觉着上海来的朱汶水好像不是上海来的朱汶水，好像就是这山里的人一样。姜书记以茶代酒，连敬了朱汶水好几杯。

席间，李芝儿掏出手机，神神秘秘地说：

"姥姥，你早上起床有没有听到花嘻嘻叫？"

赵玉兰说："听是听到了，汶河边上，敬老院里，花嘻嘻哪天不叫？天天叫。"

李芝儿说："我不是说一般的叫姥姥，是有没有对着您老人家叫？"

赵玉兰说："你这闺女！花嘻嘻喳喳的，谁知道冲着谁呢？知不道啊？"

赵槐花说："芝儿，快别逗你姥姥了，有话赶快说。"

朱汶水和妻子陈婷都在旁边笑，都闭口不言。姜书记说："老太太，你外孙女是欲擒故纵，给您老人家卖关子呢。"

赵玉兰说："几只花嘻嘻，有什关子卖的？花嘻嘻，尾巴长，娶了媳妇忘了娘。一天到晚喳喳个不停，俺看你桂芝就是个花嘻嘻！"

李芝儿嘟着嘴说："姥姥，你又喊我'桂芝'！"

赵玉兰说："俺就觉着'桂芝'好听。"

李芝儿说："好吧，姥姥，您老人家愿意喊什么就喊什么吧。不过我可不是花嘻嘻。花嘻嘻娶了媳妇忘了娘，我以后找了老公，天涯海角海枯石烂，都和妈妈姥姥你们在一起。"

赵槐花说："好了好了，差不多到时间了，别卖关子了。"

大家都知道将要发生的事情，只瞒着老太太赵玉兰一个人。

李芝儿咳咳嗓子，正襟危坐，一本正经地说："言归正传。姥姥，你要有个思想准备，我要给您个惊喜。"

赵玉兰眯缝着眼睛笑了："你这闺女！俺见天听着花嘻嘻叫，见天好事情不断，还有什惊的喜的？惊的喜的平的淡的，俺都无味了。"

李芝儿说："这个事情不平常。"

然后起身，以手掩口，对着赵玉兰的耳朵悄声说："我在美国找着您老人家的儿子了。"

"啥？"

赵玉兰说。

李芝儿说道："我找着我美国的姥爷了！不仅找到了我姥爷，还找到了您儿子、我大舅，还有您美国的孙子——我不知道他比我大比我小。先喊他个弟弟吧！"

"啥？你这闺女，还真给你找着了？"

"找着了，全家人都找着了！"

"那爷儿俩……那爷儿俩可还好吧？"

"都好，姥姥，都好着呢！您别急啊姥姥，我这就连线，您老人家自己看。"

很快接通了大洋彼岸的视频。暖男，李芝儿的大学同学、闺蜜，长发齐腰地出现在手机屏幕上。

两个好同学在彭城的大学毕业后，李芝儿接着读研，而暖男去了美国留学。她学习的那座城市不是田纳西州的孟菲斯，但距离孟菲斯也不算远。接到李芝儿寻找皮特·路德及其儿子赵跃进的要求后，暖男就忙里偷闲地忙开了。实际上没费多大劲儿，她花钱在孟菲斯的报纸电视和相关的网站上登了广告，事情很快有了着落。信息高度发达的社会，大数据笼罩下的一切，很多事情说容易也容易说难办也难办。好在她们碰到的都是些容易办到的事情。皮特·路德的孙子，也就是赵跃进的儿子最先联系上了暖男，他们相互约定了时间，把一家人的重逢安排在这个春暖花开的季节里。

都说沂蒙春早，孟菲斯的春比沂蒙山来得更早，而时间却比沂蒙山来得晚，汶河岸边的夜晚正当是孟菲斯刚刚天亮的时候。暖男前几天就告诉李芝儿，皮特·路德住在孟菲斯的养老院里，他跟李芝儿姥姥的儿子，赵跃进，现在不叫赵跃进了，叫YUE J·ZHAO。皮特·路德有一个孙子，也就是YUE J·ZHAO的儿子，叫作皮特·赵。

赵玉兰原本不相信外孙女桂芝能找着老头子跟儿子，这都多些年过去了？她心里，只要他们爷们儿好好的，找着找不着的于她而言其实无所谓了。生命就像一条大河，越流越远，各有各的归处。只要他爷儿俩还在，只要他们好好的，比什么都强。

赵槐花知道老母亲说是这样说，可心里头想着美国的大大想着美国的儿子呢，日思夜想，几十年没有断过。赵槐花对老母亲说，历来善者有善报好人有好报，美国的大大跟美国的大哥哪能不在、不好呢？一定在，一定好好的。

果然也是如此。

与李芝儿说了几句话，暖男在太平洋的那边喊："姥姥，您看见我了吗？我的声音清楚不清楚？您听得见吧？"

"听得见，听得见。"赵玉兰对着屏幕说，"闺女你受累了啊，这大清早的，让你起这早！早知道美国比俺天晚，俺一早起来就好了。"

暖男笑了："姥姥，我跟芝儿一样，都是您老人家的亲孙女，俺们不见外啊。再说您老人家要是起个大早，这里又半夜了，我们不在地球的一边姥姥。"

赵玉兰也不知道听懂没听懂，只是说："好好，闺女，你跟桂芝一般好。闺女啊，你找着你姥爷、找着……俺儿了？"

暖男说："都找着了！姥姥，您别急啊，先让您看一个人。"

镜头转换，一个年轻人出现在手机屏幕上。

短短的头发，圆滚滚的脑袋，胖嘟嘟的脸盘胖嘟嘟的嘴唇，微黑的肤色上是一双明澈的、又湿又亮好像在鸭绿江支流里刚刚扎过一个猛子的大眼睛。一口白牙微露——年轻的皮特儿正冲着她笑。

可不就是当年的皮特儿嘛！

在"联合国军"战俘营，关过了志愿军禁闭的皮特儿迎面而来，他露着白牙，笑而不语，黑亮黑亮的眼睛里湿漉漉一片。正是这般的年纪，这样的面容，赵玉兰恍惚置身于鸭绿江畔的碧潼，他们都重新变得年轻。

但是赵玉兰也知道，将近七十年过去了，皮特儿不可能还是当年那个皮特儿，皮特儿不会一直年轻、长生不老。她知道自己并非是在梦中。

"你是谁家的啊？孩子？"

赵玉兰对着手机，似梦非梦。

大洋彼岸，皮特·赵哈喽哈喽地说了一通美国话，满脸的笑，满怀青春热情，可就是一句没听懂。李芝儿的英语也不错，但是跟身在美国的闺蜜比就逊色多了。经闺蜜的解释、翻译，才大致弄清小伙子的每句话。他喊赵玉兰祖母，他说他是祖母的孙子，亲孙子，他叫皮特·赵，他跟他的祖父、父亲一直都在找自己的祖母，现在他看到了祖母，他非常非常高兴，高兴得差不多要哭起来。他说他做了很多很多的梦，梦见自己的中国祖母，结果，梦里的祖母就是手机上的祖母，两个祖母竟然一模一样。

赵玉兰这时候真正清醒了，知道小伙子不是当年的皮特儿，是皮特儿跟她的孙子，美国孙子，他们唯一的孩子赵跃进的儿子。可赵玉兰还是有些迷糊，她不知道"祖母"是个啥。

李芝儿说："姥姥，祖母就是奶奶！您是他奶奶，他是您孙子。"

"嗨！"赵玉兰笑了，"奶奶喊奶奶，喊啥'祖母'？喊奶奶，喊奶奶。"

手机那头，暖男一字一字教着皮特·赵，让他学习"奶奶"这两个简单的汉语发音。小伙子学了一会儿，而后对着赵玉兰喊：

"奶……奶，奶——奶！"

赵玉兰说："对喽，这就对了，到俺这儿得说俺这头的话呢！你大大你爷爷没教你中国话吗？你还叫个啥……啥赵，皮特·赵？嗨！要俺说，别嘴，不好记。就叫个皮特儿，小皮特儿，跟你爷爷一个名儿。你爷爷这个皮特儿也是俺给起的，你爷爷叫老皮特儿，孩子你就叫个小皮特儿吧。"

小皮特儿也笑了，一口白牙显得更白。小皮特儿说："好的奶——奶，我就叫'小皮特儿'。我会说中国话，一点点。"

他想了想，然后对着大家喊道："俺——娘——咪！"

"俺娘咪！"

赵玉兰扑哧一笑，掩着嘴巴说道："别的没学会，就学会这个了。"

8

随后，满脸沧桑的赵跃进就出现在屏幕上了。

赵跃进并没有过多的言语，他只是流着泪，不停地叫着"妈妈""妈妈"。赵玉兰也哭了。

赵玉兰说："跃进啊，俺儿！俺都多些年没见到你了啊，俺做梦都梦着你啊……你过得可好？你脖子弯了，肩膀子塌了，脸上也都是褶褶了，你受罪了啊，儿！"

赵跃进也不说话，只会流泪，只会喃喃地"妈妈""妈妈"。

赵玉兰哭着说："俺那苦命的儿啊……这些年你跟你大大都是怎过来的？怎过的啊？没娘的孩子，可怜呢……你不哭，你不哭，俺好着呢！俺今儿个见面，俺好着呢。"

一屋子的人也为之动容。

赵槐花，赵槐花的闺女李芝儿，朱汶水的妻子陈婷，还有那边长发齐腰的暖男，都在抹眼泪。李芝儿扒着赵玉兰的肩膀说：

"姥姥，今天是你们母子、祖孙团聚，姥姥您应当高兴才是！好事情不能哭，姥姥，您不能哭，您一哭，花嘻嘻就不高兴了，就不天天对着您叫了。姥姥，您得笑，高兴的时候就要笑。"

赵玉兰抹了抹眼泪，笑着说："好，俺不哭，俺笑。跃进啊，今儿个俺娘儿俩见面了，俺高兴。你不哭，你笑，俺打小就喜欢你笑。"

赵跃进听到了母亲的话，赵跃进流着眼泪笑了，泪水将他黑黑的脸庞弄得花里胡哨的，让他看上去像个老年的孩子，像个老小孩。赵跃进离开中国的时候只有八岁，现在他已经六十多岁了，六十多岁的赵跃进在年届九旬的母亲面前还跟八岁的时候一样。

后来他们看到了坐在轮椅上的皮特·路德，就是赵比德。皮特·路德倒很平静。他们通过李芝儿和李芝儿留学美国的闺蜜暖男平平静静地拉了回呱儿，好像两个老邻居、老伙计分别外出了多年，而现在又都回到了旧时的老屋下。一座茅棚，几尊石凳，两碗大叶子酽茶，一杆呛人的旱烟袋——他们又坐在一起了。

"老了，老了……皮特儿，你老了啊。"

赵玉兰喃喃自语。

皮特·路德则对他的中国妻子赵玉兰说："玉兰，你还是那么……性感……你永远都是我的情——人！"

这几句皮特·路德是用中国话说的，发音不太标准，但意思表达得非常准确，使得满屋子的人哄堂大笑。

"啥？老头子说的啥？"

赵玉兰看着一屋子的人。

李芝儿说："姥姥，姥爷说您漂亮，跟年轻的时候一样漂亮。姥爷说啊，您永远都是他最亲、最亲的'情——人'！"

"这老东西！"

赵玉兰听懂了，赵玉兰笑着嗔道："一辈子了！'亲人''情人'分不清，到老了还是分不清，一辈子分不清！"

视频连线连接了不短的时间，直到那边红日升起，直到这边夜深人静，直到两边的手机耗光了电能。

随后的日子里，他们又进行了几次视频通话，他们期盼着从屏幕上走出来面对面。面对面才是传统意义上的、真正的团圆。身在美国的暖男，回到沂蒙老家的朱汶水都表示了真诚的愿望，表示要为这一场世纪团聚安排好一切行程，相约来年。春暖花开，野猪旺汶河村的旅游开发都搞起来了，他们就会相聚在山清水秀的汶河之滨。

但是皮特·路德有自己的要求，重返中国的第一站不是他曾经工作生活的省城，也不到"千万里追寻着你"的沂蒙山，他要先去一个必须去的地方。将近七十年以前，那个马年的春节，他是从那个地方来到的中国。

大家费了点功夫，最终才弄明白这个地方是鸭绿江。

202×年4月
断桥

1

鸭绿江的春天像往常一样来得晚，像往常一样等得人心焦，过了清明，接近谷雨，江岸上的那些花儿才开放，江畔上的柳树才鼓出一蓬蓬毛嘟嘟的绿芽来。遥远的上游，长白山的冰雪融化了，冰河如梦初醒，咔咔嚓嚓地炸裂、涌动和翻卷着，以沉稳的耐力、不屈的坚韧，随波逐流数千里，浩浩荡荡。

老辈人讲，1950年的那个冬季异常严寒，鸭绿江厚厚的冰封一直连接到入海的地方，在下游的长甸河口，在安东、辑安，千军万马的队伍很多是踏着结实的冰面过的江。老辈人说，那些年，整条河流的冰冻期缓慢而绵长，从头年的11月下旬开始封冻到来年的4月中旬才完全解封，大河要一直睡上好几个月。但是这些年不行了，全球气候变暖，中游以下的鸭绿江就很少封冻了，哪怕是最冷的季节里也不会入睡，更难得一见冰排涌动的景象。老辈人感叹，大河不再冬眠了，它夜以继日地流淌，马不停蹄，匆忙着奔腾向海，像是奔赴一场盛大的约会。

正是这样的时刻，几家人来到了鸭绿江。

赵槐花一家，二愣三丫头一家，朱汶水一家，还有远涉重洋来自美国田纳西州孟菲斯的赵跃进一家，他们相会在春光姗姗迟来的鸭绿江畔，相聚在过去的安东、现在的丹东。他们陪伴着自己的父母，孩子们陪伴着他们的祖父祖母曾祖父曾祖母，故地重游。

长辈们孙辈们走在最前面。

若干年前，孩子们的祖辈高唱着战歌从此跨江而去，也是由此越过千沟万壑来到崭新和陌生的中国。它是一座遗址，也是一个老人，记录见证着过往和一切。

离开高铁丹东站，一路走来，就到了江边。

丽日蓝天下，春色微寒，对面的朝鲜清清爽爽。一架铁桥横跨江面，将这边的丹东和那边的新义州连接起来。不，不是一架，是两架，赫然出现在视野之内的是两架铁桥。一架跨江而过，一架断在中间。断在江中的这座钢架铁桥，在靠在中国的这一侧还依然完好，朝鲜的江面上则是空空荡荡。旅游图册上说，朝方于战后拆除了炸坏的桥梁，断桥成为了名副其实的"断桥"。

回过身来，大江这边的景观大道沿江铺开数十里，高楼大厦鳞次栉比。迎春花早已开过，连翘黄得耀眼。公园，栈道，绿地，长廊，每一寸土地都经过了精心治理，曾经的战争越来越远。眼望对面的朝鲜，孩子们的心情是复杂的，酸甜苦辣，什么都有。而钢架铁梁上，一行大字迎面而来——

鸭绿江断桥

五个手写的楷书如同五个巨大的感叹号横跨桥头。赵玉兰女婿，也就是赵槐花丈夫、李芝儿的爸爸向大家介绍，五个大字为一位志愿军老兵所题。老兵所在部队是当年第二批入朝作战的志愿军部队，在冰寒雪冷的长津湖大战美国海军陆战第一师。赵玉兰的另一个女婿二愣说，他爷也打过长津湖，弄不好他爷跟题字的老兵是一个部队。三丫头撇撇嘴巴子，那有什么用！人家是个大官，俺爷呢，马尾巴拴豆腐，提不起来。

孙辈们簇拥着长辈走在最前面。

他们走过了"鸭绿江断桥"的桥头，走上了笔直的桥面。男女老幼，肤色不同的中国人和外国人，一个兴盛的家族。游人们纷纷驻足，不约而同地给他们让道。他们站立在钢铁桥梁的两侧，注视着这个特殊的群体走上断桥，走向江心——五个晚辈肩并肩，五个人捧着五个镜框，镜框里是他们年轻的祖辈：

李芝儿怀抱着她的姥姥赵玉兰，小皮特儿捧着他的爷爷老皮特儿赵比德；朱汶水的女儿朱盼盼抱着奶奶闵晓丽，他的儿子朱沪生恭恭敬敬举着爷爷朱贡献——孙子的胸口上戴着爷爷曾经的荣耀，那枚朝鲜人民军当年颁给他的功勋奖章。还有那个已经长大的刘大宝，他捧着自己的老爷爷刘小光。五个镜框，五幅放大的黑白照片，将五个青春荡漾的年轻人聚集在鸭绿江上。赵玉兰是大辫子的赵玉兰，志愿军单军帽掩映下的一双大眼清澈有光；赵比德身着中式的棉衣棉装，碧潼战俘营伙食不错，他看上去脸膛黑亮；朱贡献戴个志愿军的棉帽子披着志愿军的棉大氅，瘦削难掩书卷气，一副眼镜架在鼻梁上；闵晓丽同样着志愿军单军装，白净的脸蛋上透着城市姑娘的俊俏模样。还有刘三刘小光，薄棉帽、棉军装，方正脸盘，如炬目光，胸牌写着"1950年10月留念，中国人民解放军"几个字样。照过了这张照片，他就跟着打长津湖的队伍过江了，他不知道自己和千千万万战友的命运会是怎样。现在，赵玉兰，皮特·路德，朱贡献，闵晓丽，还有他刘小光，他们都再次年轻，穿越时光相聚一堂。

2

一场瘟疫席卷了全球。

赵槐花和女儿李芝儿记得，开始的时候，她们的母亲她们的姥姥赵玉兰还能偶尔与远在大洋彼岸的皮特·路德联系上，祖孙三代通过赵跃进和小皮特儿，叮嘱老皮特儿千万千万注意，千万千万隔离好、防护好，因为这个病太厉害了，美国死的人太多了，骇人听闻。电视和新媒体平台上到处充斥着美国严峻疫情形势的报道，她们天天揪着心。国际间的旅游、商贸和人员往来几乎完全停滞下来，她们去不了美国那边，美国的家人也无法到达这里，她们只能在电话上、在视频上祈盼老皮特儿小皮特儿赵跃进都好好的，都能躲过这场瘟疫。

这边的天老爷爷也好，那边的上帝也好，她们都拜过了都求过了，祈盼两位神仙能够睁睁眼。可是，无论这边的天老爷爷还是那边的上帝都没有睁眼。死的人太多，天老爷爷和上帝也自顾不暇，保佑不过来了。

有些日子一家人完全失去了联系。等到熬过了艰难的岁月，熬到疫苗普遍接种，严重的疫情开始平缓，她们才又与美国的亲人联系上。视频电话是赵玉兰的美国孙子小皮特儿率先打来的，他说他和他的爹地赵跃进他们两个都还好，他们度过了最为艰难的时刻。虽然病毒的威胁和生活的窘迫依然存在，但是他们都活下来了。可小皮特儿告诉奶奶赵玉兰，祖父没有他和爹地那样的幸运，他去了上帝那边。

皮特·路德几乎是上帝召见的第一批人。他所在的养老院共有两百多个老人，由于防控措施的缺失造成聚集性疫情感染，差不多全部死在了养老院。

全美的大小医院里人满为患，已经无暇接受和救治这些本就年迈垂暮的老人了。

赵玉兰一开始还不知道老皮特儿为啥去上帝那里。都这么大年纪了，不好好隔离，胡跑乱跑的，可得有多危险！

"隔离"，那个特殊年代最响亮也最直接简便的对抗这场世纪瘟疫的办法，哪怕是汶河村的一个孩童或者赵玉兰这样的耄耋老人也都清清楚楚。但是老皮特儿不听话，竟然胡跑乱跑地去找上帝。

最终，当赵玉兰从孙子孙女那里知道了"见上帝"的确切含义就是"没有了"，也并没有表现出多少诧异来。

也许在她心里，早就想到了这样的结局；她心里，她跟她的老皮特儿都早已是熟透的瓜儿，早一天晚一天瓜把子会自动脱落——就算你不摘，它也会自个儿掉下来。

但是，以如此的方式"掉落"，令人扼腕。

"他比俺还小一岁，八十九。"

赵玉兰只是叹了一口气，然后对闺女赵槐花说道。

3

那些日子，赵槐花一直在汶河岸边陪伴着母亲赵玉兰。

打这天起，她觉得母亲有了些微的变化，变得碎碎叨叨。母亲甚至要她给自己准备"老衣"，以防备她哪天突然走了来不及。赵槐花不愿意，好模好生健健康康的，又没个病没个灾，哪里到预备"老衣"的时候了？不吉利。可年迈的赵玉兰很执着，见着三丫头的时候也对三丫头这么说。熟透的瓜了，瓜把儿说掉就掉。

三丫头把她说了一顿。

看着两个闺女都不愿意给自己预备"老衣"，赵玉兰倒笑了。赵玉兰说，让你两个死丫头不上心，看到时候你哭都来不及。

又过了些日子，赵槐花发现母亲床头的被子下掖着个包袱儿，打着齐齐整整的结。赵槐花趁母亲不注意，将这个包袱皮儿解开了。缎子面，百福图，天蓝的面儿绛紫的里，从上到下、从头到脚，一身簇新。赵玉兰自己给自己置办好了"老衣"。

她对赵槐花和三丫头说，包袱儿就放在床头上，省得你们到时候手忙脚乱地来不及。赵玉兰说，到时候趁着俺身子还热乎，你们顺手就给穿上了，凉了，不好穿。

后来也就是赵玉兰说的这样。

到她临走的头一天晚上，槐花跟三丫头听见她们的娘亲轻轻哼哼着。不是痛苦，也非难受，是非常愉悦地哼哼，或更确切地说，是唱。

这一天赵玉兰精神特别好，记忆力也很好，跟她们说了许多过去的事儿。她说她梦到她们的大大老皮特儿和她们的表舅朱贡献，几个人在汶河里摸鱼。汶河的水那个清啊，滑溜溜的，缎子一样；那个鱼钻来钻去，连蹦带跳。然后到了夜晚，很晚了，她们就听见娘在那边轻轻地哼哼着了。

姐妹两个惊奇不已。

无论赵槐花还是三丫头，从来没有听到过娘唱歌，哪怕是哼哼也没有哼哼过。姐妹俩住在隔壁，一边小声地拉着家长里短一边听着旁边的娘亲哼哼，有一种非常神奇的感觉。那个调调儿似曾相识，却也并不相熟，以至于完全弄不懂隔壁的老娘在哼哼什么。她们并没有打扰老母亲。老人家今天高兴呢，她想哼哼就让她哼哼吧，想怎哼哼就怎哼哼。

第二天一早，姐妹俩来到娘亲床前的时候，发现身上还带着余温的老母亲已然没有了呼吸。

老人家头发梳得齐齐整整的，纹丝儿不乱；缎子面，百福图，天蓝的面儿绛紫的里——老母亲已经自己给自己换好了"老衣"。

以皇历为计，赵玉兰是在辛酉月的甲申日走的，二十四节气里的秋分。

秋分者，阴阳相伴，昼夜均而寒暑平。

4

经过了数年的不懈努力，靠着最终的团结协作，新冠疫情不再构成"国际关注的突发公共卫生事件"。但是有太多太多的人在这场世纪瘟疫中失去了生命，包括皮特·路德。他没能实现重返中国、与亲人们相聚鸭绿江畔的念想，这是他的遗憾，也是赵玉兰的遗憾，更是朱贡献、闵晓丽、刘小光那代人的遗憾。现在，他们的后代已经长大成人，孩子们把父辈祖辈曾祖辈们都请过来了，他们的遗憾和念想由孩子们来给他们实现。

五个孩子捧着五位年轻的爷爷奶奶并排走在前面，一大群家人跟在他们的身后。桥面经过了整修，新铺的沥青路面笔直平坦，两边和头上的钢梁也重新进行了粉刷，铁灰中透着银亮。游人纷纷礼让，静穆一旁。

他们来到江心，停住脚步。"断桥"在此断掉，通往朝鲜的那一旁空空荡荡。孩子们将他们的爷爷奶奶轻轻放下，让年轻的老人们倚靠在新刷的油漆钢架上。那些钢梁依然扭曲，张牙舞爪，有的斜指着天空，有的插向大江。和平的色彩粉饰了战争的创伤，但是历史依然在目不可遗忘。

朱汶水从人群里挤出来，把怀抱的木头匣子放在地上。一个古董级的摇把子留声机。这么老的东西现在不好找了，朱汶水跑遍了大上海大大小小的古董店，费了很大劲才从一个收藏家那里求购而来。父亲朱贡献当年作为结婚礼物送给表姑表姑父的那架早已毁坏，此摇把子留声机并非彼摇把子留声机。幸运的是，它们却属于同一个厂家同一批生产的同一个型号。

木头匣子打开，唱机裸现，唱盘上安放着一张黑色的胶木唱片。曾经的裂痕经过了工匠的精心修复，变得平直和光滑。但是再好的高手也难以抹去岁月的疤痕，就像身旁的断桥一样。炸断的桥墩可以拆除，炸烂的钢梁可以油漆，但是青山遮不住往日旧痕。黑胶唱片也是如此。尽管它经过了精心修复，也依然留存着些微的瑕疵和疤痕，每当唱针滑过就会轻轻一颤而显露出曾经的沧桑。

赵玉兰的美国孙子小皮特儿低头弯腰，将木头匣子的摇把子摇动了几下；朱贡献的孙子朱沪生轻轻一提唱机的唱头，唱盘转动，唱针接触到胶木唱片，沙沙的声音传出来，沙沙的、缥缈的音乐响起来了。

冬日艳阳下，朱贡献孙子朱沪生胸口上的那枚抗美援朝功勋奖章熠熠闪光。

唱盘转动，沙沙有声。

由于黑胶唱片残留的疤痕，每当唱针接触到那道直直的痕迹的时候，它就会微微一颤，咔嗒一声，虽然微乎其微，但还是听得出来。所以它时断时续，听上去并不完整——尽管这不完整并未影响到乐曲这一个整体。

阿里郎

阿里郎

阿里郎哟

（咔嗒）

阿里郎

翻山过岭，路途遥远

（咔嗒）

你怎么情愿把我扔下

出了门不到（咔嗒）十里路你会想家……

阿里郎。

遥远的阿里郎。

春风料峭掠过江面，微寒和潮湿的空气抚摸着人们的脸庞。熟悉的、遥远的音乐在江面上飘散开来，在每个人的心头上荡漾开来。

耳听着熟悉与陌生的旋律，赵槐花和三丫头恍然大悟——母亲临走前的那天晚上哼唱了一个歌谣，而那个让姐妹俩惊奇不已的歌谣，正该是此刻这摇把子留声机里的这一个阿里郎。

远远的上游，有人高喊着："冰排下来了！"

冰排下来了。

在时近谷雨的节气里，长白山源头的冰雪融化了，千条万壑的细流涓涓潺潺，千条万壑的溪流穿越和渗透着千疮百孔的河道，将河床挤裂、炸开、咔咔嚓嚓，一路涌动和翻卷着下来了。一架无人机在孩子们手上放飞了，高高的视野下，大大小小的冰块在料峭的春风里奔涌，在宽阔的河道里碰撞，相互拥挤又各有章法，如同千万匹骏马的奔跑。它们越过百米外那座完好的铁桥，从人群肃穆、音乐飘荡的断桥下穿越而过，带着恒久的韧劲和勇气，一泻千里。

阿里郎

阿里郎

阿里郎哟

（咔嗒）

阿里郎

翻山过岭，路途遥远

（咔嗒）……

唱头在唱片上的距离由外而内地收缩，空间越来越小，咔嗒、咔嗒的颤动也越来越密集。到最后，音乐完结，只剩下了唱针划动唱片的沙沙声，只有咔嗒咔嗒的颤动声了。但是唱盘没有停止转动。

余音绕梁。

沙——咔嗒。

沙——咔嗒……

（2020年4—8月，2020年11月—2021年2月写于沂蒙观唐之沂河岸边；2021年5月30日改毕于青岛馨香斋；2022年1月再改于沂蒙观唐沂河之滨。）

图书在版编目 (CIP) 数据

阿里郎 / 王筠著. — 北京：北京十月文艺出版社，
2024.1
ISBN 978-7-5302-2329-1

Ⅰ. ①阿… Ⅱ. ①王… Ⅲ. ①长篇小说—中国—当代
Ⅳ. ① I247.5

中国国家版本馆 CIP 数据核字 (2023) 第 180475 号

阿里郎
ALILANG
王筠　著

出　　版　北 京 出 版 集 团
　　　　　北京十月文艺出版社
地　　址　北京北三环中路 6 号
邮　　编　100120
网　　址　www.bph.com.cn
发　　行　新经典发行有限公司
　　　　　电话 010-68423599
经　　销　新华书店
印　　刷　河北鹏润印刷有限公司
版　　次　2024 年 1 月第 1 版
印　　次　2024 年 1 月第 1 次印刷
开　　本　710 毫米 ×980 毫米　1/16
印　　张　23.75
字　　数　330 千字
书　　号　ISBN 978-7-5302-2329-1
定　　价　58.00 元
如有印装质量问题，由本社负责调换
质量监督电话　010-58572393